«CHERS TOUS DEUX»
LETTRES À SES PARENTS 1931-1942

致亲爱的二老

列维-斯特劳斯家书

[法]克洛德·列维-斯特劳斯(Claude Lévi-Strauss)著
刘亚楠 译

全书由莫妮克·列维-斯特劳斯编辑整理并作序
"美洲信件"部分的前言由克洛德·列维-斯特劳斯于2002年撰写

中国人民大学出版社
·北京·

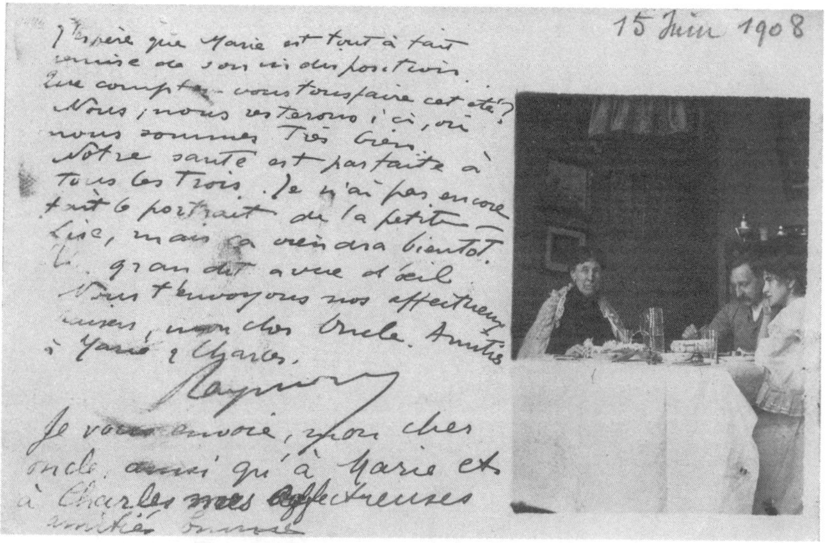

1. 雷蒙·列维－斯特劳斯于 1908 年 6 月 15 日寄给阿尔弗雷德·列维叔叔的明信片（正面）。照片上从左至右依次是莱亚·列维及其儿子雷蒙、怀着克洛德的儿媳埃玛。

2. 埃玛和雷蒙·列维－斯特劳斯于 1904 年订婚。

3. 克洛德·列维-斯特劳斯，1914年6月29日。

4. 克洛德的肖像画（帆布油画），由其父亲创作于1914年以前。

5. 埃玛·列维－斯特劳斯的肖像画（大理石纸板油画），
由雷蒙·列维－斯特劳斯创作于 1914 年以前。

6. 埃玛·列维－斯特劳斯和儿子克洛德的肖像画（帆布油画），
由雷蒙·列维－斯特劳斯创作于 1916 年 4 月 26 日。

7. 埃玛·列维 1904 年于英国。

8. 1918 年 8 月 17 日拍摄于滨海夏朗德省圣帕莱。从左至右依次为雷蒙的兄弟让·列维、他们的母亲莱亚·列维、克洛德·列维–斯特劳斯、埃玛·列维–斯特劳斯、雷蒙·列维–斯特劳斯。

9. 克洛德·列维-斯特劳斯，
大约在1925年。

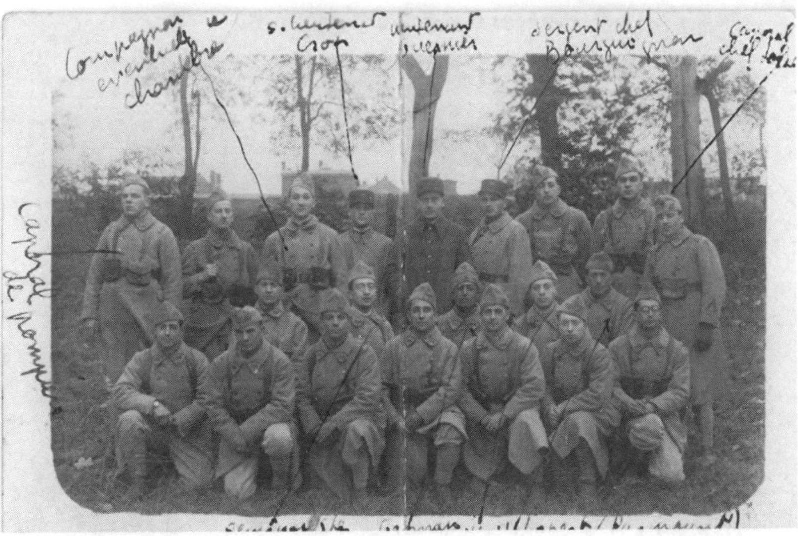

10. 明信片（正面）。拍摄于1931年位于斯特拉斯堡的斯蒂恩军营前方。第一行最靠右的那个士兵是克洛德·列维-斯特劳斯。克洛德认出了其中几人，从左上方按顺时针方向依次为室友、克龙少尉、盖尔尼耶中尉、布吉尼翁中士长、若利耶下士长、洛佩尔（派拉蒙）、埃尔坎、戈尔曼、神学院学生、消防下士。

11a. 明信片（正面），图中是斯蒂恩军营，1931 年 11 月 28 日。
参见斯特拉斯堡第二十二封信（S22）。

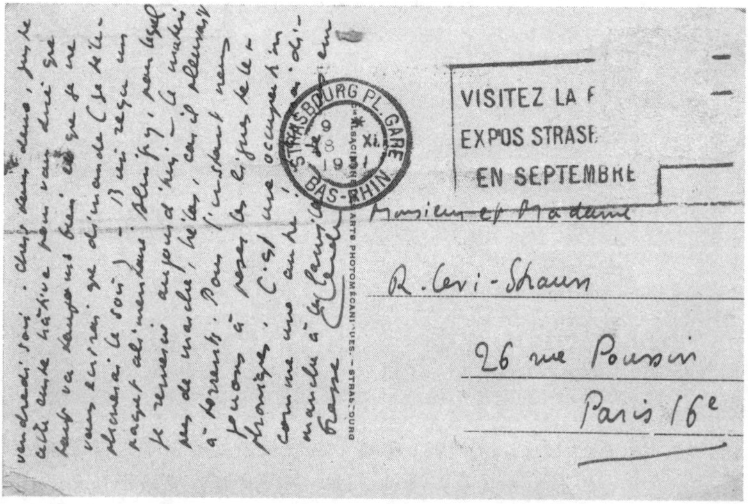

11b. 明信片（背面），1931 年 11 月 28 日。
参见斯特拉斯堡第二十二封信（S22）。

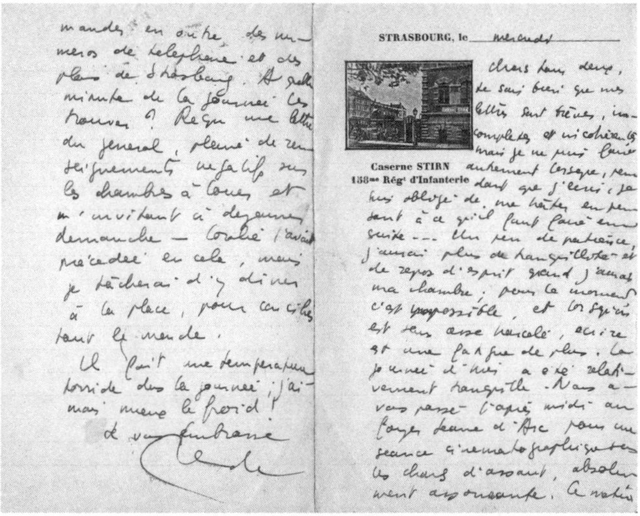

mandes en outre, des numeros de telephone et des plans de Strasbourg. A quelle minute de la journee les trouver ? Reçu une lettre du general, pleine de renseignements relatifs aux chambres à louer et m'invitant à dejeuner dimanche — Coralie l'avait precedee en cela, mais je tacherai d'y diner à la place, pour concilier tout le monde.

Il fait une temperature torride dans la journee ; j'ai mais meme le froid !

Je vous embrasse

Claude

STRASBOURG, le mercredi

Caserne STIRN
158me Régt d'Infanterie

Chers tous deux,

Je sais bien que mes lettres sont brèves, incomplètes et incohérentes mais je ne puis faire autrement lorsque, pendant que j'écris, je suis obligé de me hâter en pensant à ce qu'il faut faire ensuite... Un peu de patience, j'aurai plus de tranquillité et de repos d'esprit quand j'aurai ma chambre ; pour le moment c'est impossible, et lorsqu'on est sans cesse harcelé, écrire est une fatigue de plus. La journée d'hier a été relativement tranquille. Nous avons passé l'après midi au Foyer Jeanne d'Arc pour une séance cinématographique sur les chars d'assaut, absolument assommante. Le matin

12. 克洛德·列维－斯特劳斯于 1931 年 10 月写自斯特拉斯堡的斯蒂恩军营的信。参见斯特拉斯堡第五封信（S5）。

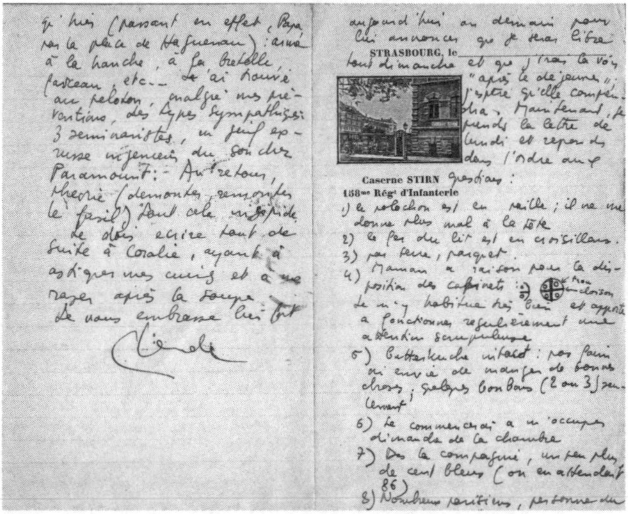

qu'hier (passant en effet, Papa, par la place de Haguenau) : arme à la hanche, à la bretelle, faisceau, etc... J'ai trouvé au peloton, malgré mes préventions, des types sympathiques : 3 seminaristes, un juif [illegible] du [illegible] Paramount. Autre tour, théorie (demonter, remonter le fusil). Tout cela insipide. Je dois écrire tout de suite à Coralie, ayant à astiquer mes cuirs et à me raser après la soupe.

Je vous embrasse bien fort

Claude

STRASBOURG, le

Caserne STIRN
158me Régt d'Infanterie

aujourd'hui au demain pour lui annoncer que je serai libre tout dimanche et que j'irai la voir "après le dejeuner", j'espère qu'elle comprendra. Maintenant je prends la lettre de lundi et reponds dans l'ordre aux questions :

1) le [illegible] est en paille ; il ne me donne plus mal à la tête
2) le fer du lit est en croisillons.
3) pas serre, parquet.
4) Maman a raison pour la disposition des cabinets : [illegible] Je m'y habitue très bien et apporte à fonctionner regulièrement une attention scrupuleuse
5) [illegible] : pas faim ni envie de manger de bonnes choses ; quelques bonbons (2 ou 3) seulement
6) Je commencerai à m'occuper dimanche de la chambre
7) Dans la compagnie, un peu plus de cent bleus (on en attendait 86)
8) Nombreux [illegible], personne du

13. 克洛德·列维－斯特劳斯于 1931 年 11 月写自斯蒂恩军营的信，插入了厕所布局示意图。参见斯特拉斯堡第九封信（S9）。

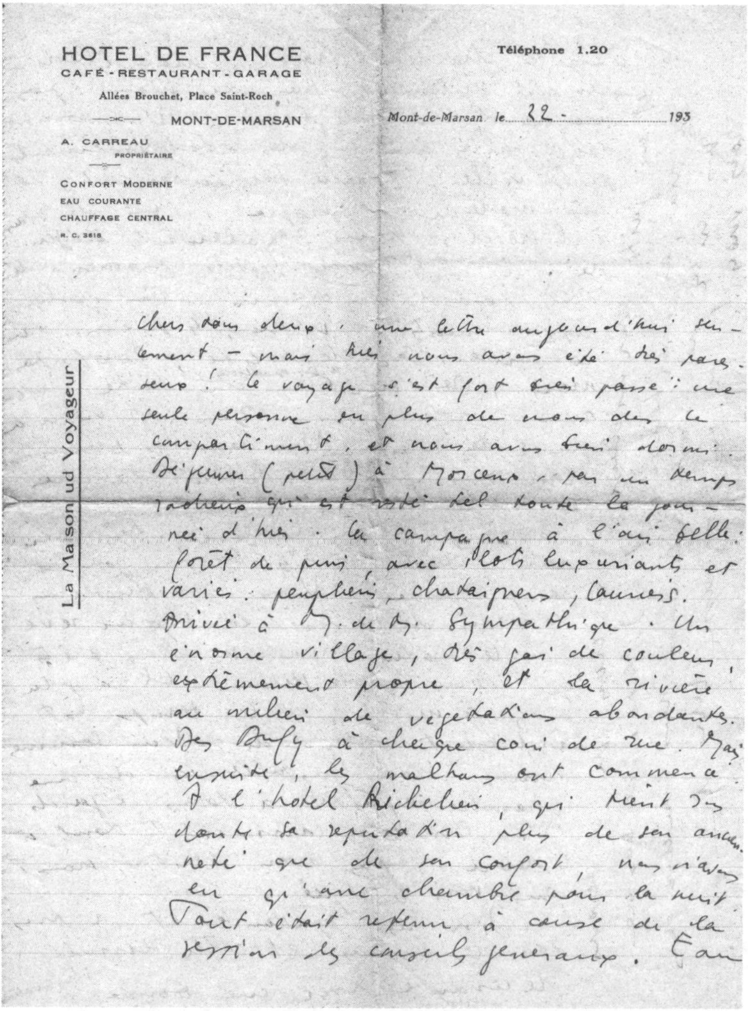

HOTEL DE FRANCE
CAFÉ - RESTAURANT - GARAGE
Allées Brouchet, Place Saint-Roch
MONT-DE-MARSAN
A. CARREAU
PROPRIÉTAIRE
CONFORT MODERNE
EAU COURANTE
CHAUFFAGE CENTRAL
R. C. 3618

Téléphone 1.20

Mont-de-Marsan le 22. 193

La Maison ud Voyageur

Chers vous deux : une lettre aujourd'hui seulement – mais nous avons été très paresseux ! Le voyage s'est fort bien passé : une seule personne en plus de nous dans le compartiment, et nous avons bien dormi. Déjeuner (petit) à Morcenx, par un temps radieux qui est resté tel toute la journée d'hier. La campagne a l'air belle : forêt de pins, avec îlots luxuriants et variés : peupliers, châtaigniers, lauriers. Arrivée à M. de M. sympathique. Un énorme village, très gai de couleur, extrêmement propre, et la rivière au milieu de végétations abondantes. Des Dufy à chaque coin de rue. Mais ensuite, les malheurs ont commencé. A l'hotel Richelieu, qui tient sans doute sa réputation plus de son ancienneté que de son confort, nous n'avons eu qu'une chambre pour la nuit. Tout était retenu à cause de la session des conseils généraux. Ecan

14. 克洛德·列维－斯特劳斯于1932年9月22日写自蒙德马桑的信。
参见蒙德马桑第一封信（M1）。

15. 蒙德马桑明信片（正面），1932 年 10 月。

16. 克洛德·列维－斯特劳斯的粉彩肖像画，由其父亲创作于 1935 年。

17. 克洛德和迪娜·列维-斯特劳斯，大约于 1932 年或 1933 年。

18. 雷蒙·列维-斯特劳斯双手拿着相机，大约于 1935 年。

19. 克洛德·列维–斯特劳斯领子下面戴了一个曝光表，大约于 1935 年。

20. 雷蒙·列维–斯特劳斯，大约于 1939 年。

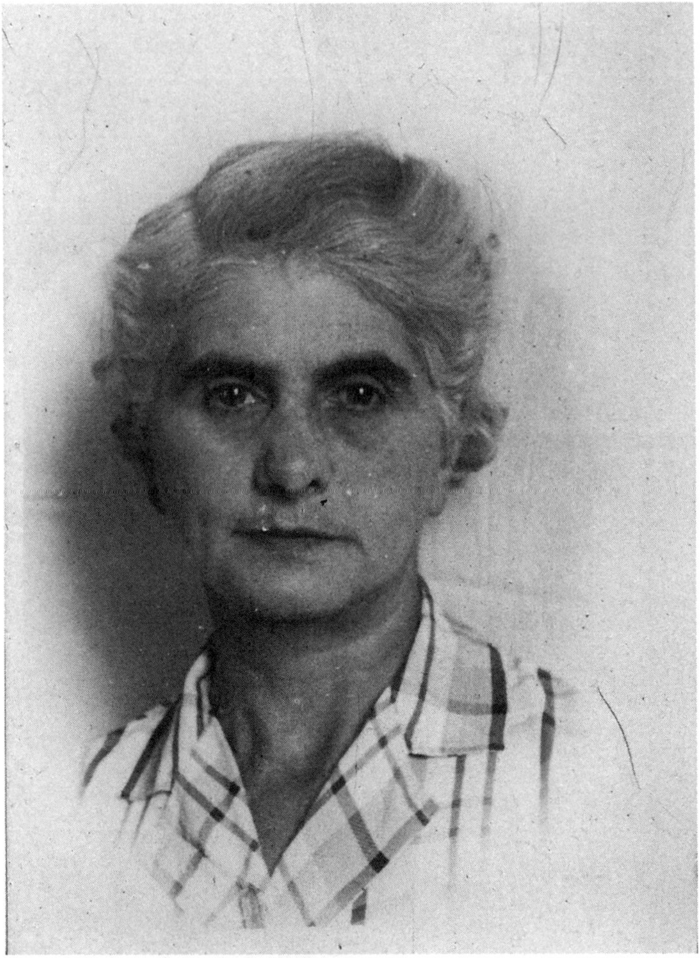

21. 埃玛·列维–斯特劳斯，大约于1939年。

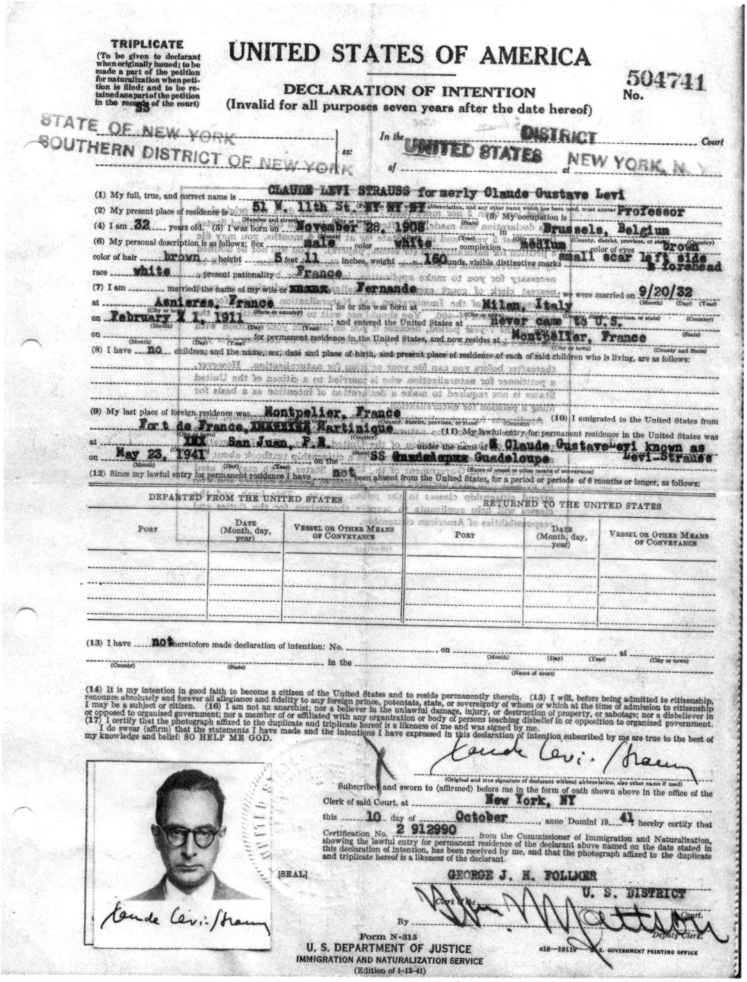

TRIPLICATE
(To be given to declarant when originally issued; to be made a part of the petition for naturalization when petition is filed; and to be retained as a part of the petition in the records of the court)

UNITED STATES OF AMERICA

No. 504741

DECLARATION OF INTENTION
(Invalid for all purposes seven years after the date hereof)

STATE OF NEW YORK
SOUTHERN DISTRICT OF NEW YORK } ss:
In the DISTRICT Court of UNITED STATES at NEW YORK, N. Y.

(1) My full, true, and correct name is CLAUDE LEVI STRAUSS formerly Claude Gustave Levi
(Full, true name, without abbreviation, and any other name which has been used, must appear here)
(2) My present place of residence is 51 W. 11th St. NY NY NY (Number and street) (City or town) (County) (State) (3) My occupation is Professor
(4) I am 32 years old. (5) I was born on November 28, 1908 (Month) (Day) (Year), in Brussels, Belgium (City or town) (County, district, province, or state) (Country)
(6) My personal description is as follows: Sex male, color white, complexion medium, color of eyes brown, color of hair brown, height 5 feet 11 inches, weight 160 pounds, visible distinctive marks small scar left side & forehead
race white; present nationality France
(7) I am married; the name of my wife or XXXXX Fernande; we were married on 9/20/32 (Month) (Day) (Year)
at Asnieres, France (City or town) (State or country); he or she was born at Milan, Italy (City or town) (County, district, province, or state) (Country)
on February X 1, 1911 (Month) (Day) (Year); and entered the United States at never came to U.S. (City or town) (State)
on ______ (Month) (Day) (Year) for permanent residence in the United States, and now resides at Montpellier, France (City or town) (County and State)
(8) I have no children; and the name, sex, date and place of birth, and present place of residence of each of said children who is living, are as follows:

(9) My last place of foreign residence was Montpelier, France (City or town) (County, district, province, or state) (Country) (10) I emigrated to the United States from Fort de France, XXXXXXXX Martinique (City or town) (Country) (11) My lawful entry for permanent residence in the United States was
at XXX San Juan, P.R. (City or town) (State) under the name of X Claude Gustave Levi known as Levi-Strauss
on May 23, 1941 (Month) (Day) (Year), on the SS XXXXXXXXX Guadeloupe (Name of vessel or other means of conveyance)
(12) Since my lawful entry for permanent residence I have not been absent from the United States, for a period or periods of 6 months or longer, as follows:

DEPARTED FROM THE UNITED STATES			RETURNED TO THE UNITED STATES		
Port	Date (Month, day, year)	Vessel or Other Means of Conveyance	Port	Date (Month, day, year)	Vessel or Other Means of Conveyance

(13) I have not heretofore made declaration of intention: No. ______, on ______ (Month) (Day) (Year) at ______ (City or town) ______ (County) (State) in the ______ (Name of court)

(14) It is my intention in good faith to become a citizen of the United States and to reside permanently therein. (15) I will, before being admitted to citizenship, renounce absolutely and forever all allegiance and fidelity to any foreign prince, potentate, state, or sovereignty of whom or which at the time of admission to citizenship I may be a subject or citizen. (16) I am not an anarchist; nor a believer in the unlawful damage, injury, or destruction of property, or sabotage; nor a disbeliever in or opposed to organized government; nor a member of or affiliated with any organization or body of persons teaching disbelief in or opposition to organized government. (17) I certify that the photograph affixed to the duplicate and triplicate hereof is a likeness of me and was signed by me.
I do swear (affirm) that the statements I have made and the intentions I have expressed in this declaration of intention subscribed by me are true to the best of my knowledge and belief: SO HELP ME GOD.

Claude Lévi-Strauss
(Original and true signature of declarant without abbreviation, also other name if used)

Subscribed and sworn to (affirmed) before me in the form of oath shown above in the office of the Clerk of said Court, at New York, NY this 10 day of October, anno Domini 1941. I hereby certify that Certification No. 2 912990 from the Commissioner of Immigration and Naturalization, showing the lawful entry for permanent residence of the declarant above named on the date stated in this declaration of intention, has been received by me, and that the photograph affixed to the duplicate and triplicate hereof is a likeness of the declarant.

[SEAL]

GEORGE J. H. FOLLMER
Clerk of the U. S. DISTRICT Court.
By Wm. Mattson Deputy Clerk.

Claude Lévi-Strauss

Form N-315
U. S. DEPARTMENT OF JUSTICE
IMMIGRATION AND NATURALIZATION SERVICE
(Edition of 1-13-41)

U. S. GOVERNMENT PRINTING OFFICE

22. 克洛德·列维－斯特劳斯于 1941 年 10 月 10 日
在纽约提出的加入美国公民的意愿声明。

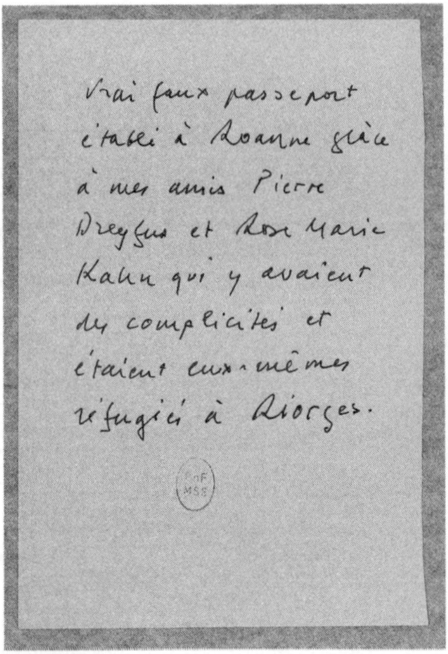
Vrai faux passeport établi à Roanne grâce à mes amis Pierre Dreyfus et Rose Marie Kahn qui y avaient des complicités et étaient eux-mêmes réfugiés à Riorges.

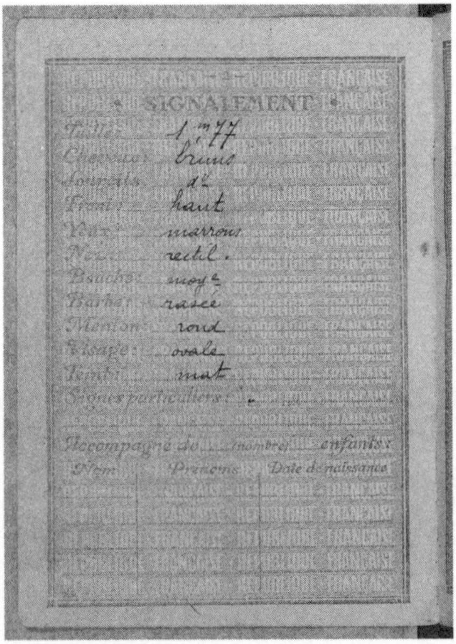
SIGNALEMENT

Taille: 1m77
Cheveux: bruns
Sourcils: d°
Front: haut
Yeux: marrons
Nez: rectil.
Bouche: moyne
Barbe: rasée
Menton: rond
Visage: ovale
Teint: mat
Signes particuliers: -

Accompagné de ... (nombre) enfants:

Nom	Prénoms	Date de naissance

23. 克洛德·列维–斯特劳斯的假护照。“1941 年 1 月 31 日于罗昂发出。”有效期至 1942 年 1 月 12 日，当天又发出了去南美的签证。这一护照的有效期于 1942 年 1 月在纽约延长至 1944 年 1 月。

24. 纽约公寓的床和地图，1941 年。

25. 纽约公寓的客厅，1941 年。

26. 克洛德·列维－斯特劳斯，大约于 1938 年。

27. 高等研究自由学校的宣传单，1942 年。

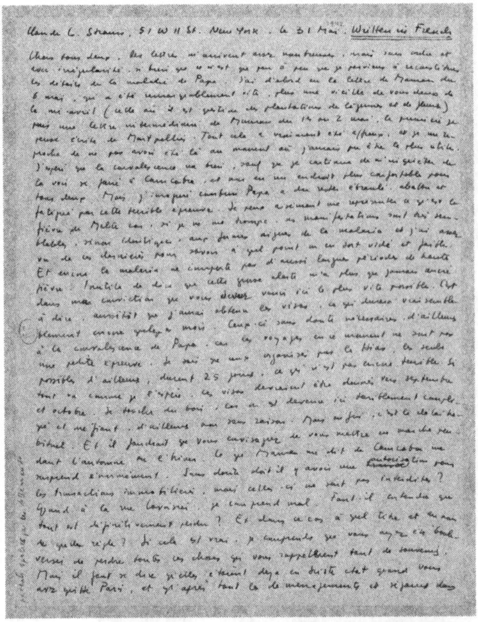

28. 1942年5月31日的信。

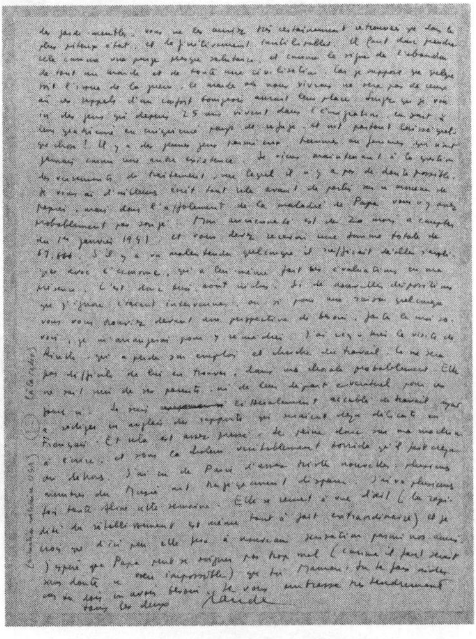

29. 1942年5月31日的信。

30. 1942 年 5 月 31 日信件的信封。

31. 位于塞文地区的名为康卡布拉的房子，大约于 1950 年。

32. 克洛德·列维－斯特劳斯的父母，战后在康卡布拉。

出版说明

感谢莫妮克·列维–斯特劳斯委托瑟伊（Seuil）出版社将这些信件纳入“二十一世纪图书”出版。她阅读并梳理了丈夫的信件，收集照片、添加注释以便读者理解，从而完成了当前版本。遇到克洛德·列维–斯特劳斯本人在页面下方标注之处，她则用姓名的首字母加中括号作为标识即［CLS］。

这些信件同时出现在了弗拉马里翁(Flammarion)出版社的《列维–斯特劳斯》一书中，我要感谢其作者埃马纽埃尔·卢瓦耶的宝贵建议。当前版本参照这一传记之处标记如下：E. 卢瓦耶，《列维–斯特劳斯》，2015 年。

莫里斯·奥朗代尔

序　言

克洛德·列维–斯特劳斯是独生子，他给父母写过许多信。他的母亲一直保存着这些珍贵的信件：“他喊我们‘亲爱的二老’。”每当说起收到儿子来信时的感觉，她都会幸福得脸上放光。我们要向她致敬，得益于她，我们如今才能出版这些写于1931年至1942年间的217封信[①]。

父母只能靠他生活，因此暗自谋划送他服兵役，于是有了他与父母的第一次长期分离。他明白自己在他们生活中的位置，两天写一封信便足以证明。为使父母安心，他经常带着一种吹嘘的口吻——他在美洲信件前言中作了解释。[②]他说自己表现出色，上级向他表示祝贺。吹嘘并非其风格，但他这样做是因为感受到父母对他的担忧，以及对儿子不能“成才”的恐惧。父亲是肖像画家，靠订单谋生不容易，而母亲常常想的是如何撑完一个月。

“最痛苦的是，完全无法独处。”他于1931年10月在斯特拉斯堡的斯蒂恩军营里这样写道。[③]克洛德毕生追求的，正是这一不可或缺的独处。他并非拒绝与同时代的人共处，而是畏惧任何妨碍思考的声音。因此他选择用通信的方式与人交流。只要允许，他都会陶醉于写信的快乐之中。1939年以前写给父母的信，全部都是手写的，立刻能拿来读，而且没有标注日期。我尽力将其按时间排序，而带注释的校勘本有待完成。克洛德只会涉及一些普通话题、军营的日常生活，以及其与政治人物——安德烈·马其诺、马塞尔·德亚、莱昂·布卢姆——的联系，目的是通过他们的介入，使自己在巴黎服完兵役。在

① 不包括本书中的斯特拉斯堡第二十二封信（S22）和蒙德马桑第五十四封信（M54），在法语中此两者为carte postale（明信片），与lettre（信件）是有区别的。——译者注

② 参见美洲信件前言，第218页。

③ 参见斯特拉斯堡第四封信（S4），第7页。

这些长信中，会定期出现一些人物的名字，如今已能得知他们的成就。由于克洛德曾担任社会党学生联盟总书记，所以会经常见到他们，并与他们建立了友谊。但是战争期间的一些立场问题，动摇了克洛德在 1931 年至 1933 年间与这些人建立起的信任。

克洛德会向父母表达忧虑。最初是物质方面：克洛德的父亲靠订单谋生。然而，自 19 世纪末以来，绘画和肖像素描受到摄影的严重冲击，订单数量变少。克洛德会经常谈及此事，以示担忧。特别是他的叔叔让因 1929 年至 1931 年的金融危机而破产，而在那之前他还能资助他们度过艰难的月末。

1932 年夏天，克洛德于巴黎战争部服满兵役，在塞尔韦纳地区度假时给父母写过 14 封信。他于 9 月成婚，和妻子定居在蒙德马桑，并在城里的高中谋到第一份教职。在那里，他给父母写过 97 封书信和明信片。

全部信件并无日期，所以我对其进行了编号。以 S 开头的信件寄自斯特拉斯堡，P 开头则寄自巴黎，而 M 开头则是蒙德马桑。

1935 年 2 月，他乘船去巴西，于是我们看到一封在瓦朗斯中转时的信。

本书的第二部分由 50 多封美洲信件（1941—1942）组成。克洛德重读了 1941 年的信，并为其作序。他在 2007 年把档案交到法国国家图书馆时才发现 1942 年的信，于是在页边作了旁注（我将其作为脚注）。信件多以打字形式完成，均标注了日期。克洛德应该是想到自己去世后，他的信件昭示着一种历史性时刻。美洲信件按时间顺序排列，所以未编号。

在让－诺埃尔·让纳内馆长的鼓励下，克洛德把档案交由法国国家图书馆，还补充了战争期间在美洲写的 50 多封信。而此前写于 1931 年至 1935 年间的 165 封信[①]，他应该认为不大有趣，而且与工作无关，所以把它们留在了家里。为了便于理解——我允许自己这样做，涉及朋友或亲戚的身份之处，我在页面下方加了注释，涉及作品

① 不包括马赛和西班牙信件中的电报，但包括序言第 1 页注释①提及的两张明信片。——译者注

之处标明出处，还调整了拼写和标点，完善了大部分缩写，为文本划分了段落。

我有理由出版这些信函吗？有人会傲慢地指责我，称信件只关乎一般话题和军营的日常生活，比如一位哲学教师花几个小时缝扣子和擦步枪，给政治人物写信，通过其介入来帮助自己。还有他企图入选朗德省议会，这让他的高中教学生活更加丰富。他在任何地方写的信里，唯一的快乐就是欣赏风景，特别是美食。我们应该品尝丰富的食物。第一辆车要选车篷可折叠的，考取驾照不易，还有那场爆胎事故，所有人都被丢进沟里，一场选举造势也因此告终。那么应该公开讲述这些不具历史影响力的事件吗？

面对指责，我会回应：这些信约写于八十年前，呈现了一个逝去的世界，许多年轻人会为此颇感震惊。街道上用煤气灯照明，室内靠火炉取暖，只有周日才会分发信件。克洛德向母亲索要几块破布，用来擦亮扣子！我们能想象一个没有多功能用纸的世界吗？还有卫生情况，几天不能洗澡。他描述精准，同等看待日常生活的各个方面，这就是未来的人类学家。

克洛德讲述了他阅读和看过的电影、戏剧。有了相机之后，他会与父亲分享各种体验。他在斯特拉斯堡时提到了与家庭成员之间的关系，在法国西南地区时讲述了与父母朋友之间的关系。

在写于2002年的“美洲信件”前言里，克洛德点明了人物的身份或国家，而之前为了躲避审查用的都是代号。这些代号有时让人很难找到头绪。比如他母亲的大姐即阿琳姨妈就被用作代号。涉及美国时，她充当代号，有时又被用作人称（读者能够结合上下文来分辨）。

他一直很挂念在法国南部的父母。这一话题不断出现在他的信里，而重复是因为他怕信件丢失。克洛德经常不知要说什么，不能跟他们讲重要的事——得规避审查时令人警惕的话题。他在1942年1月22日的信中自我辩解：“再没有哪个历史时期像今天这样，令身处其中的人感到无比空虚。”纽约信件反映出他对美国的评价发生了变化：第一年，他充满热情，而第二年，尝到流亡之苦。1942 年 2 月 16 日，他写道：“尽管这里的人对我盛情款待，但我不会因此而幻想，而是坚定地（或者至少长远来看）只做一个过客——前方是哪儿，我不知道，只希望是归去的方向。”

克洛德去世之后，我需要整理他的材料。阅读这些成堆的信件，我又惊又喜。我仿佛听着他的声音，又见他的模样，各种描述让我想起这个共同生活了近六十年的男人：持重，令人敬畏，鲜为人知。

无论在斯特拉斯堡服兵役，或是在蒙德马桑第一次担任教师，又或在纽约流亡，他几乎每天写信。这些书信其实就是日记，而日记恰如一种自画像。

通过公开这些信件，希望人们能了解他隐藏于学者身份之后的另一面。

莫妮克·列维－斯特劳斯

2015 年 6 月

卡特琳·费弗尔·达尔西在法国国家图书馆保留了一笔克洛德·列维－斯特劳斯资金。由于她的不懈支持，我才能获取美洲信件和书中的部分材料，因此向其表示由衷的感谢。

马蒂厄·列维－斯特劳斯查询到 chaacua 一词的意思。

埃马纽埃尔·卢瓦耶为我提出宝贵的建议。

塞西尔·雷伊重读全部手稿，协助整理未标明日期的信件。

瑟伊出版社的整个编辑团队给了我支持与鼓励。

通过与莫里斯·奥朗代尔的愉快合作，后续在“二十一世纪图书”出版了克洛德·列维－斯特劳斯的遗著。

衷心感谢所有人。

目　录

第一部分

战前信件

斯特拉斯堡信件

S1

兵役，斯特拉斯堡，1931［邮戳：1931年10月23日］

站在火车站前正等着出发，赶紧写了这封短信。行程非常顺利，只在启程时有些伤感，但随着列车驶离很快消失了。巴勒迪克城郊的环境很像科斯地区。吃过午饭，有一位亲切的阿尔萨斯军士来车站接应。把行李放到了科拉莉[①]家。我们似乎要去孔塔（？）和科尔博（？）附近的一个临时军营，然后被派去十三个营地。所以我会短暂停留，还不知道最后会去哪里。天气晴朗。

亲吻你们。

克洛德

S2

斯蒂恩军营

一五八步兵团

斯特拉斯堡，星期五，一点［1931年10月23日？］

① 科拉莉是他的一个亲戚。

我终于能写信了，但没太多时间。我接着刚才说，有人在车站接应我们，那里似乎成了一个中转站。因为只有我们四人前往一五八团，所以被立刻带到了这个军营。刚一到，我们就被带到一个学习室，接受听训（纪律是军队的力量等等），撰写材料（讲述自己的经历……我自然讲到了广播[①]），四道特别难的运算题，我绞尽脑汁才完成，还有填写一份没用的问卷。我们后来到了一个冰冷的走廊，不知等了多久。这一期间我认识了两个索邦人。他们现在又在哪儿呢？答卷又被发了下来。我被分到了机传连[②]。机械工作很惨，因为要负责运输四十公斤的零件——传动工作（电台等）会更轻松。上尉答应让我负责传动，但因名额不足，我被归到机械。我几乎每晚都能见到这位上尉，看样子不是很凶。要想成为储备学员[③]（士官培训队在圣 – 阿沃尔德），一点也不困难。我很可能被选为下士学员。寝室区发生大范围供电故障，夜间就寝变得艰难。我去吃了大锅饭——环境嘈杂又不卫生。菜单如下：汤、土豆牛肉糜（姑且称得上！）、半杯[④]红酒（说得更勉强了！）。除此之外，大家都很友好，都是温和、忧郁的小伙子。有一个涅夫勒的样子老实的人带我参观了整个军营。寝室下士是个散发魅力而又总是自找麻烦的阿尔萨斯小个儿——其他则是普通人。寝室干净，共九张床，两扇大窗，即便盖三床被子，也没觉得太热——外面严寒，没有任何其他取暖措施，但没我想的那么冷。夜里被新来的人打搅。我的床本来是给一个兄弟的，中士冲那人喊叫，而我睡着没动。

今天早晨六点起床，而我醒得更早。我还没梳洗过——牙都没刷！——洗脸池在楼下，看着挺干净，但只有晚上才会看到。厕所就更糟糕了，集体式的，绕一个中心，四个一组，很难形容！里面似乎

① 大约在 1930 年，克洛德 • 列维 – 斯特劳斯在电台负责每日的国际劳工组织节目。参见 1942 年 1 月 31 日的纽约信件，第 332 页，注释③。

② 机械与传动连。

③ 储备士官学员。

④ 法国士兵用的带柄金属杯，一杯的容量为四分之一升。——译者注

被分成好多圈，每个圈由四个位置组成。于是就有一些位置——冲着墙——相对隔离，而我就会选择这些位置。

起床后有咖啡：一片面包加一杯所谓的冷咖啡。然后我们被打发到走廊，接下来冒雨——天气很糟——乘车前去接受检查。由于我们没穿军装，少校拒绝接见。于是上午剩下的时间就用于排队领衣服，但没领成。需要立即返回。后来接到报告，通知我们 11 月 9 日前不准外出。真开心！然后吃午餐：汤、牛肉，可食用面条，一杯啤酒。后来，我去了比六点钟的地铁还要拥挤的食堂，买了一个背包，但太小了——可能得用两个，这是允许的。把信寄走，我就得试着穿军服（我得快点写完）。等到四点，上尉会再次审查信件及其措辞。士官们看起来不友善。阿尔萨斯人都喜欢发牢骚。总的来说，他们对我们的态度还算平和。有人喊我们，就写到这儿吧。希望这封信能寄到。我会把它送到食堂。感觉要在这里待很久，没有意思！

亲吻你们二老。

克洛德

我的地址是

列维士兵

一五八步兵团

机传连

斯蒂恩军营

（具体位置？我不清楚——从火车站出来，沿一条宽阔的大街向北，要行驶很远。）

S3

星期五，四点

［如 1931 年 10 月 24 日斯特拉斯堡邮局的邮戳所示，
只能是 1931 年 10 月 23 日星期五］

我想第一时间告诉你们一个重大消息！我正等着穿军装时（我还没穿），塔南中尉奉雷贝尔[①]之命来找我。他非常友好。稍后我在上校那里见到了雷贝尔！他们都毫不掩饰地向我施加压力，为的是让我成为下士学员。我认为有了目的才能接受……而且他们也许不会有实际行动。更正信的内容：我们 11 月 1 日可以出营。雷贝尔告诉我他要巡视。

亲吻你们。

克洛德

S4

斯蒂恩军营
一五八步兵团

斯特拉斯堡，星期六，早晨［1931 年 10 月］

我开始写信，但不太知道何时能写完。刚刚收到我的服装——不如说是一小部分，因为各处都不齐全。但数量可观：三件衬衫、三条衬裤、袜子、一件羊毛衫、法兰绒腰带等，还有军服、背包、头盔，我还知道什么呢？我正在等着看别人训练之后重新穿戴，才能知道这都怎么用。由于领衣服时站到了队尾，所以完全没人理我。没有训练，什么都没有。终于结束了，我忧伤地看着我的两双袜子！一只是新的，其他的应该能穿。

我想起昨天的会面：上校和蔼谨慎，将军夸夸其谈。但无一人总提我当下士学员的事，他们都很谨慎。后来到了院里，我强迫雷贝尔

① 埃米尔·雷贝尔将军（1866—1950）是克洛德的父亲雷蒙·列维－斯特劳斯的朋友。

给我一些建议。得到的信息是，我必须每周外出四天。因此，如果没人强迫我，我想一直装死……雷贝尔可能是伪善的，他夸张地跟我抱怨，还说军营的坏话，为的是让我比别人付出更多。我自然没有听之任之，反而说一切都好，吃得好，床舒服，等等，而雷贝尔只能深深地叹气！他还是挺友好的，告诉我他有哪些行程。

晚上好一些，没那么冷，我们还能烤点火，但会造成寝室的空气不好。花碧氏（Vapex）[①]就成了我的救星，电灯也是，因为时不时会停电。我们没有桌子，而且灯光很弱，无法看书……已经习惯了。每天早晨，我们叠好被子放在床上，下到一楼餐厅喝一杯咖啡。然后我争取利用“空档”去厕所和洗漱。接着大家等候发衣服，这次总算发完了。我们会在十一点和六点拿着杯子和刀叉下楼。昨晚的鱼肉煮得不是太咸，晚餐勉强能接受。

军营很宽阔，身处其中有种迷失、被吞没的感觉。大院应该超不过三四百米。红砖砌成的高大建筑耸立在灰色天空之下。

寝室里，每个人都有一个形状复杂的衣柜，没有柜门。我们先把背包放进去，再把军服叠放在小板子上，然后整理成方形。我喜欢穿军装，因为没什么会比它更能使我远离这种肮脏、油腻的环境。最痛苦的是，完全无法独处。我们从来不孤单，就算是去厕所。正因如此，我不进食堂，也不去士兵之家，那里的嘈杂声太可怕了。昨晚只有三个人留在寝室，非常安静。除了我，一个是普通的巴黎刺绣画家，另一个是勒克佐人，他航海时到过东京[②]。

总的来说，我和军士、中士没什么接触。下士们都很友好，乐于助人。而士兵们都是杰出人士，既不吵闹，也不浮躁。

明天我们好像要队列训练。我会试着逃掉，安静地待在这里。但这可能吗？报告时间（十点半）临近，我先写到这儿，不太清楚报告何时结束。

---

① 可能是一种治疗鼻窦炎的吸入剂。

② 越南北部旧地区名。——译者注

我四点又开始写信。大锅饭真糟糕，汤已发酸，红酒牛肉还能吃，面条有一股焦味。能吃饱就行，但我还不饿，一点儿没碰（我会把它扔掉）。我不吃，是因为怕反胃，仅此而已。

［未署名信件］

S5

斯蒂恩军营

一五八步兵团

斯特拉斯堡，星期三［1931 年 10—11 月］

亲爱的二老：

我知道自己的信既短又不完整，还不连贯。但没办法，我写信的时候，一想到接下来要做的事，就会迫使自己加快速度……再等等，我有了自己的房间以后，会安静一些，也会觉得更轻松。但现在不可能，写信时不断被打扰，就会感到多一丝疲惫。昨天一天相对安静。下午在雅纳－达尔克之家看了一场关于坦克车的电影，无聊透顶。今天上午洗澡，十二点半出发去克尔旁边的德赛射击场。穿着军大衣，佩戴头盔，配备武器、背包（空的），绕场行进一个半小时——特别疲惫。回来已是晚上，急匆匆地整理东西，用餐晚了半小时，因为停电，几乎没什么可吃。今天晚上不能外出，要发饷了！明天也不行，会有消防训练。这种情况还怎么找房子呢？就算我想好要出门，比如昨天，七点前几乎出不去——得走一段路才能找到报纸，然后找个地方看广告，因为街上禁止翻阅报纸——所以就得行走在昏暗的斯特拉斯堡，而且找不着路，最后又赶着按时回营，要不就是到了找不着人……我做不来。既然从早到晚都能看房，那就在这边找个时间灵活的人帮我看。布洛克一家不行，因为他们全天都在锯厂。

这样你们就明白了，要是跟我打听电话号码和斯特拉斯堡地图，会觉得可笑。要用一天中的哪个时间去找呢？收到一封将军①的来信，满是关于租房的负面消息，还邀请我周日吃午餐——科拉莉先约了我，为了两边都不耽误，我尽量去她家吃晚餐。

白天天气炎热，我更喜欢寒冷！

亲吻你们。

克洛德

S6

斯蒂恩军营

一五八步兵团

斯特拉斯堡，星期日，十二点［1931 年 11 月 1 日］

亲爱的爸爸，亲爱的妈妈（我想可以沿用这一开头，真正写一封信——我终于能安静六个小时，什么都不用做）。刚刚吃午饭时，收到了你们的全部来信，感叹通信兵的敏捷之余，还要称赞运输的迅速。希望从这里寄出也能如此。我迫切想知道你们是否收到了我的信，食堂的邮筒着实令我怀疑——尚未证实。不管怎样，我趁下士回维桑堡二十四小时休假的机会，请他把上一封信送到了邮局。

早晨很安静。周日七点吹号；我们寝室聚集了一群喜好自在之人，所以大家像往常一样六点起床，安逸地做着自己的事。今天早晨喝的是巧克力。然后我刮了胡子，有炉子很方便，这项小杰作得到了室友的称

① 指雷贝尔将军，克洛德·列维－斯特劳斯在信中通常将他简称为“将军”。

赞。后来我缝了几个快要掉的扣子。接着是午餐，差不多可以接受，甚至算吃得好。星期天：每日例汤（卷心菜清汤？）、牛肉（我来这里以后只吃过牛肉）、蔬菜沙拉、一块玛德莱娜蛋糕和一杯白葡萄酒。午餐时，雷贝尔差人把我叫到大院。爸爸，他说收到了你写的信。我始终对他采取一种策略，即告诉他这里的一切绝佳且完美。他像父亲一样给我忠告，让我预防便秘。至于下士学员培训一事，无须再做什么，雷贝尔已和我的上尉安排好了一切，我已被确定下来了。他对我说，我将成为传动部的下士学员。到传动部（广播、电话等）不错，比机械部（37 大炮、迫击炮）和步兵团最好的时候还清闲。我现在一周有四天被困在这里。所谓的优势，其实毫无意义。最初六个月，我们做着很多“低贱”的差事——下士的工作很可怕，他们要替所有人背锅。而我非常希望在成为下士之前去巴黎。只有当了下士长，才会有优待（独立房间）。

我很想通过雷贝尔来改善处境。我强行让他推荐我成为下士学员。未来两周，我会跟他抱怨工作中的困难，再小心地让他明白，二十四小时请假能弥补我在别处浪费的时间。那我可能也去不了巴黎，因为假期从周六的六七点开始（好一点的车次能节约几个小时）。而我如果有了房间，就能休息了！

今天下午没什么事，整理了床铺。（妈妈，顺便跟你说说床的构成：一张铁板，上面是毛毡、草垫、床垫、两个床单、三个被子。足够暖和，而且天气不是很糟糕，——由于长枕头很硬，每天早晨头有点疼，我会习惯的。但就是空间太小了！）寝室里依旧只留了三个人，大家话很少：一个巴黎的邮局职员，我之前提过的勒克佐旅行者，还有我。此刻他们正在玩牌。而我呢，给皮埃尔①写完信，大概会读一部侦探小说。

圣安德烈－德－马让库勒②近来如何？

---

① 皮埃尔·德雷富斯（1907—1994），克洛德·列维－斯特劳斯的儿时伙伴，1955 年至 1975 年间任雷诺董事长，1981 年至 1982 年间任工业部部长。参见 E. 卢瓦耶，《列维－斯特劳斯》，2015 年，第 55、58~59、103~104 页。

② 塞尔韦纳地区农村，离瓦勒罗格（瓦勒罗盖）不远，克洛德父母在瓦勒罗格有一处名为康卡布拉的房子。

我没有给科拉莉写信——很烦见到保罗。我周末会去，再为我的杳无音讯找个借口。

紧紧拥抱你们二老。

克洛德

附言：连队里有两个列维，别忘了写我的名。

S7

斯蒂恩军营

一五八步兵团

斯特拉斯堡，星期一，七点［1931年11月2日？］

亲爱的二老：

今天只能写封短信。白天的时间很满，而且还没结束！这是第一天训练和理论学习，听完阿尔萨斯中士长的喊叫和辱骂，已是精疲力尽。比起烦人的服装和设备课程，我还是更喜欢户外活动。

午饭时（汤、牛肉末、小扁豆），收到了你们的来信，也得知你们收到了我的信。还是应该满足于食堂的服务啊！

下午又是训练和理论学习。上尉差人叫我，意在建议我答应雷贝尔所说的下士学员岗位。怎能拒绝呢？我一周中有四天被困在这里，好在每天下午六点至七点允许外出，损失不算巨大。七点到九点是晚餐时间，真的没有理由不吃，我们得喂饱自己！这么看来，我欠雷贝尔一个人情，也很想偿还。这里唯一确实难以忍受的是，七天里有四天不能洗澡，因为没时间，也没有水，所以真的做不到。

明天要佩戴头盔、带上背包和全套装备训练！这里的人不会浪费时间！我得在晚上把一切都收拾好，得花一番功夫。

上尉会见我时，和蔼但不热情（他的性格如此），而且确信“［我曾是］好学生［所以我］也会是好士兵”。我回答说努力做到！他让我在机械部和传动部之间做选择。我倾向于后者，因为那里的工作不会太繁重，但是那样就不再听命于塔南中尉（我也没再见过他）。

下士学员的处境完全没有优势。他们同样会做杂事，甚至更多，但不会做下等事，甚至普通士兵也无须做（打扫走廊、阶梯等）。部队的厕所由临时工负责。

除了这些，我要做的就是吃饭和睡大觉，最晚九点上床，大约五点醒来。外面很冷，但寝室里不冷，至少钻被窝时不冷。

我争取明天或后天多写点。

亲吻你们。

克洛德

附言：按规定下士长的任期是一年。用这里的话说，那是个“好差事”，指清闲的美差。我完全不知道这有何用。要在最优秀的下士学员——在军事行话里或阿尔萨斯方言里的说法是螃蟹学员（élève crabe）——之中选出下士长。

我悄悄从窗角向外看（因为这里禁止望向窗外），发现军营位于克列孟梭大道和比奇大街的交叉路口。

另附：军医的名字是穆齐耶尔（发音待纠正）。

S8

斯蒂恩军营

一五八步兵团

斯特拉斯堡，星期一，早晨［1931年11月］

斯特拉斯堡信件

亲爱的二老：

我不会天天写信了，但一定得讲讲第一次外出经历。周日七点吹起床号，但我六点半就起来了，七点三十五分顺利出营。斯特拉斯堡空无一人，我迅速做了规划。第一件事，去克莱贝尔广场的奥贝特吃早餐，那里昂贵奢华，我买了一块巧克力、黄油和两个像屁股的斯特拉斯堡小面包，花了五块五法郎。然后我去了一直想去的大教堂。可是除了颜色，我不觉得还有哪里美。它给人的感觉是，建造过程中时刻都在考虑未来投入使用时的每个细节，真是幼稚而可怕。思考之余，我去了大学，还看到了黑森林大道，了解了斯特拉斯堡的新闻，然后去了市中心。我发现了拱廊街上一家热闹的小糕点店，大杯牛奶咖啡加两块蛋糕，一共三法郎，没付小费。

然后开始看房。火车站广场有一家舒适的宾馆，但每月要三百二十法郎。位于军营附近塞莱尼克街上的魏尔小姐（Mlle Weill）公寓有一间双床房，不供应自来水，每人一百五十法郎，而且阴森。佐尔恩月台的房子很好，但有人租了。

将军让我十一点半到，但到了没见到他，因为他还在出席官方活动。将军夫人亲切地接待了我。我们单独用餐（头盘、烤牛肉、沙拉、苦菊、蛋白酥），这一期间将军赶了回来。他在家里的样子，和我对他的印象大为不同，要“普通”得多。反正很有魅力，还记得他在妻子面前说：“可是您没犯拼写错误（陷入思考），之前有人跟我说，所有大学教员都会出错……可见不是，您一点儿都没错（惊喜而神气十足）！”他帮我剥核桃。喝过咖啡和甜烧酒，他们二人要去公墓。他毫不吝啬地让我进了他的书房，那里的信纸、书籍等一切供我使用！关于先锋艺术的杂志可能是将军夫人收集的，我只翻阅了一会儿。房间挺有意思，但很恐怖（地毯很漂亮）。然后又吃了蛋糕。这位丈夫很像俄国电影里的叛徒。我们后来又乘车去喝咖啡。晚上去了科拉莉家吃饭，她准备了一只美味的鹅。保罗把我送回了军营。太难消化了！

当然不只是说去亲戚家的事。但都结束了。

斯特拉斯堡给我的印象很好，只是整座老城过于崭新和鲜亮了。据说有一部电影就是对它的重塑。

诸圣瞻礼节我们不能外出，只是上午能休息。那我就惬意地在床上写信吧。

钱的方面，我不大知道要用在哪里。无法去银行，因为五点就关门了。露西的丈夫觉得银行和 R. 鲍曼（而且不在）不方便，建议我全部转交给科拉莉，我可能会这么做。你们需要在巴黎把钱取出来。我会寄一张支票过来。

我很犹豫是否要把这张照片寄给你们。我可不是这个样子！我刮了胡子，气色就会很好，大家都这么认为。

亲吻你们。

克洛德

皮埃尔和我都没有雅克的消息①。

S9

斯蒂恩军营

一五八步兵团

斯特拉斯堡，星期三，十二点半［1931 年 11 月］

亲爱的二老：

我现在开始写，写完可能就得晚上了。昨天，我完全没时间写信。你们看，我早晨必须参加传动部下士学员队的训练。立刻有了一个好

① 很可能指雅克·纳坦，即皮埃尔·德雷富斯和克洛德·列维－斯特劳斯的高中同学。

处，那就是教官不是阿尔萨斯人，很友好，训练时会给我们更多自由，通常是我们自己训练。而且会尊重我：他们礼貌地与我交谈，本来就认为我无力与其他人做一样的事情。军士甚至下午单独给我上课，因为“［我］虽不强壮，但更聪明，［我］需要的不是随意指挥！”

我本能上不会否定任何特性！今天早晨，我们从军营出发，沿着城墙根直到（我估计）萨韦尔纳门，然后在附近的山谷训练。这当然是服兵役期间最难熬的时候。看到一个卖面包和巧克力的小商贩，但没过去（普通食物对我来说已经足够）。有一个摄影师给我们拍了集体照。等我拿到底片，就会寄过去。天气很冷，但我还能忍受——似乎比其他人稍好。这群男生想要成为下士，所以训练时严肃认真，我不觉得有什么了不起。我还是更喜欢同寝室的临时战友。回去以后学习理论（军服条纹、军官和士官的称呼等）。下午安排了场地训练和理论课。六点——大事件——出发去雅纳－达尔克之家，那里在排练了一出戏剧，以示对我们的敬意。我没有出营服，本来能溜掉，而且也想溜，但我不想在这个时候搞特殊，毕竟剧场是善良的神父们的创造。而且连队老兵参与了表演，我认为他们能感觉到我的存在和喝彩，所以我没溜掉是有理由的。

我们大约六七点出发，穿过克列孟梭大街斯特劳斯－涂尔干路，沿着大教堂后方的河岸（什么河？）来到剧场所在的船工路。夜色下的斯特拉斯堡给我留下了美好的印象，路过学生协会总部时看了一眼，为之动容，还有各学院的海报……剧场大厅非常开阔，座无虚席，熙熙攘攘。洛朗神父首先做了充满智慧的发言，接着带领大家合唱（不用说，我没唱），然后是几曲不和谐的乐队演奏（好不情愿），两部伤感的军事题材喜剧，还有更伤感的小丑表演。我喝了（妈妈，高兴点儿）好多啤酒、柠檬水，还吃了短香肠和面包。回营已是十一点，晚上的时间太短了。早晨做针线活（烦人，烦人！），然后洗澡。尽管水是温的，而且挤得难受（屁股贴屁股），我还是欣然接受了。虽然真的很危险，但我估计不会感冒。

接着是（爸爸快听）分发武器：短枪、刺刀。养护这些该是一项繁重的工作。我要开始努力领到一套出营服。周末可不能处于这种状态。我会做到的。是的，我会给科拉莉写信——打算今天或明天告诉她，我周日会有空，“吃过午饭”去看她。希望她能理解。现在，我拿来周一的信，按顺序回答问题：

（1）长枕头是麦秆做的；不再感觉头疼了。

（2）床由铁架交叉放置而成。

（3）地板是木质的。

（4）妈妈关于厕所布局的描述是对的［见第 17 页］。我已经很适应了，时而还会仔细观察一番。

（5）黄油蛋糕[①]完好无损：不饿，或没有吃美食的欲望；几块糖（只有两三块）。

（6）我星期日会开始收拾房间。

（7）这个连的新兵人数刚刚过百（我们一直以为是八十六）。

（8）巴黎人很多，16 世纪的人（我觉得只有一个例外），也没有我这一阶层的人。

（9）是的，过段时间我会换房间，哎。

（10）注射疫苗后，我感觉特别安静。

（11）肯定会如传言所说，尽早彻底让“在部门间哗众取宠”的参议员在部门里做事。

（12）天气严寒，但我不觉难挨。

（13）我白天和晚上都穿着羊毛衫。

（14）戴军帽令我非常不适。

希望爸爸的伤寒并无大碍。他睡下了吗？昨天收到皮埃尔的一封

① 黄油蛋糕（Butterkuchen），阿尔萨斯的传统食品，克洛德的母亲经常做。

长信，内容很是真切。他提到你很担心，妈妈，别担心，不会有事！即便是地狱，我也敢说，是个风平浪静的地狱。只要跟别人步调一致，按部就班地生活即可。还收到另外两封信（勒弗朗[①]和第十六排），立即销毁了！晚上再接着写。得整理好装备（步枪、刺刀、子弹盒）去训练了。

下午五点半。我接着写，顺便等饭。首先，忘了说一件事：我昨天在上尉办公室接到了第一项差事。为此我得提前半小时起床，到达场地，奉命烧炉。要使用圆木，但没有劈柴的工具。我刚刚差点被刀砍伤（宝贵的 iodenka），于是给了一个家伙几苏钱，让他帮我做。午饭过后（早晚有人执勤），我照常打扫卫生。

今天下午，在昨天的地点训练（对了，爸爸，确实要经过阿格诺广场），腰背部均佩带武器，还要架枪，等等。虽然我有偏见，但还是在队里遇到一些有趣的人：三个神学院学生、一名以前沙俄的混音师，他是犹太人，在派拉蒙工作。回来之后，进行理论学习（枪支装配与拆卸），这些都索然无味。

我得马上给科拉莉写信，还要擦皮带，吃完饭后刮胡子。

深深地亲吻你们。

克洛德

附节日栏目表，这比任何描述都生动！

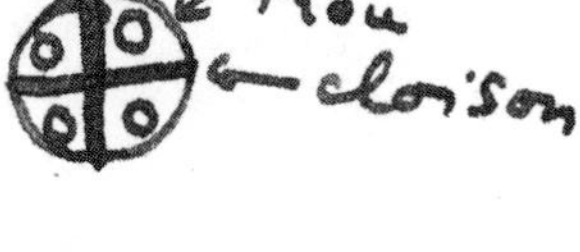

① 历史学家乔治·勒弗朗（1904—1985）与马塞尔·德亚参与创立了法国高等师范学校的社会主义学习小组，克洛德·列维－斯特劳斯是该组织成员。革命建设小组于 1931 年 3 月 1 日成立，联合创办的杂志《建设性的革命》于 1932 年开始出版。参见 E. 卢瓦耶，《列维－斯特劳斯》，2015 年，第 77~93 页。

S10

斯蒂恩军营

一五八步兵团

斯特拉斯堡，星期二，中午［1931 年 11 月］

我刚才同时收到了妈妈周日的信和爸爸周一的信。爸爸，我急忙告诉你，我会听从你的建议，马上去医务室。确切地说，从周日晚上——可能是周五——开始，我就莫名其妙地发烧，三十八度上下。没觉得太难受，所以依然参加了昨天和今天早晨的训练。总之我觉得很累，有点撑不住了，所以得去看军医。看看他会怎么说……我会一直跟你们保持联系，如果去了医务室，少说也得两天精神才能好起来。

如果你们觉得勒维在这种情况下出面合适，那就尽快着手去做吧，我一点也不想在那里待一周！（穆泽尔司令）我觉得自己只是小感冒，并无大碍。你们千万别担心，不会有什么事的。我应该会错过这周的事了，还挺有意思的，是航空作业和机场工程。

我匆匆结束，去做准备工作了，亲吻你们。

克洛德

S11

斯蒂恩军营

一五八步兵团

斯特拉斯堡，星期六［1931 年 11 月］

亲爱的二老：

我明天能外出，开心！我们演了一出荒诞的短剧：全连列队欢迎上尉。只定了四十余人加入消防队。我先讲讲早些时候的事情。昨天足足军训了一天：七点，佩戴武器头盔，集合行进；七点五分解散，穿二号服装准备接受检阅，但前一晚才领到衣服，全部扣子都得换，可是一个还没缝呢！我们八点领到军扣，阅兵九点开始，得拆缝扣子三十六次！八点五分，被叫到商店领羊毛手套、石蜡和肥皂。回来一直等到九点，也就是阅兵的时间。一阵骚乱，十点钟队伍才通过，搞不清状况！记不清下午做了什么……啊，对了！又是接受检阅，依然是上尉。今早在操场训练，下午（又是）阅兵，还有军医的防性病讲座——声音小得我都听不见。先后接到将军和科拉莉的午饭邀请，我接受了第一个（因为更早得知），然后跟科拉莉解释说吃完午饭会马上过去。

我变得什么都记不住了，不知怎么就陷入了这样的生活，这一秒不知前一秒做过什么。这样也好！我搬到了宽敞的下士学员寝室，虽然有十六个人，但舒适多了（有桌子）。我刚才还玩了一局桥牌。

得知爸爸的情况见好，我很高兴。妈妈，我找到房子之前，你把书寄来也没用。除非我明天就能找到！

已经停水两天了。我得想个刮胡子的妙招！所以就写到这儿吧。

我争取明天告知你们我的最新消息。

克洛德

S12

斯蒂恩军营

一五八步兵团

斯特拉斯堡，星期四［1931 年 11 月］

亲爱的二老：

这瓶新墨水是我往来通信的最好记录！我不会每天写信了，因为要做的事实在太多了……早晨在老地方（阿格诺广场后方）（带枪）训练，跑步时眼镜掉了，彻底摔碎。趁着上午什么都做不了，我就去找上尉请假，打算晚上外出配眼镜。因为他每次都不会轻易准假，我就没往下说。于是把处方、摔坏的眼镜和一封信寄给了科拉莉，叫她帮我配一副临时用的，能救急就行了。

我下午领了崭新的二号服装，但所有扣子都要缝，太费劲了！更恐怖的是，周末全连组织消防训练，很可能四点半以后才能出去。多叫人失望！总之在这里几乎对一切都看淡了。

领完服装，去堡垒进行简易射击（意思是装了避免反弹的铅弹）。我的成绩是"及格"！军营的饭菜会引起轻微胃胀。我想了想得少吃面包，所以就把黄油蛋糕和巧克力分开吃。

又在队里认识了一个叫埃尔坎的犹太人，他从事出口工作，有着崇高而天真的政治思想——我已经开始教育他了！总共有四个犹太人了：派拉蒙公司的洛佩尔①，还有之前提过的那个，此外是一个叫戈尔曼的英国黑人。明早一直行进到克罗南堡场地，估计得有五公里。多亏了地图，我才能分清方位地形。我一直觉得营地靠西一些。

今天早晨训练间隙，我们亲眼看到有人钓了一条四五公斤的白斑狗鱼。得乘船到水上，才能保证抓到时不会断线。我想起了爸爸，他好些了吗？受罪吗？希望并无大碍。

最后，我回答几个新问题：

（1）盥洗间有自来水管，但就是不流水！妈妈的建议很好笑！我们从来不会赤身裸体，睡觉时也穿着衬衫、短裤和毛衣；不可能光脚踩在肮脏的地板上——所以怎么梳洗呢，戴着手套？

（2）Vulcase②不起作用。

---

① 伊利亚·洛佩尔（1905—1971）在巴黎的派拉蒙配音摄影棚工作。他 1947 年成立了洛佩尔影业，还推出了洛朗斯·奥利维耶的《理查德三世》。

② 泻药。

（3）我们偶尔能烤火——但不管用。

（4）成为下士学员没用，当了下士长才有用，但每次只会提拔一人。眼下我更喜欢当下士学员。长官们很随和，给予我们更大的自由。所以不用给雷贝尔写信了。

（5）那双丑鞋子我能穿，那双新的也能穿，但就是鞋型不好，又窄又长，我穿着就像夏洛！我可能还需要鞋子。

（6）下士学员没有徽章。

（7）当然是绑带！军官才有紧身裤！

（8）严格要求佩戴法兰绒腰带，那不过是一条绒毛隐约可见的布带，就是个样子。

（9）我们午饭之后整理床铺。

（10）关于广播在步兵团的作用，我和你们一样无知。通信会用到广播、电话、电报、烟火、光学信号……

除此之外，过着乏味的生活，感到羞耻的是军人就是这样度日的。每天都得买点东西：皮带上用的石蜡、铜管牙膏、军扣等。为了给我们配军服，他们好像花了三万法郎了；可是得配合！你们不用担心钱。我有两百法郎，今天刚破开第一张。再过两天我会出去……

暂别一两天，明天不写信了，亲吻你们。

克洛德

附言：我给军士写了封信，告知其管我的（军士的）名字。

S13

斯蒂恩军营

一五八步兵团

斯特拉斯堡，星期五，两点［1931年11月］

亲爱的二老：

今天上午第一次行进，然后换来了几乎清闲的下午，盖尔尼耶中尉下午三点检阅，发表讲话，然后我们进行理论学习。上午的行进也没多恐怖：十二公里（往返结束时十二点），一直走到靠北的米特劳斯贝根，然后返程。塔南中尉带队，而且和我们一起步行——但没戴头盔、背包和短筒火枪！细雨中弥漫着薄雾，尽管郊区的景色没有诗情画意，我还是觉得开心。我们在路上遇到一辆卖梨的车，就刚好买了一些。我吃了一斤冬梨（一法郎），兴奋地发现味道和在康卡布拉[①]吃到的一样——我昨天训练时买的半斤葡萄也是如此。

回来时（是往萨维尔纳的方向吗？有一片公墓）有人来关心我的脚感觉如何。如我刚才所言，今天下午很清净。

前天射击回来以后，写信时有点儿激动！顶着太阳行进，努力学射击（我表现并不出色），还有第一次戴头盔行进，还没开始就让我头疼不已。我觉得这些事都很烦人，但已经习惯了。昨天上午训练，下午在军营附近简易射击。你们看，这里的生活很枯燥吧。再过八天，就会有改变。周一射击，周五行进，只需要早晨训练。下午用于"专业"，即传动学习。我们已经开始学习莫尔斯电码了，寝室里聊的都是嘀嘀嗒嘀嗒……至少这不惹人烦。

今晚又是任务繁重：把我的备用品拿到科拉莉家、剪头发（看着太长了）、找房子。我在军营附近找了一个洗衣工，但完全消费不起（洗一件衬衫要两块二毛五法郎）。我把一双不经穿的袜子给了她。

我周日会去将军家吃午饭，然后可能去科拉莉家吃晚饭，也可能不去，还没接到她的消息。白天我大概会去看奥居兹，当然还得找房子。对了，爸爸，我问过银行工作人员了，他们一无所知。你们应该可以

① 列维－斯特劳斯一家在塞文山脉的房子的名字。参见美洲信件前言，第216页。

想象，军营所在的街区在斯特拉斯堡，就相当于库尔塞勒在巴黎，有种 1880 年的感觉，荒无人烟，没有商店……什么都不方便。至于埃芒丹热这个人，因为不了解，所以不想雇他当佣人。我会找到的，只是需要一些时间。我之前想过大学城，但那儿应该租不到房子。要是能给我一间学生宿舍，就算真破例了。我会问问奥居兹，但不抱希望。

忘记告诉你们，我用烟草和军饷与那个黑人作了交换，以后不用再做苦力了。绝佳的安排！每天早晨，咖啡过后还会为我们提供小吃，有奶酪、沙丁鱼或红酒鲭鱼（五人一盒），不可小觑。

有一天，塔南中尉还提出要帮我。我向他表示了感谢，但目前对他没什么请求。我中午收到了朗泰尔纳军士一封十分友好的来信，信中提到他已写信给我的军士，我的军士人也很正直。总之不是在做无用功。

话说回来，除了疲惫和偶尔的烦恼，在这里也没那么惨。必经的几个月就快过去了。想想现在已是第三个周日了！感觉昨天刚到一样。

我收不了《埃克塞尔西奥》[①]——也算幸运！它对我有什么用？差人把它给我寄到军营更是奢望。而且在我有地址以前，别再提这种要求了。

钱的事十分感谢。我还有一百四十法郎，并不着急。我觉得以后最简单的方法是，我签支票给科拉莉，这样就不需要任何资金转移。

我在科拉莉家添了一句话——电话号码 6713，——周日晚上在这里吃饭，亲吻你们。

克洛德

S14

斯特拉斯堡，星期日，十七点半［1931 年 11 月］

① 1910 年 11 月 16 日发行的法国日报，于 1940 年 6 月停刊，其中很大篇幅是插图。

亲爱的二老：

我想一会儿给你们打电话，但可能不会聊很久。那我就趁着在房间里的闲暇和舒适，多写一会儿。如你们所知，我有房间了，是保罗的姨妈（我不知道她的名字）提供给我的。我先简单说一下，一会儿电话里再说。房间在夏尔－阿佩尔大街 26 号，位于军营和波尔多广场之间，离市中心很远，但这是次要的。房间虽小，但很舒适，有中央供暖、很棒的梳洗间、单独的洗澡间。房主们很热心，至少我见过的女房东挺好的，她是按摩师，有两个女儿，丈夫好像是会计。她会负责为我洗衣服，还有其他一些事。不幸的是确实很贵，但我着实觉得这里不会有更便宜的了。今天早晨我在埃代尔街（罗贝尔索小巷附近）看到一个房间，比这个差多了，还要三百法郎……我尝试去河岸写些稿件来补充开销（对了，之前那份结算了吗？）忘记一个细节，我的房间在四楼。我有所有钥匙，可以随便出入。唯一的条件是，不能带姑娘回来——因为还是小女孩！还没等我开口，房东就说等你们来斯特拉斯堡时，可以住在这里。

听了爸爸的建议，我今天早晨去罗昂宫附近的玫瑰浴池洗了个澡，真开心！然后在大教堂广场吃了丰盛的早餐，咖啡牛奶加奶酪馅饼，花了两块五法郎。我后来去了博物馆，那里常设绘画课，除了素描，其余都很好，有现代绘画中的各种好东西。不能耽误其他事情，以后再去吧。

然后就来这儿了，一个人都没有。后来去了埃代尔街，然后是将军那儿。就这样吧，我受够了！他始终充满诱惑，谈话里带有各种陷阱。我听到了饶勒斯的刺杀拯救了法国但没有作声，任由将军谈论。他是国际联盟[①]主义者、反白里安主义者[②]等等。他表现得那么愚蠢，以至于我开始怀疑他无时无刻不设下的陷阱是否真实。刚好将军夫人收到了《艺术之爱》，但什么都看不懂，于是我们就现代绘画展开了一番

① 国际联盟，成立于 1920 年的国际组织，致力于维护和平与国际合作。

② 阿里斯蒂德·白里安（1862—1932）是 20 世纪 20 年代最积极的国际合作倡导者之一。

激烈讨论。将军通过图片对比了马蒂斯和米开朗琪罗，我并没有作深入比较。

我打算回去看《百万富翁》[①]。但将军以一个房间地址为由，把我拽到学院里一位哲学教授家。他名叫朱雷（可能拼写有误[②]），身材矮小，曾是本笃会修士。教授很和蔼，女儿淘气，没有通过教师资格考试的语法科目（于是他请我每个月的第三个周日前来做客）。他的妻子像古利纳女士[③]。我一出来就来到这里，立即租了下来，然后去科拉莉家拿行李，乘出租车把它们运了过来，就算安顿好了。大功告成！多惬意啊！最开心的是能有更多抽屉来放我的东西……

军营的枯燥生活仍在继续，但终于不再痛苦。这两天我们一次次地入伍检阅，明天会接受将军检阅。我们把房间擦得（军营里会说“打磨”）“锃光瓦亮”，衣服换得比半个上流社会的女人都勤，整天都要把鞋踢得啪啪响，“下士学员列维，哲学教授，父母均在，独生子”——休息……先是面对各位下士，接着是中尉，然后是上尉，再从下士开始，循环十次（每次都得先脱衣服，再穿衣服）。但这总比训练要好，下周开始，训练就会少一些……

昨晚是我第一次在城里吃晚餐。加上我总共五人（派拉蒙的洛佩尔、邮电机械师沙雷尔、电台剪辑师让内尔和中央高等工艺制造学校的学生德尔•佐珀），我们六点出发，去弗朗克布什瓦街的斯特拉斯堡大厦吃晚餐。每人七法郎，就能吃到一大盘冷盘，一大块咸猪排、一份红肠、一大片猪膘、土豆和大份的酸菜，还有水果。也就是两个半份的九块五法郎套餐。斯特拉斯堡的生活真美好！然后去了克勒贝尔广场的奥德翁咖啡馆，喝了咖啡和甜烧酒。重要的仪式！我就需要这样，这是我第一个真正轻松的夜晚——亲戚很友好，但和他们在一起还是会拘谨。

---

① 勒内•克莱尔的电影（1931）。

② 指阿贝尔•朱雷教授。

③ 列维－斯特劳斯父母的朋友。

附上两张德尔•佐珀拍的照片，爸爸你看，使用蔡司产的4.5天塞镜头，真是浪费胶片。我现在做梦都想有一台徕卡。斯特拉斯堡有许多徕卡俱乐部的展览，能见到真正的18x24的佳作。

明天还是入伍检阅，接着是分队学习。每周有三个晚上都是满的！挺没意思的，而且好像1月1日以前都禁止夜间出营和二十四小时出营。但有人也说——是否属实？——11月10号我们就能请假十一个小时了，而且11号下午准许出营。我还要去看《百万富翁》！

于是我有了地址：

马克西米利安先生的住宅

夏尔－阿佩尔大街26号

你们的信件最好寄到军营，因为我不能每天来这里。

紧紧拥抱你们。

克洛德

［介绍两张照片中人物的文字和素描］

S15

斯蒂恩军营

一五八步兵团

斯特拉斯堡，星期一，晚上［1931年11月］

亲爱的二老：

这个学习的晚上自然要用来写信！我一会儿可能会忘（每次写完信，我感觉连想说的四分之一都没写到），所以先告诉你们一件重要的事。我今天被带到戈若医院检查眼睛，在场的同事都戴眼镜。朗贝尔司令给我查的，他对我近视的原因感到诧异。我跟他胡扯一通，主要是说不戴眼镜会头晕。他表示很赞同，谈话中我悄悄提出是泰里安负责我，但没发现我的病情。他询问了我的职业，还说是必要的学习才让眼睛变成了这样，并为此而痛心。这能有什么帮助吗？我不认为，因为他对待我就像对待其他人一样，也是配了一副眼镜。而且我的单子和其他人的一起折好交给了下士，所以我不知道他在空白的“专家意见”栏里写了什么。但如果勒维或别人认识这位医生，也许就是另一种情形……

像我之前跟你们讲的一样，我上周日上午在房间度过，舒服地洗了个澡，开心地沉浸于布卢姆[1]的文章和《鸭鸣报》，还看了一篇侦探小说，很糟糕。我在科拉莉家吃了午饭，虽然有美味的鹅肝（汤、甘蓝、栗子、蛋糕……），但不怎么诱人（这些事挺重要的）。露西之前托人告诉我去看她，刚好保罗要开车去找她丈夫看足球赛，我就和他一起去了。露西总是风风火火，还决定亲自供我吃肉，但前提是什么都归我买，公平起见，我回绝了！但她给我品尝的东西很美味。她还说鲍曼一家肯定希望我去看他们，我也准备好要去。刚好鲍曼太太（应该是让娜）打来电话，露西对她说了我的意愿，但她似乎并不迫切，因为她的回答是这周日和下周日都没时间。也好，也好！但露西说她毫无察觉，诸如此类。

出来之后，我去了奥居兹家，想着就待五分钟，然后回去享受我的房间时光。虽是刚建的新街区，但我的方向感还行，顺利找到他家。奥居兹很年轻，三十五六岁，留着小黑胡子，典型的犹太人和大学教师。很难挑起话头，我寒暄过后刚想告辞，他说曾在兰斯教过书，话匣子一下打开。也就聊到了他非常熟悉的德亚[2]，他的父亲奥居兹医生是党内的老积极分子，患了痴呆。在那之后，他一直把我留到了差一刻

① 莱昂·布卢姆（1872—1950），国际工人组织法国分部（社会党）领导者之一，分别于1936年6月至1937年6月、1938年3月至4月任委员会主席。他还主导了日报《人民》。

② 马塞尔·德亚（1894—1955），师范生，通过哲学教师资格考试，社会党政治人物，曾担任社会党学生联盟主席。1944年3月，进入皮埃尔·赖伐尔内阁，担任劳工和国家团结部部长。

六点（我是三点到的）。我们谈了政治，是我主导谈话，他不太强势。他向我介绍了他的妻子，长得很丑，也许因为她是吉涅贝尔的女儿才娶的吧。我还见到了他的三个孩子，倒是很好。我们相互告别，期望再见。晚上和老朋友在老地方吃饭，然后去了奥德翁咖啡馆，我们——怎么会？——成了那里的常客。

非常感谢寄来的包裹。袜子很好，但黄油蛋糕几乎不能吃了。最好不要寄这些东西，因为寄到之后就彻底变成面包渣了！那些印刷品，如果你们想寄，也可以寄来。但我觉得更理智和节约的方式是让我老老实实地追着看杂志。为什么专门要《社会批评》[①]呢？只因我迫不及待想看了，里面好像大加称赞了我在《社会主义学生》[②]的专栏。反正布瓦万[③]是这样说的。

至于为我庆祝，我真觉得最好取消！庆祝在这里有什么意义，我又能渴望什么？我的摄影愿望都无法实现！话说回来，自从我来到这里，特别想要一台照相机，军营里太适合拍照了，尤其是在行进途中。但如果要来回换胳膊，手上没谱儿的话，那就会浪费胶片。事实很可能如此。这里的花销确实很大。

回答一个问题：我从来没说起过我的司令，因为根本没有。一个步兵团实际由隶属于三个营的十二个连组成，还有两个单独的连——编外连（各种职业如缝纫、修鞋等）、机传连[④]，它们直属于上校。

我刚才去了医院，在会议室等医生时，看到一份 1909 年的刊物，不知是哪本杂志（《大杂志》？又或是其他名字，忘记了），一个叫

① “思想与书籍的杂志”，由鲍里斯•苏瓦林创办，1931 年至 1934 年间共十一期，参与者主要有雷蒙•凯诺、米歇尔•莱里斯、乔治•巴塔伊、西蒙娜•魏尔。

② 《社会主义学生》，由比利时学生创办于 1926 年的杂志，也欢迎法国文章，特别是皮埃尔•布瓦万的文章。克洛德•列维－斯特劳斯于 1928 年至 1933 年间在上面署名发表了十七篇文章。关于克洛德•列维－斯特劳斯的社会主义行动，参见 E. 卢瓦耶，《列维－斯特劳斯》，2015 年，第三章。

③ 皮埃尔•布瓦万，克洛德•列维－斯特劳斯当时的密友，师范生，获得哲学教师资格，社会主义积极分子。参见 E. 卢瓦耶，《列维－斯特劳斯》，2015 年，第 78、92 页。

④ 机械与传动连。

普瓦耶•德•阿让的人讲述了关于安格尔的回忆。很有意思，里面满是安格尔语录：“鲁本斯和凡戴克？谎言学堂”——当被问及是什么使他想到《拿破仑一世封神》①中的马时，他回答说：“菲狄亚斯和拉车的马。”他认为鲁本斯是反对安格尔的。

这就是我能讲的关于这里的生活的全部，很遗憾不再是一种令人好奇的短暂体验，而是成为某种可怕的注定！最令我不适的是持续的无所事事和毫无意义的骚乱。大家甚至期盼战争，赋予我们存在的理由！我有些夸张了，但确实如此。

亲吻你们。

克洛德

S16

斯蒂恩军营

一五八步兵团

斯特拉斯堡，星期三，九点［1931 年 11 月 11 日］

亲爱的二老：

11 月 11 日早晨，我在军营里给你们写信——市区游行，于是命令我们这些年轻人留在营里。吃完大锅饭，午夜前准许出营。但是——按规定——我们连属于消防队，所以只到四点半。我昨天冷冰冰地请求军士免除我的消防任务，他倒是立刻答应了。于是我打算大概十一点或正午出门。看情况，或者在军营里吃午饭（会有鸡肉），或者先回房间，再去城里吃午饭。我的军士——还有我——收到了朗格雷纳军士的信，他跟我说了，还说会“关注”我。我已回信给朗格雷纳，以示感谢。

① 画名为 l'Apothéose de Napoléon Iᵉʳ。——译者注

周一早晨终于迎来德米尚上校出席的著名的入伍检阅。他是歼击机上校，目前率领八十六旅，很快就会成为将军。他看上去是个正直的人，刚一听说我的职业，就问我在哪里任教。我回答说尚未谋职。于是塔塞尔上校在他耳旁轻声说："非常出色的小伙子……几乎收获了所有头衔……"——然后所有军官开始交头接耳：他怎么没成为储备学员[①]？是上尉的疏忽，塔塞尔又悄悄说："……我让他来就是为此……但考虑到学习和将来，等等。"事情就是这样。

此外，四分之三的时间在下雨，我们几乎没有训练，就在房间里学习莫尔斯电码。我完全掌握了电码，但速度还达不到。昨天，一位叫戈达尔的中士找到我，说要在上级接见新晋人员时以学员身份发言。于是我为他写了十几行的简短发言，他很高兴。你们看，别人会在我有价值的地方想到我！昨晚是第一次下士学员学习，其间与我们的下士长、勒巴尔斯中士展开各种较量，疯狂喊叫，毫无纪律可言！昨晚下士们被惹恼了，派了将近十个可怜的家伙去消防队找钥匙之类的东西。于是他们去了办公室，不幸的是刚好撞到上尉，惹得他大发雷霆。这些下士们估计下场很惨。我开始对这个上尉有些了解，他绰号"飞拓"（Fly Top），这个可怜的家伙人不坏，但就是管理连队时不近人情，叫人活在"挨打"也就是受罚的恐惧中。而且休想向他提请求，他肯定会拒绝，倒不是出于严厉，而是害怕惹怒上校。

基于以上所有事情（！），我只有在周一晚上吃过饭后去了住处。我用了七分钟从军营房间走到我的房间。房间里空空的，我进了浴室，在浴缸里舒服地洗了个热水澡（没有预备任何洗澡的东西，我以为会有，因为说好浴室供我使用），然后吃着箱子里的牛轧糖。在沙发床上躺了一小时一刻钟。我没有备用的洗漱用品，所以得买，比如肥皂、牙膏、梳子，还得买双拖鞋，在外面穿的鞋子虽然合脚，但穿一天会很累。

① 储备军官学员。

我刚从军士那儿回来，他准许我饭后出营。所以我整个下午都是自由的。我可能会在房间里度过，看几本侦探小说，或者去看望奥居兹，但莫扎特街太远了，我有点发懒。晚饭后如果有时间，我会看《百万富翁》。周日我会去科拉莉家吃午饭（我回绝了雷贝尔），然后晚上可能会去邮局打电话。

我在本周的包裹里收到了《埃克塞尔西奥》，粗略翻了一下，刚刚被军士拿走了。不用给我寄过期的《大众》，我很想看布卢姆的文章。

重大消息：从今往后螃蟹学员不用再做苦力了，而这些重活本来也没累着我！我还是会继续给戈尔曼香烟，他是个可怜鬼，所有的不幸都降临到了他的头上，而且还要当兵三年。他现在正津津有味地看着我的英语侦探小说。

就写到这儿吧，再无所事事地度过两小时。亲吻你们。

克洛德

［绘图：夏尔－阿佩尔街道地图］

附言：非常感谢，但不要蔡司。我没那么想拍照，而且康卡布拉的那台小相机还好呢，寄来那个就足够了。

S17

星期四，八点半［1931 年 11 月］

亲爱的二老：

匆忙写了这封短信，想告诉你们，如果明天突然有事不能写，那你们再收到信可能就会很晚了。我们周日从下午四点半开始消防训练。希望能准假，但如果不行，我就周六晚上再打电话，或者周日，那样我会更方便（晚上打——中午我在科拉莉家吃饭）。我刚刚买了日用品，然后过来这里，也就是我的房间里，把东西放下，亲吻你们。

克洛德

S18

斯蒂恩军营

一五八步兵团

斯特拉斯堡［1931 年 11 月］

亲爱的二老：

一封短信，这个学习的夜晚自然该用来做任何事，就是不学习！我接着之前说，也就是 11 月 11 号那天。午餐吃得很好：沙丁鱼（每人两条），烤得恰到火候的鸡肉，只可惜得用显微镜才能看到（五个人一块），还有园子里的蔬菜、沙拉、小蛋糕、咖啡……然后我立刻跑去看了《百万富翁》，又获得了一番乐趣。之后回到了住处，楼里总是空无一人。在“我”的浴室里认真梳洗了一番（包裹收到，感谢）。大约晚上，我的男房东来和我打招呼，人看着不错，他给了我一把私人信箱的钥匙。晚上我们几个人一起在老地方吃饭。这次还有各位下士长，而且饭后还带我们去了一个他们觉得惬意的地方，那是一个下斯特拉斯堡的低档咖啡馆，还有一支德国女人组成的热尔达风格的乐队。但也值了，巴黎的马戏团广播不过只是合唱版《巴黎屋檐下》或者用体积是其三倍的大鼓演奏的波尔卡美妙舞曲！我们很快就听烦了，于是去了奥贝特舞厅，那里和蒙帕纳斯很像，同样无聊。我们在那儿遇到了副中尉，他非常亲切，到我们桌上坐了好一会儿。最后，下士长们带我们逛了斯特拉斯堡的贫民窟，荒无人烟的小巷，灯光昏暗，每家每户都会传出手风琴的声响，夜晚就这样结束了。

昨天事情不多，主要是学习莫尔斯电码和简易射击。我跟值周中士请了五小时一刻钟的假，去新百货商场买东西：拖鞋十二法郎、发刷八法郎、发梳五法郎，还买了其他东西。我还需要外出穿的鞋，因为穿着笨重的钉子鞋走在斯特拉斯堡的街上，随时都会摔断脖子。于是我去了布卢姆先生的店。由于他卖的鞋受到一位下士长青睐，所以他把生意做到了全连。他店里的鞋子长得都一样，价格和城里其他地方卖的也一样，都是五十九法郎。我和布卢姆先生交换了关于军事行业的看法，他觉得这里“并非久居之地”，我也这么认为！

然后还是老规矩去吃晚餐。这就是军营的不便。我们六点才被允许出营，然后去找还在营业的商店，所以如果需要购物，就得在外面吃晚饭。放心吧，爸爸，七法郎的兔肉套餐包括一只前腿和两片厚里脊肉！

爸爸，我听了你的建议，今早十五公里行进时带了熟肉和奶酪。我们出门向东，往森林那边走，然后走到莱茵河，穿过斯特拉斯堡海港，绕了一大圈。铅色天空之下，逆着光望去，莱茵河颇为壮观，港口的起重机和邮轮似的彩色驳船令我心潮澎湃。下午在贞德之家举行了防性病讲座，还有幻灯片！挺有意思，但我中途不得已出去了一下，因为里面叫人喘不过气儿。

[此页无署名，我们附上了一页有署名但无开头的菱形纸页。]

2①

没纸了，正在等待一次特殊集合（！），所以不能去食堂，那我就接着上面写了。我一直以为德尔•佐珀是中央学校的校友，但他只是在中央学校上过电学课，其实是做皮革装饰的。这就解释了他为什么没成为储备学员②，也不懂摄影知识。还有一个人更难懂，那就是刚刚收到了一台配有 Flor Berthiot 4.5 镜头的相机的让内尔。确实，我

① 原文如此。——译者注。

② 储备军官学员。

在寝室的床铺是优先安排的，但只是临时的，它是给一个下士准备的，他很快就会回来。我可能会搬到对角线的位置，那里也不错。

听说明天会注射抗伤寒疫苗。要是这样，周日就不会有消防训练，而且我估计就不会有人拦着不让出营了。

我今早领到了靴子，装备渐渐齐全。将军写信邀请我周日中午一起吃饭，然后下午去接朱雷先生，但我回绝了。我周末可能去看奥居兹。

我忘记跟你们说，周三我去了斯特拉斯堡电台。珀蒂托－卡尔特利耶[①]虽然忙于11月11日的节目，但依然热情地接待了我。他还邀请我去他家，我肯定会抽一天时间去拜访。

我下次去见塔南中尉时，肯定会不带任何情绪地跟他申请午夜外出和二十四小时出营。我倒想看看他会如何回应我。有了住处，我就渴望能在那里过夜。每次坐在床上，我都觉得它柔软极了！

要是合适的话，我想要一小盒碎布。用到它们的地方很多：擦枪、擦纽扣等等。我已经用掉了一条短裤！

但愿妈妈不会因为让娜[②]的离开而有太多事情要做，写不下了，亲吻你们。

克洛德

S19

斯特拉斯堡，星期四，晚上［1931年11月19日］

亲爱的二老：

刚刚认真梳洗了一番，不知道是否还有充足的时间写信。开始动笔写吧。是的，爸爸，我上一封信是周一写的，并非你想的那样。周

① 斯特拉斯堡电台是1930年11月11日成立的国家电台，罗贝尔·珀蒂托－卡尔特利耶是国家邮电局下设的斯特拉斯堡电台主任。

② 女佣？

一的信，也就是过了周六的第二天，也是我特别讨厌的一天，因为会有武器检阅、服装检阅、全军检阅等等。除了这些，我很开心，今天早晨训练时更是如此，宽阔的克罗南堡场地位于军营西侧，半小时路程。那里有战壕、地形图，总之就是作战会用到的一切。除了我们，没人会学习间隔十五公里的各个阶段、俯身之类的东西。我既能仰望天空，又能向四周眺望，所以一点也不沉闷。我们周二晚上夜间行进时去过克罗南堡。当时四点半出发，七点返回。那天学的是夜间识别敌人，是用武器当敌人的。天气不冷，我本来就喜欢走路，而且已经开始期待明天早晨去往罗贝索[①]（？）城堡的十六公里行进。

我们今天等着打抗伤寒针。之前预料到了，所以已向上尉申请了第二天外出，他批准了。但是第二天，也就是今天，没打成针，换成了进蒸汽室[②]。荒诞的小实验，很难引发一些真实的联想！并不觉得烦，只是后来眼睛觉得刺痒。

我会去看望布卢姆博士，但还不知何时。周日是法国人进驻斯特拉斯堡的周年纪念[③]，全天都有游行，所以我们可能四点半以后才能外出。其实我不怎么想发挥辅助作用，军事领域中我只喜欢训练和行进。但这可能会影响我返回巴黎，所以我还是会上心的。您没给我街道号码，希望电话簿里可以找到。

莫内[④]的电话令我感动。自然，我昨天给他写了信。

我忘了告诉你们，从昨天开始，我吸烟了！如果有人给烟，又看到别人在吸，就会有种被征服的感觉。我只有在行进中，或呼吸着早晨冰冷的空气时，才感到快乐。只有昨天在去凯尔附近的德塞射击场的路上，我草率地连续吸了两根军用香烟，完全沉醉其中。结果经历

① 罗贝索是斯特拉斯堡的老种植区，普塔莱斯城堡（18 世纪）位于其东北部，其所在的公园和城堡同名。

② 好像真的是能杀死虱子的蒸汽。

③ 1918 年 11 月 21 日，法国士兵进入斯特拉斯堡。

④ 乔治·莫内（1898—1980），1928 年任苏瓦松社会党众议员，1936 年至 1938 年间两次出任农业部部长。克洛德·列维–斯特劳斯于 1928 年至 1930 年间担任他的议会助理。参见 E. 卢瓦耶，《列维–斯特劳斯》，2015 年，第 83 页。

了人生中最棒的一次射击，可喜可贺：五发四中，正中靶心，未中的一发也非常接近。

再过两三天，我就能有写着自己名字的信箱了。从周日开始，你们就能往我的私人地址寄杂志和报纸了。碎布、《社会批评》和《大众》都已收到，十分感谢。我会给 H. 德雷富斯寄一张卡片，晚些再寄给外祖父母[①]。我有写不完的信。阿琳[②]就算失败也要坚持吗？我觉得真是无可救药。

我果断决定要争取二十四小时外出。经过一番深思熟虑，认为最好是给塔南中尉写信，而不是训练时去找他，他在训练时从来都不会自然地看我。所以我先写好，等到感染伤寒需要请假时再把信给他，不能看着太夸张。塔南中尉愚蠢至极，他喜欢“向人灌输”，训练时还经常把我们集合起来，给我们讲章程之类的内容。但他遣词造句的能力实在糟糕，大家都想冲上去救场！话说回来，他看着很正直，所以大家很喜欢他。今晚我的手表摔碎了，我送去了钟表店，估计是发条断了。我这可是美国的表！

写完就回军营了，那里满屋子都是病人：脚肿，起泡，或者其他毛病。只有我健步如飞，谁能想到呢？

亲吻你们。

克洛德

S20

斯蒂恩军营

一五八步兵团

① 指的是克洛德·列维－斯特劳斯的外祖父埃米尔·列维，凡尔赛伟大的犹太教教士，以及其妻子萨拉，父姓莫克，又称呼其为姥姥。

② 阿琳，克洛德的表姐妹，是他的姨妈露西·罗比的女儿。

斯特拉斯堡信件

斯特拉斯堡［邮戳：1931 年 11 月 23 日］

亲爱的二老：

我习惯性地周一晚上写信。首先要说的是，希望你们不要因为我的规律来信晚了一两天而担心！这种情况可能发生，以后也肯定会有。因为这里的日子越来越整齐划一，并没太多东西要写；再者，意料之外的变化会引起延误，比如夜间行进，或晚上本想写信却有紧急行动……

周日没有外出禁令。于是我按照惯例，以最快的速度离开军营。先是在营房里等咖啡，然后约七点一刻离开，路过糕点店买两三块蛋糕（早晨在军营吃不到）带回住处，梳洗之后享用。我很快就到了那间沉睡的房子，钻进浴缸，出来后穿着拖鞋，在床上躺了一上午，读着本周收到的读物。我不知道是否会去将军家。理论上他每周日都会等我，但昨天没有收到他的专门邀请，而且 11 月 22 日有游行活动……我本想周六晚上去拜访时解决这一问题，但他当时和妻子出门了。我周日上午写信给他，解释说因为知道他那天肯定很忙就没再去拜访。但我还是会跟他说我的情况，"从而显得并没忘记他一直有意帮我"——要说得很自然！我会抽一天晚上再去。

我还去看望了布卢姆博士，他家非常豪华，十分惬意。我跟你们讲过我和他的谈话。他想请我吃晚饭，但估计只是说说。至少科拉莉这么认为，她给我指出了他犯过的几个明显错误。我在科拉莉家吃午饭［我喊她亲爱的表姐（！！！），称呼保罗和路易时用您，称呼露西时一半用您，一半用你］。顺便问一下，爸爸，斯特拉斯堡哪里有花店？或许给科拉莉和将军夫人送花比较好，但我一家花店都找不到。周日早上，我漫无目的地穿梭于大街小巷，然后大约两点回到住处，剩下的时间用来看书。晚上和老友们吃饭，饭后（午夜之前准许出营）乖乖去了奥德翁咖啡馆，我还在那儿打了电话。

军营生活依然了无生趣。说些什么呢？周五我们团和第二追击团进行了一场足球赛。我从来没有那么厌烦过。说真的，我在这种混乱的游戏中感觉不到一丝美感，百分之九十的努力是浪费，而且用的方法也前后不连贯。

我们只需要上午训练了，比如今天下午就可以打电话，冷静，冷静！每天的生活还算有趣。我们的层次高一些，又不做苦役，所以都被人讨厌了。因此，他们想出各种阴险手段让我们难堪，而我们呢，哪怕一点鸡毛蒜皮的小事也会吵闹，所以大家都很怕我们！周日十点临时安排剥土豆，但七点就已经准许出营了，所以理应不去参加。但我和另外几人因缺席而被罚做四天苦役。我提前告诉了值周下士，如果我的名字出现在做苦役的人员名单里，那我当天就给上尉写报告——问题就这么解决了！而我的伙伴洛佩尔出于同样的动机找了值周中士，刚刚还在上尉面前指认这个中士说谎，而上尉只是表面上原谅了他（洛佩尔）。这就是我们的方式！你们看，虽说这里是军营，但氛围更像剧团或部门办公室的幕后。雅克可能更羡慕我的处境。可他惯用伎俩歪曲事实，所以我完全不信他的讲述。估计他吃得也不好，反正我这儿就是如此，总归能吃饱（即便每天连吃一块冷冻肉都很难）。我不会让自己受罪的，尤其是行进的时候，我会吃好多东西，虽然不太靠谱。我们三四个人前一晚商量好买什么，然后第二天一通狂吃。比如我周五就吃了两根半香蕉、一斤苹果，配着面包吃了四分之一根香肠、一包烤栗子，我想想还有什么？行进十九公里，走在罗贝索森林的薄雾里，途中看到了一片玉米地，金黄诱人，美不胜收。一定是在塞文时的锻炼对我大有裨益。多亏了它，我才能轻松背起不断加重的背包，里面是衣服，上面是被子、铲子——再加上子弹盒里的金属块。

总之，在一群病人当中，我还算有一丝精气神儿。每天都会有人去医院，今晚军士来跟我们谈话，告诉我们就算没病只是难受或感觉没精力出门，也一定要去找他。我们就像他的孩子。

一直没有打抗伤寒针的消息。我直接找了上尉请假第二天外出，但这好像是对他的亵渎。就这样，我通过上下级关系，周六把我的信交到了负责二十四小时请假的塔南中尉手上。他还没回复我。非常感谢《陋室之夜》，我们阅览室有这本书，但我不能拿来看。我一直觉得马克•奥兰很宝贵！

你们可以先读一读那些杂志。我觉得不必重新贴邮票寄给我。如果火车邮寄会更便宜，那就用这种方式。我跟编辑说过了，这几天会有一批书寄到普桑街，你们就用同样的方式处理这批书吧——只要保证先寄来它们中的随便一本，好让我在其他书寄到之前先有得读。

信里没有丝绒。我一直留着信封，但里面是空的。回答你们的问题：会收到五盒香烟，每盒 20 支，每两周 1.25 盒。戈尔曼是个可怜的家伙，我总会把我的香烟给他，然后再买一盒（一法郎），对我来说就够了。我只有在户外吸烟时才觉得舒服。昨晚我发现骆驼牌香烟和军用香烟的味道一样，因此觉得自己还是不够“成熟”。

信件一天之内就能寄到，比如周六的信周日中午寄到——寄到夏尔－阿佩尔街的《大众》就是周日大约十点到的。至于喝奶粉，真的不需要！喝“果汁”就已经挺忙乱了。总之，我吃得很多，不会饿着。我的手表过几天就能修好。钟表商没有提前要价，所以我也不知道发条是断了还是只是脱落。我的学习计划肯定会被搁置！期待能二十四小时外出。

我不羡慕尼藏[①]的工作。我去格勒诺布尔的路上见过那个镇，远处是山，不怎么诱人。但这个地区的政治很有意思，他可能自有盘算。

我能讲的就这么多。如果下一封信晚了几天，切勿担心！

① 保罗－伊夫•尼藏（1905–1940），通常称作保罗，是小说家、散文家、记者、译者，20世纪30年代共产党中的重要知识分子之一。他娶了克洛德•列维－斯特劳斯的表妹亨丽埃特•阿尔芬－斯特劳斯。参见 E. 卢瓦耶，《列维－斯特劳斯》，2015 年，第 38~45 页。

亲吻你们。

克洛德

附言：议院（众议院）的信封只能针对负责信件的值周中士发挥明显作用。等我获准二十四小时出营，就马上要我的滑雪板，孚日山好像积雪了。这里的天气很奇怪，时而严寒，时而酷暑，有时候早晨和中午的差别就有这么大。妈妈，穿军服当然很热，行进时不穿短袖，只有军大衣（而且我穿了两件毛衫）。

S21

斯蒂恩军营

一五八步兵团

斯特拉斯堡，星期三［1931 年 11 月］

亲爱的二老：

写这封信主要为了让你们放心，可能比上一封短一些，无论如何得抽时间学点东西！各种包裹已使我眼花缭乱，非常感谢你们。但是不要浪费食物，因为军营里没地方放，而能供暖的小房间里也不能储存。肯定放不了很久！

先说几件重要的事：

挂号信制度很差劲。我昨天在家收到一张无效票据通知单，于是要跑去邮局中心。最好是不以挂号形式寄出，而以挂号形式寄到——或者就寄到军营，我接收时会有不便，但也只是小麻烦。

不要给我寄钱！我还有钱，房租已经交过了——我喜欢避免此类事情的困扰。

不要错过二八放映厅（Studio 28）上演的《护卫地球》[1]，它是通过了审查的爱森斯坦[2]的《总路线》[3]。我觉得有些片段很精彩。

阿兰格里[4]的相机一定会给我很多乐趣，因为有很多精彩的事物可以拍。

她提出把相机给我，真是太好了。如果你们要寄来，我想知道：第一，可以装哪些快速感光片（因为总是阴天，只能使用快速曝光）；第二，F6.3 比 F5.7 增设了哪些装置。

这块法兰绒很好，只是有点模糊。我就怕它和房间目前的氛围不搭——但也不能只凭一小块判断。

不，没什么好看的电影——准许午夜出营的时候少之又少，而且就像给了你一个莫大的恩惠，或当事人并未要求的优厚补偿。我没收到塔南的任何回复，很奇怪。无论如何，我坚决要在八点前“提出”周日二十四小时外出的申请——看看会发生什么。

我的肠胃都很好，除了熟猪肉，我还能吃蒙斯特奶油。头一次把衣服拿给房东洗，不知道什么时候能取。她家的洗衣工病了，所以找了别人来洗，她从来不让我付钱。我只穿羊毛袜。妈妈，你不了解团里的情况！说眼镜只是一句承诺。我把《大众》扔到了纸篓里。《埃克塞尔西奥》总能按时寄到，可在军营宿舍里读。面包随便吃，除了周日，我们每天早晨都配果汁吃。当然了，皮埃尔可以去我那儿睡。

回答完你们的所有问题，不知道还能说些什么。生活始终如一，昨天打了一天电话。今天早晨冲了澡，还要为周六的“彻底检查”大扫除。我花六法郎请了一个同伴帮我洗作战服和训练服。他有好多顾客，想必能挣一笔钱！下午在德塞射击，天很热，非常疲惫。我又陷入了一贯的糟糕状态！昨晚我去拜访了将军，他还是那个样子。将军

① 原名为 *La Lutte pour la terre*。——译者注

② 1930 年，巴黎警方禁播这一电影，它是苏联导演爱森斯坦拍摄于 1929 年的电影。

③ 原名为 *La Ligne générale*。——译者注

④ 玛丽·阿兰格里，父姓列维，是克洛德的父亲雷蒙·列维–斯特劳斯的堂姊妹。

强行塞给我一张死亡通知单，还要我节哀，但我觉得惭愧，因为我并不认识一个叫列维•格兰巴克的人！好像是个亲戚……他周日没有空。所以我能清净十八天。据说明天打针，但也不靠谱，两周前就有人预测，可是一直没打。

昨天，我在夏尔－阿佩尔街找到了露西熟肉店，买了一根粗香肠，其中一根还夹了开心果。这家店很棒，或者说越来越好了！

饭后（汤、煮牛肉、难以下咽的生米饭），写完了这封信。

亲吻你们。

克洛德

S22

［明信片寄往］

R. 列维－斯特劳斯夫妇

普桑街 26 号

巴黎十六区

斯蒂恩军营

斯特拉斯堡［邮戳：1931 年 11 月 28 日］

周五晚。亲爱的二老，匆忙寄出这张卡片，只为告知一切安好，而且以后只会周日给你们写信（今晚我会打电话）。今天收到了阿兰格里的一包食物，已经表示了感谢。早晨下大雨，可惜了，没有行进。此刻我们正在安装电话线，这是一项普通的工作！我周日会往家里写信。亲吻你们。

克洛德

S23

星期日，早晨［1931 年 11 月 29 日］

亲爱的二老：

我早晨开始写这封信，可能下午才会写完。中午可能会去露西家吃午饭，但如果她今天要去孚日山，我就去找科拉莉。特别感谢你们的祝福，还有昨晚收到的巨大包裹。寄给我这么多东西，真是太疯狂！如果生病了，既不能怪我，也不能怪命运。所有东西都很好吃，尤其是甜 garbances[①]和它的配食。只有玉米面包屑[？]有点结块，不好消化，一碰就成了碎屑，加热之后好吃一些。还有奶酪，闻上去就很香！我会把它带到军营。

我还是要说，你们不要寄钱给我。我没有任何需求，上次寄来的我还剩了一些。一直没搞懂转账有没有好处，询问了柜台，对方以回信的形式把它寄到了科拉莉家。所以我什么都不需要。直到昨晚，照相机还没寄到科拉莉家（我跑了一趟，好显得不是只为了吃午饭才去）。没准儿今天能寄到？我在科拉莉家收到了玛丽[②]姑妈寄来的五十法郎（还得写一封信，我之前已经写过了！），昨天又在自己家收到了祖母[③]的二十法郎。我今天会写信给她，就像在凡尔赛时那样。但没邮票了，得等到明天才能寄。

军营里突然下起雷阵雨，天空一点也不蓝，像拖把一样！这几天确实出现了一些所谓的“恶习”：每天早晨，分队里都有三四个人（我从未这样）不来训练，既不是生病，也没请假……最后和值周中士吵了起来，简直叫人无法容忍。我们周三晚上在学习，上面说到的那个中士在我们之中找了七个人（不包括我）去做苦役。不幸被选之人虽

① 鹰嘴豆。

② 可能是玛丽 • 阿兰格里。

③ 莱亚 • 列维，姓斯特劳斯，克洛德的奶奶，寡居，1932 年去世。参见 E. 卢瓦耶，《列维 – 斯特劳斯》，2015 年，第 33~35、39 页。

然反应激烈，但还是顺从了。因为是中士的错（他本该去找没在学习或理应做这件事的人），第二天他急忙赶在我们之前，向上级汇报了情况。他说了什么？我无从知晓，反正不是好话。我们受到了严厉的斥责，于是下士学员又要开始做苦役。我们的队长除了生我们的气，看着我们受罚更生气，所以也插了一脚，下令周日晚上之前禁止出营。队里的骚动可想而知。除了集体抗议，不由分说，这足以把我们送到军事法庭。到后来，我讲了一番道理，并提出了一项计划：关于苦役的事，至少现在无计可施；当务之急是把队长从他目前所在的敌人队伍中拉过来，把他拽到我们这边；这样一来禁足令自然就能解除。如果计划失败了，就再想其他办法。

大家一致同意，我被任命为谈判代表。于是我约了队长面谈，对他高谈阔论了二十分钟，用尽了各种演讲策略。最终大获全胜，既结交了朋友，禁足令也被取消。在那之后的第三天，我甚至什么都不用说，就不必参加学习。我们从未和队长之间如此友好，而他也因为能够指挥这些杰出人士而倍感荣幸！

这就是军营的生活！因为周五下大雨，所以没有行进。我们忙着在斯特拉斯堡外围街道安装小型电话线，并不无聊。周一会打针。但愿周二能请假出营。塔南昨天终于开口了，他说我可以申请下周日二十四小时出营。所以，生活也没有太糟糕。

我周五聊天时说，再过一天我就二十三岁了。等我九点回去时，队友们送了我一幅题词的素描和一瓶葡萄酒渣（他们知道我的怪癖！）。先是致辞，然后隆重地开瓶享用。你们看，我的队友们特别友好，而且很重感情。

爸爸，我忘记谢谢你的烟盒了，特别好，肯定能派上用场。但你寄晚了！我抽上烟斗了！有一天，我吸了队友的一支烟斗，竟然发现它比香烟更能让人愉悦。但我不会这样下去，还是得谨慎对待吸烟。上周三，我们被点名负责射击的后勤差事（也就是说我们要比其他人早到，去准备靶子，等等），所以我们中午一放下碗就得出发，带上所有设备，顶着太阳快速行进五公里。我也有点儿犯蠢，路上连抽了三支香烟，到达目的地时，差点儿都难受了。没过几分钟就恢复过来了，这成了一桩笑谈。上尉还来询问我的身体状况，下令我整个下午都不用训练，等等。

你们说要看《观众》，是个好主意。其中蕴含的——先锋知识分子——精神挺招人反感，但应该还是能从中发现一些有趣的东西。只是趁我哪儿都不能去的时候勾引我，太不公平了！我没看过《小利斯》[①]，感觉会很差，关于吉加•维尔托夫[②]，也只是听过名字。我认为爸爸可以找一些电影相关的事来做，应该是个好想法，肯定能发现有趣的东西。我认为绘画不能只是独立的学科，而应该与其他表现形式相结合，比如建筑、电影等。这行得通吗？

我有足够多的羊毛袜，不用再寄新的了。感谢支付了登山俱乐部（Club Alpin）（发音真奇妙！取挂号信时，我把会员卡用作身份证件，于是看到邮政人员在登记簿上写下“Club Albin”）的费用。先写到这儿，我要出门了，争取找到花店，然后去科拉莉家——从她家出来后可能去露西家。

三点

从露西家回来，把信写完。午餐很棒（红酒除外——阿尔萨斯人不知红酒为何物，而且会搭配水喝）。他们两位都很友好，我们聊到了爬山和滑雪，整个谈话并不无聊。这里有着得天独厚的滑雪条件，马克斯坦[③]距离这里有三小时路程，他们给我看了照片，景色颇为壮观。如果用快速运输寄我的滑雪装备，要用多久？（相机还没寄到。）如果用火车运输这些装备呢？如果我能在 15 号之前的一个周

① 让•格雷米翁 1930 年的电影。

② 苏联电影导演（1896—1954），主要拍摄了《面对摄像机的人》（*L'Homme à la caméra*）（1929）和《顿巴斯交响曲》（*La Symphonie du Donbass*）（1930）。

③ 马克斯坦（Markstein）坐落于孚日高原的冬季滑雪场。

日（12 月 13 日）请假出营二十四小时，我可能就得让你们寄来全套装备。

今早收到了《大众》，为什么没有周一和周二的？我很想收到整周的，其中总有一些有趣的东西，而且还和旧事件相关联。露西还给了我一根灌肠，没法拒绝，之前给的已经开始变质了，得扔掉四分之三！

爸爸和莱昂①见面商讨装饰的事了吗？

关于 Korette F4.5，我询问了同伴让内尔。他对此很了解，并不觉得这是二手的。据他所说，Hug. Meyer 镜头不是顶级的（他买的二手 F4.5、6 1/2x9 的 Som-Berthiot，加上快门，花了三百七十五法郎）。

在科拉莉家遇到一个途经斯特拉斯堡的叫玛丽的表姐，她觉得妈妈和她母亲简直是一个模子刻出来的（她这么觉得）。谈起这些事的时候，我觉得自己像个傻子。这些人都是谁啊？

未来四个小时要先和老朋友们吃晚餐，然后拨打 AUT 96–79，结束后再跟你们说，亲吻你们。

克洛德

附言：出发之前看到了说起过的剃须刀，它能给我的信心实在有限！我觉得最好不要买了，反正刮胡子也不成问题。我更喜欢在军营里做这些事来消磨时间，这样还能节省些时间。有时候我能赚十分钟！

S24

星期日［1931 年 12 月］

亲爱的二老：

我昨晚在床上睡的，不得不说，睡得很不好。不是因为床不好，

① 很可能是保罗·莱昂（1874—1962），于 1905 年至 1934 年间担任历史纪念物委员会主席，克洛德的父亲可能希望与其合作一项公共建筑装饰工作。

恰恰相反，是我觉得不适应宽大柔软的床垫和丰满的枕头了！尽管如此，二十四小时出营的感觉还是很惬意的。直到最后一刻，我都觉得还没得到它。连队今天消防训练，注射了疫苗的人都要休息。事实上，除了我的申请，其余午夜出营和二十四小时出营的申请都被驳回了，这多亏了我和办公室的管事下士关系好。他是个天主教徒，保护我的同时，又不会被指责为偏袒。他把我的申请与其他申请分开，让人以为我没打针，而我又是申请去斯特拉斯堡（所以不用去火车站），于是就被批准了。只不过得到很晚，不能去吃大锅饭。所以就在市里吃了一份酸菜香肠，十分美味，然后去影院看了《马里乌斯》[①]（人会向一切低头！）。令我感叹的是，派拉蒙公司如何在外省营造出了一种巴黎的奢华。走在布罗伊广场，就像走在繁华的大街上！说到电影本身，拍摄技术很差，马赛也被糟蹋了。但是剧情还不错，演员也很出色。有趣的是，雷米和弗雷奈在戏剧上不相上下，但在电影上，雷米绝对碾压后者，他确实是个好演员。在电影方面，我向洛佩尔询问了布朗贝热–里什贝[②]公司的情况。据他所说，这家公司的领导是一个犹太人和一个反犹分子，而且二人有创业的能力，但技术水平欠缺，尤其在声音方面，虽然和派拉蒙一样用的都是西部电子公司的设备。

昨晚吃饭早，十一点就睡了——今早七点起床，习惯不能丢！周六收到了将军的邀约，不想看上去没有教养，所以就接受了，但必须推掉之前约在同一天的布洛克一家（其他一些人）。

上周五，除了买了点东西（在马格莫[③]买了信纸和花式领带），其余时间我在读书，晚餐在科拉莉家吃的，还举行了哈努卡[④]宗教仪式。我周六做的差事数不胜数，着实为请假付出了代价：扫台阶，和“老兵”一起运炭——把一千公斤炭从军营的这边运到另一边。这还没完！

① 亚历山大•科尔达和马塞尔•帕尼奥尔的电影（1931）。

② 1931年，出品人皮埃尔•布朗贝热和导演罗歇•里什贝展开合作，当年共同推出了让•勒努瓦出演的《母狗》。

③ 马格莫（Magmod），商店名。——译者注

④ 犹太人12月末庆祝的祝圣节或灯光节。

四点，上尉召集我们，讲解酗酒的危害，提到了一个自杀案件和一起袭击共和国护卫军事件，前者的影响力远不及后者。

我不需要毛巾，房东会提供，自己的毛巾留在军营里用。这里能买到磨砂玻璃，但我想知道阿兰格里是不是找不到相机上哪块儿了。今天是阴天，所以还是不能照相。我为《社会主义学生》写的评论见刊指日可待。

我看上了喜剧街上的一家花店，但如果是送将军夫人，我可能会尝试穹顶街的那家。斯特拉斯堡的花太贵了。我大概不能再去找勒内的朋友了，倒是很想去看望珀蒂托。但是周日不行，因为他们要不间断地广播——而工作日我又不方便。危机似乎并未波及阿尔萨斯人，至少布洛克一家和露西的丈夫没受到影响。而据我所闻，安娜的丈夫看着挺焦虑。我对皮埃尔做了最后的劝说（他声称喜欢糖和薄荷酒，所以我准备了诺瓦蒂纳[①]）。刚一收到雅克的电话留言，我就给他写了信，但寄去了舍费尔街，妈妈你之前忘记告诉我他的地址了。要是他还收不到，那就奇怪了。我今晚会打电话，可能是出营前最后一次，确定圣诞节或元旦会放假四十八小时（我更希望是元旦，因为那样就不会在 1 月 1 日感叹已经出去过了！你们觉得呢？或许也可以选择）。

亲吻你们。

克洛德

附言：我还是想要全部的《大众》。这次缺了周四那期。

附言：忘了告诉你们，剃须刀棒极了，真是绝妙的体验。这款与吉列相比，操作更灵活，但有点儿危险。用它剃得又快又好——只是工作起来看着和普通剃须刀并无两样。我把它放在夏尔－阿佩尔街这里，等周日和晚上需要时用。11 月 28 日收到的那些食物深得我心。阿拉伯糕点散发着罕见而奇妙的香味，遗憾的是没有关于每种糕点的介绍。

① 诺瓦蒂纳（Novaltine）应该是一种饮料。——译者注

S25

斯蒂恩军营

一五八步兵团

斯特拉斯堡，星期四［1931 年 12 月］

亲爱的二老：

匆忙写下这封信。今晚正式陷入有名的警戒，引起了一片恐慌。我听了第二营的广播，说是明天一早要与另外一个军营汇合——好在不是孤军奋战！正因为此，下令我们四十八小时内不准去往街区，因为共产主义者宣称今明两天要游行。从这两件事可以看出，斯特拉斯堡军营完全处于备战状态。这太荒谬了，几乎令人发笑。

奶奶的消息令人伤心。要是她经历了这次打击能彻底恢复，自然最好。你们觉得她能挺住吗？她遭罪吗？

除此之外，我没什么可说的了。我们领到一个很奇怪的装备，至少要负重四十公斤，好在不用坚持很久。

我会给你们寄些香烟，但要在周六或周一之后，我们被看得太严了。说到《欧洲》①，你们忘了我上个月应你们的要求，寄去了贝尔②早期的两篇文章。如果我没记错的话，关于法国银行的段落在第二篇，反正不在我手里仅有的这篇更新的文章里。关于这一话题，你们还可翻阅《大众》的官方材料，我把它们剪贴在了一个很鼓的绿色小画夹里，然后放进了我的活页夹。应该没有扔掉。但愿于斯曼③的要求会奏效。爸爸，我不同意再去问莫内。别忘了他正在为竞选而造势，肯定没有

① 1923 年在罗曼•罗兰倡导下创办的文学杂志，长期与共产党亲近。

② 埃马纽埃尔•贝尔（1892—1976），记者、历史学家、散文家，就职于《世界》周刊，20 世纪 30 年代亲近激进分子。

③ 保罗•杜梅于 1931 年 5 月当选法国总统，并任命乔治•莫里斯•于斯曼（1889—1957）为爱丽舍宫秘书长。

精力。我们再等十几天，然后就去找勒斯芒或者现在就找，至少凡尔赛那边会需要我。

收到皮埃尔到访普桑街之前写的一封信，他的姐姐见过德亚之后也入党了！

就先写到这儿吧，要去做准备工作了。

亲吻你们。

克洛德

S26

斯蒂恩军营

一五八步兵团

斯特拉斯堡，星期二［1931年12月］

亲爱的二老：

今晚计划有夜间行进，恐怕不能写信了。所以我利用检阅之后的休息时间迅速写。刚刚进行了正式的军备检阅，检阅者是一位军械师，一个月前就开始谈论此事，结果也不过如此……

但愿你们的信会对将军产生影响，但我对此表示怀疑，原因如下：周日我和他一起吃午餐，我们谈论了共产主义和上帝的存在，交谈愉快而且蕴含哲学意义。我小心翼翼地就一些更重要的问题试探他，他却断言我肯定会成为下士！在他看来，这是让我进入“军队体制和社会阶层”的方法——坦白讲，他大概早有此意，言语间流露出一种强制。他已将我视作储备下士，第一阶段之后升为中士，等我获得队长资格之后（！），再通过第二阶段升为副中尉……

总之，我并没有反驳，可是他有点蠢。我作为“一种精致文明的危险品”，对于军队有何用途？对我而言，如果必须留在这里，我肯定要找一份办公室工作——必要时我会扰乱雷贝尔而为穆泽尔做掩护。我们就静观其变吧。

看完电影（《水手之歌》[1]，很差劲）之后，我去科拉莉家吃了晚饭，然后去了露西那里，她之前让我去拿香肠。她总是那么热心，我可能会去吃一次晚饭。

没别的要说了，身体一直很好。我还有钱，不需要寄。爸爸，我认为对于照相而言，重要的是：聚焦要精确到毫米，否则拍的只不过是一些没有艺术价值的纪录片；效果自然的手动补光。这可能得需要 Nitraphot 灯具，斯特拉斯堡很多地方有卖。

妈妈，我觉得不能写信给……我们不能总去叨扰这些人。但话又说回来，我已尝尽了机传连[2]的所有乐趣，真的受够了！

亲吻你们。

克洛德

附言：别忘了卡片信封。我现在没时间，今晚会写信给外祖父[3]。我还是想抽烟斗，但既不想让你们买，也不想自己买。主要是没想好要哪种类型，还有就是不知道自己是否会上瘾。你们要是哪天在家里发现了一支老式烟斗，我挺想试试看。

我觉得《旋涡》[4]拍得很没水平，没看进去，还是得看原著。

S27

夏尔－阿佩尔街 26 号

星期四，晚上［1931 年 12 月］

① 卡米纳•加洛内的电影（1931）。

② 机械与传动连。

③ 克洛德•列维－斯特劳斯的外祖父埃米尔•列维，是凡尔赛的犹太教教士。

④ 哥伦比亚人何塞•欧斯塔西奥•里维拉的小说（1931）。

亲爱的二老：

我昨晚在科拉莉家收到了你们的汇款，万分感谢。我本来还剩四百多法郎，再加上若、迪娜[①]的二百法郎，我的钱就太多了，下个月可千万别再给我寄东西了。若和迪娜这么惦记我，他们人太好了。今晚没时间（对了，我已经给外祖父写信了），我周日会写信给他们。我也不知道为什么今晚会在这里收到你们周六的来信！爸爸在信中说了他和拉扎里的合作项目，但我对此表示深深的怀疑。还有，爸爸，我今天在军营也收到了一封信，你在信中解释了我之前说的聚焦，但恐怕你说反了。准确来说，聚焦于"所有平面"会令人反感。德国人拍照，追求的是只聚焦于一个平面，深度最多四分之一毫米。这样就会突出重点，对画面其他部分做更大程度的处理，作画也是一样。一致的聚焦只会拍出糟糕的纪录片。还有，我见过用 Nitraphot 灯光拍摄的照片，效果不错，但光线过于平均了。若要实现你要的效果，我觉得要用摄影棚里的"小聚光灯"和小射灯。你可能在布朗贝热那里见过，这种小型射灯只有一面，或只照射物体的一面，被照到的部分再通过反射而间接照亮其余部分。此外，若借助透镜和遮挡盖片，也能通过 Nitraphot 达到这一效果。

得知将军去找过军医。我应该知晓此事并向他表示感谢吗？是的，除非你们不这么觉得——我稍后会这样做。他一定会反对我拒绝当下士，但我仍会坚持留在队里，因为觉得这样更好。如果我回去的事真的无法操作，那我就等当了下士，频繁地去找穆泽尔，诉说我的疲惫，好求他为我谋取一个城里的职位。还有另一种假设，也是我担心的，那就是如果队里的生活太安逸，我就会加速采取行动。洛佩尔这个家伙变得很讨厌，对所有人不管不顾。昨晚还和上尉发生了口角，而上尉已经表现出了未曾有过的忍让。结果是我们所有人受难，一直身处雷雨交加的气氛，所有人都被严加管束……反正我的要求只有每周日二十四小时外出。如果我还能如此，就知足了……周二的夜间行进是

① 若和迪娜·卡昂是克洛德·列维－斯特劳斯父母的比利时朋友，美洲信件前言里着重提及此二人，参见第 217~218 页。

穿越田地，假设敌人在距离三十公里处，多么可笑。瞧这主题设计的！明天是长途行进，希望别太累。收到了德亚的一封有趣的长信，他说希特勒在德国已经倾尽全力。还收到了康德和卡片信封，谢谢你们。

我会去看这里正在上映的德国版《三分钱歌剧》[①]。下周我可能申请午夜出营，去听安塞梅[②]，虽然曲目挺一般的（亨德尔、莫扎特、《牧神午后前奏曲》、《达芙妮与克罗伊》、《太平洋231》）。

妈妈，我不在外面吃晚饭不是为了省钱，而是那样我就不能享受在房间里的感觉了。我平时还会吃些水果和奶酪。明天有消防演练不能出门，所以花2.25法郎买了一块牛排，准备明晚吃。把牛排放在饭盒里，再放到烧红的炉子上，很快就熟了。皮埃尔给我的信中充满新信徒的谵妄之语；但愿能维持得久一些……

我们的克罗南堡训练场距离斯特拉斯堡两公里，里面都是钢铁和木材搭建的临时住房，我们觉得是用来储藏工具或类似东西的。这就是法国的和平风貌。今天，有一扇门开了，我们惊讶地发现里面放着一台155巨型大炮，基柱固定在一个用金属加固的水泥缸里，还有轨道，等等。一切都是崭新的，随时待命。

哎，该回营地了。周日之前不要期待我的来信，估计明天和后天都没时间写信了。

暂别，亲吻你们。

克洛德

S28

夏尔－阿佩尔街26号

星期日，早上［1931年12月］

① 乔治·威廉·巴布斯特的电影（1931），取材于贝托尔特·布莱希特的戏剧、库尔特·韦尔的音乐（1928）。

② 埃内斯特·安塞梅（1883—1969），音乐学家，瑞士乐队指挥。

亲爱的二老：

我今早是嘴里叼着一支漂亮的烟斗给你们写信的。十分感谢，为了这种幻想而花钱，是有些疯狂。但我得承认，确实能从中收获快乐，这可比吸烟文雅多了！不知你们是否留意到，随烟斗一起寄来的那本书是有维克托•玛格丽特[①]题词的《阿里斯蒂德•白里安》。这位大师如此之好，竟还记得我。我会写信给他。这本书是纯粹的自传，我刚刚读了几页，非常有趣。

将军给我写了张便条，说他去见过军医，还说要请我吃午饭，信中还说军医完全不担心我的身体状况。（所以，要不是他告诉我，我都不知道你们对他采取了措施。）我这就过去，看看会有什么有趣的事发生。他要是知道了我不想当下士，肯定会明显不高兴，所以我认为保守一点比较好。随后我会去看德国版的《三分钱歌剧》，之前就很喜欢这出剧。

军营里的人彻底疯了。你们想象一下——这是机密！——周二凌晨两点，我们收到动员警报；六小时之后即将进入备战状态，带上装备和物资等等！夜色迷人，但大家都惶恐不已，觉得无风不起浪。在我看来，占领莱茵的时代已经过去，德亚在给我的信中也表达了这一观点。有一天，我们经历了一出惨剧。周三晚上点名，结果队里有一半人没参加学习，包括我。我们逐一被叫到上尉面前，而我的理由无懈可击（受邀去亲戚家吃饭，本来说好会早点开饭，结果没做到），他也欣然接受了。他其实很怕我像洛佩尔一样，跟他大闹一番，所以我必须在回答时表现出对所有人和事都很满意，这样才能让他放心。最终，他说对我非常满意，而且不想惩罚任何人，否则我也会受连累……于是皆大欢喜，为了巩固分队和领导间的友谊，所有人可在昨天和今天外出。

① 维克托•玛格丽特（1866—1942），著有小说《女男孩》（1922）和一篇关于阿里斯蒂德•白里安的散文（1932）。克洛德•列维－斯特劳斯为其提倡和平主义的散文《人类的祖国》（1931）进行过宣传推广。

周五行进（二十四公里）结束，有点疲惫，但我不觉得后悔。天气极冷，阳光绚烂，亚麻蓝的天空万里无云，硕大的白色冰晶仿佛纺丝玻璃呈现出晶莹剔透的景象。真是美妙绝伦，时不时令人想起让·雨果的水粉画。可惜路线没什么变化。行进途中拍了一张照片，好像被覆盖了，我不能再照了。

周五晚，我在军营用一起买的平底锅做了一顿大餐，牛排煎得刚刚好，还有奶酪和炸香蕉。行进时，我发现了军营对面在卖一种生培根，叫人开心。但这一切都无法阻止我迫切期待我的那张路线图。就算到了下周二，距离布伊松下达指令才只过了两周，还得等两三周，期待也没用。

至于我的身体状况，无可挑剔，一切都好。昨晚睡得很好——自然是在房间睡的。昨晚收到了几期《大众》。

奶奶的病情一定让你们操碎了心。她这个年纪还能撑住，真不简单。她完全恢复了吗？

我开始考虑一件事，那就是明年的工作，很快就得着手去做了，但就此问题与珀蒂–迪塔伊[①]通信不太合适。所以我迫不及待地想回去。

我要给若和迪娜写信，还得给大师写信，先写到这儿吧。

亲吻你们。

克洛德

附言：感谢寄来几期《观众》，里面讲到了蓬特雷莫利的“普罗米修斯”队——你们记得吗？——（J.-G. 奥丽奥尔，莫格）。

S29

斯蒂恩军营

一五八步兵团

① 很可能指 1920 年起担任中等教育最高督察员的珀蒂 – 迪塔伊（1868—1947）。

斯特拉斯堡，星期二，十二点［1931 年 12 月］

亲爱的二老：

听到爸爸告诉我关于奶奶的消息，我非常伤心。到了她这个年纪，凡事都让人揪心，你们为此肯定没少忧伤和焦虑。我今天会迅速给她写一封短信，而内容其实并不重要。

莫内的消息令我非常伤感！不管怎样，我之前设想的是，在这里待的最长时限是四个月。眼看要再待这么久，我一点也高兴不起来。我的编号是 9835。特别想让你们立刻就试一下，但在这件事上我又给不出什么建议。也不要难为莫内——我了解他，他这个人特别古怪，精神紧张，很容易崩溃。

周日还是在将军家吃的午饭，还有一位参加哲学教师资格考试的年轻人。他今年二十岁，应该是个出色的小伙子，但给我的印象是一个幼稚的耶稣会教士，挺招人烦。交谈时很真诚，丝毫不觉困难。当然又有桥牌！将军在这个游戏里具有一种苏比斯在罗斯巴赫[①]或拿破仑在色当表现出的洞察力，他的失误也让我输了六块二法郎。将军送了我一本他的新书《五十年前的突尼斯》，还热情题词："致我们年轻的朋友 C. L. S.，他热情地为我们唤醒了始终怀念的过去。"他问了很多关于奶奶的事。他把跟你们说的关于穆泽尔的事，又跟我说了一遍，有意让我忽略你们的信。

稍后去看了德国版的《三分钱歌剧》，比法国版的更完整。摄像更是好一千倍，使得电影焕然一新。演员的呈现整体更好，但弗洛雷勒是无可取代的。

我一直在抽烟斗，但有时心脏会疼，叫人害怕！它的形状好看，我觉得这个物件具有古典风格。爸爸，你单单没发现烟斗部分有多大！擦鼻子时都得小心翼翼……

① 1757 年 11 月 5 日，由苏比斯亲王夏尔·德·罗昂率领的法国军队对战普鲁士国王腓特烈二世率领的军队，普鲁士取得胜利。

还未收到动员警报，但不会延迟的。大家兴奋地做着准备，整理装备，又刷了饭盒和头盔。我们很可能马上就出发！

希望奶奶的身体会好转，亲吻你们。

克洛德

S30

斯蒂恩军营

一五八步兵团

斯特拉斯堡，星期四［1931年12月］

亲爱的二老：

草草写一封短信，我要说的不多，要做的倒不少。昨天收到乔治[①]的一封短信，信中说贝尔纳获胜，皮埃尔[②]表示不满。

这里一如既往——总在安装天线，要准备明天下午的演习，届时将在军营里一个大厅内举行，会用到地图、沙堆、小型飞机和小旗子。明天一早，二十公里行进。希望会是晴天。昨天下了第一场雪，天气不错，看样子不会再下了。

如果你们有话跟我说，我周六晚上七点半到八点会在奥德翁咖啡馆，记住不是周日，电话是668。时间变化的原因是伙伴们申请了周日午夜外出，我们可能一起去看电影。

昨天晚上，我去科拉莉家小坐了一会儿，防止让人觉得去那里只是为了吃饭——我走时还带了一根鹅肝酱香肠。今天下午军营里放电影，很快就要点名了。先写到这儿，亲吻你们。

克洛德

---

① 乔治·莫内。

② 皮埃尔·德雷富斯。

附言：关于内阁的事，妈妈应该联系卡安[①]，让他通过博桑直接捎信儿给塔迪厄[②]——或者直接写信到日内瓦。没有其他办法。

S31

斯蒂恩军营

一五八步兵团

斯特拉斯堡，星期三［1931 年 12 月］

亲爱的二老：

如果我三四天没有写信，你们没有理由为此而担心。如果我没什么可说或者没空，我就不会写的……而这次我可能会抱怨一下，过去十天我连一份《大众》也没收到。我想你们应该收到了我周一晚上的信，我也不知道怎么回去，很可能还是得半夜。这件事完全不确定，所以先打消去火车站接我的想法吧。

昨夜开始下雪，街上零下十度。

亲吻你们。

克洛德

S32

斯蒂恩军营

一五八步兵团

① 朱利安·卡安（1887—1974）于 1930 年至 1966 年间主管法国国家图书馆（占领时期除外）。

② 安德烈·塔迪厄（1876—1945）在皮埃尔·赖伐尔内阁担任部长（直至 1932 年 2 月），并于 1929 年 11 月至 1930 年 12 月、1932 年 2 月至 5 月期间任部长会议主席。

斯特拉斯堡信件

斯特拉斯堡，星期二，下午［1931 年 12 月］

亲爱的二老：

上午举行了一场面向国旗移交勋带的壮观仪式，还伴有乐声、队列、上校慷慨激昂的发言——坚持不下去，下午很清闲。做完差事，而且是很重的差事，能得一会儿清闲，现在正在等一位将军的视察。上尉刚刚给我看了一份战争部针对我发来的问卷，调查服兵役情况，以及我是否不可或缺。他问我这有什么含义，我隐约谈到可能关于调任，这似乎一点也没让他高兴。这件事意味着褒奖，结果令他不快。他提议我回答在这里很好，而我就说自己是巴黎人……他又说我在斯特拉斯堡有亲戚，但得知只是表兄妹时又流露出不悦。他会从中阻拦吗？这令我惴惴不安。让将军介入是不当之举。他会用赞许的目光看待我的离开吗？最好能跟塔南说上话，但很难联系到他。

上周日在将军家见到了他的儿子和儿媳，他们是早晨到的。午餐很丰盛，还有香槟。我和这位中校单独谈了半个下午。他人很友好，算得上亲切，但由于站在了反动立场，他的父亲对他就没什么用了。他觉得我没有成为储备军官学员是危险的，因为“我这样可能会被视为反军国主义者”。我自然无从辩驳。我们还谈论了哲学和数学，不觉得烦。大约四点，我被拉去朱雷先生家，真是悲惨的聚会。在那儿见识了具有斯特拉斯堡风情的勒维式的庸俗妇人，以及几位神采已然不再的教授，还一起打了桥牌。我得在将军的牌桌上好好表现，赢了他十九苏。每天 0.25，这报复如何！这个嗜好也挺奇特。我真的烦透了。27 号又被邀请去将军家。像平日一样在大厦吃了晚餐，匆忙回到军营时已经九点，因为桥牌结束得晚了。

昨天一天没出门（气温零下十度），晚上参加学习。保罗来军营看我了，因为我之前在信中说很遭罪。在夏尔－阿佩尔街梳洗了一番，晚上还得挣扎着回去。收到了一封信，得知皮埃尔失败了，是他亲自告诉我的。我并不觉得特别吃惊。那些书和《欧洲》都收到了。贝尔的文章很精彩。我们刚刚度过了一个糟糕的佩戴勋带的小型盛宴，有啤酒、饼干、香烟，还有歌曲。

我要出门，一会儿再告诉你们包裹是否寄到。

包裹到了！依然有很多好东西！我懒得等今晚军营里过节吃的鸡肉了，刚刚吃了黄油蛋糕[①]和橙子果酱！我现在跑去科拉莉家。

感谢，亲吻你们。

克洛德

附言：祝贺德氏亲戚……仅此而已。我觉得这样够吧？

S33

星期二，晚上［斯特拉斯堡，1931 年 12 月］

亲爱的二老：

写这封信是为了告诉你们，我今晚在科拉莉家拿到了相机（家里没人，所以不知道什么时候寄到的）。看着是一款华丽的相机，唯一不足的就是相机包的尺寸好像不便携带。直接把相机放在口袋里，遮光格放进另一个口袋，难道就不会碍事了吗？我并不这么觉得……我刚刚发现前面的感光度和快门按钮。

感谢寄来的剃须刀，我对它没什么期待，但会试试。

和我发生争吵的不是朗格雷纳推荐给我的那位散发魅力的军士，也不是责骂过我们的军士长（一位德国老兵，他不会忘了那件事），而是负责我们的中士长。

生活始终如一：下午打电话、看书或玩游戏，诸如此类。在一些

① 参见斯特拉斯堡第九封信（S9），第 16 页，注释 ①。

课上，我们被要求写出一些“严格遵守”的守则。真是年轻！

12月1日，六点半（不是六点）起床。真的开始冷了，天寒地冻，每天早晨都会下霜。这该不是为了扫我的兴。

至于打针，昨天没打，今天也不会打，人们也不再说这事了。前天，一名士兵喝醉了回到蒂雷纳军营（一五八团第二营）站岗，用左轮手枪自杀了——此前并未对其进行搜查，——于是针对我们的全部物品展开了一番严厉而善意的搜查。今晚没时间再写了，因为出门晚了，而且还得顺路去趟科拉莉家。

亲吻你们。

克洛德

S34

星期五，上午［斯特拉斯堡，1931年12月25日？］

亲爱的二老：

圣诞节请假的人昨晚走了，我竟有点儿后悔没加入他们。但这周很快就会过去，周日晚上之前都无安排，接着是四个工作日，一切都会正常。天气不好，又湿又冷。幸好我们不必再出去了。夜读也惨痛地没了趣味！上尉休假外出了，从昨天开始全连由塔南指挥。我们大约四点时，突然决定申请午夜出营，自然就被批准了。夜晚如此美丽，我们遇到了一群来斯特拉斯堡过圣诞节的比利时学生，他们醉得一塌糊涂，但很开心，活力四射——而且多数是社会主义者。于是我感觉像是到了一个求知的地方——洛佩尔也是一样，他读书期间都在根特。今天早晨，我像往常一样早起来到这里。

非常感谢给我寄钱，其实不必，我剩下的钱非常充裕。我可能今晚去科拉莉家吃饭，顺便去拿钱。因为我和值周中士的关系好，所以能逃掉半场消防训练。明天很惨，无事可做，得在军营里一直待到四点半。到时候我可以看侦探小说……

昨天给玛丽•阿兰格里写了信——今天早晨写给泰蕾兹①，她给我寄了一大块儿美味的牛轧糖。我忘记告诉你们，前天上尉叫我过去，问了我关于部门文件的填写须知。但其余并未多说。前一晚，我提过学习的事。总之，操作起来很棘手，但我会让事情动起来。我会非常隐晦地跟将军提起，看他会作何反应。

还忘了一事：昨天晚上，我在那家比利时人的咖啡馆遇到一个忧郁的年轻人，就是周日一起跟将军打桥牌的那个。他过来我们这桌，跟我说他写了几句诗，还立刻拿给我看。肯定很糟糕……但我还得赞叹是好诗，于是他也像将军和将军的家人那样喜欢我！为何我这么频繁地来将军家？妈妈，你想想，我可能会被邀请任何一天去——有时周五、周六、周日连着去，我当然不是祈求能有这么多邀请，只是我至少得参加一次。可以保证的是，午餐丰盛，红酒味道绝佳，这也是一种诱惑——还没说能节约一顿饭钱，而且与这些人搞好关系有好处。至于勒斯芒，我绞尽脑汁也想不出对他有何请求。

我的勋带既不是红的也不是绿的，而是黄的，也是军队奖牌的颜色。妈妈，这只是暂时交给我们，得成为一名真正的军人，才有资格佩戴它！

不用再给我寄书和杂志了。

不久后见，亲吻你们。

克洛德

S35

星期二，晚上［斯特拉斯堡，1931年12月］

---

① 泰蕾兹•卡罗－德尔瓦耶，是克洛德•列维－斯特劳斯母亲大姐的女儿，也就是他的表姐妹。参见美洲信件前言，第217页。

斯特拉斯堡信件

亲爱的二老：

我没有重要的事跟你们讲，写信只是为了告知我的近况，简单聊一聊。首先，休假已经确定了，如我所愿，元旦我就可以出发了。据估计，将近两天半（1号，2号，3号周日下午五点从巴黎启程）。唯一的灾难就是出行方式，据说运输休假军人的火车大约晚上七点从斯特拉斯堡出发，到巴黎大概需要十二小时！休假是由斯特拉斯堡政府安排的，不能搞特殊，就连上校自己可能也无法破例。此外还了解到，五千至一万名军人要在同一天离开斯特拉斯堡，规定非常严格！所以同志们最好自己想办法，尽可能不遭罪地度过这个烦人的夜晚。

我会为相机买一块磨砂玻璃，不只是为了聚焦，还必须考虑构图……但我还能拍照吗？今天早晨开始起雾了，我从未见过这么大的雾。夜晚走在街上，都看不清并排的三盏路灯。我们外出的次数越来越少，今天只有两个小时，还是一如既往地安装天线，等等。我们分组比赛。我们队——不是因为我——今天早晨在拆卸电线的比赛中战败，对手以两分五十四秒比两分五十六秒获胜——规定时间是三分钟。其余时间像是回到了中学时期，熟识电话的功能、各种模式图、传统通信符号等，诸如此类。但我自己读高中时，可从来不会这么“起哄”！

未来一两个月拍的照片可能会有趣一些，因为我们要与飞机一起工作了，这是我们的常规职能。飞机通过广播与我们联系，我们则用几米宽的巨型板子发出回应，能传达各种复杂的含义——这就是我们每天工作要用的一套语言。生活似乎开始有全新进展。我们下周五要参加一次无线传输演习，被选中的四人在声音解读方面表现优异。我的阅读能力可圈可点，但不是因为这个而被选中，最终是因为认定我应该出现在任何棘手的训练之中，发挥智力，有所创举，等等。这也有好处。

我又“提出”了下周日二十四小时外出，也许能批准。因为军士来检查地板是否擦亮时，我当天幸好刚刚“擦洗”过！

我忘了说上回将军的丰盛午餐（有家禽，可能是野味，兔肉烩菜），其间还引发了猛烈进攻！我故作坚定地撑住了！情况是这样的，将军问我军队是否聚集了各地的最杰出人士，我援引新入伍感受不深为借口；他又说莱昂•布卢姆（与他妻子的死有关①）是恶棍，我提醒他别再攻击此人，因为这个人对我来说具有上帝一般的意义。于是将军表露出安德烈•鲁瓦永②式的大彻大悟。总之，我尽快转移话题，虽然理解这些话并无恶意，但让人觉得很累！将军对叔叔让③的情况也很感兴趣。他并不关心叔叔的投机行为，只是尝试通过我核实他自己的想法。“所以说，由于事业发展放缓，他的份额逐渐下降……”我本身对这些问题并无兴趣，只想敷衍了事。他又邀请我20号共进午餐，然后带我去参加朱雷教授的招待会——之前跟你们提过。谁知道是什么情形？没准儿能碰到有趣的人。将军说全校的人都会去。我理解的是学校的所有教徒，想必会有很多人。

爸爸，是的，妈妈在之前的信中告诉了我雅克的地址，因为她最开始忘说了。我也早已给他写过信，寄到了舍费尔街，他应该是收到了。

周日晚上，我乖乖结束了一天的事，九点就躺下了。在这里睡觉是件恐怖的事。晚睡的习惯没有了，我总觉得周六十一点才该回家。

亲吻你们。

克洛德

附言：我做梦都想吃一道菜，是在一期《葛林果报》④上看到的，记得是“肉酱煎蛋”。取一勺肉酱汤，适量，慢火熬煮，将水沥干，

① 利斯•布洛克1896年嫁给莱昂•布卢姆，1931年去世。

② 克洛德•列维－斯特劳斯父母的朋友，战争期间克洛德在纽约与其重逢，几封美洲信件中提过此人。

③ 克洛德•列维－斯特劳斯父亲的兄弟，是一位证券经纪人，经受了1929年金融危机。参见美洲信件前言，第216页。

④ 奥拉斯•德•卡尔布恰于1928年创办的右派政治文学周刊。

与打碎的鸡蛋一起搅拌均匀。再像通常那样，把它做成煎蛋卷。

S36

星期一，晚上［斯特拉斯堡，1931 年 12 月 28 日？］

亲爱的二老：

今天的信已经写好了，但我刚才出发去餐馆时把信忘在了军营，午餐难吃到让人想逃跑！信写得不长，我们从七点就开始学烦人的无线传输[①]理论等内容（中途不能外出）。今晚的时间也不多。圣诞节休假的人昨天回来了——太短了，只有三天！他们下午五点二十分从巴黎出发，凌晨两点才到，但我们的情况可能和他们不一样。你们就把钥匙放在门垫下面吧，再等我这不可思议的几小时。周日，将军盛情款待，接着是桥牌，赢了二块九法郎。这就是我为什么总去！！他并不反对我回巴黎，只是认为就军事训练而言为时过早……

不久后见——路上时间很久，但一下就过去了！

亲吻你们。

克洛德

S37

斯蒂恩军营

一五八步兵团

斯特拉斯堡，星期一，十二点半［1932 年 1 月 4 日？］

① 无线传输，无线电报的更通俗说法。

亲爱的二老：

枯燥的军营生活又开始了，好像从未中断……回程很顺利，到巴勒迪克之前只有我和洛佩尔，后来遇到一位在军营里当护士的储备学员①，他一人带着唱机坐在另一车厢，我们邀请他过来一起。用音乐打发时间，这是必不可少的，火车可要两点五分才能到！我们都没太睡着。到军营时大家可能都已回营（后面还有几趟火车）躺下休息了，大约四点，我们终于能睡觉了。以为今天早晨会很吵，但幸亏还算安静。反正今晚没人想逃掉消防训练，大家都贪婪地待在床上！

第一阶段告一段落。盼望着下次再回巴黎，好让第二阶段过得快些……

与此同时，亲吻你们。

克洛德

天气很暖和，完全不见雪的踪影。

S38

夏尔－阿佩尔街 26 号

星期四，晚上［1932 年 1 月 7 日］

亲爱的二老：

写这封信的人很开心，因为他已将明天的假期收入囊中。刚刚终于结束了由来已久的打针。所有同伴都去睡觉了，看着不像生病。而我能休息一两天了。司令医生不假思索就放过了我，假期就这么到手了。我今晚会在家，感觉很惬意，但也得适当为大家服务，因为所有人都躺在床上。而我也乐意为之，因为没费很大力气就准假了！

附上一张两周前照的连队照片。像往常一样，我没有刮胡子，而

① 储备军官学员。

且摘掉了眼镜（镜片会反光），看着就像十五岁。我把队里所有伙伴都称赞了一番。我的右手边第一位是洛佩尔，右下方第二位是沙雷尔。从照片左上方往下数第四排，第二个是让内尔，最后一个是德尔•佐珀。他们是我周日晚上的玩伴。我在背面标注了下级军官的名字。最后请看第一排的望远镜、37大炮、Stokes迫击炮、电话、无线传输和光学设备。

我找到了带框架的盒子，用于妥善放置和携带相机。这个相机非常好；不足之处就是四米之内不能聚焦，而且没有磨砂玻璃。最后一个缺陷是没有底座，我明天去商店看能否找到合适的底座。我还没拍过照。如果以后要处理感光片，爸爸，如果不麻烦的话，我更希望你来弄，我不信任那些专业人士。

除此之外，我们的生活节奏非常慢。今天早晨的训练主要是踢足球和装天线，现在是在城墙后方训练，也就是站在阿格诺广场上背朝城区的左手边。下午几乎都是室内作业，只有昨天是在德塞射击场。他们很怕我们感冒，所以安排任何事情都会考虑这一点。

伙食似乎有所改善。今天的甜点是香蕉，据说明天有苹果。这已经是奢侈了！我还没想好明天做什么。出去转转，去科拉莉家看看，好确定周日去哪儿吃午饭，布洛克一家也邀请我了。至于其他亲戚，比如鲍曼、勒维那儿，我就不去了，这会让我很烦。我的亲戚也太多了！每月四个周日，也不难打发！只要有沙发、书或杂志，一天就会过得幸福满满。而且如果我能回巴黎，就只需在这里过十几个周日了！说到这儿，保罗•雷诺[①]应该差不多回去了吧，波勒•雷尚巴克能不能去问问？估计再过一个月帕莱夫斯基[②]也会回去吧？

现在我正在读一本讲弗洛伊德学派的书[③]，是我有一天突然想到

---

① 保罗•雷诺（1878—1966），1928年至1940年间任巴黎议员，几次出任部长，民主联盟成员，右派温和人士，1931年至1932年间担任赖伐尔内阁侨民部部长。

② 加斯东•帕莱夫斯基（1901—1984），1930年至1931年就职于财政部，担任保罗•雷诺办公室主任，在后者担任侨民部部长时开始执行任务。

③ 关于年轻的克洛德•列维–斯特劳斯阅读弗洛伊德的文章，参见E.卢瓦耶，《列维–斯特劳斯》，2015年，第128~129页。

的。很有意思，但晦涩难懂。我在第戎的勒布尔索花十法郎买了一本蒲鲁东[①]的精装版小册子，也就是1852年的第三版《从十二月十日政变看社会革命》。我认为没有价值，只是富于激情。我可能明天开始读。如果下周日天气好，不妨去莱茵河，那会是我第一次用相机拍照。

妈妈，听你说了外祖父的情况，着实令人伤心。他最终没挺住手术，这是意料之中，也能理解。那你要经常去凡尔赛了？这里经常有人问起他。

周日之前我不会写信了，今天会在电话里跟你们解释——亲吻你们。

克洛德

附言：在一本摄影杂志上看到一篇很有趣的文章，讲到用不透光屏制作天空的照片。由于相机配置的问题，我可能无法尝试。是这样，用不透光的黑纸做一个边缘呈细齿状的曲面屏，大约遮住镜头上半部分的三分之二。看着特别棒。先取下磨砂镜头，再放置不透光屏，然后从后面观察具体效果。（水平面）上方看到的是屏幕，而下方（地面）则看不到，其实就是减少了透光度。

［屏幕和镜头示意图］[②]

S39

星期六，两点［斯特拉斯堡，1932年1月9日］

趁着检查营地、武器、军鞋之前这段时间，写这封短信，祝亲爱的妈妈生日快乐[③]……今晚是自由的，请了二十四小时假，明天不用

① 皮埃尔－约瑟夫•蒲鲁东（1809—1865），记者，无政府主义奠基者之一。

② 原书只有这行字，未刊示意图。——译者注

③ 克洛德的母亲埃玛•列维－斯特劳斯生于1886年1月11日。

参加消防训练，真是莫大的欢喜。明天我可能会写得长些，但也还是在讲一种没有故事的生活……中了马其诺[①]之死的毒。我明天会写信给布耶[②]女士。波勒或许能以询问接下来如何做为由，打电话给埃尔维昂上尉，并建议……说法就是“我知道总统府负责他的事，但会是何种情形？一切会重来？无须再做什么，还是利用最后时间在内阁提出紧急方案？等等”。这并未直接向他提出任何请求，当然了，就算有请求，我也不知道。

检查快开始了，我匆忙停笔。

再次祝亲爱的妈妈生日快乐，亲吻你们二老。

克洛德

S40

夏尔－阿佩尔街 26 号

［1932 年 1 月，第二周］

亲爱的二老：

昨天写信时太混乱了，今天就安静地再写一封，再次向亲爱的妈妈表达祝福。为什么没什么要说的还要写呢？雨下得很大，气氛很安逸，这周还没有过行进。

自然是又请了二十四小时的假。昨晚看了《母狗》[③]，从各个角度讲都很糟糕。自从回来之后，我既没去过科拉莉家，也没看望过将军，感到惭愧——我突然对此特别反感。我争取今天去，但已和伙伴们有约，还不知道怎么安排。我终于对军队的严格要求选择了沉默，也不想再

① 安德烈 • 马其诺用自己的姓氏命名了马其诺防线，分别于 1922 年至 1924 年、1929 年直到去世这两段时期担任战争部部长，于 1932 年 1 月 7 日在巴黎逝世。

② 布耶女士似乎是乔治 • 莫内的得力助手。

③ 让 • 勒努瓦 1931 年的电影。

说谎了。我并不关心队里发生了什么，但所有人心情都很好，没有人想工作，我们一连几个小时都不会被想起。

海战一时兴起，令我想起康卡布拉。一位军士从未见过如此景象，赞叹不已！说起布吉尼翁，我跟他说斯特拉斯堡博物馆里有我的肖像画[①]。爸爸，他确定在马达加斯加见过你的画作，还在世界博物馆里见过一些复制品。我没有反驳他。关于广播，你如果有什么不懂就告诉我，我会询问更多信息。

一天，两位军士兴致勃勃地跟我们讲述了发生在莱茵占领区的故事。士兵们化身刺刀，穿过窗户进入咖啡馆，将其洗劫一空，夜间向着全部亮灯的窗子扫射……军士自己也说，那是野蛮人的生活。令人惊讶的是，德国人撤退时挂着彩旗！

马其诺之死一直令我忧心。但又能如何？我今天会给布耶女士写信，看看莫内是否会回应。收到勒内•卡恩寄来的一张卡片，我会回信表示感谢。亲吻你们。

克洛德

S41

星期五，晚上［1932年1月］

亲爱的二老：

匆忙写几笔，告诉你们我的消息。我晚上去科拉莉家吃饭，梳洗了一下，肯定会迟到很久。昨天去看了将军。今早在泥泞路上行进，疲惫不堪。下午是一如既往的大型演习……

我周日再多写一些，亲吻你们。

克洛德

① 可能由其父亲所作。

S42

夏尔－阿佩尔街 26 号

星期二，晚上［1932 年 1 月］

亲爱的二老：

写信只是想告诉你们我的近况，没什么新鲜事可说。今天早晨，军士和布吉尼翁分别找我谈了回巴黎一事。他们应该只是昨天从上尉那里听说此事，但据我判断，好像没有新进展。军士表示了赞同，还很为我高兴，而且认为夏天在巴黎会比斯特拉斯堡好，现在在这里训练太辛苦了。布吉尼翁也认为我的离开是自然的事。一切都在向好的方向发展。我还跟他们表明自己未曾提过任何要求，事情是由议会决定的，我毫不知情……就算像我担心的那样什么都没发生，但这一声明至少不是毫无作用！我昨天给布耶女士写了信，让她试探一下老板[①]。周日下午，我去看望将军，结果吃了闭门羹。我在门口留了纸条，这样是否不妥？我已经这样做了。无论如何，他今天在信里非常热情地感谢我送他的那盒 Hédiard 糖果，他视其为“离开斯特拉斯堡前的告辞”[②]。他们周末没空，所以我不会去吃午餐。在科拉莉家遇到露西，爸爸，我完成了你交代的任务，但我觉得是左耳进右耳出。如果她周末不去孚日山，我就去吃午饭，继续聊这个话题。皮埃尔送了我《三分钱歌剧》的唱片作为礼物，我很喜欢……

没有其他新鲜事了。我的身体很好，不再有感冒的迹象。今天下午，中校进行了传输演习，彩排上次演习的内容，并作为下周五一场全新而隆重的演习的序幕。这并不叫人反感，但就是得剃须梳洗，好像要结婚似的！我在斯特拉斯堡图书馆借了几本哲学方面的书，也不急用。房东的小女儿病得很重，不知得的什么病。只能写这么多了！

① 乔治•莫内的绰号。

② 原文作 PPC，是法语“pour prendre congé”的首字母缩略词。——译者注

亲吻你们。

克洛德

附言：这期《大众》到得很准时，谢谢。

S43

斯蒂恩军营

一五八步兵团

斯特拉斯堡，星期三，上午［1932 年 1 月］

亲爱的二老：

今早在医务室写这封信，告诉你们我的状况很好。晚上睡得很好，醒来体温三十七度五，头和嗓子好些了，哪儿都不疼了……昨晚烧到三十八度一，所以就待在这里没走。一位年轻的副中尉为我悉心问诊，他比司令好多了（在普通人看来，他至少是个真正的医生）。之前勒维提醒过我可能是“胸膜炎”，所以我委婉地求医生给看看，虽然他很好说话，但终归什么都没查出来。（他告诉我没有这方面的任何迹象！）司令让护士把我和一些“安静而合适”的人安排在一起，他竟会考虑到这一点。我住在一个三人间，另外两个男生确实很友善，但是有支气管炎（我用了 Réniforme 防止传染）。有了阿琳姨妈[①]的三本侦探小说，时间能相对过得快些，希望能快点儿出去。

亲吻你们。

克洛德

① 克洛德母亲的大姐，嫁给了画家亨利·卡罗－德尔瓦耶，在美国生活。克洛德于战争期间与其在纽约重逢。参见美洲信件前言，第 217 页。参见 E. 卢瓦耶，《列维－斯特劳斯》，2015 年，第 253、265、269 和 276 页。

S44

斯蒂恩军营

一五八步兵团

斯特拉斯堡［1932 年 1 月］

［信件末尾］

……不了，谢谢，我不想看侦探小说，里面没有一点儿对法国人的尊重。我还有两本英国小说呢。也不需要食物。我不知道谁是鲁斯唐[①]的专员。奇怪，你们怎么不知道皮埃尔的消息，我和他经常通信，因为他刚申请了入党，所以来往更加频繁。是谁说的？谁会相信？

亲吻你们。

克洛德

S45

星期四，上午［斯特拉斯堡，1932 年 1 月］

亲爱的二老：

今早不发烧了（三十七度），明天之前应该能出院。司令昨天为我问诊，没看出什么。他问我“是否在队里”时，我回答是，引起了他的雷霆大怒。他开始大喊大叫，“非得要大学教员或教授来当下士，下士只需要会喊就行”，“螃蟹学员队和储备学员[②]队一样，就会折腾人”，“他们最应该做的是让我清静点儿……”。我们之间有很多

① 可能指马里于斯·鲁斯唐，1920 年至 1932 年期间任埃罗参议员，1931 年至 1932 年期间任美术和公共教育部部长。

② 储备军官学员。

共鸣，而且他此前没问过任何关于我工作的事，但他却有印象，而且还有所研究。他允许我吃东西，我也吃得津津有味。我们终归还是士兵！我开始喜欢这里的医务室，还有它比团里稍好一些的伙食，而且享受饭后的香烟配“果汁”……终归还是得出院，但我也不苦恼，真正担心的是得告别周日的二十四小时出营。

我还没收到你们的任何信息，但也不足为奇。昨天读完一本侦探小说，无聊。今天会读完另一本。

亲吻你们。

克洛德

S46

斯蒂恩军营

一五八步兵团

斯特拉斯堡，周五［1932 年 1 月］

亲爱的二老：

离开诊室时（三十六度四）写了这封信，告诉你们我昨晚收到了你们周三的两封来信。对总统感到非常好奇，也担心莫内电话里说的事情（是否发生过，我还认得老板……）。勒维的信对我的唯一作用可能是让我去医院拍 X 光片，或许确实有一种道德影响力，我与司令相处得特别好！他提议帮我离开螃蟹学员队，但我吞吞吐吐地回绝了，因为实际上在这里利大于弊。他说“在传动队里，会有一些妥协”，我觉得他有意跟盖尔尼耶中尉谈起我。接着，他赞叹我的年轻和早熟，问了我对未来的打算，还叫我“哪天有空”就去和他聊一聊“普遍意义上的人类和个体意义上的士兵”。我回答道，我的同伴们都富有魅力。他抬头望着天空，感觉到我的宽容……最后，他建议我若有任何不适都要去找他，还给我开了一张假条，周日之前都可以不训练。我又能二十四小时出营了！总之，有点疯狂，不过是狂喜。尽情享受吧！

我各方面恢复得都很好，趁这几天清了清肠。但是再遇到这种情况，千万别来斯特拉斯堡，来就等于浪费了一次机会[①]，因为医务室里完全机密，不允许探视，就连同伴们也得用点伎俩才能进去。

今天的饭没那么糟，饭后我接着写信，然后读你们的信。勒维在信中说的话令我特别困惑，很可能是他想来就写，然后就寄出了。“我可以先打算好，再询问他”，现在我开始怀疑他的影响力……既然莫内没有建议，那我们就打消这个念头吧。另外，鉴于穆泽尔的职能，他给的军事推荐可能有用。让雷贝尔在他耳边吹吹风？

或许吧，但也挺棘手，还没提前……［缺少信的结尾］

附言：爸爸，用白色背景拍照有它的好处。黑色背景显示的是摄影棚和技巧，而白色背景提供了更多光线的选择，甚至能调至深灰色。

晚上七点，爸爸，我刚收到你的信。还有莫内的信，其中写到我的调任通知的“送达”时间大概是 25 号，这意味着我可能要在斯特拉斯堡再待几天。你们肯定能想象我的喜悦。如果你想让我这几天回家，就得动用雷贝尔。要不然，我就只需请几次四十八小时外出假，时间就足够了。如果确定能回去，我今晚就开始准备第一次搬家。我飞奔向科拉莉家，已经一周没去了。亲吻你们。

克洛德

S47

夏尔－阿佩尔街 26 号

① 很可能指允许探访士兵的机会。

星期日［1932年1月］

亲爱的二老：

一封很短的信，我收到了一封部长来信！首先，我的状态很好，只是周六受了点波动，因为五点时得知我的四十八小时外出假在离开医务室的那天已经用完了，不能再次批准。上校已经外出，着急之余，我最终从上尉那里得到一次夜间外出的假，其余都一样，只是要晚上九点回营，早晨还要照常七点半接替站岗。但我昨晚已经和值班中士打好招呼，他收了我的外出申请，而且今早会帮我站岗。所以一切很顺利。

我收到了莫内的信，他说总统府核实了他的事，甚至当有人提议（通过帕莱夫斯基）让P.雷诺介入时而愤慨。莫内还说，只需要静候每月的调任日期即可……还收到了布鲁姆博士的信和一些附件材料。他四处奔波，但一事未成。他的妻子写信到夏尔－阿佩尔街，邀请我前天晚上去吃晚饭，但我当时在医务室，并不知情……回信时再三表示歉意。还听了雅克认真地讲述他的种种不幸，再可笑不过了！这个不幸之人将去往位于圣迪迪埃街的航空部担任翻译秘书。没有皮埃尔的消息，没消息可能是坏消息……

我准备好了面对雷贝尔，亲吻你们。

克洛德

附言：没收到包裹。

S48

夏尔－阿佩尔街26号

星期日［1932年1月10或17日］

斯特拉斯堡信件

亲爱的二老：

首先祝亲爱的爸爸[①]生日快乐，预祝订单连连，在电影和铁路方面才思泉涌。昨天同时收到了你和布耶女士的来信，她在信中说的与你所说大体一致，莫内还转达了一句“Gustric 万岁！”——此事不成，确实伤感。我确实很怕还要在这里待很久！总之，希望能有些收获。

这周有一次二十公里行进，路面滑而泥泞，结束之后非常疲惫。再加上昨天早晨的队列训练，整个人疲惫不堪，所以晚上不想看任何电影——而且也不怎么好看，——只想回来躺下。我读完一天内收到的所有《大众》之后也是这种感觉。经过一夜的休整，早上觉得神清气爽。我这就出门给露西打电话，看中午要不要去吃饭，但我估计她会去孚日山。没有下雪，倒是像晴朗的春日。因为她的邀请，我昨天拒绝了将军。将军昨天写信告诉我计划有变，他明天会在家吃午饭，但我很反感，因为想到要玩桥牌，还会有“顺路到他家的侄子”……周五在科拉莉家吃晚餐，粗茶淡饭，一如既往地热情。

军营的生活毫无新意。未来的一周会很难熬，有各式演习之前的队列——不知是否会在城区，——还有真飞机参与的陆空联合演习（放心吧，爸爸，我们不会上飞机的），以及大型季度武器检阅，看着挺吓人的……

之前在斯特拉斯堡图书馆没借到我想要的那几本书，管理员回信向我表达了诚挚歉意。但我还是得花点儿时间学习。我要去邮局给露西打电话，顺路去趟图书馆看看开放时间。

就这样，我要去实施这个计划了。

亲爱的爸爸，再次祝你生日快乐。亲吻你们。

克洛德

附言：我把《三分钱歌剧》的唱片忘在军营了，但会寄去的。

---

① 雷蒙，克洛德的父亲，生于 1881 年 1 月 18 日。

S49

夏尔－阿佩尔街 26 号

星期日，上午［1932 年 1 月］

亲爱的二老：

昨天挂了你们的电话，我又打给了皮埃尔，他似乎更因贝尔纳的成功喜悦，却不忧心自己的事情。这也可以理解。我早早就回去了，看了看报纸（《大众》还没到！我觉得是路上打包时落下了），然后躺下——已经习惯了舒服的床——酣然入睡！早晨仍是七点起床，度过宝贵的周末。我有很多事要做，勒弗朗[①]怪我不与他合作写书，让我至少负责其中的几章。剩下的时间就是看书。莫内刚寄给我一份厚达四百页的插图丰富的调查，我之前还为它写过一篇文章。这本书虽然文风并不讨喜，但蕴含了卓越的思想。

军营里没有新鲜事。行进那天风和日丽（直到今日依然如此），零下几度，万里无云，微风越过孚日山，徐徐吹来。路线设在郊区周边，平坦无奇，非常无聊。零星看到几个村落，着实有趣。梁柱结构的房屋，白色、黑色、绿色、玫红色的外观绚烂夺目，窗外挂着一串串黄玉米，这一切让人穿过德国联想到苏联。我拍了张照片，设置了 F1/10e 和 1/25e 的强烈逆光，聚焦失败，估计要删掉。

下午先是著名的室内操作，整队都被动员参与。上校莅临现场，为了让军官们开阔眼界，团里一位中校驾驶真飞机进行了陆空联合演习。因此，根据预设的剧本，参照各自长官的示范，一个团和一个营开始发起进攻。机传连[②]上尉充当参战团的上校，我和另一人在塔台[③]负责与飞机联络，通过无线电接收信息，再用指示牌作出回应。而其他同伴的任

① 关于乔治·勒弗朗，参见斯特拉斯堡第九封信（S9），第 17 页，注释 ①。

② 机械与传动连。

③ 指挥塔台。

务类似，如广播、光学传输等。一幅大型地图可用于追踪各种操作，代表飞机的航天中尉使用五彩电灯发射火箭［原文如此］。航天中尉不懂莫尔斯电码，发送的信息并不一致，解码人员一头雾水，除此之外都很顺利。

我从岗位中顺利得以解脱。但这种小儿科的游戏实在没意思！上尉们因没能向军营指挥处或各参战连队传达某个信息，而吞吞吐吐地向中校道歉，看到这种情景觉得他们好可怜。尤其想到这些稚气的平庸之辈可能曾在真正的战场上指挥过真正的人！

军营里还放了一次电影，两部影片分别关于跨越水线和前线巡逻队。从中能体会到法国人对待三位德国枪骑兵的冷漠和袖手旁观——还被搬上了荧幕！不得不说，这引起了普遍的愤怒。出来时遇到了队长，他问我影片如何，我平静地回答道：“令人反胃。”

他奇怪地摇了摇头。我想了一个小时，反思当时是不是太过分。但那天晚上，队里遭到一顿痛骂，他却让所有人以我为表率，还予以最高的赞誉。我这才安心。

讲了这么多军事作业上的事，最后再说一下昨天早上的队列训练：机械的操作，耳边充斥着喊叫和嘈杂的乐声，实为一场演出！

至于回程的火车，我假设了各种情况，没什么用。我们的火车出发时间最晚，要么就乘坐这趟十九点三十分的慢车，凌晨六点到巴黎，否则只会更晚。或者乘坐十七点十五分的快车，到巴黎二十三点二十分！

我不想要小画册，太占地方了。一天遇到了奥居兹，他还是那么和蔼而憨厚。

亲吻你们。

克洛德

S50

夏尔－阿佩尔街 26 号

星期日，上午［1932 年 1 月］

亲爱的二老：

接着我们昨晚的谈话来写。昨晚谈话结束之后，我去看望了将军。我留了充分的余地，让他思考我的身体状况，好让他觉得自己与此事有点儿关系！时机成熟，你们可以写信了，需要时我会立刻赶到，毕竟我得去吃午饭。我昨晚把将军彻底吓坏了，他毫无准备，就渴望跟我展开一场哲学对话。于是我告诉他外面的世界一定不是我们感知的那样（吉罗杜在《东道主 38》[①]中说道："士兵从来经不住三段论"）。这在他看来仿佛布尔什维克主义的巅峰，或者近乎……

九点回到住处，收到了《大众》，读了布卢姆的精彩文章。

我开始厌倦无所事事，感觉需要一点哲学。斯特拉斯堡图书馆管理员亲切地回复了我的借书请求，我跟你们讲过了吗？我看到图书馆的开放时间是工作日晚八点至十点，或许能抽空去待一会儿，看看有哪些藏书。但我还是希望你们能得空寄给我康德的两卷本《纯粹理性批判》（布面精装），它们大概摊在我的桌子、办公桌上，或者在桌上的书架里。我还想要一些卡片信封。说到这里，我应该同时祝贺兰多夫斯基夫妇和纳迪娜[②]，还是只祝贺纳迪娜？很遗憾没看过《观众》里提到的俄国电影，尽管你们说它有些偏激，但我觉得不足为奇。当我们欣赏影片的画面或布景之美时，会产生一种真实而可怕的误解。这肯定不是艺术品，只不过是一些教育片，目的是塑造或重塑没文化的农民。总之，比起斯特拉斯堡各种着实叫人伤感的谋划，我更喜欢电影……昨天没看成《幽灵船》[③]有点遗憾，但还有机会。

至于我的病情，要处处小心。如果一两个月之后我就能回到巴黎，那我不想离开队里了。但如果整个服兵役期间都要在斯特拉斯堡度过，

① 让·吉罗杜（1882—1944），法国作家、外交官，1929 年创作了这部戏剧。

② 保罗·兰多夫斯基（1875—1961），波兰籍法国形象艺术雕塑家，获得 1928 年阿姆斯特丹奥林匹克运动会雕塑金牌。他的女儿纳迪娜（1908—1943）是画家。

③ 理查德·瓦格纳的歌剧（1843）。

那安于目前的状况对我来说是上策，不用当下士，在城区找个清闲的职位——天知道是否有这种职位！还有时间，再等等看。团里三月份要组织为期八天的训练，估计地点在向北二十八公里的奥贝罗方。希望在那之前我能被调回巴黎！

莫内在忧心哪些事情？政治？我在《觉醒报》上看到苏瓦松区已经开始了浩浩荡荡的选举造势。要是为自己考虑，我希望总统会在会议上对社会党施展策略。亲吻你们。

克洛德

附言：《欧洲》停刊了。贝尔一直很出色，但我认为比不上前几任，他实在不擅长收尾。这件事好像悬在了半空中。修道院修士马尔托重整旗鼓，刊物现在受他控制。等他卸任时，要是能脱离教会就好了！

S51

星期日，上午［斯特拉斯堡，1932 年 2 月初］

亲爱的二老：

昨晚到家时看到了惦记着的照片[①]。它们绝对能证明这个机器可以完美地工作。爸爸，如你所说，现在拍的只能说是一些纪录片（几乎只考虑到光线），而不是艺术品。还需要曝光得再精细一点。曝光的部分太多，就达不到该有的效果。

这场大型动员终于结束了。一周以来，我们全副武装，凌晨四点被叫醒，却无任何事可做。就我个人而言，要在军营等四个小时，直到八点出发与第二营广播队的其他成员汇合。然后再等三个小时，直到上校十一点到场，转悠了五分钟，一切结束。幸好军营离得近，战地装备

① 此处指花的照片。

的背包背起来太恐怖了！我们休息到三点，然后是理论学习。现在我们重新筹备一次同样的警戒，这次是由将军主持！这些人无可救药了。

周四晚间的外出禁令被取消。于是我晚上去科拉莉家吃饭，像周五晚上的正式晚餐一样，全家都在一起，还有肥鹅肝。可惜大家都迟到了，而我必须提前离席。安娜今天邀请我吃午饭，我这才意识到不知道她姓什么！希望在她的住处，只有一个叫魏尔、列维、布洛克或布卢姆的住户……

除此之外，军营里并无其他新闻。我们来了一个新中士，经历过工兵实习，在队里煞有介事。他是个愚蠢的粗人，让我们吃尽了苦头。但他有很多次为我考虑，我们之间还算合得来。周三射击时，我和副中尉聊了一下午，他备考过巴黎高师，根据我的理解，后来因爱上一个昂格维勒的女教师，于是也在当地当了一名教师，两人结婚。我们谈论了哲学、文学。他非常自大，愚蠢至极。晚上我去听了安塞梅的音乐会，很一般，乐队和指挥配合得好像不太默契，而观众和巴黎音乐会的大同小异。

外祖母的身体状况糟糕，你们怕是已经身心俱疲了吧。医生做了哪些预测？我收到了外祖父热情而富含犹太文化的来信，姥姥也说了几句。希望于斯曼能有所收获。我真觉得不会在斯特拉斯堡等到三月。就快到了……

为什么谈论《大众》的文章就说明精神匮乏？《欧洲》更会祸害人！我昨晚寄走了六盒香烟，收到后告诉我。没用挂号包裹，有点考虑不周。

我们昨天下午都在洗衣服，洗了整套训练服，有军大衣、上衣、短裤、内衬和床单。这可真是个好活儿。我保证现在学会洗衣服了！

亲吻你们。

克洛德

附言：我今早给珀蒂－迪塔伊写了信，原则上报名当候选人。

S52

夏尔－阿佩尔街26号

星期二，两点［斯特拉斯堡，1932年2月9日］

亲爱的二老：

这个慵懒的周二下起了这个季节最大的一场雪，从夜间开始下个不停，意外收获了一下午的假期。这就是为什么我能梳洗完毕，在家给你们写信。我们今天确实有消防训练，但我跟上尉说之前被邀请要去一位大学教授家。事实证明这个借口管用。而我也真收到了一个叫舍费尔的医生从医学院生理研究所寄来的信，他从女儿布雷迪女士那里听闻我在这里过得不愉快，于是邀我见面，并介绍我加入斯特拉斯堡有趣之人的圈子。关于这父女二人，我越想越糊涂，而这封信却热情洋溢。我这就去看看，不抱希望能遇到什么人。他没有给我他的私人地址。

皮埃尔可能已经告诉你们关于于斯曼的轰动新闻。他今天告诉了我，而且觉得木已成舟。我了解他易激动的性格，所以没敢抱太大希望。可是这次他看上去是认真的，而且让我立刻给于斯曼写信致谢，并答应在巴黎不插手政治，我今天就去做这件事。莫内好像很恐怖，大家都怕他，包括我！我认为可以让于斯曼知道萨格利耶一家是我的表亲，可以吗？我不觉得这样做有何不妥。

（我猜）外祖母的病情已让你们身心俱疲。若有不测，我肯定会赶回去，但通知时一定要尽可能匿名。只能破例允许一次四十八小时出营，但我希望再长一点，就能看望珀蒂－迪塔伊、里夫、莫内、于斯曼等人。话说回来，我不希望任何事情发生。

含羞草的照片很难令我联想到符合先锋艺术审美标准的明信片。这种忧虑是对的！含羞草的照片给我的教训是，侧枝的取景不宜太多，而应拍摄部分花朵，使用光线要大胆，要把雌蕊拍成那种极其古老的乔木状植物（侧枝较少的两张照片也远不理想）。

军营里没什么新鲜事了。我和新来的恐怖中士得以和睦相处。雷贝尔肯定不会给我找个“好差事”。如果月末前没有像于斯曼所言有所改变，我就向穆泽尔发起攻势。我写信给这位雷贝尔，对他的书大加赞赏（只是发表了一位叫瓦尔卢的司令的工作记录）。我看了三十页，倒是一点儿也不招人烦。

周日晚上，我们想去犹太餐厅吃饭。我们找到的那家是西方风格的，令人反感，我们吃了和大厦一样的套餐，但却多花了很多钱！周日在安娜家吃了美味的腌酸菜。她住的公寓位置很好，布置得很是大胆，墙上挂了一些很现代的阿尔萨斯年轻画家的画作。男主人很友好，谈话主要围绕他们曾旅行过的西班牙、意大利、葡萄牙等地。

亲吻你们。

克洛德

S53

斯蒂恩军营

一五八步兵团

斯特拉斯堡，星期四，十二点［1932 年 2 月 11 日］

亲爱的二老：

我昨晚收到了你们周二的信，这是第一次晚上送信。如果你们后来又写了信，我估计今天会是同种情形。我晚饭什么也没吃。

外祖母的状况着实令人揪心。我同情她，更同情你们，要经历这一段艰难的时光。

我上周二给于斯曼写信了，在附言中说了我和萨格利耶的亲戚关系。如果我早知道他和罗歇的关系，我就会早和他说这件事。但我觉得埃莱娜姑妈[①]的方法不合时宜，而且皮埃尔还建议我要为“既成之事”而非未来之事而感谢H。如果他回复我，我会再次写信跟他讲这件事。我给莫内写了信，告知他这件事，还写信给皮埃尔的姐姐表示了感谢。我后来去看望了舍费尔医生，他在生理研究所接待了我。那间奢华的办公室（在民用医院）似乎仅供他一人使用，旁边的实验室有二十米长，一点儿也不逊色。他绝对是个魅力十足的人，可他是怎么认识我的呢？我们依然没能解开这个谜，他的办公桌上还有我的名片，上面还有我的地址……据他所说，他的妹妹布雷迪女士是我姨妈的朋友，他以为科内利斯女士是我的姨妈（？）。我只能点到为止！他还要带我认识一些有趣的大学教员，比如著名心理学家、大学教授布朗代尔［布隆代尔[②]］。

周二这场降雪带来了真正的高山气温，尽管有集中供暖，盖好被子，夜间还是冻得要死。我们昨天和今天都没外出，一直在学习理论，还有那位有个性的中士。他弟弟在读高中，他很了解中学教学资格会考的事情。他今早安排我用理论解读如何读懂参谋部地图，如你们所想，我出色地完成了任务。明天周五，我们要冒着严寒行进，好在不远。天气晴朗，阳光明媚。

爸爸，如果你想制作纪录片，为何不把含羞草拍成山茶花那么大？与其模糊不清，我更喜欢按原比例呈现事物（充盈的花朵，纯洁的光线，白色为底，交相辉映）。在我看来，照片的作用在于呈现正常情况下肉眼捕捉不到的事物的一些方面。这就是曼雷摄影的奥秘，还有什么比这更有“记录意义”吗？我对这个问题进行过思考，以后给你讲讲摄影的哲学理论。只要于斯曼能信守承诺！

---

① 埃莱娜•卡昂，姓列维，雷蒙•列维－斯特劳斯的姊妹。

② 夏尔•布隆代尔（1876—1939），斯特拉斯堡大学实验心理学教授。

巴伊的希腊法语词典（坏布包装配玫红色标签）在雅克[1]那里。你只需把它放到看门人那儿，并跟他说一声。我出营之后给他写信了，他还没有不屑于回我！

亲吻你们。

克洛德

① 雅克·纳坦。

巴黎信件

P1

星期日，一点［巴黎，1932 年 7 月］

亲爱的二老：

今早收到了来信，还有拍的绘画作品，给你们写封回信。希望你们的行程顺利，康卡布拉没发生太大变化。

这里一切都好。周五与你们分别之后，我去看了电影——有点愚蠢。周六早上值勤，中午在［战争］部里吃饭，下午没事，和乔治[①]在一起。晚上吃了我的第一顿晚餐，有凉烤牛肉和我自创的菜品：土豆连皮煮，冷却后薄薄地切三片，与沙拉菜叶混合后搅拌，再加一颗洋葱，放到平底锅里一起炒。美味极了！还有奶酪和水果。早早躺下了。我早晨找到了优质的凝乳，有了它早餐就完整了，剩下的晚上吃光。我刚在部里吃过午餐，有西红柿沙拉、柠檬汁鸡肉、土豆、香蕉。大家很照顾我！我今天值勤，一会儿就得回去。

我刚做完家务，扫地、擦地等等。我从部里出来后去巡考[②]了，看看比赛初试的通过情况。费尔德曼、卡昂、若姆、莫格、让•魏尔能参加复试，但皮塞勒没通过。周一还要去看开考情况。

就写到这儿。亲吻你们。

克洛德

① 可能是乔治•莫内。

② 可能指教学监督。

附言：阿琳姨妈的信让我很烦。她和布卢姆谈论我，好像我们每周会见三次一样，而且她还给布卢姆的妻子送纪念品……还是要让她走吗？我觉得是的。

P2

战争部
部长办公室

巴黎，星期二［1932 年 7 月］

亲爱的二老：

我昨天给波勒·雷尚巴克打过电话，她很友好，而且在晚上去过苏珊·布卢姆[①]家之后又给我回了电话。布卢姆立刻与私人秘书长通了电话，这位秘书长又派人给我打来电话。格外真诚，甚是友好。部长对报道很满意。勒菲弗以为我们是内阁成员，他今天下午会给维亚尔打电话。我忘记说了，波勒邀请我周六与苏珊·布卢姆共进晚餐。妈妈，我昨天收到你的来信了。当然，据此判断，康卡布拉的天气肯定不好。至于科布拉（像卡拉巴，但不像拉芙蕾丝），就是一场灾难。结樱桃了吗？

我的生活很平静。昨天早上第一次去逛市场，太可怕了！不知道绕了几圈才买到一块三法郎的牛排（哪里能买到更好一点的肉呢？）、0.75 法郎的沙拉和四分之一鲱脊，还有山羊奶酪。

菜单

午餐：

① 苏珊·布卢姆（1898—1994）老师，是克洛德·列维 – 斯特劳斯的朋友和在巴黎的律师，几次为其辩护。

——鲱脊；
——牛排；
——沙拉；
——连皮煮的土豆；
——奶酪；
——香蕉。
晚餐：
——两个鸡蛋做的蛋饼、土豆；
——沙拉；
——奶酪；
——香蕉。

你们看，我没有饿死！

除此之外，时间是满的。我周三和乔治一起在雅克家吃晚饭，周六在波勒家，周日要去索镇那边的布瓦万家。

昨晚我在找制服，一直摆弄到十一点半。衣服非常合身，穿上令人光彩夺目。

我一会儿就给米德拉斯基[①]打电话，然后告诉你们结果。

我打过电话了，明天十一点过去。

亲吻你们。

克洛德

P3

星期一［巴黎，1932年7月］

① 可能是M. 米德拉斯基先生，曾在1932年4月1日的《费加罗报》里作为电影代表人被提及。

亲爱的二老：

如果一切如愿，我会周六晚上出发去待两周。可自从要等上尉给出最终答复时起，他就不见了踪影……所以我只能等到最后一刻。正因为此，我拒绝中间来一趟，你们得有时间给我寄自行车的行李票。我出发前会发电报的。你们就把自行车寄到埃罗桥吧，捎带两个三明治当我的午餐。

这里一切如故。周六去了波勒家，苏珊·布卢姆因为百日咳没能过去。但我就是冲她才接受邀请的，所以很失落。此外有雅各布松一家，波勒的母亲和丈夫，还有拉克洛什女士，她在那个年代绝对算得上漂亮，而且打听了很多阿琳姨妈及其子女的事。我敢这么说，谈话主要就是围绕这些夫人被埃塞尔的狗咬得很惨的屁股，但至少波勒的谈吐令人愉快。我真是烦透了！

我昨天早晨去逛了市场，买了牛肉片、土豆、沙拉。正准备午餐时，皮埃尔打来电话。他从圣韦朗来，又准备去老磨坊。我们在一家叫埃斯卡洛普[①]的米兰餐馆吃了午餐，还有贝尔纳。他们俩都晒黑了。贝尔纳一个人开车，他的技术很娴熟。

我下午去了布瓦万家，周三会过去吃晚餐。人们好像把旺多姆留给了一个“傻瓜”，但布尔日不可能有这样的人！我觉得旺多姆很糟糕……我马上就吃昨天买的午餐。希望牛肉片能放得住（生的）。我昨天还存了一些干豌豆蘸着吃。现在正在煮豌豆，但没记时间！

修缮康卡布拉的消息令我难过，为什么就不能让这个地方清净一点？

还没抽出时间找闹钟的按键。

希望周日能见面。亲吻你们。

克洛德

附言：让·伯努瓦

① 埃斯卡洛普（Escalope）意为肉片。——译者注

当皮埃尔河畔 4 号
特鲁瓦
没有巴黎地址

P4

星期五［巴黎，1932 年 7 月］

亲爱的二老：

昨晚收到来信。我并未生事……昨天德蒙齐[①]不在，莫内就去办公室主任那儿演了一出戏。主任好像对我任命一事感到惊讶，而中等教育处在回复他时大概说了要符合我的意愿！所以事情大致变成，由于不能或不想把我派到紧邻巴黎的地方，所以就考虑我的第一个请求，即旺多姆，如果不行就去南方……

总之，苏希耶（主任的姓）下周四会接见我，看看能做些什么。一些地方可能有空缺职位，比如盖雷。但我更喜欢蒙德马桑！如果不行，我就争取得到对方的许诺，即填补今年的第一个空缺职位，或类似的事情。而在此期间，我在行政人员面前就表现得像个死人。

雅克被派到了勒阿弗尔，还在抱怨！我下午要去见他。没别的事儿了。这种天气叫人无精打采，从没见过这种情况。卡凯拉纳是……的最北边。

亲吻你们。

克洛德

附言：米德拉斯基正在奥瑟戈尔主持优雅大赛（据《法国之波尔多和西南方》[②]报道）。希望你们喜欢乔治在《大众》上发表的散文。

① 阿纳托尔·德蒙齐（1876—1947），于 1932 年 6 月至 1934 年 1 月任国家教育部部长。
② 《法国之波尔多和西南方》是左派日报。

P5

星期四［巴黎，1932 年 7 月］

亲爱的二老：

我逐一列出，以免忘了什么事儿。

伯努瓦先生、莫埃和尚东寄了一个三脚架和一幅画（花、阳台）。

位于巴黎十四区地狱大道 26 号的德国驻法大学办公室询问：你们何时会在塞文；所到之处的名称；房屋图片。

玛丽·阿兰格里写来一张卡片，苦苦抱怨没有你们的消息（阿尔卑斯滨海省，海螺领地，旺斯）。

位于布瓦西埃街 75 号的互助库[①]寄了一份阿琳姨妈的合同样本。

位于康邦街 47 号的法国殖民纪念馆寄了一张二十法郎的收据（附件）。

大概就是这些。

我收到了勒菲弗的坏消息，他认为事情进展不顺，还说让我“动用朋友”。我给莫内打了电话，与他达成一致，也给保罗·芒索写了信。我想今晚去部里见佩雷拉女士。

昨天见了热情而充满魅力的米德拉斯基。他索要了教员的记录，回想了各种许可，必要时还会要求各种收据。他很操心我的事，还与审读文件的德塞聊了很久。他很热心，还给我出主意！他一味求新，这有点悲哀！我这就回去。上午事情太多了，没时间准备午饭。我上午是在露西[②]姨妈家。晚上会和乔治一起去雅克家吃晚饭。

没有别的事情了。今晚在部里。康卡布拉天气不好，太遗憾了。其实不难找到源头，就在瓦勒罗盖和布满裸露的欧石楠的康卡布拉山坡之间水平线的垂直方向上。

① 社会经济互助发展人民金库。——译者注

② 露西·罗比，克洛德·列维－斯特劳斯的姨妈。

［图示指出了源头位置］

亲吻你们。

克洛德

P6

战争部

部长办公室

巴黎，星期六［1932 年 7 月］

亲爱的二老：

没什么新鲜事要讲。如果康卡布拉的天气依旧像这里一样糟糕，我很同情你们。昨天因为请假的事情要去趟部里，顺便吃了午餐。我很想下周六出发。但这样行吗？上尉会从中阻拦。我昨晚自己做的饭，有连壳煮的溏心蛋、面条，还在 Russe 店里买了半斤矮黄瓜沙拉。阿琳姨妈的票据到了，她给我写了封信，还让我再寄一些信。收到了蛇血清。

我周四见了佩雷拉女士，她会去做布卢姆的工作。维亚尔和德蒙齐已经介入了。还见到了尚松[①]，他强烈推荐我读一读《遗产》，还要给我他家的钥匙。为什么不呢？只需要去勒维冈找他的兄弟拿一下就行了。他八月会住在捷克斯洛伐克。

洗衣工来过了。我没付她钱，电费也没付（八十四法郎）。今晚我们肯定会通电话。

我在波勒·雷尚巴克家吃了晚餐，明天去索镇那边的布瓦万家，周一晚上和乔治吃饭，还要写信到维尼翁街预定周二的晚餐。

① 安德烈·尚松（1900—1983），小说家，1932 年出版了《遗产》。他在康卡布拉附近有一处房产。参见 E. 卢瓦耶，《列维－斯特劳斯》，2015 年，第 245 页。

我把家务减到了最少。

盼望见面，亲吻你们。

克洛德

附言：我已给蒂娜打过电话。

P7

战争部

部长办公室

巴黎，星期五［1932 年 7 月］

亲爱的二老：

我想能够确定地通知你们我周二早晨到。很遗憾不能再早了。如果不出意外，我希望中午能在埃罗桥找一辆自行车。

昨天，德沃女士给我打来电话说事情中断了——我其实已经知道了，——直到找到能够满足财政计划的方案（可能会取消巴黎的岗位）。而除此之外，她所提供的信息就很模糊了。爸爸，她说肖像画得很成功，只是有两三个小地方，她想回去之后跟你说。

没什么新闻了。收到了马蒂厄和他的“孩子们”一起做的卡片、一张罗比内包装公司的二十五法郎的发票，还有雷贝尔的信。

周三在露西家吃的午饭，但因家人们来晚了，他们夫妻发生了争吵。晚上在索镇，布瓦万一家很友好，我离开时已经很晚了。昨天和今天，在部里。

我要去买点东西。闹钟的按键找不到了。

叔叔让问我家具到了没有，我估计已经寄出了。

我要赶紧去找找牛肝菌。可怜的吕吕[①]确实不走运！

亲吻你们。

克洛德

P8

星期三［巴黎，1932年8月］

亲爱的二老：

你们肯定知道了，我已被派往蒙德马桑，并不高兴，我觉得那儿挺糟糕的。我争取下午能见到德亚，再去部里看看还能做些什么……不过是图个安心。

给你们一个建议，不要乘坐中部的火车，至少别在8月16日坐。想想看，从尼姆到勒维冈的火车，每天只有一趟，而且奥弗涅人不如南方人友好。从米约到巴黎的火车被挤得满满的——半路上都会被挤坏，而且非常热，晚上也一样。幸好我在到图内米尔时找到了一个角落。此外，沿途风景很美，但一直是单调的喀斯特地貌。电力火车一直开到圣弗卢尔，然后两个车头共同拖拽，艰难地爬升，两次行至海拔两千多米的地方。身处其中，没什么感觉！但还是能见到一些有趣事物的。勒维冈和图内米尔之间的路段景色壮观，但透着一种荒野灌木不曾有过的悲怆之感。在这片沙漠之上，图内米尔先后经过米约、圣阿弗里克、贝济埃、勒维冈，宛如一趟国际列车！过了米约往上走……可能因为是从峭壁俯视而下，景色特别优美。加拉比大桥的沿途风光也很美，令人印象深刻。我还看到了桑西山，马尔热里德中央高原，岩墙和玄武岩柱群（这个讲给吕吕）。用石头把村落建成堡垒的样子，甚是美妙。

忘记跟你们说，我在图内米尔花了十三法郎吃了一顿午餐，很合

① 吕西安•卡昂，迪娜和若•卡昂之子，地质学家。参见美洲信件前言，第217页。

我意，有汤、冷盆、蛋黄酱金枪鱼、牛肉片面包头、茄子馅炸糕、鸡肉、羊乳干酪（说不上好吃还是难吃）、点心、水果，还配有一升红酒。

总之，我不讨厌这趟旅行，只是不想再有下次了。回来时已经累坏了，倒头就睡，一直睡到九点，然后洗漱买菜。

巴黎没什么新鲜事。只有部里的信，没收到其他信。这儿的天气比康卡布拉更热。

亲吻你们。

克洛德

P9

战争部

部长办公室

巴黎，星期五［1932 年 8 月］

亲爱的二老：

赶在你们回程之前，说一些重要的事。我在蒙德马桑可能会用到许多康卡布拉的东西，比如法兰绒裤子，肯定能派上用场，几件衬衫，白色裤子（可能还有，我在克罗斯港时穿过），还有露营设备、徒步时用的背包和吊葫芦[①]。可能还需要我的自行车，似乎它是在这个地区出行用到的理想工具。你们能把这些带给我吗（自行车可以等我安顿下来后直接寄）？

买了一些参谋部地图。那里还有河，可能没我想的可怕。还有泳衣，我能想到的就这些，可能还会有别的。

没别的事了。收到了夏尔·瑟尔先生的死亡讣告。

① 马蒂厄·列维－斯特劳斯是克洛德和莫妮克的儿子，他说："可能指一种皮面的下摆葫芦，名叫'xahakoa'，发音接近'chaacua'。"

亲吻你们。

克洛德

附言：刚刚路过候见厅时，认出了艾梅•勒鲁瓦女士。我跟她问好，聊了许久。她打听了很多你们的事，让我代她向你们诚心问候。她说会把我推荐给蒙齐博士的密友茹弗内尔[①]，但当下有什么用呢？

P10

战争部
部长办公室

巴黎，星期三［1932 年 8 月］

亲爱的二老：

照片收到，并不出彩。我开始了解蒙德马桑。在这个偏僻之地，不知从何入手。于是细致深入地研究了一番地图，不得不说这儿没太多我喜欢的东西。除了巴约纳，其他还有什么？勒费比尔得知我被分配到这里，便向我保证蒙德马桑是一座迷人的小城。布瓦万太太昨天告诉我这里的生活成本很低。如果是在盖雷，根本不可能。实际上那边离巴黎同样很远，更会觉得迷失。如果瓦朗斯有空缺——这是有可能的，我会立刻扑过去。

我收到了艾吉耶[②]传来的好消息。迪娜[③]对我的任命很满意，她怎么都没想到！前天和乔治吃晚饭，然后去了巴黎赌场。玛丽•迪布瓦

① 亨利德•茹弗内尔•德于尔森（1876—1935）于 1932 年至 1933 年间任法国驻意大利大使。

② 上阿尔卑斯省的艾吉耶县。

③ 迪娜•德雷富斯（1911—1999），克洛德•列维－斯特劳斯的第一任妻子。参见 E. 卢瓦耶，《列维－斯特劳斯》，2015 年，第 100~104 页。

很厉害，其余人不过是经历一场清洗！昨天去了布瓦万家，他们周日来吃晚饭。周五在乔治家吃晚饭，他家在贝尔维。我的时间就这样被填满。没别的事情。我开始厌倦部里的日常。

又买了一件带领子的衬衫，花了十三法郎。我得在出发前重新整理一下衣服。

我没往凡尔赛打电话，也没和让叔叔一起吃晚饭。目前没有时间。

回见，亲吻你们。

克洛德

P11

战争部

部长办公室

巴黎，周四［1932 年 8 月］

亲爱的二老：

迪娜今早突然来了，她前一晚才告诉我，我去火车站接了她。她厌倦了艾吉耶的生活，于是撇下两个姊妹独自一人前来。她的父母已经在巴黎某个地方度假了，就没提前告诉他们。她走之前和另一个人已经彻底决裂了，但对我只字未提。她是希望自己不在我身边时，如果我有情况，可以自由选择……这就是她。至于婚礼，意大利那边的手续复杂得很，不知道我们何时才能拿到必要的材料，我希望能及时办好。

但我觉得你们可以悄悄透露给迪娜［卡昂］。我自己希望办一场官方正式的婚礼。此外没别的要说，不是出于“傲慢”，因为确实没有特别的事。

今早见到了散发魅力的苏希耶，他立即在办公室提出了一条战争建议，还说服了办公室主任兼中等教育官员。他打算倾尽全力让我满意，要做什么？鉴于此前派我去蒙德马桑并不理想，所以要增加一个空位，比如在富瓦、罗什福尔、奥里亚克……唯一一个多余职位在拉昂，但按规定必须给卡昂[①]和他的妻子，因为他的资历比我深。

我估计一个月后就要去朗德省了！苏希耶会继续照顾我，还有他那在卡诺当教授的办公室主任亚伯拉罕也会如此，但我不知道他们能做什么。冈城如果有空位，我今年就能去。

没什么其他事。一日三餐都在部里解决，我没有做饭。今天可谓皇家菜品：百合！

我很怀念纳瓦塞勒，但那是明年的事了。迪娜不到十个小时攀登了三千米，出乎我的意料，也许这就是她心情糟糕的原因吧。

亲吻你们。

克洛德

P12

星期一［巴黎，1932 年 9 月］

亲爱的二老：

昨天收到了气压传送信，但我好奇怎么没有小猫的任何消息。今晚没有你们的消息，我很想知道发生了什么事。

我今早去邮局放了［……］，今天我见到了德雷富斯[②]女士，并得知一个情况，那就是她认为在你们见迪娜之前，我去他们家并不妥。迪娜大下午的突然把我带去她家，是挺意外的。她的妈妈是地道的农民，非常友好，粗鲁但热情。那是小城的一家新建的宾馆，里面很脏。这里附上两张照片，拍得不好，但我已经尽力了。

① 皮埃尔·卡昂（1903—1945），哲学教授，马克思主义战士，抵抗分子。

② 迪娜的母亲，克洛德·列维－斯特劳斯未来的岳母。

为进一步推进婚事，我往凡尔赛写了信，周三和让叔叔吃了晚餐。如果你们还想见到我单身的样子，那就得赶快动身了。证件办得很快，可能本周之内就会全部到齐。婚礼大约在 15 号，我今早告诉上尉了，他好像想要我……和解。

维吉耶先生昨天见了苏希耶，苏希耶总对他说会照顾我，所以不是完全没有希望。

布瓦万一家昨晚来吃饭了。我本想让迪娜过来，但她妈妈不接受夜不归宿，估计还保留着农民思想。

亲吻你们。

克洛德

附言：希望照片没有寄丢。

P13

星期二［巴黎，1932 年 8 月末］

亲爱的二老：

匆忙几笔，我有很多事要做。欣慰的是猫找到了。我在处理各项行政事务，希望 9 月 15 日以后能完全脱离部队。在部队里获得结婚许可太复杂了，不断地有人催我上交文件。

我还是得要裤子，在城里不用，但徒步时要穿——还是去朗德更好。我觉得可以穿连裤袜。至于露营装备，背包和吊葫芦[①]就行。我觉得自行车用我自己的就行——为什么要包装？

感谢迪娜[②]的来信，我会尽快回复。我迅速停笔——这种要不停地跑来跑去的生活太耗精力了。

---

① 参见巴黎第九封信（P9），第 96 页，注释 ①。

② 此处指迪娜 • 卡昂。——译者注

亲吻你们。

克洛德

附言：这两天因军事学校的事情没去广播站。

P14

战争部

部长办公室

巴黎，星期二［1932 年 9 月］

亲爱的二老：

或许这是寄往康卡布拉的最后一封信了，周一早晨应该等不到邮差送信，你们就已经出发了。我不太理解上封信里的责备，我还能讲其他什么事呢？先是发电报，苦于不能写信，我不得不这样。我大部分时间都和迪娜在一起，或是被部里的工作缠身。再说提前二十四小时告知信息，我不理解。如果说的是婚期，我记得一个月前就说过了。此外，20 日的可能性比 15 日大。

昨天和乔治、皮埃尔吃完晚饭，去看了巴布斯特的《亚特兰蒂斯》[①]，不好看。皮埃尔今早就走了，可能 12 月前都见不到他了。我去了部队，估计 10 号以后就可以休假了，不必返回，着实惬意。

和迪娜说好周三下午来，周四吃午餐。她迫不及待要认识你们。

亲吻你们。

克洛德

① 乔治·威廉·巴布斯特的电影（1932），根据皮埃尔·伯努瓦 1919 年的同名小说创作。

蒙德马桑信件

M1

法国酒店
蒙德马桑，22 日［1932 年 9 月］

亲爱的二老：

今天只写一封信吧——我们昨天特别懒！旅行很顺利，车厢里除我们之外只有一个人，睡得很好。在莫尔桑简单吃了午餐，昨天一天都阳光明媚，今天依然如此。村庄看着很美，有松树林和各样茂盛的丛林，如杨树、栗树和月桂。

抵达可爱的蒙德马桑。广阔的村庄，色彩绚丽，一尘不染，河水淌过茂密的植被，每个街角都有杜飞的画。紧接着，开始上演各种不幸。黎世留酒店的名气可能更多来自它的历史，而非住宿条件。我们晚上到时只有一个房间，因为开省议会房间被预订了。供应冷热水，只是说说罢了，至少昨天就洗不了澡。于是我们去了城区的一个地方，幸亏离得近，现代而干净，然后回宾馆享用了皇家午餐。

下午小逛了一圈。随意在路上溜达，看了几处公寓，其中一个是空房、四居室，有自来水、现代卫生间、煤气、电，每月二百法郎，非常合适。另外一间次一点，也是空房，一百三十法郎。生活成本似乎并不高。我们也就不着急了。得再找一间宾馆。法国酒店现代得多，环境很好，每人每天三十六法郎，希望那儿能有理想的住宿条件。

我们今早起来，刚赶上吃午饭。雨一直下到中午，现在天气放晴了。我们的房间安顿好了，各方面都完美，旅行箱一会儿就到。写完了信，就去看看高中。

迪娜很棒，承受了全部烦恼和初来乍到的失望，依然保持着愉快的心情。我觉得在这里生活不会很差劲！希望你们不要觉得太孤单，我们过三个月就回去了！

亲吻你们。

克洛德

M2

星期六［1932 年 9 月 24 日］

亲爱的二老：

我们前天收到了你们寄往黎世留酒店的信。我们已经搬出来了，住进了舒适的法国酒店。食物不是很丰盛，但真的没关系。我们开始筹划在这里的生活，最终可能会住在一栋房子里的带家具的小公寓，就和阿尔基耶[①]租的一样：一个房间，有自来水供应，卫生间有热水器，厨房有煤气供应。加在一起，每月二百五十法郎。不便之处是，还没完全装好，恐怕要等到十月一日。

我们也很喜欢另外一间公寓，空房、华丽、光线好，但有四个大房间，我们可能会很吃力（每月三百法郎）。我们还花时间去看了高中，离城区有点远，外观很漂亮[②]。校长只在上午接待外来人员，由于我们下午一点之前都还没准备好，他就一直等我们。学校旁边的城市公园坐落于杜兹河畔，树木高耸，宽阔而美丽。这条河并未使整座城的

① 费迪南·阿尔基耶（1906—1985），哲学家，任教于蒙德马桑高中。他于 1931 年成为法国第一位通过大学哲学教师资格考试的人（克洛德·列维－斯特劳斯是第三位）。

② 此处指建于 1866 年的维克托－迪吕伊高中。

蚊子增多，咬人的苍蝇反倒很多。迪娜挨咬了。我们刚刚买了迷迭香氛，喷在床上。

早晨收到了《大众》，谢谢。我们第一次散步去了几个城门，走的时间不长，这就回去了。我们刚刚还在松树林里小坐了一会儿，天呐，里面满是松树牛肝菌，比康卡布拉的水分少，闻着香。我昨天看的那间宽敞四居室附近有个门店，里面也有一些牛肝菌。

在那之前，我们暂且住在酒店房间。把行李箱里的东西塞进衣柜可是件不太容易的事！妈妈放心，衣服已经用衣架挂起来放进衣柜了。

迪娜和我亲吻你们。

克洛德

M3

周一［1932 年 9 月末］

亲爱的二老：

昨天收到了你们的来信和照片，拍得很棒，尤其是迪娜在笑而另一个人投来些许哀怨目光的那张，那也是唯一一张她在美丽之余流露出一丝小黑人的姿态，以前没发现过。希望很快能再寄给你们一些照片，我买了胶卷（Anecra——蒙德马桑什么都有卖），但是懒得装。

我们继续过着无比充实的生活，但一切就绪就已经下午一点了，总是无法充实我们的计划。今天下午去高中，拜访校长。校园干净、美丽、惬意，红砖巨石，园区开阔。我看到了我的教室，正对着那片园地。教室不大，我要站在一块木制小讲台上，讲台的大小堪比高于它的黑色桌子，站在上面一定非常可笑。我不记得是否跟你们说过，去往学校的路旁种着棕榈，叫人想起耶尔，但也只是相对的，毕竟最高的一棵能有一米二？

校长也是新来的，年轻和蔼，热情接待了我。我的课程表和阿尔基耶的不一样，能休息两次一天半，分别是周二和周三上午、周四和周五上午。但我还是叫苦连天，制度能再完善一点就好了……从学校出来，下起了倾盆大雨，时间不长，我们在咖啡馆躲雨。然后继续找房。明天会有一位布罗卡先生带我们看一个配备家具、起居设备齐全的小房子，月租三百法郎。还有一位保险代理人拉梅涅尔先生，是朗德出名的老激进人士，他为我们提供了一栋河边的带花园的漂亮房子，每年三千六百法郎，起居设备齐全，可惜房屋是空的，对我们来说也太大了。以后收入降低时，租金可能相应减少，这都什么人！我们看的最后一间小公寓带家具、非常诱人：两居室、带厨房、通过炉灶集中供暖，但不供应热水，这一点让我们犹豫，月租三百法郎非常合适。我们最终会选择住阿尔基耶那里吗？他那儿只有一个房间，厨房无窗，但卫生间布局很好。机会还很多，我们不用过于仓促。公寓肯定很多，而且不贵。尼藏一家肯定特别羡慕我们！唯一不好的是有跳蚤，而且多得可怕，我们晚上疯狂地追打。我倒不太受威胁，迪娜被咬得很惨。在黎世留宾馆住时也是如此，恐怕这是生活在南方难免会有的烦恼……

我们在蒙德马桑游历得越多，就越确认我们最初对它的好印象。一切都令人愉悦、干净，城市里有活水流淌。人也可爱，我们早晨睡梦中听到有人在街上卖阿尔卡雄的牡蛎和贝壳。明天逛市场，我们要进一步了解当地的情况。

这就是我们今天做的事情，昨天在宾馆里懒了一天。收到了科利乌尔的沃特斯①的来信，友好而亲热，但字迹挺可怕。还有各种祝贺，来自 P. 帕拉夫②、博纳尔。克莱寄到学校一封信，这个不幸的人在蒂永维尔还得学希腊文和拉丁文。我还是更喜欢这里的女学生和我两小时的文学课！

---

① 阿蒂尔•沃特斯（1890—1960），比利时左翼政治人物，使克洛德•列维－斯特劳斯初识社会主义。参见 E. 卢瓦耶，《列维－斯特劳斯》，2015 年，第 68~69、71、81 页。

② 可能是皮埃尔•帕拉夫（1893—1989），法国记者、广播界人士、小说家。

我们亲吻你们二老。

克洛德

M4

星期二［1932年10月4日］

亲爱的二老：

今早收到了几箱书，中午收到波德莱尔还有你们的来信。万分感谢，我等得很焦虑，尤其是屈维利耶[①]那本，毕竟即兴上八天课，我做不到毫无担忧。幸好有迪娜，她比我有更强的教学意识，提出了更多想法，于是本来会搞砸的课并没有很糟糕。我周一上午就开始上课了，五名哲学学生[②]和十名基础数学的学生一起上课。他们一副笨拙的样子。第一堂课跟他们讲了课表、考核表以及布置作业的一般原则等，很快就过去了。接着我飞快奔向女孩子那边，由于学校组织老师开会，所以只上了半小时。副科上，我面对的是两只钻在格子罩衫里的大笨象，他们毕恭毕敬地听我讲课。

回到学校，我听了一位老师的乏味演讲，认识了我的同事，除了一位年轻而亲切的历史老师，其余人可能都是本科毕业。年老的一批是机关职员，其余人很年轻，但看着像中年，谈吐和气度就像汽修或机械工人。我觉得我不会和他们来往太多！下午又去了学校，被告知我明天有监考，时间是七点半到十点半，负责蒙德马桑中学毕业会考的写作科目。想想都头大！但是躲不过，每个人都会轮到。此外，波尔多学院院长写信给我，说要我修改一些文件，这至少会有报酬。下

① 阿尔芒•屈维利耶（1887—1973）出版了《哲学手册》，该书自1927年起成为法国高中的基础教科书。

② 这些以前的学生还记得克洛德•列维－斯特劳斯老师，参见E. 卢瓦耶，《列维－斯特劳斯》，2015年，第108~109页。

午只给我的五名哲学学生上课（天呐，十月会议结束后还会来一些），幸好有迪娜，这堂课上得也不是很混乱。但屈维利耶也该寄到了。我的学生们又乖又听话，傻头傻脑。还要求什么呢？晚上是我们第二次做饭。迪娜做了一道配有肉馅卷的美味的汤，还有鸡蛋、沙拉、奶酪、甜点。

今天早晨，我情绪低落地去监考，有四十个考生。刚开始几分钟，安排和我一起监考的历史老师就扔下我一人，我八点就回去了。于是我可以陪迪娜第一次周二逛市场，里面的东西种类繁多，但食物除外。肉非常便宜（五法郎两大块），水果相比于蔬菜简直是天价，很好理解，因为这里没有。真是个特殊的地方。别担心，我们还是得吃。而住旅馆的费用，整整两天，不算服务费 681 法郎，这真的不过分。

学校坐落于城市最北端的一个广场，对面是城市公园，距离我们的住处步行五分钟。我们的房间很小，长约三米五，宽约两米五。房东答应我们搬来一个浴缸，我们正在等（屋里有餐具，但没有床上用品）。煤气灶很现代，但煤气公司没准备来跟我们签协议，所以我们还在使用别人的账户，上一个住户搬走时既未结清费用，也没注销账号。

爸爸，我没太听懂关于建筑图的事。那是一份简单的机械工作，还是需要专业知识？反正没有费用，所以也没什么好损失的，但我觉得收益不会太大。

寄去凡尔赛一封信。没有马蒂厄一家的消息。还是没找到手表，旅馆让我们等消息。天气又变得阴晴不定，时晴时雨。我们找了一个洗衣工，比巴黎的便宜很多。我们正在考虑雇一个女佣，每小时 2.25 法郎。

因为没有留下放胶卷的盒子和黑纸，所以必须把它们装到相机里。我以后会想着的。

L……对于花的照片有什么想法吗？

我们亲吻你们。

克洛德

M5

星期三［1932 年 10 月］

亲爱的二老：

昨天雨下了整天，下到晚上令人很烦。蒙德马桑有两家老电影院，我们去了其中一家，比想象的要好。看了两场糟糕的电影，一个是《消失在电梯里的人》[①]，半透明的侦探片；还有一部德国动物纪录短片，摄影和布局很棒，类似那种花朵相册。

今天天气晴朗，碧空如洗，热得像夏天。我们趁机去骑车闲逛，一路骑到森林，然后在森林里散步，接着原路返回。但最后一项没完成，因为我们闯入了一片蘑菇地。我从未见过这样的景象，我们走在上面，蘑菇都被碾碎了。我在雨衣里装了几公斤的美味茹菇，我们要做成罐头。还看到一株漂亮的小伞菌。自行车就这样变成搬运工。这个地方真的太美了，我从未在其他地方见过这样的天空，剔透雅致，轻柔细腻，但不失恢宏。

感谢妈妈寄来的《欧洲》，得在安静的时候阅读。你留好这些杂志，看过之后再寄给我。我来到这里，刚几天没看报刊，就要问今是何世了！

米勒卡可能会向你索要一篇柳克丽丝的文章或翻译（橙色装订版），我记得两篇都在我的壁炉上。德拉泰[②]的行政职位可能不如我高，因为梅纳尔[③]休假一年，他要为其代课，身份是代理而非正式。这显然没什么实际影响，但我一点儿也不后悔没去普瓦捷。其实两地一样偏远，但在这里我们出门一刻钟就能看到树林，这就是好处，而且没有小城市生活的任何烦恼，但在稍大一些的地方可能就难以避免了。

希望小猫病得不重。这里有很多暹罗猫，猫的数量普遍偏多，有

① 朱利奥·德尔·托尔 1931 年的电影。

② 罗贝尔·德拉泰（1905—1992），1931 年获得哲学教师资格证，主要任教于普瓦捷高中。

③ 皮埃尔·梅纳尔（1900—1969），学者、哲学史学家，主要任教于普瓦捷高中。

三色、黑色、棕色和白色的。

是的，妈妈，我上课是挺刺激的——我会逐渐脱离文章和课本，但学生们欣赏不了！但他们会听，似乎有点儿兴趣。我关于波德莱尔的讲解完全即兴，浮想联翩，特别震撼。这属于我的娱乐时间！

我羡慕阿兰格里有一台徕卡！这台相机不方便，还有六个胶卷没装。我刚刚拍了我们的采摘成果，留作纪念。阿琳的事说明了什么？她还没收到电台的消息吗？我们亲吻你们。

克洛德

附言：谢谢妈妈的针线活儿，我们非常需要，前提是你有时间。迪娜冻脚，出门时多数时候不穿长筒袜，只穿一双羊毛短袜，那种运动式的及踝厚袜子很适合她。而我的羊毛袜子太短了，和我的高尔夫球服不搭，所以只能穿长袜……

M6

星期二［1932 年 10 月］

亲爱的二老：

我快速地写一封信。昨天下了一整天雨，今天放晴，我们想趁这几天写几首有趣的叙事诗。巧克力糖[①]昨天寄到了，外观像密实的砖块，配有各种纸带，大概是为了区分不同口味！太好吃了，味道一如既往——当然了，现在已经全然不见踪影！非常感谢。

你们看到我潦草的字迹，不要担心。我没得任何重病，只是刚刚在教迪娜骑自行车，手关节彻底僵硬了。她的进步很大（是迪娜，不是我写的），第三次学的时候自己就能轻松地骑五十多米。

① 可能是克洛德的母亲做的巧克力糖。

斗胆说一句，一波波贺信有点成了骚扰。今早还收到了埃莱娜姑妈的信。我真是沾了爸爸的光！

不，妈妈，我没有教迪娜，她懂的拉丁语比我多，希腊语更是厉害得多。我的女学生当然有自己的课。我在高中只有基础数学专业的学生。

为什么不去布鲁塞尔呢？这不失为一个好主意。诸圣瞻礼节我们可能会休息两三天，去巴斯克地区来一场短暂的旅行也不错。马蒂厄一家没去吗？哪个地址？爸爸，你接了装饰的事吗？我以为得缴纳一项税。

是的，我上课时还是会结成小组，但就是得在教室里不停地走动，到晚上就很累了。还没任何会考的消息，这是一项长期工作。我估计全部算下来有四五百法郎。我跟你们讲过吗？口试那天，我刚巧到得比一个资历老的英语主考官晚，他就迫不及待地要检验我的学识了。我的主考工作就是这么开始的。

我们想要这些食物：

——用李子、野枣、鲜奶油做的甜点；

——巧克力糖；

——做馅饼的面团和蛋糕；

——犹太人吃的肉丸汤（迪娜喜欢这类东西）。

固体白色蜂蜜每公斤十法郎，这算贵吗？

我们亲吻你们。

克洛德

附言：这里有一位退休老教师，负责行会的事情，名叫埃尔布罗内，你们认识吗？

收到了不伦瑞克[①]的祝贺。但没收到佩雷拉女士（葡萄酒街7号）和里沃（波拿马街74号）的，还得再寄通知。

① 莱昂·不伦瑞克（1869—1944），法国哲学家，索邦教授。

M7

星期五［1932 年 10 月］

亲爱的二老：

快速写一封信。最近两天天气格外晴朗，刚从学校回来，我们就出去骑车了。是的，骑自行车——用的是复数，——这是我们第一次出行。迪娜起初有些害怕，坐在我腿上全然没了感觉，但很快适应了，我们就这样骑了三四公里。我们以后会多出去玩的！

妈妈，我们刚才用快速邮寄给你寄去一小包蘑菇。我们带回来了很多，但只会做这个。你看看，并不糟糕。特别喜欢朗德特有的鸡油菌，你可以慢慢品尝。我们已经尝过两次了，还是那么好吃！

爸爸，收到了尼奥尔的来信，昨天还收到了妈妈的信。你为了房间操了不少心，布样很漂亮，可以做华丽的窗帘，感谢。而我们的床，我觉得不是很大。

你们想象一下，由于床没固定好，所以塌了。我们告诉房东这个情况，他们迅速赶到，反复道歉，并提出会进行必要的修理。所以我们现在睡在床绷上。他们到家里时我在学校，于是和迪娜聊了半小时，态度好像更温和，还感叹我们年轻，称赞我考取了教师资格，还说迪娜以后也会考到的（她独自一人翻译亚里士多德，我真的无能为力！）。他们又一次提出邀请，因为天气好，我估计不会太久了……但愿他们的阿马尼亚克烧酒味道不错！

“诺曼底”[①]的订单仍悬而未决，挺有意思。奥利维耶还会做点事情？他应该无所不能。我们没收到康卡布拉的任何东西。那些花儿美吗？

爸爸，你认识拉罗歇尔的哲学教授吗？这里有一位老教授去世了，周日会举行隆重的葬礼，全校人员都得穿正装……你们知道的，我会

① 此处指 1932 年 10 月 29 日由大西洋轮船总公司推出的“诺曼底号”邮轮。

找个借口不参加，自行车和蘑菇更有趣。我们用汤罐和小牛腿肉（妈妈，推荐给你，这块肉很香）做了美味的汤，还吃了不可思议的冻鸡蛋。我们会变胖的！

我们亲吻你们。

克洛德

M8

星期日［1932 年 10 月］

亲爱的二老：

快速写一封信，好赶上邮差。今天很充实，上午批改女孩们的作业，一塌糊涂，只有一人（最丑的那个）非常出色，比所有男生的作业都好。下午三点，一名正式的老师在市政厅组织了一场关于苏联共产主义的讲座。我们想听，可是到了四点仍空无一人，我们自然没有留在那里，剩下时间用于备课。

收到了侦探小说，感谢爸爸。看完了西姆农的那本，读起来轻松，但很普通，灵感源自凡迪恩[①]。妈妈，你能寄给我《建设性的革命》[②]吗？再帮我问问国际劳工组织是否继续为我提供 IS 服务？如果是，我得修改地址；如果不是，我会申请。因为如果有公共会议，可以从中获取有用的材料。

十公斤的龙骨牛肝菌真令我伤心！

我们亲吻你们。

克洛德

① 美国人斯迪姆•席普•凡迪恩于 1926 年至 1939 年间出版了多本侦探小说，主人公是菲洛•万斯侦探。

② 参见斯特拉斯堡第九封信（S9），第 17 页，注释①。

M9

星期四［1932 年 10 月 6 日］

亲爱的二老：

匆忙写一封短信。我们要出发开始第一次全天出游了。刚刚收到了文件夹和一箱书，还有手表。我收到了四十五份会考试卷要改，还要带队去波尔多参加口试。学校会负责我的出行和费用吗？我得去问问。我们亲吻你们二老。

克洛德

我们请了一位女佣，每天来一小时（每小时两法郎）。

M10

星期五［可能是 1932 年 10 月 7 日］

亲爱的二老：

我们昨天第一次徒步，十点出发，六点返回，向西走了二十多公里。我没想走那么远，但起初在松树林里走错了方向，于是迷路了，然后发现离开城区已有八公里，下午四点半时我们还以为在城门。这个地方景色美丽、单调，但有奇妙的灌木丛，我们又带回来一小盘鸡油菌和真正的牛肝菌，午餐是在米杜兹河边吃的。草地、杨树、母牛，还有诺曼底奶酪。早晨还有点冷，但天气晴朗，蓝天白云。迪娜很能走。由于会持续降温，我们今早点燃了壁炉，房间里笼起一丝暖意。

在学校，我总共只待三小时。学生们不吵闹，看着在听课。我收到了四十五份会考试卷要改，程度很差，15 号要带队去波尔多参加口试。我希望费用可以报销，如果不能，就像我在斯特拉斯堡时说的那样，

“就有点过分了”。这是个游览城市和港口的好机会，主要是能逃掉五个课时。书很好放置，就摆在房间里一个小架子上。

你们的信里没有国际劳工组织的支票。为什么不直接模仿我的签字，然后把钱转进我一直在用的账户呢？

女佣几乎能在一小时内把活儿全部干完，包括刷碗和家务。这真的很值！至于打赌，你们赢了，我们第一顿饭吃了牡蛎。我们房间里不是很热，墙体很厚。供暖似乎无可挑剔。妈妈，你能告诉我们肉丸汤里丸子的烹饪方法吗？还有，能否把一些文件寄给沙罗纳大街13号的伊利亚•洛佩尔？我的办公桌右边抽屉里有一个信封，上面写着他的名字，文件就在里面。他跟我要了。

四点接着写信，中间被马蒂厄一家的意外光顾打断了，我们当时正在吃午饭。他们事先给我写信了，但信在学校，我没看到。他们很客气，我出门之后，又坐了半小时才走。我在学校收到了一封莱昂•布卢姆的信，他在信中情绪激昂，流露着悲痛，还附了他写给维亚尔和德蒙齐的推荐信复印件，写信的口吻更是激动。他开始着手为我开展一个全新的行动，也正是我希望他做的。接着是两个课时，一节讲课，一节答疑。在我的五个学生当中，一人看起来很聪明，另外两个普通一些，剩余两个彻底没脑子。我估计要在波尔多停留几天，费用可以报销。我们自然是一起去。

房东们为我们装了一个锌制的浴缸，几乎全新。现在这个橡胶浴缸对我们而言还能用，但我得还回去。

我们亲吻你们。

克洛德

M11

星期四［1932年10月14日］

亲爱的二老：

我们今早收到了照片，有明显进步。至于迪娜的新款肖像，我不得不说，除了底色明显更浅，其余和之前相比差别不大。今天我再给你们寄六张底片（六张，是因为我觉得照失败了，相机一点都不稳，按下快门就彻底倾斜了，而且我想先看下结果，然后再继续……）标号 1 和 2 的两张是在市政厅桥和商贸桥（靠近我们）之间的堤岸拍的；标号 3 拍的是同一处风景，取景于商贸桥。标号 4 是从厨房拍的我们的客厅，标号 5 同上，是在走廊拍的，最后标号 6 是房屋外景。迪娜那边的窗户是客厅的，她右手边的另一扇是厨房的（房间的这一面朝阳）。我们明晚出发去波尔多，我可能会用完剩下的六七张。

气温大幅回暖，我们不用再生火了。今早做了一大锅蔬菜肉丸汤，工序复杂，肉丸清晰可见，装满了两个平底锅，一直能吃到我们出发去波尔多。今天休息，剩下的时间用于批改会考试卷，情况并不理想。

学校的生活照常。我逐渐想起一些适合哲学课的内容，课程内容更充实了，我的担心有些多余，因为学生们似乎对此感兴趣。反正课堂纪律很好。我和同事们的关系，一如既往，仅仅停留于课前和课间，大体上很融洽。

昨晚从学校回来之后

［未完］

M12

［信封日期 1932 年 10 月 15 日，波尔多］

评议结束，匆忙写一笔，然后出发去加龙河畔，找一家水兵酒吧吃午餐。

院长在学院主持召开正式会议。7 名应试者，平均成绩 90 分！我们还是确定了 26 名初试通过者，13 号周一下午我将负责监考（上午是一位来自阿让的同事）。

我想尽快知道尼藏被派去了哪里。如果有空缺的好职位，那推荐的作用是什么？

波尔多看上去很美，这个路易十五印度公司时期的典型海港。

我明天会写得长一些，吻你们。

克洛德

M13

星期日［可能是 1932 年 10 月 23 日］

亲爱的二老：

马蒂厄回复了我的电报，说要留在比亚里茨参加贝尔纳的订婚仪式，因此无法接待我们。所以我们会在这里度过四天假期（周三的课已推迟到周四），没有太多遗憾。昨天天气晴朗，气温很低，现在又是风雨交加的可恶天气。

我昨天拿到了 2 072 法郎的报酬，构成如下：薪水 2 162 法郎，其中 130 法郎是养老金和其他款项，可能还有出差补贴。周五晚上在市区一家大咖啡馆里，老教师欢迎各位新老师，场面阴暗而吓人。大家都很厌烦，一些男士时不时地打破安静，发表简短的演讲，讲故事或唱特别猥琐的歌，迎合高一学生喜欢的类型，可能还有一些过去的记忆……还有人强迫我作为最年轻的老师说几句，向前辈表示感谢。我尽快一带而过。除此之外，还会听到下面这种言辞。某位被要求唱歌的老师说："我五音不全。"德尔孔布尔是一位精力旺盛的西班牙语老师，这时他就会指着女同事们说："Vous serez donc l'aphone， et ces dames la flore。”[1]校长就会跟着说：“我们都赞成德尔孔布尔。”而另一人会说：“他至少不是瘦得五音不全……”整场晚会均是如此，根本不会静得叫人感到沉闷。有人还让我讲犹太人的故事助兴。我当然拒绝了，就只听校长和学监讲可笑的故事。十一点一刻结束，我回去时迪娜已经睡了，她很怕一个人待着。

妈妈我说错了，就是波尔德朗，［社会党学生］联盟秘书给我回了一封欢迎信。这位［……］的秘书已经向他讲述了我的事迹。瓦卢瓦给我寄了六七本给阿琳姨妈的书，但是不太够。阿琳[2]不能去国图查找吗（我会告诉你们作者名和书名）？

有人来抄煤气表和电表了。我估计我们第一个月的煤气费和电费分别约是 40 法郎、11 法郎（每立方米一块八，每千瓦时一块三）。这算贵吗？我们用得算多吗？我感觉不出来。我们买了一斤半固体白色蜂蜜，但我觉得不如康卡布拉那里产的。爸爸你什么时候出发？

没别的事了。下雨了，我们蜷缩在暖气旁边。

我们亲吻你们。

克洛德

M14

星期三［邮戳日期：1932 年 10 月 26 日］

亲爱的二老：

匆忙写一笔。为什么马蒂厄只能 11 月 11 日等我们呢？那个时候不行，至少有三天时间，我们才值得去一趟，但那时我们只有两天。

---

① 此处为文字游戏，前半句中的法语单词 aphone 为“五音不全”，该词与 la faune（意思为“动物志”）谐音，法国人提到 la faune（动物志）时就会想到 la flore（植物志）。——译者注

② 这里的阿琳是克洛德的表姊妹，后来成为法国国家图书馆的保管员。

要是安排在诸圣瞻礼节就太棒了。他们还是不会去吗？还是有事耽搁了？

感谢转告阿琳姨妈的信息。虽是绵薄之力，但瓦卢瓦书店会把我指定的书寄往美洲，正如她在信中所言，这是服务于“拉近法美关系”……书店倒是有几本关于此问题的书。

昨天下午在松树林作了一首漂亮的诗。图尔之行棒极了。市长议员是国际工人组织法国分部的。爸爸，你见到莫内时，可以请他为你推荐。

我们的吻。

克洛德

M15

星期三［1932年11月2日］

亲爱的二老：

谢谢妈妈的菜谱，我们迫不及待要尝试一下。本来是有个菜谱的，有李子干、生椰枣、鲜奶油、核桃，只在皮埃尔来吃晚饭时（或者前一晚，还吃剩下了）试过一次。说起这个，我们中午还试了一道辣椒炒鹌鹑，再配上西红柿和美味的洋葱。我刚给马蒂厄发了电报。这两天天气不好，无法外出，骑车活动也中断了。

有一个重大发现，一个新的蘑菇品种。我之前在市场上见过也认得，可能就是我说的康卡布拉的美味乳菇，我们没摘到过。但那天散步时，我们发现了好多，还经过当地人的鉴定（商贩，还有一个专业兽医，他没在，但他妻子很确定地跟我们保证），于是用它做了一盘精美菜肴。这种菌菇仅次于牛肝菌，比鸡油菌和草地里的蘑菇好得多……这是两天前的事。不要有任何恐慌！我们没事。

妈妈，也不用担心我们的经济情况。在波尔多花费很大，所以接下来如无额外开支（订购《大众》、买书等），我们会缩减预算。但不会节衣缩食！我们有一百多法郎的缺口，但是会自己想办法填补，下个月就会还清。如果没去波尔多，正常来说我们已经存了几百法郎了。

今晚要留迪娜一人，学校设了酒宴款待新职员。我一点也不喜欢！但在这种小城市，怎么才能避开呢？希望形式从简。

我觉得德雷富斯一家并不奇怪。这一邀请又是为了什么？

裹腿直接套上就行，就像在斯特拉斯堡时穿的袜子。我能用它来做什么？等康卡布拉下雨的时候用？不，我们没用那套布鲁塞尔餐具，因为没地方了，于是就摆在了写字台中间。没有跳蚤，但因为临河，所以有蚊子。

是的，布卢姆应对魏刚[①]时表现得很棒。有人确实认为他凭一己之力就能领导法国；其实也不是，除非遇到一些罕见情形……

我们昨晚试着做煎饼，尽管我最终在技巧上表现出少有的娴熟，但控制不了大小，还是失败了。

没有其他事了。我收到不少（课堂上用的）书。你们能买一期《玛丽安娜》[②]寄给我吗？这里找不到，我想研究一下这本新杂志的口吻，看看贝尔在倡导什么。

我们亲吻你们。

克洛德

附言：看完今天早晨的《鸭鸣报》，我觉得爸爸并没有感到骄傲！晋级者受到了优待！

M16

［寄给马蒂厄夫妇的信］

① 1932 年 2 月起在日内瓦举行的裁军会议在法国引起了一场政治战争。魏刚将军从中看到了对国家安全的威胁，但莱昂•布卢姆认可这次会议，还在《大众》上掀起一场反对魏刚的运动。

② 文学周刊《玛丽安娜》由加斯东•加利马尔创办于 1932 年，由埃马纽埃尔•贝尔主导。

朗多大街 1 号乙

［1932 年 11 月］2 日

亲爱的朋友：

我们为自己的冒失之举感到羞愧，真心致歉。妈妈之前写信告诉我泰蕾兹出发去了比亚里茨，所以我猜想你们会立刻启程去艾诺阿。迪娜特别想游历巴斯克地区，而我也想再去看看，于是我立刻想到了你们诚挚的邀请！

亲爱的朋友，感谢你们把日期改到 11 月 11 日，狂风暴雨也阻拦不了我们的脚步，但我们恐怕不能去了。自从收到你们的来信，我就在查阅火车和大巴时刻表。从蒙德马桑到康博的路程用时肯定不会少于半天！但周四和周五加起来，我也只有四十八小时，前一天也要四点才能结束。情况如下：

周三晚上离开蒙德马桑，晚上八点半之前到不了巴约纳，也就是说没有了去康博的火车；

周四上午离开蒙德马桑，上午十一点半前到不了巴约纳（没有火车，所以没用），中午前就到不了康博。

无论上述哪种情况，返程都必须六点前到达巴约纳。

时间如此之短，半天多一点，连一整天都不到。于是我们考虑实际的路程花费是否合理。你们熟悉那片区域，火车车次这么少，可能有其他更方便的交通方式？

无论如何，表示诚挚的谢意。迪娜和我再次表示歉意，衷心感谢。

克洛德

M17

星期二［1932 年 11 月］

亲爱的二老：

收到了妈妈的来信，新纸很好而且不贵。康帕尔涅是以前大楼里那个保罗•康帕尔涅吗？还是《大众》的无线电编辑？也收到了《玛丽安娜》，它传递的精神很正面，合作也很出色，但基础稍逊色于《葛林果报》《赣第德》。妈妈，不用再买了，我只是出于好奇。我已经以《社会主义学生》的名义向行政部门提出了申请，先等等消息。你读过《欧洲》之后再寄给我，再帮阿琳姨妈看看广告页。皮埃尔说，他还为此事问了蒂娜。那晚的邀请其实是为了建立爸爸和安德烈•魏尔之间的联系。爸爸，皮埃尔认为这次该轮到你去拉罗歇尔了，而且他那边的所有人都喜欢您。

收到一封泰蕾兹的来信，邀请我们 11 月 11 日过去。但我认为这不可能，因为我们只有两天时间，需要半天去康博，回程还要半天！他们应该周三晚上八点半开车到巴约纳接我们，这样就能挤出一天半，值得这么做吗？最近天气很糟，今天略微好转。

至于圣诞节的安排，目前没有任何想法。但阿涅勒怎么来说都不方便，估计我们会住在普桑街。

乳菇既精致，又可口。大朵的鲜橙色鸡油菌，上面还有灰绿色光泽和同心圆。我昨天在市场看到一些不知名的菌菇。别担心，我不会轻举妄动，还是会参考当兽医的屈曼先生的经验。

爸爸给我们写了一封十分神秘的信。他向莫内询问的“这个”职位是哪个？又和洛坎有什么关系？我不觉得莫内能办成大事。在我看来，奥利维耶对跨洋公司①似乎更有影响。“诺曼底”不会有画作了吗？

没错，我受到布卢姆讲话的感染，但为他得到的信任票而惋惜。我理解他在日内瓦前夕授权于埃里奥②的动机，但并未予以太多信任。激烈的对峙或许能带来更多好处。《社会主义学生》寄到了，我考虑

① 大西洋轮船总公司。

② 爱德华•埃里奥（1872—1957），激进党成员，三次担任议会主席，1932 年 6 月至 12 月还与“温和派”结成同盟。

下一期谈《激情犯罪》[1]。

妈妈，你有空时能寄给我一二百张白色硬纸卡片吗？就是从［战争］部里偷拿的那种窄长的卡片。它非常适合做课堂笔记，有了它们我就能继续记录了，现有的快用完了。此事不急。希望你独自一人在巴黎不会感到孤独。露西姨妈在那边吗？和寄宿生一起？

我们亲吻你们二老。

克洛德

M18

星期日［1932 年 11 月 6 日］

亲爱的二老：

我们收到了马蒂厄一家的热情来信，他们会在周三晚上开车去巴约纳接我们，周五再把我们送回那儿。所以我们会答应去艾诺阿度过四十八小时的假期。我们也可能自己想办法周三到达康博。这要看能否赶上四点十分出发开往达克斯的汽车，可能得从学校出来一路快跑！

我们刚结束第一次远足，骑车去了阿杜尔河畔格雷纳德。十五公里的路程，沿途风景优美，到了朗德尽头，临近沙洛斯。格雷纳德就是一条枯燥乏味的街，只有个有趣的广场，周边是像在巴约纳看到的带拱廊的房屋……在格雷纳德时，车爆胎了。所有的修车店都关门了！我费了好大力气才买到必要的工具，自己动手修。这次爆胎很严重，内胎有几厘米长的小孔，可能从康卡布拉到蒙德马桑的路上就漏完气了。好歹算修好了，重新出发。但过了格雷纳德五公里处，又发现迷路了。幸亏路边停了一辆标有“波尔多－比利牛斯山”的快速运载卡车，我们花了十法郎让它载我们一程，我还有点害怕呢！这也算幸运，走完这二十公

① 路德维格·卢易森的小说（1930）。

里，迪娜已经开始倦怠了……她刚刚瘫在床上，立刻就睡着了。

学校里没什么新鲜事，只是我课上的人数明显增多，不太清楚增加了多少，总之我现在有十几名哲学学生，再加上两名基础数学的学生，成了二十四五人的大班……副科上还多了一个女生，所以共七人。我们清理地板时遇到了问题，擦洗过之后不能打蜡。我们买了蜡，但不管是蜡块还是融在汽油里，或用火软化，都用不了。我们该怎么办？回来之后还得备课，明天有三节新课（给女孩子们上课时，我肯定是重复在高中里讲过的内容），就写到这儿吧。

我们亲吻你们。

克洛德

M19

星期六［1932 年 11 月 12 日］

亲爱的二老：

感谢你们的来信，我们今天回来之后都收到了。我们还在艾诺阿看到妈妈写给泰蕾兹的信。我们刚刚度过惬意的两天，尽管马蒂厄不停地说话，没给我们什么休息的时间，但妈妈放心，没发生什么事情！总之，我觉得两天是极限……

我们周三乘坐四点十分的汽车去达克斯，我从学校出来飞快地赶路，其实没必要，因为车在小镇上会作停留，晚一刻钟出发，但我们生怕误了车。沿途风景并无特殊。我们差一刻七点到了达克斯，马蒂厄和弗里耶尔开车到了巴约纳等我们。到了就晚上了——果然是个不错的司机，——泰蕾兹热情地接待了我们。他们的房子布局不好，本可以做些有意思的布置。那是一个梁柱结构的老农场，有阳台和宽敞的房间，非常舒适。他们把自己的房间让给了我们，因为能看到山景。

桌上摆放着座钟，是所有带铁片的兰姿石英镍制钟表里不该选的那款：长方形、凸起的时刻、金属底盘以及同样材质的几何图案、“现代”指针。我们争取圣诞节的时候把它换了。晚餐很是丰盛，有猪肉冻、少见的洋葱酱。第二天一早，迪娜用一个木制的东西洗了个澡（爸爸，是个简易便捷的奇怪物件）。接着，马蒂厄开车把我们带到萨尔，然后去了边境村落当沙里亚。我们在西班牙转了一小圈，喝了一杯蜜思嘉雪莉酒，回到住处，享用丰盛而惊人的午餐，有鳀鱼橄榄、壁炉上煮的苹果（水果）猪血香肠，斑尾林鸽做的烩串烤野味，我一辈子都忘不了那个味道，还有沙拉、蛋糕、水果、咖啡、阿马尼亚克酒、核桃水、黑加仑酒，还有什么，对了，一种西班牙的呛喉咙的红酒。下午去昂代伊徒步，很高兴再次去了那里。第二天是 11 月 11 日，马蒂厄参加了老战士们的弥撒和游行宴会。终于！我们上午能独自去山里遛一圈儿。那里真是个景色罕见的好地方，当然了，爸爸，并不是塞文。

下午迪娜有点累了。于是，我一人去了当沙里亚，拿到了马蒂厄一家前一晚通过走私商贩给我们买的一瓶蜜思嘉，我小心翼翼地把它藏在雨衣的袖子里。吃过了泰蕾兹准备的冷晚餐，马蒂厄开车送我们去了巴约纳，我们六点出发，九点一刻回来的。

这两天我们受到了过于热情的招待，他们无时无刻不在想着怎么让我们高兴，但无法总是保持快乐。艾诺阿这个村子挺有趣，但有种矫饰之感，里面所有房子都始建于 18 世纪。妈妈，你说的没错，即使从教堂的门厅望去，也根本不可能看到比利牛斯山。周五上午下山之后，我们看到一行人，马蒂厄就在其中很显眼的位置。几乎所有女性都戴头巾，很有气势，泰蕾兹身着黑衣，戴着白色手套和头巾，就像戈雅画中的人物。她的丈夫最好打扮一下她，不要总想着他那痛苦的创作了。天呐，我们回来时还带了一幅裱起来的素描！我热情地谢过了马蒂厄，还亲吻了脸颊。他们的大房子旁边一边住了个海关职员，另一边是不可思议的狄更斯式的一家人，其中菲利普·韦兰是个年轻画家，一头金发，身体消瘦，半身残疾，而另外一个衣襟敞露的老泼妇自称是画家的养母。他耳聋又跛脚，作画无名，说话冰冷。人们肯定会对这位凡迪恩[①]书里的“谋杀犯”指指点点。迪娜都觉得害怕。我们自然没把这些话告诉马蒂厄一家，他们的嘴巴总是不闲着。这两天是阴天，多云，时而透出几缕阳光，希望拍到了美丽的天空。

我们回来时，肚里填满了蛋糕和酒，很开心，但我觉得再和马蒂厄多待一天可能就会开始觉得难熬。

妈妈，蘑菇的事很抱歉。我今晚就去问问。纸上写的好像是用火车寄到的？但我们用的是靠汽车运输的快速邮寄！希望下次蘑菇能完好无损地寄到。

关注到了尼藏的事情。既然没有职位来任命他，那拒绝他的休假就太不切合实际了。他还能领到报酬吗？爸爸，拉罗歇尔的杳无音讯令人烦恼。去看展览的都是些什么人？有品位的人？他们应该能做出决策。我不知道皮埃尔在吉内特这笔订单中的作用。他写信告诉我，在布鲁塞尔时没有打通你的电话，所以还是想抽空来一趟普桑街。

爸爸，你近来可好？发烧痊愈了吗？

我们亲吻你们二老。

克洛德

M20

星期三［1932 年末］

亲爱的二老：

今天匆忙写一笔。我因为优秀生名单的事情，在学校待到很晚。昨天是蒙德马桑两年一次的大型集市，真是一件盛事，我从没见过这

---

① 参见蒙德马桑第八封信（M8），第 112 页，注释 ①。

种场面。各类商贩拥挤在城里，卖衣服、日用百货、鞋、熟肉、蛋糕、布匹、工具、古董、陶瓷，还有卖药草的药商等。人行道上都摆满了货品，一点儿空地都没有。商店也把货品摆到了街上，熟肉店的窗子上挂着大块的猪肉和肥膘……人头攒动，好像在闹革命。村里来的农民会囤积六个月的必需品，包括食物和器具，满载而归。我们自然要出去逛逛，在一个个摊位中间艰难地穿梭。所有的街上满是人，黑压压一片，车辆动弹不得。可想而知，我们吃了很多农民们卖的蛋糕，还从一个乡下妇女那里买了两公斤正宗的石楠蜜，六法郎一公斤！还给迪娜买了棕色的羊毛护腿短套，有点难以形容，就是到膝盖位置，整条袜子穿到了腿上，下面开口处是一个圆形的喇叭盖子，死板地扣在鞋上，看着像波斯公主。而且，我差点给你们买了一盏铜制小油灯，还想往康卡布拉买一些小锅，价位在五十到一百法郎不等，还差点在一个旧货商那里给自己买了一件无袖毛皮长外套！最有意思的要数鹅市，成批的家禽每一百只用绳子捆在一起，摆在河滩上。

除了这有纪念意义的一天，没别的事了。是的，妈妈，万分感谢，我特别想要《佩利亚斯》[①]，只要一张唱片（第三幕开头）就够了！

收到了《玛丽安娜》《山》[②]。

我们亲吻你们。

克洛德

M21

星期五［1932 年末］

亲爱的二老：

我又来烦你了，妈妈。你能否尽快寄给我易卜生（在我房间的书

① 此处指克洛德·德彪西的歌剧《佩利亚斯与梅利桑德》（创作于 1902 年）的唱片。

② 科雷兹省报。——译者注

柜从上向下数第三层的第三、四本）？我几乎已经读完波德莱尔，易卜生解读起来不会太烦人。提前感谢。此外，如果你是因为我才买《玛丽安娜》，那就没必要再买了。我喜欢读这本杂志，但也看清了它的庸俗。我希望你最近几周关注《世界报》[①]，据勒弗朗在信中所说，其中关于《建设性的革命》的讨论非常重要。我也许会参与，还可能以某种方式成为《世界报》的合作者。我很想创办一个自己的题为"'资本'注解"的专栏，我昨天发给莫内三篇文章，希望能以此为开端。这件事可以做得很好，看看他们会做什么。

爸爸，特别感谢你关于侦探小说的想法，这个主题很棒，我琢磨一下。但如果要搜集资料，花费会很大！我本来挺担心在这里会生出事端，但完全不用担心。迪娜应对得很好，至少今天上午在面包店是这样的。这个地区的人对她的看法似乎分成了两派，一些人表示赞赏，但另一些人觉得这个一头长发、不戴头巾、裸露双腿、穿及踝羊毛厚袜的女人很奇怪。面包店老板是站在我们这边的，他回应说从巴黎来的人这样穿很正常，巴黎流行这样……但这在外省就非常显眼！我们的一丁点儿行为都会引人注意，比如在集市上买护腿！这事自然会令我们感觉骄傲。我只想更积极地融入，我能做到吗？肯定不能。出发去艾诺阿那天，我穿着高尔夫球服和深蓝衬衫上课，可想而知我又做了一件轰动的事！

最近天气极好。昨天，我们放下了工作，两点骑车向东出发，一直骑到四点。我们到了这里最美的地方，景色变幻多端，充满原始气息。我们像往常一样带回来一小盘蘑菇，这次是鸡油菌。我们还见到一些可怕的菌类，长得像粗糙而晃眼的白色号角，有平底盘或高脚盘那么大。回程途中看到佩带机关枪的狙击兵正在演练，还伴有几声枪响，这让我想起了斯特拉斯堡。

亨丽埃特写信跟我说她丈夫的事。我之前跟泰蕾兹说过我能帮得上忙。我会捎信给彼得里，让他去跟上尉说，但可能得等到二月了。

① 《世界报》是由亨利·巴比斯主办的周刊，涉及文学、艺术、科学、经济信息，存在于 1928 年至 1935 年间。

这个小伙子愚蠢地跑去南锡当兵。因为他是已婚，本来完全可能留在巴黎。至于侦探小说，我确定凡迪恩的那些书在部里，《罗杰·艾克罗伊德》[1]除外。你继续问路易丝姨妈要吧，可能都在她那儿，别忘了提醒她那些书是我的……

我觉得自己的厨艺叫人失望。阿琳还在固执坚持？露西姨妈说了什么？我就觉得本该如此，很难改变。

泰蕾兹的钟摆是从巴约纳买的，但就是兰姿，上面写着呢。

爸爸，拉罗歇尔的事情有进展吗？通过你的明信片可以看出，那是一座美丽的城市。我当然会像金龟子一样当哑巴！你之前猜得对，我没有剪掉花柄，结果死了。没有其他事了。

我们亲吻你们。

克洛德

说起迪娜的头发，长得都碍事了，于是她去理发店剪了。我也让他们给我剪了剪，不幸的是剪得太短了，在这个地方真需要妥协！我迫不及待想让头发长回来。

M22

星期四［1932 年 11—12 月］

亲爱的二老：

高兴得知爸爸已经回去了。我也会快点寄出在艾诺阿拍的照片，相机拿歪了，可能没拍好。我们下午在研究笛卡尔，为了应付考试——我今天上午看了《玛丽安娜》和《世界报》（刚好收到）。顺便说一下，《玛丽安娜》会为我提供个人服务，以后无须邮寄给我了。至于我的文学

① 阿加莎·克里斯蒂的小说《罗杰·艾克罗伊德谋杀案》（1926）。

评论，我通过工人印刷厂发布了附在信里的这个通知——费用由社会党学生联盟承担——印刷厂的负责人是国际工人组织法国分部的秘书。你们觉得如何？我刚把它寄给了头衔甚多的编辑们，看看进展如何。如果你们想要，我总结之后发给你们。我主要想向弗拉马里翁索要罗曼①的两本新书。希望迪凯尔曼还记得我。

谢谢妈妈寄来的易卜生和《建设性的革命》。我希望你不要为我申请 IS，因为可能会有一些宣传会议。按照日程，今晚系里会首次讨论这个问题。IS 是宝贵的文献资源。

我已经为蘑菇的事申诉了，但未收到回复。我很久之前就收到军事文件了。如果没弄错的话，我一直是辎重队里的下士。

假期的事尚未确定，可能是从 24 号到 2 号。我周一上午有课，感觉太不好了，如果我能推迟上课的话，我们就能坐十点半的火车提前一天回家了。我争取找到解决方法。或许周日早上八点左右到巴黎。

爸爸，你觉得凡迪恩怎么样？因为这类题材有回归趋势，所以我认为这是最好的选择。妈妈也看过，我就不多说了。怎么叫对拉罗歇尔抱有希望？其余两个孩子呢？这些人为什么不能立刻决定？

我觉得迪娜的袜子没有卷边会更好，及踝比翻边更好看。至于我的袜子，织这么长挺好的，只是高尔夫球服的裤子会到膝盖，就不需要卷边了。袜子只要到膝盖就行。

唱片的问题我没搞明白。

我能想到的情形如下：

第一，如果唱片包括序曲，我想要第一场第三幕，接着好像是梅丽桑德的“我的长发下，直到塔门……”，以及后续部分。

（1）如果宝丽多和哥伦比亚出的两张唱片中的一张开头如此，那就要那张。

① 朱尔•罗曼（1885—1972），创作了二十七卷连载浪漫作品《善良的人们》（1932—1946）。

（2）如果这两张不包括独唱，直接从一幕开始，那就最好。

（3）如果两张都不是这样，那就随便一张。

第二，哥伦比亚唱片的第一场第一幕，要从序曲开始，否则就不要了。

总之，如果找不到《佩利亚斯》，那我想听达律斯·米约的《世界之创造》，那是哥伦比亚刚出的两张唱片。十分感谢。

我昨天开始解读易卜生了，开头先整体勾勒 1830 年至 1910 年间欧洲知识分子的状态，然后是向印象主义过渡的绘画，瓦格纳的音乐，趋向自由的象征主义诗歌，左拉的文学，安托万的戏剧。再者，介绍斯堪的纳维亚的知识界动荡，丹麦在社会主义下的解除武装。打网球的古斯塔夫五世及其儿子的婚姻，等等。效果不错。我下次要从《野鸭子》[1]开始。

对于从未听说过易卜生的朗德人而言，真是大开眼界！他们又交给我了一些论文。有一个叫洛朗的学生确实不错，他是邮电局主任的儿子。其余学生水平一般，有时显得滑稽。看过了《欧洲》，很有意思。《世界报》确实好。

没有学校督导的消息（我没有要接收的东西），我们见面时他对我恭敬有加。这里有一家旧货商店，出售有趣的黄铜材质的老式小平底锅，还有长的铁柄，锅很深，要价二十法郎。买了放在康卡布拉可好？

现在有卖石楠蜂蜜的，每公斤八到八块五法郎。要给你们寄一些吗？还有黄铜做的老式长柄汤勺，很好用，上面还有图案，但是要七十法郎，我觉得实在太贵了。还看到了老式的铁锁头，也没什么大用。

我们亲吻你们。

克洛德

① 亨利克·易卜生的戏剧（1885）。

M23

星期二［1932 年 11 月］

亲爱的二老：

今天学校督导来我的课堂了，一并来的还有校长，他们全程听了我的课，幸亏讲得很好。督导是一位拿到教师资格证的年轻历史老师，人挺好的。他课后向我表达了他的喜爱，并询问我在设计问题时用到的方法。

我收到了卡片，除了尺寸其他地方都完美，谢谢妈妈。《玛丽安娜》今早也到了，这边也有了，所以不用专门为我买了。

今天非常冷，但天气不错——我们刚刚骑了两小时自行车，回程时停在一处花园前，里面的两棵树令人赞叹不已，结满柿子，但一片叶子都没有。那儿有个农民，他立即送了我们两个大的，还没熟，但也快了。

迪娜现在正在积极准备米勒卡考试。是的，妈妈，她读的是不定向学士，除了一些必要的证书，还考了很多别的证书。她听了一些不靠谱的消息，以为教育学士不是必须要参加考试，但她在考试前两周才得知实情，结果缺了三个哲学证书。她现在通过了三门考试的初试，成绩很好，正在准备口试。于是我想到了阿琳下的功夫！

此外无其他事。我的学生活跃，但不用在功课上，所以我严肃地跟他们发了一次火。通过一番粗略的提问，我狠狠地斥责了他们，还威胁说放学后留在学校等等。看看有没有效果。

迪娜让我代她向你们问好——她还在奋战。我买了滨螺给她尝，她从来没吃过，第一眼看到用别针串着的滨螺时，差点变得歇斯底里。放心吧，她又恢复正常了！

我们亲吻你们。

克洛德

我们今晚做了甜品，将 garbances[①]煮熟之后冷却，再倒入糖浆，加入鲜奶油搅拌！

M24

星期六［1932 年 11 月 26 日？］

亲爱的二老：

我们前天晚上参加了第一次学科会议，是在当地一家咖啡馆。算上我总共十人，只有德尔孔布尔一位“知识分子”，他是西班牙语老师，常年参加各种选举（他还是副市长）。为对我的到来表示敬意，我被选举为主席。会议枯燥乏味。这些人需要推着走，他们完全固化于一种与激进分子合作的城市政治，而且这里只有激进党在活动……我们稍后会接待一名党内的宣传代表克洛茨，我跟他很熟，希望能一起主持有趣的会议。

副科主任今天上午来听我的课，我当时正在发作业，并祝贺……正在这时铃声响了，送来一个太过精美的包裹[②]，太棒了，你们会把我惯坏的……我接着说，并祝贺最优秀的学生提出了很棒的想法，而且……其他人。课后，主任认可我作区分，但善意地提醒我不要太突出差异。蒙德马桑的人似乎特别容易受到影响，诸如此类。我同意了，但肯定会在家长面前嘲笑蒙德马桑人和这位主任的困扰！上课之前，我被鼓动——颇为委婉（一个月前有人正式找我谈过此事）——给老校友联合会做讲座。每晚在剧院举行，面向公众开放，似乎会有很多人。我答应从三月开始，但没提主题，为的是不要看上去已经考虑过此事。讲座前后分别是一场关于肖邦的讲座和一场关于缪塞的幻想的讲座。我会看到忠实的观众！

① 参见斯特拉斯堡第二十三封信（S23），第 43 页，注释 ①。

② 克洛德的生日是 11 月 28 日，这个包裹可能是他的生日礼物。

我准备为《世界报》的论战写一篇关于《建设性的革命》的重要文章，明天完稿，两周后发表。

除此之外，我们做的事都不值一提，其实就是没有意义。我刚刚第一次讲解了《野鸭子》，观众似乎有兴趣。你们有空时能寄给我 24 日星期四（或者是 25 日）的关于空运[①]的那期《议会辩论白皮书》吗？十分感谢。

再次十分感谢寄来这个包裹，送给你们深深的吻。

克洛德

M25

星期一［1932 年 11 月］

亲爱的二老：

我们前天晚上有点激动，吃了很多阿拉伯糕点和其他东西，结果第二天有点反胃！我们也在控制饮食，可不是一下子就能迅速减下来的！玛丽[②]的蛋糕刚才寄到了，我会给她写信。蛋糕看着不错，但还是会像往常一样突破常规，这次的蛋糕是浅黄色的，紧实，是继灰色粉末蛋糕之后的又一创新……

学校里没新鲜事。女生们可能被我的斥责触动，今天上午来问我还有没有其他作文题目！我很快就会满足她们。男生下周一才有写作课。照片拍得糟糕，并不意外。我一直不知道拍照时要充分伸缩镜头，那些照片差不多都是靠调节光圈拍出来的。

为什么拉罗歇尔的人没有立刻预定其他的肖像？ L.H. 的这份材料可以凭借什么得到佩尔蒂埃的认可呢？希望你们好好享用庆功酒！

我的钱包就是你描述的那样，我下次会试着讲价，否则钱包就不妙了。

我今天收到一大包书，是我的学生买来放在图书馆的。我尽力选

① 1931 年春天，航空运输总公司神秘地停止支付，成为重大的金融政治丑闻。

② 玛丽可能是克洛德的祖母莱亚•列维的惯用女佣。

择一些他们能用的，还倾向于选一些我们感兴趣而且没有读过的。因此还有很多书要读。德诺埃尔和斯蒂尔给我寄了他们的新书，即塞利娜（不是迪迪特）的《夜晚尽头的旅行》。这是一部六百页厚的小说，引起了很大的反响。等我写完总结就寄给你们（最新一期《玛丽安娜》里有一篇评论）。因此我有很多工作，还要备课和改作文。

我们亲吻你们。

克洛德

明天会是工作的一天，我得结束写给《世界报》的关于《建设性的革命》的论战长文，题目是《普遍危机下的全体革命》。几天前我收到了马尔托（斯特拉斯堡的修士）的一封长信，还有红衣主教韦迪耶[①]的两封书信，引发了我的思考。我义正词严地回了他一封长达十页的信，迪娜帮我重新抄了一遍，我可以写成一篇文章。

M26

星期三［1932 年 11 月］

亲爱的二老：

我们昨天上午收到了你们的信，今天收到了《世界报》。我们继续享用你们寄来的美食，更确切地说是我继续，因为迪娜第一次就吃多了，（心理上）还没恢复过来！昨天非常冷，气温四度，我们惊恐地发现，这种情况下电炉不够用了，一方面因为门窗确实关不紧（蒙德马桑到处如此，因为枞树木材会变形），另一方面因为我们的地板是梁木上用的普通板条（就像康卡布拉房子里你们的房间），下面是车库。我们抵抗不了由此而来的寒冷，一整天都冻得发抖。如果一直

① 让•韦迪耶（1864—1940），1929 年至 1940 年间的巴黎大主教，代表进步潮流。

如此（不一定，过了一个冰冷的不眠之夜，今天天气很好），你们能否借给我们汽油汀？迪娜很怕冷，而我更怕！如果明天放晴，我们就骑车去马尔桑新城吃午饭，那里的特色菜好像是肥鹅肝。说到美食，巧克力糖很好吃，而且放得住。

我们正在读《夜晚尽头的旅行》，这是一部杰作，我们深受触动。就快看完了，然后寄给你们。

米勒卡认为里昂和波尔多有或者说会有两个空缺的哲学职位。我写信给布卢姆和莫内。鲁耶也想有所行动，爸爸，你能否开会时跟他说一声，让他打电话给亚伯拉罕或苏希耶（别写信，不好）？这两个职位（我更喜欢里昂的）肯定很难用计谋获取，但还是有机会的。我会提出正式申请：

——首选，巴黎附近；

——其次，里昂、格勒诺布尔、艾克斯、马赛、斯特拉斯堡、波尔多；

——再次，蒙彼利埃、瓦朗斯、土伦之间的区域；

——最后，巴约纳、拉罗歇尔或者其他诱人的城市。

另一个问题：迪娜的布洛克手表自己就不走了，能保修吗？该怎么办？没别的事了。我昨天工作了很久，完成了《世界报》的文章，已经发走了。

我们亲吻你们。

克洛德

M27

星期五［1932 年 11—12 月］

亲爱的二老：

昨天还是很冷，但天气总会变好的。我们十点又出发去了马尔桑新城（十七公里）。天很冷，开始时还是蓝天，后来阴云密布，气温回升，路况很好。这个地方很原生态，山峦起伏，有松树林，宽大的橡树林，还有溪水池塘，几乎呈现出一种冬季色调。只有橡树的树叶发绿，路旁栽种着高大的杨树。我们到新城时大概差一刻十二点，村子平淡无奇，跟朗德其他村子一样，看上去既不新鲜，也没有当地特色。利斯[①]在祝贺信中建议我尝尝这里的午餐，她没说谎。我们在当地一家很高级的饭店享用了一顿自助餐，每人十八法郎，有南瓜汤、红酒洋葱烧兔肉、朝鲜蓟菜心配奶油蘑菇（美味），还有几乎全熟的鸡肉豌豆配肥瘦相间的鹅肝，里面呈粉色，这是我吃过的美味之一。还有烤栗子和华夫饼干，搭配了味道纯正的红、白葡萄酒（包含在内）。白葡萄酒味干而烈，能嗅到花香。最后是咖啡和1927年的阿马尼亚克，爸爸，这款酒可能会呛得你直流泪！走出饭店，天气突然变糟，灰蒙蒙的天，风雨交加，天寒地冻。我们还是立马动身了，就站在大街上欣赏小村庄的一座教堂，非常漂亮的木制柱子，上面还有半身像雕塑。冒着倾盆大雨走了几公里，回来后点燃了壁炉，总的来说是一次惬意的出行。今天上午就得加倍工作来弥补，好在不是很多。明晚有一场大型会议，是由各个工会组织的反对裁减公务员的会议。我们肯定会去。

好消息：开学是3号星期二。我们可以3号晚上离开巴黎，而且我周三下午才有课。我收到12月3日的那期《世界报》，可能是我向莫内申请的服务已经开始了。无须再为我购买了，里面没有任何关于《建设性的革命》的内容。我想直接看下一期。

忘记告诉你了，妈妈，我们上周五做了一锅美味的鳕鱼，放了八瓣蒜，真是极品。恭喜露西姨妈，我们没有亏欠她。今天（吃鱼日）用我们的方式做了美式鳕鱼，方法如下：将适量的用辣椒和洋葱拌好的肉末放进油锅，待变得浓稠且融化之后加入鳕鱼，翻转至两面均匀，取稍多番茄酱汁，加入半杯苦艾酒和少许烧酒，一并倒入锅中，炒至

① 利斯•勒韦尔是克洛德的表姊妹，嫁给了亨利•迪比耶夫，后来成为国家图书馆的保管员。

黏稠。

还要说一下，我擅长用苦艾酒，不太熟悉开胃酒，于是他们让我用了一种叫叙兹的龙胆酒，那是一种黄色的带有茴芹味道的东西。只会让味道更好！

你们有阿琳姨妈的消息吗？她收到我的信和寄去或找人寄去的书了吗？泰蕾兹·马蒂厄写信告诉我巴约纳的哲学老师年事已高。如果我明年之前还没有变化，应该悄悄关注一下他的退休年龄！

我读完了《夜晚尽头的旅行》，虽然长，但写得很好，等迪娜看完之后我会寄给你们。

当然，我们每天得往壁炉里填几次煤。我觉得如果每天从早烧到晚，每月得烧二百公斤（一百公斤二十七法郎）。你们的建议令我感到惊讶，我一直觉得壁炉里只能烧煤球。

关于蘑菇的事，我会写一封挂号信。谢谢寄来的《白皮书》，以后要是有公共会议，这会是不可或缺的材料。

我们亲吻你们。

克洛德

M28

星期二［1932 年 11—12 月］

亲爱的二老：

天气回暖，不用烧壁炉了。于是我们今天要展开烹饪创作，生活也多了些变化。迪娜和我创作了几道美味的菜品，昨晚做了洋葱酱（无汁），午餐吃的是酱汁烤牛肉配红酒和洋葱，洋葱化了就成块了。我们仿佛在饭店经历了一场惊心动魄之旅！

今早收到一封皮埃尔的长信，告知我阿琳加入了分部。两月一次的见面令我担忧。结局会怎样？

今天放假，我们待在家里，学校四点有全体教师大会，我由于悲哀的年龄优势，担任了大会秘书。会议持续了一个小时，谈论的都是利益攸关的事情：优秀生评选工作、取消下课前五分钟的鼓声……全体同事齐聚一堂，这种感觉还不如单独相处。

不用再寄《大众》了，我的预订成功了。至于《鸭鸣报》，我还是希望能收到，这里好像没有卖的。妈妈，迪娜很想看《埃克塞尔西奥时尚版》，谢谢你。

你们能在合适的时候打电话给维克托马塞街 9 号，询问朗德省联盟的地址和秘书姓名吗？我没有任何方法能找到这些信息。昨天费了好大劲儿整理了迄今为止收到的所有《大众》。空邮的事真是闻所未闻。

学校的事一直向好发展。我的学生遇到不懂的地方开始打断我了，这证明他们跟得上，进步很大。至于女学生们，她们的愚蠢程度超乎想象，嘴里蹦不出一个字，也确实可能是被我吓坏了。

我订购的一本关于波德莱尔的精神分析[①]的书刚刚寄到巴黎了。它能使我出于双重目的做解读。当我的学生被问到想如何利用两小时的文学课的时候，他们要求我讲维克托•玛格丽特和左拉。老师能知道真实情况，乃一大幸事！读左拉，为什么不呢，波德莱尔之后就讲。

利斯请客去奥斯戈尔吃午饭，只和她夫妇二人。我觉得这似乎不便。收到她的信之余，还有两封她母亲的推荐信，一封给省长夫人，另一封给《朗德共和党》主编。我觉得用处不大……

收到了米勒卡的通知。虽然情有可原，但是爸爸，如果想礼貌地对待祖父母，那最好把他们放在父母之前考虑。否则就是莽撞，我就被报复了！

我们亲吻你们。

克洛德

① 可能是 1931 年由蒙勃朗出版的《波德莱尔的失败，精神分析研究》，作者是勒内•拉福格。

附言：所以我们会留着浴缸到波尔多用。爸爸什么时候出发呢？

M29

星期一［1932 年 11—12 月］

亲爱的二老：

我在学校监考一门哲学写作时给你们写信，同时我还得不断用严厉的眼神打断那些窃窃私语。我的信可能有点前后不连贯！我给的是很有意思的主题，哲学学生的题目关于归纳和习惯，而数学学生的只有归纳。我被囚禁到了六点。

光盘和散热器刚刚都寄到了。光盘很精美，但一眼看上去就知道太大了，放不进唱机卡盘，隔板把它们顶歪了，动弹不得，我在中间位置也试过了。这个唱机真是糟糕，使得听佩利亚斯弹奏低沉小号都这么困难。既然如此，我估计下次用它会是当作结婚礼物！我们圣诞节时再考虑一下。至于散热器，还没有拆包装。我今天认真抄完收据之后，就把它交到柜台，这和其他票据是一样的。

我再继续讲昨天的地图。天气温暖，万里晴空，像夏天一样（今天却冻得让人发抖！真是奇怪的地方）。我们又是约两点半出门，随意转了转，晚上回来。我们走在圣瑟韦的路上，景色很美，走了一小时之后，景色美得让人流连忘返。于是，路过位于一个农场里的火车站时，我询问了从圣瑟韦到蒙德马桑的火车时刻，得知五点有一趟，时间很好。我们后来去了阿杜尔河，松树林里景色壮观。圣瑟韦的另一侧是一片丘陵。刚刚到达城区，我们就惊呆了，这就是我们信步闲逛的目的。我们发现了一座宏伟而古老的小城，荒无人烟（因为是周末）、庄严奢华，令人联想起富恩特拉比亚。特别要提到一个不规则的广场，铺满尖头的小块卵石，一座壮丽的罗马教堂（小钟还是木制雕刻的）矗立其中，周围是路易十五时期的房子，有着长长的拱廊和铁铸的阳台，我见过的教堂里无一能与之媲美。教堂内部丰富多彩，有一个宽大的木制雕刻的镀金装饰屏。形状奇怪而不规则的小广场随处可见，种着浑圆的梧桐，树上不断长出新芽（没有它们，房子的间距就显得太大了），还有路易十五或督政府时期的老式旅馆，周围用徽章作饰的首字母点缀的栅栏让人想起圣日尔曼的郊区。大部分门的门环是铁的，都是值得收藏的珍品。我们看到了一个谷场，像砖砌的隐修院，还有一个十分精美的铁质镀金的受难十字架，所有受难的象征、月亮、太阳都被悬挂在十字架上，就像一个夺彩竿，更高处是一只耸立的带有纯粹毕加索式的金色羽毛的雄鸡。由于时间关系，我们迅速浏览了这些奇妙的东西，还留了时间爬上丘陵，欣赏阿杜尔河和朗德的全景，日暮之时格外美丽，满是秋天的色彩，只是太平坦了！这让我想起了下雪之后的埃罗！

下山时道路宽阔，景色壮丽，坡度和加高的转弯都令人发怵，那是一条长达两公里的自行车赛车道。迪娜始终都战战兢兢！我们顺利地到达山脚，到家时五点二十。

再有机会，我们肯定要去那儿度过一整天，得安排一下时间。在那座城里，一切都处于另一个年代，五金店里还有华丽而巨大的信鸽灯。我好奇为何圣瑟韦不出名，那儿的市场应该挺有影响力的，每半月一次，不幸的是在周六。所以得等有特殊假期时才能去。

我会给你们寄塞利娜。收到了蒂博代[①]的《法国的政治思想》的库存本。说到政治，我们周六晚上在城市剧院有一场大型会议，是由法国总工会举办的关于反对裁减公务员的事情。理所当然，我们去参加了，大多数同事去了。剧院最近在搬迁，它就像巴黎那种充斥着现代名利之感的电影院，入口处摆放着一个当地的妇女塑像，不知为何人，灰色和粉色营造着模糊的现代主义气息，品味愚笨。到场的人占

① 阿尔贝•蒂博代（1874—1936），《新法兰西杂志》的文学评论家。

了剧场一半，法国总工会的代表做了出色的发言。哎，没有插曲，公众萎靡不振。十点半结束，大家各自回家。

不，我们还没有打听到肥鹅肝的价格。在当地罐头厂逛了一圈都没有，但总能在市场里卖鹅和肉冻的地方看到一些骨架。于是昨天在卖鹅的……（那里肥鹅每公斤十二法郎）花六法郎买了两个带里脊肉的骨架，做了一份味道鲜美的蔬菜炖肉浓汤，红酒放多了，否则味道一定绝美。迪娜跟市场的权威人士请教过之后，今天做的无酒兔肉汤很美味。

皮埃尔今天来这儿了。我迫不及待地等着消息，失败了该怎么办？我给他寄了神圣的M……但惹迪娜生气了。

我们亲吻你们。

克洛德

附言：这几天我的鼻子稍有些出血。你们知道这是为什么吗？

M30

星期三［1932年12月］

亲爱的二老：

散热器状况良好——外罩也到了，但现在用不上——但就是不工作。已经一小时了，接着开始噼啪作响，然后就熄灭了。我重新点着之后，这一过程再次上演。我猜是里面的汽油不干净。可是外罩的所有螺母都很紧，我无法打开清洗里面的弹出器，而且还需要一个虎钳。爸爸，你说能把它送到当地的修理工那儿吗？我一直在给利博尔写信，想要一个备用的过滤塞，这是说明书提供的补救方法，但我至少得能拧开螺丝。天气又回暖了，不用再受冻。

安托瓦妮特送的灯是少有的聪明礼物之一！我已经写信谢过她

了。此外无其他事。我已经开始看我的作文。哲学学生的作业真是糟糕，只有一个良好和一个优秀。我写信时被几位女士打扰，她们在楼道里肆意抱怨听到的下流的叫喊声。校长打来电话求证此事，我坦言自己耳朵不好使，或没有这方面的经验，所以什么都没听到或什么都听不懂！我不知此事会如何收尾。整个学校，包括学生、老师、行政部门及相关人员在内，只因这三位女士的一面之词，就开始搜查性骚扰：哪怕最无辜的话语和行为都成了无端指责的借口。老天知道大家在怀疑什么！而且毫无缘由。这就是集体幻觉。就我而言，我什么都没看见，也不明白，而且不想看见或明白，但我没有这么愤怒地回复校长。

妈妈别担心我们的经济问题，我们会解决的。旅行和婚礼的费用，我们都是根据意愿行事。我明天要为《社会主义学生》写一份关于塞利娜的总结，然后寄给你们。爸爸，你什么时候去图尔，圣诞节之前还是之后？

昨天有一场拍卖，在公共广场举行，四周挤满了人。各种别致的东西，物美价廉！农民卖的半复古椅子十法郎，羊毛床垫四十或五十法郎，因为到得太晚了，我错过了一支骑兵小号和复辟时期或路易－菲利普统治初期的白陶带盖大汤碗。我下次一定注意。有些东西可以在康卡布拉用！还有人卖一个漂亮的四角圆桌，还带折叠板，不是老式的，而且旧了，要价二十二法郎！其余的也一样好，比如几摞由三四块厚片组成的土制碗，卖 2.25 法郎，等等。

亲吻你们。

克洛德

M31

星期五［1932 年 12 月］

亲爱的二老：

先说散热器能正常工作了。我之前跟你们说的故障一是由于汽油不干净，还有就是因为容器里的燃料不足。几经尝试，我才确定是这两处问题，而且已经修好了。除此之外没什么新鲜事。我刚刚收到一封老友的来信，他是生产肥鹅肝的，邀请我周末去阿蒙（我没听过这个地方）做演讲，说是要成立一个新部门。我们得坐火车去沙洛斯地区蒙特福尔，他接上我们开车去会场，然后晚上大约八点半到九点再把我们送回火车站。我们肯定会去。我很喜欢开启一项斗争活动，而且开始觉得朗德省联盟挺凶险的[①]！况且还有老友的肥鹅肝呢！说起它，这里的鹅售价每公斤五十法郎，鸭子每公斤三十二法郎。贵吗？

我们昨天从事了重大的烹饪活动：小肉丸汤，肉丸很好，就是太咸了，肉实软糯，还有猪血香肠配苹果（水果），不亚于泰蕾兹做的，这没什么说不出口的。此外，我再一次试着理解爱因斯坦的理论，然后把它塞到了要讲给学生的课程计划里。希望他们比我更容易满足！总之我会虚张声势……读了蒂博代最近出的《法国的政治思想》，给人愉悦之感，但空洞而肤浅。他很想与贝尔齐名，但做不到。现在我们能定期收到《世界报》和《玛丽安娜》，终于和外界连接了！

关于我流鼻血的事儿，又好了。你们也许已经收到了塞利娜的书，我昨天已经寄出。

我们亲吻你们。

克洛德

M32

星期一［1932 年 12 月］

亲爱的二老：

我昨天没给你们写信，因为从蒙德马桑回来时就差一刻九点了。

① 关于克洛德·列维–斯特劳斯在朗德省的斗争行动，参见E. 卢瓦耶，《列维–斯特劳斯》，2015 年，第 105~107 页。

我午饭前匆忙开始写这封信，担心晚上的季度学分授予大会让我错过邮寄的时间。

昨天天气很好，虽然多云但特别热。今天碧空如洗，万里无云，阳光灿烂！我们中午乘坐达克斯的火车，吃了公文包里的午饭，一点十分才到蒙特福尔。刚一离开圣瑟韦，我们就进入了沙洛斯。妈妈，我无法形容突然出现在眼前的仙境般的景致——我们没有预料到，——沿着比利牛斯山脉，白雪晶莹，从加瓦尔尼到拉伦山全程清晰可见。我们从未见过如此景象。头顶的天空阴云密布，但太阳普照雪地之上，有人说仿佛看到海市蜃楼。我们一整天都在回想这幅图景，就算只有它，也不虚此行。可是如此近距离地看雪太感伤了！

我们在沙洛斯地区蒙特福尔等之前邀请我们的布罗卡老兄。我之前在国家级的会议上见过这个大块头，他是资深的建筑画家，战后开了一个制造软木塞的小型工厂，只有几名工人。但受危机的影响，他开始做鹅肝和肉冻的生意，白手起家，建了一座真正的小工厂，经营良好，看上去还很繁荣。在他家喝了咖啡配阿马尼亚克，还欣赏了阿杜尔河平原和朗德省的美丽风景。接着，当地的一个铁匠开着他的车，出发去阿蒙，向南行驶二十二公里，刚好到奥尔泰北部，正好位于贝阿恩。风和日丽，呈现一派萨利耶似的美丽景致。布罗卡途中告诉我这个地区十分落后，人们不用货币，仍然以物换物。比如在朗德省，仍然有土地收益分成制和大片土地所有者。

这是刚刚成立的阿蒙分部一次具有开端性和建设性的会议。阿蒙是个十分漂亮的小镇，坐落于勒耶河岸。这条河水流湍急，很像埃罗河。会议在一家咖啡馆举行，参会的有二十来人，其中有小学男女教师、农民、小公务员、养路工人及其他从业者。我做了关于社会主义的报告，用时一小时十五分到三十分。尽管由于我的生疏而使演讲显得有点模糊，但进行得很顺利。然而面向无知的公众，最好停留在笼统的层面！总之，我还算成功，在场的联盟财务主管立马询问我是否接受去郎德省南部开会，而布罗卡似乎立刻打消了今年带我游历整个沙洛斯的念头。在一些城镇，除了二十年前的朱尔·盖德[①]，再没见过其他社会主义宣传者。

回到蒙特福尔，布罗卡和他的妻子执意要留我们吃晚饭。太丰盛了！鸭肝、鹅肉冻配浅橘色的白葡萄酒，我会一直记得的。这些人很友好，具有在偏僻之地少有的对于社会主义的炽热。布罗卡这个人非常聪明细腻，从他的行事方式就能看出来。他带我们参观了他一手建起的工厂，他们 12 月和 1 月每天能“干掉”五十只鹅！他的生产水平一流，我答应为他介绍顾客。他还向我们展示了他的瓶塞作坊和新工厂联合运营。我一直以为在 19 世纪 50 年代的手工业行会时期！而且他付给工人们——冬天无事可做的农民——的报酬是每天二十法郎起。

我们七点一刻乘火车离开，而且答应会经常参与这种兼具政治、旅游、美食意义的出行。如果这样，我们可不配作为宣传者！无论如何，我喜欢这一开端，蒙德马桑的人们其实并不积极，我开始厌倦这种政治上的被动了。

皮埃尔已经告诉你们他被拟录取了，他能在诸多应试者中脱颖而出确实优秀……他是今天参加考试的，我估计以后会很难……马尔托前一段时间给我写信，我在回信中提到了教会和政治。而我今天上午收到了马尔托（来自斯特拉斯堡）的一部打印版的书，显然是伊西莱穆利诺研讨会上各位教授的著作，他以此作为给我的回信。我很喜欢这场——通过中间人——与杰出教授们的论战，我自然会予以回击。

我们亲吻你们。

克洛德

妈妈，来信收到。不，我不再流鼻血了。

---

① 朱尔·盖德（1845—1922）于 1905 年参与了国际工人组织法国分部的建立。他反对社会主义参与任何“资产阶级”政府，这一点与让·饶勒斯相反。

附言：我从学校回来。假期从23日星期五的三点开始。我们周六早晨五点或八点到巴黎，这取决于我们坐哪趟火车。

M33

星期五［1932年12月］

亲爱的二老：

昨天工作了一天，备课、完善关于塞利娜的批评。我今天才知道鲁斯唐是督导长，他在波尔多，随时会来，还挺可怕的。从长远来看，还是得做些准备，应该表现得出色……

昨晚部里开会讨论党内宣传委员克洛茨下次莅临时的工作安排。由于上一次安排得不充分，所以他应该不会来蒙德马桑巡视了。然而，我上周日已经让南部的同志们把这次机会让给我们了。昨晚又荒谬地出现困难，部里想拒绝办这次会议。我费了很大力气才让他们改变主意，于是他们让我再次跟南部谈判。我今天早晨还早起去了邮局，给布罗卡发电报——但不是在公共大厅，装配工、邮递员同志及其他人让我走了后门！他们带我参观了电报局、电话电缆终端这类地方，我最终在装配车间和布罗卡接通了电报。一切都安排妥当了，定于周一晚上召开公共会议。因此，我成了朗德省联盟里的人物！我答应了南部假期后去他们那里开一次会，所以他们才接受放弃接待克洛茨。谁知道呢？或许我能摇动这些沉睡的人。

我们还不知道是五点还是八点到巴黎，因为离校时间尚未最终确定。但无论如何，我明天要订票了——如果之后情况有变，那就算了。没有其他事了。我好奇怎么没有皮埃尔的消息？你们有吗？

亲吻你们。

克洛德

M34

星期三［1932 年 12 月中旬］

亲爱的二老：

收到你们周二的来信。我刚刚了解到内阁[①]垮台了，觉得参与的时候到了。很想获取关于此次危机的内部消息。大家在说什么？鲁耶说了什么？蒂娜呢？

我激动得忘记祝贺你了，爸爸。“诺曼底”这个订单棒极了，它会让“马达加斯加”沦为细密画之列！固定订单大约何时确定？你说得很对，不要和多特里说我们的行程。没什么用，如果获取的足够多，就最好不要叨扰这些人。

是的，迪娜因为周六就要见到父母了，很是开心。她往家里写信了，告诉了家人你们的计划。

这里一点儿新鲜事也没有。我对蒂博代的新书《法国的政治思想》做了恶毒的抨击，其攻击性很令人满意。里德寄给我刚刚去世的一位荷兰人伊斯拉埃尔•凯里多的小说《乔丹》，我之前跟他确认过这个名字！还没开始读，也没写塞利娜的评论，我有些担心。我有几次上课都迟到了，开始倦怠了……假期万岁！

请及时告知我社会党参与的可能性，如果莫内担任部长，我更想去他的内阁，而不想待在维克托－迪吕伊高中。我已经迫不及待地想问候他了！

我们亲吻你们。

克洛德

附言：我有一颗臼齿完全松动了，从根儿上掉了，可能得戴齿套。

---

① 指爱德华•埃里奥领导的第三届政府于 1932 年 12 月 14 日垮台。那个年代的社会主义者面临的问题是是否参与政府。

我担心里面有残余，于是去看了房东推荐的一位很好的牙医，他叫罗德里格斯！而且，他还给我上了药！然后就等去了巴黎和香槟地区再说。

M35

星期日［1932 年 12 月 11 日］

亲爱的二老：

匆忙写一封信。我刚匆忙写完关于塞利娜的评论，今晚务必发给《社会主义学生》和《世界和平》（忘记是否跟你们说过，这份刊物东山再起了，要我写一些评论）。正当我像奴隶似的工作时，一位学生家长帕吕女士前来询问他儿子的学习情况。当时我们刚散步回来，我还穿着粗毛线衫和高尔夫裤子！她还是挺满意我说的好话的，而且知道迪娜正在准备考试！这个地方呀……最近两天，晴空万里，像夏天一样热。我们很早吃过午餐，十二点半就出发了。我们骑到了四点，三十多公里，走的是小路，穿过了真正的荒原，路边的松树不规整地排列着。景色漂亮，天气好极了。

我昨晚买了票，还预订了那趟十九点五十三分波尔多出发并于次日五点二十分到达的火车座位。学校里一如既往，总是三点离校。如果以后有变化，那很遗憾，但我已有预防措施……鲁斯唐一直没来，我准备的精彩课程一直没用上……没来就算了。

迪娜昨天花了一小时一刻钟接待了屈夫罗女士。他们的城堡正在修缮，所以全家住在附近的房子，人看着挺好的……她丈夫下周要去塞内加尔旅游。

我匆忙停笔，我们亲吻你们。

克洛德

M36

星期五［1932 年末］

亲爱的二老：

中午过后突然冷了起来，气温下降了几度，预计有雨。我们已经开始感觉到冷，而且带来很多不幸的遭遇：牡蛎冻得很牢，得放到火上烤，窗台上的牛奶瓶冻裂了，等等。没有其他新鲜事了。是的，布罗卡收到了你的信并表示感谢。我们现在用的是焦炭取暖，便宜而且暖和，但供热非常不均匀。刚才试着做了肉馅饼，结果惨败，烤了一个半小时也没熟！

我昨天给外祖父写信了。又去看牙医了，还没完！至于学校的工作，我懒得可怕，上课都会迟到，批改作业也会拖延。今天收到了两本书，其中一本是安德烈•迪马的《塞文沙漠》。我会寄给你们，这本书看上去很普通，没有趣味。

爸爸，你觉得快有“诺曼底”订单的新消息了吗？多特里之前跟你说的是一月末，你会去看望他吗？希望油画不是可燃物，否则这些作品就处境艰难了。

没有任何皮埃尔的消息，也无车的消息，所以有点着急了。不，爸爸，即便是罗森加特的话，我也不想要密封车。如果巴黎没有消息，我就试着在这边找个熟悉情况的人，挑选一款雷诺的敞篷车。我觉得汽化器难用这个理由并不充分。这的确是个难题，但仅此而已。如果发动机不错呢？我们可以再看看。

活跃的政治氛围令我十分渴望去巴黎。我认为正在全速迈向全国联盟，党内既已确信最终的出路，就应该减少退让，因为让步到最后没有任何用途。我每天都会看《法国》，它是西南地区左派联盟的机关刊物。这些地区报做得比巴黎的刊物好。《世界报》和《玛丽安娜》已经看完。

我写完《欧洲》的总结，就会立刻寄去。托洛茨基的《俄国革命历史》是一部真正的杰作。《玛丽安娜》这周会刊登一篇富有激情的报道，是由墨西哥军队的一名司令写的《追忆福西特上校》，他还是个谋杀犯！

我们亲吻你们。

克洛德

M37

星期日［1932 年 12 月 18 日］

亲爱的二老：

匆忙写一封信，好让它晚上能寄走。今天天气晴朗而温暖，像春天一样。我们趁机重拾出游的习惯，刚刚向西走了三十五公里。景色始终那么美，气温刚刚好。

图尔有十到二十幅肖像？那太棒了……谢谢提供的汽车信息，可能得快点儿决定。有一段时间没皮埃尔的消息了。

内阁倒台之事令人遗憾，但也束手无策，除非埃里奥给我们一个全国联盟！我也想抱怨我们的待遇！城市剧院周四放映《范妮》[①]，我们会去看，演员并不知名。

我们亲吻你们。

克洛德

附言：请别忘记我的委托，希望能在周三前得到消息。

M38

星期二［1932 年 12 月 20 日］

① 马塞尔•帕尼奥尔的剧作(1931),《范妮》是三部曲中的第二部,第一部是1929年的《马里于斯》，第三部是《恺撒》（1936 年在影院上映，1946 年被改编成戏剧）。

亲爱的二老：

几乎官方宣布了昨天鲁斯唐会来，迪娜和我准备了一堂精彩的课。哎，结果他没来。爸爸，要恭喜乔治·博内[①]走马上任。绘画就是公共劳动！没有任何皮埃尔的消息，我很惊讶。无论考试结果如何，博内肯定会把他安排进去的。

昨晚优秀生名单会议开到九点。迪娜下午收到了克洛茨的电报，约我七点半去咖啡馆。我们立刻想到他会来吃晚餐，因为我之前发出过邀请。于是我们迅速准备了一顿“盛”宴，结果白做了。克洛茨和省北联盟的领导卡萨涅驱车前来，两人已经吃过晚饭了。公共会议在九点举行，听众很少，一百五十到二百人。卡萨涅、克洛茨和我均发了言，我的发言很短，寥寥数语。我就这样“被分到”了蒙德马桑。听众很安静，没有任何反驳，这些人很难被鼓动。今天一天清净，骑车出去小遛一圈，十几公里。阴天但依然很暖和。虽然周五离校的时间推迟到了三点半，但校长允许我需要时就去赶火车。因此，我们周六五点二十分到达巴黎。我们很遗憾没有安排成和迪娜父母的午餐，否则她就得周六跑去阿涅勒。就算她不去阿涅勒，这趟旅行本身也已经很折腾了。

学校这边今年就这样结束了。我周一上午给女生们上作文课，到了巴黎再改她们的作业。男生们周五会把作业交给我，我也拿到巴黎批改。

我们亲吻你们。

克洛德

附言：这是我的最后一封信，如果后天周四还写的话，应该在我们回去的前一天寄到。

① 乔治·博内（1889—1973），法国政治人物，多尔多涅社会激进党议员，1924年至1940年间几次担任部长，1932年12月18日至1933年1月31日期间任职于公共劳工部。

M39

晚上七点半［邮戳日期：1933 年 1 月 8 日］

亲爱的二老：

这场长途旅行马上就要结束了，一切都很顺利。我们在普瓦捷时有四人，到了利布尔纳有三人，然后就剩我们自己了。途中晚上比白天更令人疲惫，风景很单调，好在时间不算长。午餐很丰盛，我们在找吃晚饭的地方。我的咳嗽差不多好了。

我们亲吻你们。

克洛德

M40

1933 年 1 月 10 日

亲爱的妈妈：

一封短信，祝你节日开心快乐。今天是工作的一天，下周会更忙！这次参选[①]由于我既不是二十五岁也没在系里待满六个月，所以双重条件不符，我感觉很轻松。再说了，我面临的困难对我而言也没什么危险！我的竞争对手是五十五岁的达克斯市长兼参议员米利－拉克鲁瓦[②]，他是反动分子。那就太有意思了！达克斯的同志们后天来这里，与我商议如何宣传造势。我们周六就开始，还会在这里召开二十二次十一人会议，至少要二十一次，但是没时间了。

我请布罗卡为你们二老的生日安排了一次小型出行（一次完成），

① 此处指参与朗德省议会选举。

② 欧仁·米利－拉克鲁瓦（1876—1961）于 1933 年 1 月被选为朗德省参议员，直至 1941 年 12 月。

但就是时间太短了。今天就得出发，希望你们接到消息时没有别的安排。

我们从昨天开始就用无烟煤烧炉灶了，这种煤不好找，几乎同样的价格，用起来比煤球更省。晚上也会一直烧着。

亲爱的妈妈，再次祝节日快乐。我们亲吻你们。

克洛德

附言：还没考虑汽车的事。下一个空闲的周二要等到 2 月 25 日，我们还有时间。

M41

星期五［1933 年 1 月］

亲爱的二老：

太惨了，我没法参选，因为感冒复发，早晨三十七度一二，晚上三十八度，不怎么严重。因为还要上课，所以看了医生。他说这是上次感冒没好造成的，问题不大，没有开药，休息一周。我特别期待这场运动，所以非常难过。医生说我能开个头，但可能坚持不到最后。要是这样，最好不去做，但着实令人伤心。爸爸，你的忧虑没有了着落，但如果我能参选，你就会有寄托。反正参选资格肯定对我构不成阻碍。算了，别再说这件事了。最好不要有参选者，联盟没有任何人参与竞争。

我刚才接待了一位差生的富爸爸，是多什 – 拉坎塔纳医生。我特别想翘一节课，然后安排时间去买车。感谢爸爸对此事这么上心。我迫不及待地等着这位汽修工的消息。这里有人卖一辆雪铁龙 5CV 三叶草，三千五百法郎，但轮胎不好，顶棚也不能用。还有人跟我介绍了一辆特别漂亮的雷诺 6CV 敞篷车，型号 28，行驶里程不长，但好像卖五千法郎，我还没看过。最后还有人跟我说了一款标致 5CV，我还不知道价钱。皮埃尔的雪铁龙如果售价三千，那就可以考虑。我们再看看。

此外无其他事。错过这次参选令我心烦意乱，而且我本来已经鼓足干劲，调整好状态，完全准备好开十一人会议了，甚至还……

我们亲吻你们。

克洛德

M42

星期日［1933 年 1 月］

亲爱的二老：

我继续无精打采地待在家里。身体还好，流感发展到了重感冒，我也不知道怎么得的。希望这是它的消失方式！体温稳定在白天三十七度一二，晚上三十七度六七。我要灌自己一些格罗格酒和热葡萄酒，这病也该消停了。

我之前写信给校长，问他这几天是否需要找人代课。迪娜完全可以胜任。他立刻跑来，让我们和院长电话联系，院长已经同意了。但他一直跟我们提由于雇佣中断而可能引发的报酬问题。而我们也坚持称，或者付报酬给迪娜，或者波尔多研究院欠我们一个人情，以后肯定有机会偿还。于是，迪娜周六下午去代课了，非常成功，大家都惊呆了。她周一还得去，我估计周三就是我自己去了。

我很好奇布罗卡给你们寄了什么，我之前给他开出的价钱并不高。社会主义会像迦拿婚礼上的耶稣那样创造很多食物吗？

我因没能参选而痛心疾首。左派没有其他候选人，激进党一直在为我奔走，我肯定能拿到很多选票。皮埃尔给我寄了一些关键的文件，肯定能在会上引发一阵轰动。别人无法取代我。周日米利－拉克鲁瓦就要当选了，没有竞争者。

至于车的事，皮埃尔也不看好标致 5CV。爸爸，我觉得你对雪铁龙蒙帕纳斯的评价有道理。但为什么不花三千法郎买雷诺拉鲁塞？汽修工还说会少算一些修理费。这里有很多二手车，但我不能去看，谨慎起见还是不要出门。今天第一次冰冻，最近几天天气非常潮湿。所以迪娜有很多活儿要做！

我刚才接待了教数学的同事，能有这么一个交流机会还挺开心。学生家长没来，可能觉得我的状态不宜待客。多么错误的想法！

这就是全部的新鲜事。我们亲吻你们。

克洛德

附言：爸爸，别忘了车得是敞篷的，或者车篷可以拆卸。

M43

星期一［1933 年 1 月］

亲爱的二老：

很短的一封信，没有重要事要讲。昨天收到了你们的信，你们不必担心，并无大碍。情况稳定了，只是持续轻微发烧。说到底就是一场重感冒，和以前的情况一样，打喷嚏、流鼻涕、流眼泪、呼吸困难。是的，医生之前诊断说非常糟糕。我们今天兴师动众地把床绷搬到了客厅，卧室又冷又湿，晚上肯定会再次着凉。

迪娜继续代课，表现出色，但因此增加了很多工作，还有家务……总之我希望自己能快点恢复工作，已经受够了待在家里的状态。

我们亲吻你们。

克洛德

M44

星期二［1933 年 1 月 17 日？］

亲爱的爸爸：

祝你节日快乐，而且能在图尔接到很多订单——我想这是所有祝愿中最实际的。我们这边没什么新鲜事。虽然这场易引发支气管炎的感冒已经接近尾声，但外面非常冷，再加上我的体温还高了 0.4、0.5 度（不太严重），所以还没出过门。我就是有点待烦了，而且想谨慎一点，防止反复。

妈妈，一个准确的答案解答你所有的问题，那就是供暖状况很好，我们在卫生间放了利博尔散热器，用来洗漱（回来之后，我还是用热水洗漱）。医生来过了，就是一开始给我正规检查的那位。他出诊一次十五法郎，所以没再来过。妈妈，你应该把他和我的一位学生的父亲 D.L. 医生弄混了，这位家长之前说要来看我，被我拒绝了。收到了《社会主义学生》。我一整天都在读《ES》、《玛丽安娜》、《世界报》和各种地区日报，从而了解地方政治。我还痛苦地阅读了米利 – 拉克鲁瓦的会议报告！

迪娜在学校大获成功，还和学生开展了活动，而他们对我一直都是拒绝的！

至于其他事情，爸爸，或许应该考虑一下 Monasix ？油耗不重要，开车能加快速度（方便吃饭和夜间住宿），虽然消耗了汽油，但赚了时间。只是第一，如何缴税和购买保险？第二，皮埃尔的堂兄对 Monasix 极为反感，他说这款车的发动机很脆弱……标致 5CV 还不错。这里正好有一辆在出售，但我还没看到车。再者，《法国之波尔多》上发布出售一辆四座的标致 5CV，售价两千一百法郎！这不算很贵。总之我希望这件事快点了结，就皆大欢喜了。下周日我们要去达克斯参加联合会议。汽车就能首次派上用场了！

我们今天上午收到了斯特拉斯堡图书馆给迪娜的许多书。这真是个靠谱的机构！关于布罗卡，我还没收到他的账单，所以不知道要做什么。但如果他遵从了我的要求，社会主义确实做得不错。

再次祝爸爸节日快乐，一路顺风。我们亲吻你们。

克洛德

M45

星期四［1933 年 1 月］

亲爱的二老：

完全没什么要说的。身体状况终于好转，我马上就要第一次出门了。顺利的话，我明天就去学校了。蒙德马桑暴发流感疫情，部队禁止外出了。要是能不用上课就好了！

皮埃尔有一辆几乎全新的罗森加特，三千五百法郎，可惜是密封车……我马上去看那款标致。

幸亏天气很好，我已经在屋里憋够了！

我们亲吻你们。

克洛德

M46

星期一［1933 年 1 月］

亲爱的二老：

我收到了爸爸的信和建议，还有妈妈的几封信。如果没收到回信，希望你们不要担心。我们昨天在莫尔桑开会时本来想写，但一整天事情太多，完全做不到。我跟你们保证，我的身体很好，而且已经完全恢复，现在可以外出。天气很棒，但早晨最起码零下十度，到处都结冰了。幸亏我们供暖很好，自从决定晚上把床绷搬到客厅之后，我们一点也不怕冷了。

我们昨天八点出发去参加关于社会主义的会议，不在达克斯，而是在莫尔桑，这样更近一些。

来自各地的三十多位同志聚集在一家咖啡馆的大厅。会议颇具成效，活跃而有趣。秘书在做动员报告时，声情并茂地谈到我错失的参选机会。他说道："这对年轻夫妇，饱含（社会主义）热情，不顾严寒与黑夜，传播积极言论。"诸如此类。中午在莫尔桑一家酒店共进午餐。大会坚持不让我们承担午餐的费用，迪娜是现场唯一的女性，她的餐费是从所有积极分子自愿交的会费中出的。下午继续展开辩论，我积极地参与其中。大约六点结束，到家七点，迎接我们的是提前做好的晚餐。

今天还是一如既往地冷，城里依然有很多人得流感，我们非常小心。我早晚都会贴身穿一件羊毛衫。校长今天问我要了材料，开始给迪娜走账。所以，我们肯定能拿到她赚取的一百七十五法郎。除此之外，学校里没有别的事了。

爸爸，是有意合作的客户得了流感？他们还下单吗？我因为昨天开会，上课迟到了，所以没直接回复你。有个汽修工人给我推荐了一款行驶里程很短（？）的车，是他的一位顾客由于继承了另外一辆车，所以急着想卖掉这辆。那是一款真正的豪华敞篷车，29 型号的雷诺 6CV，比 L. 的那款车更完善，空间更大。一共四个座位，其中两座是在调速器的位置，加了坐垫。综合各个方面来看，这都是一台很棒的车，发动机似乎完美（？）。车轮磨损严重，只有一个还好。对方出价四千五百法郎，本来卖得更贵。我觉得挺好的，舒适度比我们看过的所有车都好。但在这里，找谁来检查发动机呢？我们明显不能相信那个汽修工。大会里一位同志有一辆雷诺 11CV，他很喜欢这款车。但两年之内碎过四次后桥，这令我难以想象。总之，爸爸，你能打听一下与 Monasix 具有相同底盘的 NN1（不是 NN）型号的雷诺 6CV 这款车吗？

会上见到了布罗卡，他让我不要记我欠他什么，他永远都不会提要求吗？……妈妈，我赞成你的想法，他非常贵，甚至太过了。总之还是得吹捧他。我不记得你是否让我寄《欧洲》了。

我明天会去看牙医，牙掉之后我很清净，可还是得戴牙套。我痴迷于研究当地的政治。你们知道吗？米利－拉克鲁瓦昨天凭借 4 600 票直接当选，但有 5 350 票弃权。我之前真是飞来横祸！这次参选太令人遗憾了，希望以后还有机会。

我们亲吻你们。

克洛德

附言：今早收到了芒代尔这种药，下次试试。万分感谢埃尔布罗内女士。

做猪肉火锅要放多大一块猪肉？

附言：迪娜 2 月 1 日过生日，你能寄给我一盒五十法郎的兰姿单色粉饼吗？我走之前忘记买了。谢谢，我会把钱还给你。

M47

周三［1933 年 1 月］

亲爱的二老：

一封短信，并无重要事情要讲。因为天冷——早晨零下十二度，我们开始深居简出！壁炉里烧的是煤气厂的焦炭，我们没把火烧到最大，因为这足以使壁炉的温度全天维持在一百度。放在窗台的牛奶早晨冻实了。我们打算用这种方法做冰激凌。此外天气很好，是真正的高山气候，但就是城里总有感冒的。我今天早晨去看了牙医，有点感染，不能立刻戴牙套。

我之前给达克斯的一个汽修工写了信，昨天他过来了，并推荐了我一款售价五千法郎的雪铁龙 5CV。我毫不犹豫地把他送走了。

爸爸回去了吗？白跑一趟，令人懊恼！顾客至少该做一些必要的准备吧？那布景师呢，她付款了吗？

你们会去看《7 月 14 日》[①]吗？看了《世界报》的评论，我觉得好遗憾没在巴黎。但似乎说的是同样的事情。

学校一如往常。有一天，我（在公开会议上）讲解了《人民的敌人》[②]的第四幕，并让之前找好的四个口才好的人针对学者的论点展开攻辩。今天我还听到一些反对声音，说是在质疑法国大革命、布尔什维克主义等等。我巧妙地愚弄了他们，那样做不是在表达论点，而是借由政治事实而非引证的方式来捍卫理论论据。下一次课上，我会再次提出这个问题，并向男生们展示如何做一场带有倾向性的报告，又不会在神圣的哲学祭台上有丝毫偏移！他们看上去很享受，这才是关键。还是有不少学生因为得了流感而请假。幸亏教室里有个烧柴的炉子，非常暖和。我认为政治并不乐观，财政委员会喜欢社会主义者的减税，但又不接受我们的新资源。我还害怕内阁[③]倒台，这会是我们的公务员听到的最糟糕的消息。

车的事进展如何？

我们亲吻你们。

克洛德

---

① 勒内·克莱尔的电影（1933）。

② 亨利克·易卜生的戏剧（1883）。

③ 此处指社会主义者约瑟夫·保罗·邦库尔（1873—1972）的政府，实际于 1933 年 1 月 28 日垮台。

M48

星期二［1933 年 1 月 31 日？］

亲爱的二老：

我们刚刚收到了包裹。谢谢你们帮我买的东西，好极了，宠坏了我的妻子！还要祝贺接到了订单。

我上午得知社会主义团体的决策，迫不及待想了解详情。团体的态度让人无法容忍。我觉得问题的根本在于，参与是不可避免的，为的是通过引证逐步与激进党决裂，这一决裂越来越必要了……说到政治，你们能“迅速”寄给我德亚签名留念的一本粉色小册子吗？在我书房的书柜里，靠右侧，书名为《黎明的教员会议，社会主义与世俗性》，大概如此。我周六得去圣马丹德塞尼昂开会，社会主义地方政府牵头成立了一个学校团体。妈妈，你应该知道圣马丹吧？距离巴约纳几公里。我们周六晚上出发去达克斯，然后有人开车送我们去会场，晚上可能睡在圣马丹或达克斯的同志家里，周日是正式的奠基仪式。此外，我还在积极筹备和皮埃尔的巡讲，所以需要车。

一会儿，也就是四点钟，我们会试驾一台雷诺敞篷车。我要开去爬圣瑟韦的一个大坡，观察一下油耗。我在无产阶级群体中认识一个汽修机械工，如果对这台车满意的话，我会找他来检查，到时再看吧。那个汽修工之前跟我提过在他看来 NN1 存在的缺陷，即底盘太轻，但敞篷车似乎不存在这种问题，因为它的车身很轻。爸爸，再等几天，不行的话我就全权交给你。我今晚会再写一封信，告诉你试驾之后的感受。你还没告诉我雪铁龙如何，尤其是 Fayard 那款，是鱼雷型敞篷车还是普通款？车篷是白色帆布还是像雷诺一样的那种黑色皮革？车窗在侧面吗？是可拆卸的还是嵌在车身？等等。

我在政治上非常积极。目前，蒙德马桑的教学人员反对激进分子的情绪高涨，我会面向中小学教师召开一次政治会议。

我们走了三十五公里之后非常累！筋疲力尽！得恢复一下。昨天我们从里到外清理了壁炉，由于长期烧火，里面满是油污。然后又变成了烟囱清理工，于是今天壁炉特别好用。但是天气一直很好，也用不上了。

妈妈，我会给你回寄两本《欧洲》。我们亲吻你们。

克洛德

附言：至于税款，我不觉得要提出声明，而且我也没收到单据……我会去问问。

M49

星期五［1933 年 2 月 3 日］

亲爱的二老：

匆忙写一封信，我在超负荷工作。周六晚上在圣马丹的会议推迟到周日下午（所以我们只能周日上午出发）。我们还要应邀参加世俗学校的奠基庆典，我还得在省长、学院院长、地区（激进党）众议员等人面前代表联盟发言，可不是在开玩笑。我迫不及待地等着之前提过的那本德亚的小册子。

一个好消息：我昨天收到了去波尔多的六百七十九法郎的出差补贴！学校真大方。这钱可以用来买车。皮埃尔在信中说对雪铁龙 5CV 很满意，但我们讨厌的是有一个三叶草的标志。我很想要一台两座的敞篷车，实在不行，那就有个三叶草吧，真是奇丑无比。

迪娜不是二十三岁，而是二十二岁，你们把她变老了。

我得迅速停笔了。我们亲吻你们。

克洛德

收到了勒克拉普约的《战争的历史》三卷本，非常振奋。

M50

星期六，晚上［1933 年 2 月 4 日？］

亲爱的二老：

我没收到德亚的书，而且也收不到了，因为明天清早就要出发。此事让我特别懊恼，因为我急需它来准备发言。无论如何，希望情况不会太糟……

没别的事，我们匆忙地备课，准备明天的一通空话。天气很棒，暖和得像春天一样。

我们没去看《范妮》，因为不信任不熟悉的剧团。倒是看了维克托•布歇的电影《主人的葡萄园》，电影拍得很蠢，导演真是太没水平了。

车的事情明朗了吗？这里没什么信息，而且我也不找了，就听你们和皮埃尔的吧。我办完了拿到驾照的必要手续，争取从下周开始去上课，是跟着一个汽修技工学，似乎挺容易，而且不贵。

布瓦万写信建议我们挑个有空的周二去比利牛斯山滑雪。在丰罗默，圣诞节期间费用为每天三十二法郎，包括葡萄酒！激情万岁！我正在积极筹备宣讲，预计从 24 号周六到下个月 2 号周四，在这一大区的各个省会将有十六场会议。希望能有成效。

我们亲吻你们。

克洛德

M51

星期一［1933 年 2 月 6 日］

亲爱的二老：

从学校回来后给你们写信，依然沉浸在昨天。我们八点半出门，十一点半到达巴约纳，简直是八月的天气，天空晴朗，阳光明媚，非常热。火车站有车在等我们，我感觉到了圣马丹紧张的政治局势。省长并未出席，因为前一任已经卸任，而新一任还没到朗德。所有地方官员都十分期待我的发言，副省长也提前打电话询问我是否会攻击对手和政府，小学督学提前一晚去了那里调研（紧接着学院院长称病，这是假的），最后是市长（社会主义者！），他告诉我在开幕式上最好用非政治的口吻谈论，诸如此类，他真是愚蠢。见此状，我拒绝了在开幕仪式期间的发言，想在宴会期间等时机成熟时，再自由地展开谈论。事情的原委是这样的，市长坚决支持激进党，他与省里和激进党议员配合，是为了成为省最高议员，但他又很怕党内会破坏他的小算盘；其实是他所在的圣马丹德塞尼昂市联盟此前强行让他作为由莫瓦森任秘书长的联盟代表正式出席这次活动的。我是在中午的开幕式上看透了这盘棋。

学校很漂亮，窗户全是玻璃的，氛围和位置都还行。市长、小学督导、教员、激进党众议员拉萨尔和副省长先后发言，这些家伙都在演奏《第九交响曲》。我没有卷入这场全国联盟的表演，因此深感欣慰。开幕式后是市政厅的招待酒会，接着是九十人的宴会，在一个用枞树枝铺设的木结构大厅，主要是无产者（农民、小公务员、工人）。很棒的宴会！差二十分钟两点开始，六点还没结束！我从未见过这种场面，而且从没这么大饱口福。先是汤，接着各种熟肉制品，然后是一条长达一米五的鲑鱼（毫不夸张）。整条鱼上桌，是冷的，周围有蛋黄酱。还有牛肉里脊配菌菇和阿马尼亚克烧酒，塞肉洋蓟配奶酪，惊人的雌火鸡配香菌，沙拉，丝带作饰的绝美蛋糕，水果，气泡葡萄酒，咖啡，阿马尼亚克，再加上圣爱美隆的一级红酒和白酒。一切都比大饭店里的更美味、更精致，令人无法想象。当有人让我面对这一群醉汉发表讲话时，我有点懵。我就社会主义和世俗性讲了很多，副省长没太不高兴，时不时还给我鼓掌，“似乎”还不错。我说了大概四十五分钟，接着拉萨尔发言并表示完全同意我的看法，但他喝多了，并不清醒。然后，副省长——非常谨慎地！——继续发言，表示祝贺，还对迪娜说了一番话。最后是《法国》和《快报》记者的发言。这些人情绪高涨。拉萨尔一直在努力征服一位危险的新激进分子，那是一位身着燕尾服和灰色裤子的老先生，人很好。他接着又来激情洋溢地跟我交谈，他说很久以前认识一位和我同党派、同年龄的演说家，而且是唯一能与我媲美的人，他说的是皮埃尔·赖伐尔[①]。我走远了一些，他又和我说起他对七八年后的预测等等。就这样，到了六点二十分！我们和小学督导、要回达克斯的《快报》记者一起挤在一位教员的车里，迅速动身。到 L. 时，通道关闭了，快速列车就在我们眼前飞速行驶！我们迅速下车，追赶着列车奔跑，当时距离火车站还有几百米。很像美国电影……不幸的是迪娜跌倒了，摔得很惨——所以她今天身上都是淤青和划痕，——好在我们赶上了火车，另外两个人紧跟在我们后面，也赶上了。我们到家时九点，晚餐什么都没吃！总的来说是充实的一天，尤其是精神上。人们已经开始争抢着［原文如此］要我挑一个空闲的周二去巡讲。皮埃尔的名字颇具影响，而且带着神秘的光环！人们称呼他时毕恭毕敬，就像称呼莱昂·布卢姆一样。他们认为少言寡语之人一定了不起。

我今天没课，但得利用上午的课间备课。我完成了任务。

我们刚刚收到了蔬菜机，但不知道怎么用，真的很漂亮！至于那本册子，依然没寄到。你们确定寄出了吗？如果寄丢了，我会特别伤心，因为那是有签名留念的，找不出第二本了。

爸爸，车的事，我同意。发动机优先，但我们真的很想要两座的。那款三叶草就像一个小卡车。你们没说去图尔的旅行，但我记得日期是今天。至于跨洋公司［大西洋轮船总公司］，在当前局势下，它肯定还在观望。

---

① 皮埃尔·赖伐尔（1883—1945）于 20 世纪二三十年代多次担任部长和议会主席，1940 年担任维系政府副总理，领导法国介入与德国纳粹的政治合作。

我们亲吻你们。

克洛德

M52

星期三［1933 年 2 月］

亲爱的二老：

德亚的书今早寄到了！它该是经历了怎样神秘的旅行啊……是的，妈妈，我们走的是你说的通往圣马丹的那条路，我觉得就是梧桐别墅的那条。那天有雾，看不到比利牛斯山，但别人指给我们看在哪儿。这次出行肯定会产生费用，我们是受邀参加宴会的，坐火车花了八十法郎，要是汽车的话，二十法郎就够了。这么看来，车越来越必需了，而且随着我的声望越高（！），就越会经常参加各种仪式。我的讲话摘要或许会出现在明天的《法国》上，目前在帮西蒙（《法国》驻朗德通信记者）手里，他要用来写报告。我凭记忆整理了全文，要发给《社会主义学生》，到时我把摘要和全文一并寄给你们。

标致 SW 很好，能坐三人吗？关于驾照的事，我太愚蠢了，他们要我 1931 年的收据，可我找不到了。

你们能寄给我让·吉罗杜的《厄尔皮诺》吗？这是本哲学书，很有趣。我要在课堂上讲。

昨天炉子出了个事故。它不知不觉地烧到了一百四五十度，现在正通过一个接口往外漏油，幸好有一个裂开的接口，否则恐怕要爆炸。我们会找人来修，只需要重新拧一下螺母，只是现在就不能取暖了，但不要紧。外面在下雨，而且超级热。

我希望车的事能快点定下来。现在确实离不开它了，这关系到事业发展。不，妈妈，大家没有躲我，而是恰恰相反！

我们亲吻你们。

克洛德

附言：做不成肉饼。在烧红的炉子上放了一个小时，面饼没有熟。我觉得可能是面团油放多了，变得太散，是这样吗？

M53

13 日［1933 年 2 月］

亲爱的二老：

已收到我的收据，感谢。是的，妈妈说得对，可以在钱包里找找，我之前没想到。我今天还会去申请，还有就是备课。对方出价每小时二十五法郎，已经算高了，但比巴黎便宜。我估计两三节就够了。我确定有《厄尔皮诺》，难道没和吉罗杜那些书一起放在路易十六那层？如果还没找到，你们能不能让皮埃尔——我还没写信跟他说，因为没时间——“尽快”把他的那本寄给我？就这么定了，我开始安排了。我感觉自己肚子里存货快不够了。说到书，家里有没有科莱特的书？我想抽空看看，用于讲课。我不知道两小时的文学课要讲什么了。

我们想到就要有车了，十分激动。如果时间充裕，我还是想要有侧窗的（当然还是发动机优先），因为装了云母材质的嵌入关闭装置的车密闭得可怕（尤其是三叶草），车里什么都看不见。我上午在标致看到两款很漂亮的 5CV 敞篷车，里程数很短（其中一台是 1930 年的，全套轮胎还是初始状态，真是极致了），售价四千法郎，天呐竟然已经有人买了。还有人给我看了一辆三叶草，全新轮胎，四千法郎。我觉得没那么诱人。但我还是去看看，以防万一（不抱希望）。

德亚的册子寄到了，完好无损，只是没了原始封带，可惜邮戳日期看不清了。他们早就认识我了，所以我不觉得是申诉起了作用，而是因为当时是接待日的第二天。

此外，我特别反感议会团体，他们可恶地放了我们鸽子。全国联盟也这样，但这都是为了搞政治！

这里在上映《城里的月光》①，我们肯定会狂奔到影院。下周日我们去达克斯，那里要召开一场会议，我会参与创办朗德的社会主义刊物。我对此不太确信，既然联盟出资创办，那我们完全可以试着出一份双月刊。明天我们要骑车去阿杜尔河的格雷纳德，开展第一次模拟机动会议。

是的，天气又变冷了，但降温幅度不是很大，暖气可以用。很遗憾标致并不适合，但确实很诱人（尤其是调速器上配置的大型后备箱）。我在这里看到几辆车，除了轮胎，其他都完美。新款福特 6W 很棒，但二手的都要一万五！

我们亲吻你们。

克洛德

M54

［明信片，达克斯全景］

星期日［邮戳：1933 年 2 月 19 日，达克斯，朗德］

亲爱的二老：

快速写一封信，今早的达克斯天气寒冷。昨晚在圣保罗－莱斯－达克斯的会很好，会议由激进党市长主持，他并未阻止我抨击他……

① 夏尔·沙普兰的电影（1931）。

的党派。我们被安排住在一家小宾馆，享用了新鲜的蒜蓉鹅肝，美味极了！刚刚的会议分配了各项任务，八点在达克斯再次举行公共会议，吉伦特省最高议员勒纳尔也会出席。我们回来时七点。我想知道关于汽车的详细描述。这个罗登厚呢大衣的想法不错。我们亲吻你们。

克洛德

M55

星期三［1933 年 2 月］

亲爱的二老：

这封信主要说车。我上午跟一个标致的汽修工聊天，他告诉我：雪铁龙的发动机更好一些；标致 4CV 时速不能超过五十五至六十。

若是这样，我认为不应该痴迷于标致。你们看的几款车情况还不错？这么一说，迫不得已而选择三叶草可能会是明智之举，虽然它很丑，而且还是糟糕的封闭……

妈妈，我收到《欧洲》了，哎呀，我需要的是托洛茨基的另一本书，其中有一段关于路易十六与尼古拉二世之间的对比。

我们昨天骑车去了格雷纳德，组织了一场巡讲会议。见到了督学，还有一位老共济会成员，他独自一人生活，只有狗和集邮册作伴。他们会负责安排一切。在那位共济会成员家里看到了一幅杰作，是那种卢梭或塞尚式的大型装饰油画，一个大的蓝色瓶子里有凋零的花和水果，黑色作底，具有荷兰风格。颜色很美，花朵是用细腻的线条绘制而成的。大约十五到二十年前，拉埃内克一位精益求精的画家——据说很有名——把它送给了那位共济会成员身为护士长的妻子，感谢她的照料。他忘了起名。这是一幅极美的作品，尽管有些地方歪斜。他要变卖所有东西来养老，所以想把它卖了。这幅画值得买，我会试着问问要卖多少钱。

为什么我会喜欢欧什？因为那个地方……得知迪帕克[①]的死讯。我一直不知道我们是同乡。不，我不记得手表商的名字了。

我们租一张床，争取留皮埃尔住下。至于剃须刀，我打算他在的时候试试他的。

我们亲吻你们。

克洛德

M56

星期二晚［1933 年 2 月］

快速写一封信，爸爸，车的事就全交给你了。我们刚从圣瑟韦回来，这款车很糟糕，我们并不满意。发动机发出刺耳且不均匀的声响，汽修工在平地上都无法开到时速六十五……回到汽修厂，我们很幸运地碰到一个二级教练，他有两辆车，对车很了解。他检查了这款车的机械，发现存在一些堪忧的缺陷（汽化器一加速就缺油，由此判断车的油耗过大，而且喷嘴过小不足以补给）。在圣瑟韦爬坡时挂的是二档，时速二十，感觉也不理想。因此，我们毫不犹豫地放弃了。雪铁龙 5CV 万岁！

但尽可能还是敞篷车，或者至少有侧窗。轮胎问题不太重要，因为轮胎（的价格）降得很厉害（大约一百五十法郎一个）。

我们亲吻你们。

克洛德

① 作曲家亨利•迪帕克 1933 年 2 月 12 日死于蒙德马桑。

M57

星期六［1933 年 2 月初或 3 月］

亲爱的二老：

为肖像画一事表示祝贺，希望它会带来更多小订单。姓迈的一家是我在服兵役期间认识的达尼埃尔·迈吗？爸爸，那些故事太有意思了。我的发言还没发表，我怀疑可能不是现在发表。妈妈，你能寄给我托洛茨基的第二本书吗？我很快就要在课上用到了（关于革命的崇高身份、历史决定论）。

没有皮埃尔的消息，令我非常惊讶，而且你们也没有。希望他不要在这个时候打退堂鼓，巡讲正在紧张筹备之中。不是，我没有坚持要两座的，而更想要四座的。最多两个座位说的是敞篷车，而我坚持想要这个车型的原因是它拥有密封车的全部优势。还是得有三个座位，因为皮埃尔也要跟着去巡讲。此外我还查看了几款标致 5CV，这么看来似乎不错。

不，没怎么大修，只是重新拧紧了接口。费用不由我们承担，而是归房东，还有天沟的修理费。我们发现走廊的天沟有问题，可能壁橱已经被浸泡很久了，这就是我们假期回来之后发现衣服发霉的原因。我们知道一个建筑师的地址，他会来做必要的修缮。

欧什高中的哲学教师去世了。如果通知我，我愿意前去，也不想为这么一件小事费脑筋了。他们可能要把尼藏打发到那儿？我们没收到手表。至于祝贺马德莱娜一事，我觉得那样有点过时。蒸笼很好用，我们也只试过做新土豆。

不，我的学生并未被我的勇敢打动，他们其实想象不到勇气是什么！我刚刚开了一次关于让·科克托的学生会议，效果不是很糟。

我们亲吻你们。

克洛德

M58

星期五［1933 年 2 月初或 3 月］

亲爱的二老：

刚开始写信，来电报了，我这就下楼接收。我给你们写信还是同样的意思：标致的发动机脆弱，似乎真的不能满足我们的需求，所以还是选择三叶草吧。是第一款吗？总的来看不贵。我们迫不及待地想知道细节。

我在这里看到一台多内 7CV 敞篷车，一点也不差，三千五百法郎。如果这款车真的无可挑剔，完全可以改变主意。

今天上午用内部用车 201Conduite（与雪铁龙的系统一样）学了第一节课，感觉不错，我全都记住了。但我的驾照材料因为手续不全被退回了。我得赶紧了，得去打印店拿宣传册，还要和各种人商量巡讲的安排。

我们明天去达克斯，晚上要在圣保罗－莱斯－达克斯开会，周日还有联盟的组织工作。我匆忙停笔了。

感谢你们的费心。我们亲吻你们。

克洛德

附三千法郎的划线支票。

M59

［1933 年 2 月初或 3 月］

亲爱的二老：

我开完教师大会（商讨优秀生名单）回来，其间我们再次向校长就待遇问题提出抗议，但不过成了拙劣而无力的记录，于是我拒绝在上面签字，而且在一致同意的情况下，让人在上面再加一条，声明全体人员与公务员联合会保持团结。此外，我还赞成罢工半小时，但没提出来，而且知道不会有人附议。不该抱怨我们写信如此匆忙，我们有工作压身，迪娜在准备考试，而我要做宣传。每晚从学校回来，都要跑去打印店看宣传册的情况、更改日期等等，接着去见一些人，看看哪里又有了赞同者。剩下的时间自然都用于学校的事情了。我每周六还额外增加了一小时，用于为第二学期做准备（第一学期十三小时，第二学期十四小时，年度平均是十三点五小时）。昨天一天很难挨，我好奇迪娜竟然受得住。我们连续二十四小时都在发抖。于是投奔到了激进分子那里（旅馆女主人是众议员拉萨尔的前任情人）。我们的晚餐是整块新鲜的蒜炒鹅肝，美味。正如迪娜对你们所说，会议很好，我现在已是联盟领导，负责整个宣传工作。事情要闹大了！

我们昨天联系了吉伦特省的社会主义周刊，它要为我们做一期专栏。所以我们要上刊物头条了。

至于车，好像汽缸盖低的好，能开到时速七十五，至少比较懂行的同事是这么跟我说的。价格很合适，我们明天会补全三千法郎的支票。迪娜差人告诉你们不如回程时花这八百法郎，来蒙德马桑的时候和皮埃尔一起，这样安排很妥当。你们意下如何？

学校的事千篇一律，我就不再跟你们讲了。我的学生学习，但学得不太多！他们喜欢关于《厄尔皮诺》的讲解，我还带他们一起读了维克托·贝拉尔翻译的《奥德赛》，挑了一些适合他们的文章。妈妈，我会寄给你一些书，但由于政治工作，我可能还需要《战争的历史》。我复活节的时候再还给你。顺便说一句，新任省长（获取大学教师资格证的韦尔内）的办公室主任叫萨洛蒙·卡恩或罗贝尔·卡恩，你们认识他吗？他有个儿子读初二。明天要去学车，还要努力备课，等到巡讲的时候我就没时间了。会议数量最终定在六天十二场，还不错。但愿不会天冷。需要为车办理手续吗？

我们亲吻你们。

克洛德

M60

星期二［1933 年 2 月初或 3 月］

亲爱的二老：

匆忙几笔。

附上一张六百法郎的汇票，加上三千法郎的支票，我估计够了？你们不要担心，这还——远远——未到我们的存款总额。八百法郎的用途已经确定了，希望你们认真考虑一下我们的建议。

我今天得写几篇文章，用于朗德的第一期社会主义刊物，周六发刊。上午学车，用的是一辆罗森加特。这辆车不错。大家都认可增压汽缸盖的良好性能。

我现在要去找个车库。这里几乎没有这种地方，所有车库都太小了，放不下很多车。一个私人车库每月要六十法郎。我看好的一家很棒，距离我们只有三四分钟。我再去其他地方找找，看看能否找到远一些但更便宜的。

我们亲吻你们。

克洛德

M61

星期六［1933 年 3 月 15 日前］

亲爱的二老：

我们收到了三百法郎的汇票。我不再多说了，省得惹你们生气，但我始终认为这不应该。我午饭前匆忙给你们写信，慌乱地组织巡讲工作之余还处理了汽车的事情，比如驾照、交税等。现在一切都办妥了。我们的车牌号是781HU1，现在正在喷漆。税金是每季度九十法郎，不算太高。因为觉得刹车不够紧，所以找人紧了一下。车子本身非常好。昨天我在学校时，迪娜和皮埃尔去上了第一次课。她似乎学得不错。他们俩四点来学校等我。由我开车，我们一起去了新城，往返三十五公里。路程非常顺利，甚至在城区我开得都很熟练，然后我自己把车开回了车库，到现在为止两边没有任何剐蹭。我们大概只需要一些小块皮带，用来固定车篷，因为它折叠之后有点晃。

大型宣讲将于今晚拉开帷幕。有两场会议由于组织不力而取消了，剩下十一场，今晚两场，明天四场！你们看了附在信里的一页《法国》，就会了解我们的规模。每天都是如此。我现在手上有五百本联盟刊物，八十本宣传册。我们要全部卖光！皮埃尔定好的小旗子今早到货，于是车上飘起了红旗。

我在学校的名气日渐增长。一些同事来向我了解社会主义，我就会把小册子塞给他们。但议会团体的态度很是糟糕！我们能以什么名义和理由来谈论……皮埃尔睡在客厅的折叠铁床上，是花三十法郎租的。实在找不到被子，我们于是买了两床，深色的，每床三十法郎，以后放在车里备用。

洛林的巧克力糖果做法真是一绝。

学校里依然没有趣闻。总说会有上面的督导来查，但我不信，每天都在等待来听课的督导。这会增加我的工作负担，因为到现在为止我仍无法忽略上课的事。学校的学生还行，就是女生们竟然抗议作业太多！我得给她们紧紧螺丝，当然了，由此会给她们留更多作业。车子三点半在学校门口等我，我们飞奔向圣瑟韦，约好了四点半谈话，接着八点去格雷纳德。我们几点才能睡觉呀？

我们亲吻你们。

克洛德

M62

星期三［1933 年 3 月 15 日前］

亲爱的二老：

但愿昨天的电报能让你们最终安心，真的没什么事了。目前的准确情形如下：迪娜除了淤青没其他问题，皮埃尔也无大碍，只是体内失调，可能是肝，症状是恶心。至于我，额头的伤口已经在愈合了，并无大碍，不会留下疤痕。左膝有积液，但只是少量的，并无疼痛之感。诊所的外科医生让我走动走动，反对卧床休息，因为那样可能会导致肌肉萎缩。如果肿胀部位变大，明天上午可能要穿刺。医生只是说这几天我不能去学校。我刚刚给停放车子的村子打了电话，车能正常行驶，发动机完好无损。可能花不了太多钱就能修好。

事情经过如下：我们周一十二点半离开蒙德马桑，赶赴阿蒙下午两点半的会议。刚一出蒙德马桑，发动机就开始冒烟，一滴油都没了——皮埃尔称我们之前一滴油都还没耗！于是得步行回去找人，然后等着发动机降至熔点以下冷却，这用了两个小时。发动机都融化了，但幸好没出什么事。于是给阿蒙那边打电话、发电报，然后重新出发，大约四点到达距离目的地五公里的地方，就在景色壮丽的比利牛斯山下，时速几近六十。由于路况很差，所以是我在开。突然，车子猛的一下向左行驶，我强力回转，然后就什么都不记得了。醒来之后在马路上，大腿剧烈地疼痛（车在我身上扎了一下）。迪娜已经站起身，我无暇担心她。皮埃尔发出呻吟。而当时距离事故发生已经有一会儿了。事实上，车子本身在两次转向之后，向前倒下，把我们全都甩了出来，然后轮胎着地再次倒下，迪娜被压在下面，她自己爬出来的！他们立刻把我送到同志家里——幸亏那个村子里有几个我们的同志，——我又昏迷了两次，大概有那么一个小时，完全失忆了。我不知道自己在哪儿，从哪里来，也不知道要做什么。大家不断重复问我，可我就是想不起来。皮埃尔看上去没什么，但突然感觉不舒服，开始吐血。他站不起来，眼睛也看不见了，半边脸没有了知觉。当地的医生立刻跑来，我们都吓坏了。他被诊断为骨折（其实是由于肝部撞击而引起的眼部问题）。阿蒙的同志全来了，商量之后决定用两辆车把我们送到蒙德马桑，皮埃尔只能平躺，动弹不得，于是人们把他放在床垫上。他乘坐的车每五公里就得停下来让他吐血。总之，车开得很慢，我们大约九点到了诊所。医生立刻赶来，很快就处理完了我，只用了两个创口夹子（积液是从昨天开始显现的）。看了皮埃尔，医生有点担心，做完腰部穿刺，才打消所有疑虑。我们两个都打了两针破伤风，两三天后可能会出现荨麻疹。皮埃尔非常虚弱，所以住在了诊所。我们大概十一点回到了家。第二天，皮埃尔好多了，但他现在因为恶心而无法进食，肝部依然很虚弱，肯定是受到了剧烈的摇晃。

《法国》近乎精准地讲述了这场事故，依然在传播最开始对于皮埃尔状况的担忧。今早，《小吉伦特》称我们三人均伤情严重，《图卢兹电台》昨天也做了类似的报道。而且，今天的蒙德马桑完全陷入了恐慌。德雷富斯女士和安德烈•魏尔上午打来了电话。

昨天，我们接待了布罗卡，他带了一块鸭肝，安抚我们没能参加本来定于他家的晚餐。同志们从全省各地赶来或打来电话。社会主义者的团结不是空谈。当然了，并不涉及那些驱车七十公里把我们送回来的同志们的报酬问题，他们所在的分部会承担这笔费用。

在这件事中，皮埃尔责任重大：

（1）我们没有投保（否则费用会更少）；

（2）润滑油的故障导致我们严重迟到；

（3）出事那天上午，他找人给轮胎打气，胎压几乎是其所能承受的两倍，这肯定是这次爆胎事故的原因。

总之我们恢复得还行，正常情况下我们都得待在那儿！你们看了我的笔迹不要担心，因为我不走路时得把腿放平，所以我是躺着写的，特别疲乏。我们等着明天取车，找一些同志或一位汽修工把它开回来。我们亲吻你们。

克洛德

M63

康当大街1号乙

星期四［1933年3月15日前］

亲爱的二老：

写一封健康报告吧，我们都很好。皮埃尔的耳朵有点疼，因为左鼓室有点积血。情况并不严重，只是得等它消下去，所以还得在诊所待两天，避免引发耳炎并发症。我的积液不是滑液，而是血清和血液，能够自行消失，所以今天上午医生放弃了穿刺。我可以走路，周一回学校。我们完全恢复正常生活了。

皮埃尔纯粹出于懒惰，之前没往家里打电话。我估计巴黎媒体今天早晨报道我们都死了。迪娜从她的朋友那里收到了一封惊人的电报！

我们现在正等着布罗卡给我们送车。

爸爸，马蒂厄用了一下午给我讲明白了，为了回应你昨天的强烈抨击，我得跟你指出：

（1）我对车的了解可能不多，但你了解得更少。

（2）时速六十并没有很快，轻轻松松就能跑到八十，所以远远没到最高限速。

（3）爆胎时（由于车胎过饱引起，雪铁龙的所有性能都没问题）

如果开到四十，确实可能不会发生这种事情。但是大路上适当的行驶速度是七十五，如果是那样，我们就都死了。

（4）我买车不是为了最快开到四十的，如果你觉得任何情况下都不能开到六十，那再怎么称赞汽缸盖也不能使我改变想法。

（5）我认为应该适应速度（如果可以这样说），皮埃尔是在那里，但他又不是一个人。

（6）我的车险很可能是最普通的那种，并不建议新手购买——而皮埃尔坚持称买了一些保险。

（7）全险用不了两三千法郎，也就是我目前价钱的两倍多一点。

这是我想到的全部。除此之外，你们不要有任何担心，我们都很好，在城里开车、购物什么的都没问题。

我们亲吻你们。

克洛德

M64

［1933年3月15日前］

亲爱的二老：

快速地说一下身体状况，我攒了一大堆课要备，还要改很多作业。身体持续好转，膝盖还是很僵硬，但消肿了。皮埃尔还在发烧，三十七度多，耳朵一直不舒服，但医生说情况肯定会好转，无须担心。没错，德雷富斯女士和吉内特来过了，满脸怒火，但我从一开始就严丝合缝而且非常谨慎地表明自己无须承担任何罪责，他们的态度也就温和起来！

我们亲吻你们。

克洛德

M65

星期三［1933年3月15日前］

亲爱的二老：

祝贺拿到订单。希望这是美好时代的开端，不会再接到上一封信中说的那种伤人的项目。给我们寄三百法郎，太荒谬了！我跟你们保证，我们一点都不需要。如果已经寄出，我们会在复活节的时候还给你们。周一晚上我们受邀去了卡恩家，位于省会的一幢精美的公寓里。她是贝尔福人，很亲切，她的兄弟曾是对战塔迪厄的激进党候选人。此二人非常热情好客，我们谈论了政治，还有其他，但不是很有趣。他们好像很少和信奉同种宗教的人来往，所以能遇到就很开心。除了我们，蒙德马桑只有一个叫维尔姆塞的司令，我不认识。我们离开时已是晚上十二点一刻。今天上午很惨，只有迪娜一人接到了下周三的通知。我跑去警察局，经调查得知，汽车俱乐部之前认为我的材料不合格，所以没有上传，还在电话里激动地解释了一番。最后，卡恩答应我会采取一些必要措施，到现在还没消息。我没接到通知，这唱的是哪出呀！我确定，一切都始于汽车俱乐部，它是受了政治意图的影响。总之，必要时我会让维吉耶父亲去问局长。他的儿子又给我写过信，让我需要他时不要犹豫。他真的很友好。

达克斯部门周六组织了一场聚会，并让我去发言。我回答说，我们的财政状况不允许考虑出行。然后立刻接到对方回复说，不可能让我们承担任何费用。所以我们会去那儿过周末。此外，我不知道是否跟你们说过，联盟要我们签字并给报销事故产生的费用。我试图阻止，但他们什么都不听。所以说，博爱不是一句空话！

收到马克西姆•勒鲁瓦的来信，他很关切我们的健康状况。此外没别的事了。我们继续和汽修工朋友学车，没问题的。

我们亲吻你们。

克洛德

附言：惊人的菜谱——像做肉馅朝鲜蓟那样切片，将切片煮沸十分钟，然后放到锅里，塞入熟肉和蔬菜混合做成的馅儿，锅底加一厘米的油，加番茄汁，半杯白葡萄酒，一块鲱鱼里脊肉碎，炖一个小时。真的不可思议，多放胡椒粉。

M66

星期五［1933 年 3 月 15 日前］

亲爱的二老：

省里的督学还没来。德雷富斯女士写来一封信，非常和蔼，还告诉了我皮埃尔的情况。他好像很烦躁，不是因为在诊所没有得到良好的治疗，而是大家都若无其事地在他房间谈话和走动。德雷富斯女士还告诉了我保险一事的关键，她的兄弟介入了此事。他想到了保险公司不知道我的驾照情况，还流露出一切和解的意愿，还给了我一些说明。我觉得这事儿十分蹊跷。如果公司依然不知道情况，德雷富斯一家肯定有损失，但如果公司知道了我没有驾照，我就会被掺和进来，而且似乎完全可以把我送上法庭。我在得到乔治的意见之前，绝不能轻举妄动。我今天就要把这件事告诉他，建议他和皮埃尔的舅舅联系，与其商量此事。如果你们想要关于事情进展的细节，只需打电话问乔治。罗贝尔•阿尔芬弄错了，乘客可以参保，但司机及其父母不行。

上午看到了车，快修好了，除了接口油漆过，其他地方什么都看不出来。我特别迫切想收到驾照的通知。车子周一或周二就完全修好了。

没有来自莫内、布耶、国际工人组织法国分部的消息，都是些粗鄙之人。妈妈，我由衷地喜欢你讲的关于东方国家的事，那里的居民可能会觉得厌烦？

我的膝盖只有在上楼梯时派得上用场，下楼还是十分吃力。前额的疤已经结痂了，当然挺明显的，但我觉得会彻底消失的。

车篷都重新做了，跟之前的很像。没错，我会全都重新润滑一遍。油耗过多？我去问问看。怎么说车子也开了一千公里了。而且，我一点都不信皮埃尔在出发时加满了油。

谢谢寄来纪德。你们没有寄给我的，我周一会去买。

我们亲吻你们。

克洛德

附言：爸爸，图尔之行如何？不是月初去吗？

M67

星期一［1933 年 3 月 15 日前］

亲爱的二老：

高兴得知有两幅肖像画的订单。希望后面还有更多！我们昨天忙了一天。大约十点在达克斯接到帮西蒙——当时在下雨，——出发去圣马丹德塞尼昂，我们约了中午谈话。根据时间安排，我们得提前吃晚饭，竟然只为我们准备了一份煎蛋饼！虽然寒酸，但足够撑一会儿。大厅里坐满了人，不是因为我们，而是期待看到社会党市长及其对手之间的相互反击。我们的会议开得快，于是饶有兴致地目睹了整场表演，例如：“您歪曲事实，我就不使用其他表述，因为我不想辱骂。”

不得不说，这位市长绝对碾压他的对手。蒙特福尔的会议我们严重迟到了，大约四点开始，面对三十多人讲话，现场没有抗议。我们高兴地去了布罗卡家用餐——当时五点，我们已经脸色蜡黄！那里有肥肝、肉冻、草莓等，饱餐一顿。蒙特福尔是最后一站，我们晚上之前赶回了家。

我不记得跟你们说过上周五在艾尔县的会议，那是在旧总主教府的集合地大厅举行的！人山人海，后来共产党提出了抗议，轻易就反驳回去了。那是一次盛会。

今天，我在学校门口见了一位来自省内边远地方的同志，并确定了日期。刚一结束，就又开始了！要开省议会会议，全城都沸腾了。我们明天要去参加辩论。

比里亚茨的会议不开了，但由于迪娜没见过那儿的山，我们还是会去过个周日。我要写信给马蒂厄家，好让他们请吃午饭。

写作课和口语课之间并没有课。而且我下周就结课了！披肩很可爱，但条纹要露在外面，否则就会显得别扭，看着不舒服。

附上一首小诗[①]，发表在《冒失鬼》报纸上，意在攻击圣马丹德塞尼昂的市政当局。请把它转交给皮埃尔。

我们亲吻你们。

克洛德

M68

星期三［1933 年 3 月 15 日前］

亲爱的二老：

全速出击。一会儿，省议会有一场振奋人心的会议，我们要飞速前往。

---

① 关于此文章，参见 E. 卢瓦耶，《列维 – 斯特劳斯》，2015 年，第 104 页。

刚才和帮西蒙一起吃了午餐，我们要迟到了。

从昨天开始天气炎热。

我们亲吻你们。

克洛德

M69

星期五［1933 年 3 月 15 日前］

亲爱的二老：

我们这几天被省议会的会议搞得非常忙乱，我想密切跟进，逐步参与省政治。这些事也很烦人。前天会议就结束了，我也差不多备完课了，终于可以喘口气了。这里的天气很怪，起雾了，中午时还很闷，接着就放晴，非常热。我给马蒂厄一家写了明信片，告诉他们上午会去拜访，希望他们会请我们吃午饭。这里没什么别的事情。帮西蒙因省议会的事而来蒙德马桑，我们周三请他吃了午饭，他一点半才到的！我们由于下午学校有事，肯定已经吃过午饭了。他后来一直待到四点。接着我们去了省议会，会议一直开到午夜，但我们九点半就离开了。

是的，妈妈，车子开起来很棒。我们还没发现任何故障，太幸运了。收到了勒克拉普约的《和平的历史》，很有意思。希望你一个人在巴黎不觉得孤单。这两幅肖像画有多重要？还有其他希望吗？

不，这首小诗并非没有内涵。它是圣马丹德塞尼昂的同志们给我的（本身就是一页杂志，还是油印版刊物）。

我得跟你们抱怨一下，桑德的会议太叫人难受了！推拿师会定期过来，髌骨凸出问题在逐渐改善，肯定能恢复正常形态。这个上了年纪的疯女人不停地讲故事。这里的人对待我们的方式太奇怪了。她通过顾客得知爸爸是个画家，而且是“身后留名”！而蒙德马桑知道爸爸职业（我纳闷是怎么知道的）的人也以为他已经去世了。

披肩条纹那面朝外很好，看不出有何不妥了。

我们亲吻你们。

克洛德

M70

星期日［1933 年 3 月 12 日？］

亲爱的二老：

督学还是没来，但鲁斯唐可能这周会来。今天仍是工作的一天，用于准备精彩的课程。关于纪德，我已经找到了，教副科的一位女教师给了我全集，让我尽管用。

车身基本修好了，现在正在负责车篷的“美容师”那里。周二上午一切都能搞定。我接到了周三去办驾照的通知。但愿没什么问题，要是未来半个月还是没车，我都快病了。

此外，我已经声名鹊起，从省里到了全国！我昨天收到一封电报，让我参加 26 日在皮尤县的考试。我理应接受——可还需要驾照。另外，当地的反对派报纸就车祸一事对我发起攻击，说是“社会动乱中受了工伤”，还讽刺我的高尔夫球服和一副“冒充高雅的破坏者”的神态……同志们非常气愤，坚持要我予以回应。当然了，我什么都不会做。这不算什么！我之前收买了卖报的人，让他在蒙德马桑叫卖我们的刊物，所以反对派肯定不好受。上周他表现很好，但这一次他没再出现，可能被人洗脑了。我正在搜寻替代者，但并不容易找。在此期间，刊物的事只好搁置。

这就是全部事情。我们亲吻你们。

克洛德

M71

星期二［1933 年 3 月 14 日］

亲爱的二老：

迅速写一封信。我明天上午去考驾照，今天整个下午都在汽修工的指导下练车。我希望一切顺利，但考官似乎很严。今天上午车修好了，看着不错，有了新的漂亮车篷……

收到了乔治关于保险一事的信。他告诉我只能任由事情发展，不要以个人名义介入。他见了皮埃尔，觉得他状态不错。

就写到这儿吧，我还得学交通法规！

亲吻。

克洛德

M72

星期四［邮戳日期：1933 年 3 月 16 日］

亲爱的二老：

真是的，我没考过……我从昨天开始就不懊恼了，因为真的不值得。考官冷酷，而且有贵族姓。他把我带到了迷宫式的道路上，还有急转弯、各种坡度。我停顿了片刻，自认非常明智而谨慎，但他并不喜欢……这真是一场灾难，我们不能开车了，宣传活动也中断了。我还担心复活节以前不能再次接到考试通知了。我得在巴黎再次申请，回来之前再把材料带过来。回去之前，这里就只剩一场考试了。我们立刻认真了起来。迪娜可能会参加下一场考试，从今天开始要认真练习了。另外，我已经写信给维吉耶，让他去朗德警察局看看，确保就算我的材料没回来，也还能让我参加考试。等等看结果如何，这辆车对我们而言真成了一种不幸。

爸爸，关于吉内特，我觉得你完全可以帮他回忆一下。他放肆的态度让人受不了……我们今早收到了德雷富斯女士[①]寄的一本厚厚的菜谱，太意外了。她来吃晚饭之前就——非常敷衍地——答应过迪娜会送一本，多亏她还记得。从皮埃尔的信可以看出他的身体和精神状况都很好，安德烈在明信片里跟我说了《新法兰西杂志》的事，而且我很快就能收到。我其他什么都不需要了。还收到了让•罗斯唐的《顽童的生活》库存本，很不错，我看完就立马寄给你们。

爸爸，你没再提起图尔的行程？那就没问题了吧？是的，照片是用于驾照的，谢谢。我们收到手表了，但是走得不准，有几天严重慢了，不知道为什么。

这就是全部事情。驾照一事表现出的愚蠢令我们很沮丧。

我们亲吻你们。

克洛德

M73

星期一［1933 年春］

亲爱的二老：

我听到这些痛心的决定，深感焦虑和痛苦。我明白必然如此。但亨利•埃斯不能提供其他东西吗？比如宣传册？他最多能提供这么多，还是仍在等待？他能再多做些吗？爸爸，你是怎么想的？这么做只是暂时的，还是恰恰相反？就算等到五月才能去图尔，你也应该去。你没说那边是不是关了，还有那些潜在订单怎么办。我估计你们一定非常焦虑。不管怎样，你们考虑一下房子的事？我觉得很容易就能租到，小屋里还能有个梳妆台，确实应该认真考虑一下。等我回去，我们肯

① 此处应该指皮埃尔•德雷富斯的母亲。

定能找到南下的方法，虽然那边收入微薄，但是稳定。总之，希望决定不要拖得太久，而且更能让人接受。米德拉斯基和亨利·埃斯肯定有办法，比如艺术助理、装饰等。

在驾照这件事上，我觉得你们夸大了我的名声。只有一个态度特别恶劣的考官，蒙德马桑好多人都是他的受害者，而且也不知道来由。我继续跟着一位很友好的汽修工练车，他带我和迪娜。他不是我们的同志，但提的条件很少，而且坚持把它当成友情服务。当然了，我们还是会回报他一些。而且，妈妈，你夸张了。如果再失败一次，我不用等一年，而是一个月。今晚我们要去罗贝尔——还是萨洛蒙——或是卡恩家参加晚宴。真讨厌！但这就是接受服务的代价。学校里没什么事。督学一直没来，可能要到复活节之后了，他们好像从今天开始都会在巴黎。纪德的课很顺手，不用费力，阅读过程中还能写下自己的想法。迪娜就菜谱一事感谢了德雷富斯女士，我本来就想给她回信，所以趁此机会回复了她，告知其乔治关于保险公司的看法。

这就是全部事情。爸爸，希望新的生活不会让你太操劳，我觉得每晚一点睡觉太辛苦了，尤其对你来说。我们特别想念你们，亲吻你们。

克洛德

M74

星期一［邮戳日期：1933 年 3 月 27 日］

亲爱的二老：

我在午饭时间匆忙给你们写信，估计今晚没时间写。驾照的事情愈发变得复杂，国家旅游协会联合会拒绝让我通过，原因是我距离第一次延期（1931 年 10 月 16 日）还不到十八个月，所以我得等到 4 月 15 日。我立刻给维吉耶打了电话，只有她母亲在家，她答应会帮我转告。希望他在巴黎的介入会让事情有所改观，否则我们的处境就很为难了。

达克斯的宴会非常顺利，参与人数众多，场面热闹。有那么一刻钟，我几乎没怎么说话，把时间让给了欢快的歌手、演员之类的人，他们善意满满，但其实挺可悲的。我们先在帮西蒙家吃了晚餐，主人很友好。凌晨三点回到了住处，七点时联盟秘书长莫瓦森又开车和我们去巴约纳，参加一个关于四十小时［每周工作时长］的重要会议。然后又回到他家吃午饭，在阿杜尔河旁边的波尔德朗，真是一顿盛宴，有肥肝、早晨刚钓的鲱鱼、鸭肉冻、蛋糕、雪茄（有个烟摊儿）和足量供应的美酒。他四点又把我们送回达克斯，我们乘公车回来，全部费用由联盟承担。莫瓦森周六硬塞给我一张联盟出具的一千法郎的预付款，作为对我们的补偿。我自然推脱表示不要。但他雷霆大怒，还说不管我怎么想，他都会把全部费用寄给我！这真是一群正直的人。

至于卡昂，我很纳闷他们怎么这个时候出差。但我认为再去麻烦部长也于事无补。只有在板上钉钉的时候，找他才合适。我打电话给布卢姆试试看。

我们因为驾照的事特别心烦。何时才能解脱？我们亲吻你们。

克洛德

M75

星期四［1933 年春］

亲爱的二老：

今天是工作的一天。我上午备课，下午和迪娜研究希腊语，晚上部门开会。周二晚上我们和卡恩一家有约。那天狂风肆虐，没有雨点，没有雷声，但整个地平线被巨大的闪电照亮，能看到闪电的形状。他们到时大约九点，非常热情，但并不有趣。天气酷热，我们准备了冰镇水果和柠檬水，还有小蛋糕。他们午夜时走的。

迪娜昨天开始吃勒维开的整套方子。我和她吵了一架才让她把所有汤剂都喝掉。

爸爸，照片拍得不好，但我知道动物的体格大小决定了拍照的难度，得用光线来使它们更加突出。

我们周六会去佩雷奥拉德县。我今早收到一封信，请我周日下午去皮尤县演讲。我会拒绝的，因为还有其他发言者，他们不需要我。我们想利用那天下午去巴约纳或者其他地方。

这就是我们的全部事情。我不知道周六和周日是否有时间写信。我们会尽力的。

我们亲吻你们。

克洛德

M76

星期一［1933 年春］

亲爱的二老：

我在学校给你们写信，学生们正在写作。爸爸，我真的不懂你的道理。我雇人教我学车，就算他感觉烦得要死，也不能攻击我。但这位汽修工就这么做了。我也说不好是他还是帮西蒙会陪我们到最后。维吉耶沉默，只会说明卡恩也保持了沉默。卡恩确实在信里说维吉耶在我考驾照的前一晚在电话里询问过一些补充信息。维吉耶可能没有落实。我会写信给他，敲定让他推荐我这事儿。

我们昨天在莫尔桑，大会很好，人数众多，五十多位代表来自全省各地。我还发了言，到最后特别累！他们还开车把我们送了回来。

今天有皮埃尔的信，他态度乐观，几乎恢复正常了。我们肯定会去老磨坊看他。

我也觉得没必要说太多事情，因为一周后我们就回巴黎了。而且非常确定了，我们最晚周日晚上到。

此外，没什么重要的事要说。高中的和副科的作业全都堆在一起了，有大量的工作，还不算政治会议和给《进步》的文章等。而且我们养成了早睡这个不好的习惯，每天晚上八点半就开始困。我们经常到这个点儿了还在床上！

我们亲吻你们。

克洛德

M77

星期三［1933 年春］

亲爱的二老：

巴黎没传来什么消息，参加过驾照考试了。迪娜没有通过，真的不公平。她只是一次性绕了半圈，可考官希望她分两次完成，但又没有提前说明。我们就这样被困在这里了。但我没有绝望。我今天会写信询问能否假期在巴黎参加考试，如果可以，我有几种把车开回去的方法。其一，帮西蒙有驾照，而且会在同一时间去巴黎。其二，我们的汽修工朋友是巴黎人，他想去看望父母并待一段时间，就算需要支付他的回程费用，我们也能省下火车票的钱。总之，我会继续想办法，这些意外状况太烦人了。

卡恩已经倾尽全力。我只是好奇维吉耶的沉默。他妈妈在电话里态度很好。（顺便问一下，我们不认识国家旅游协会联合会的任何人吗？）除此之外，政治事务又多了起来。昨天晚上我们和铁路员工开了一场关于工会团结的会议。我什么都没说。我已通知全体教务人员和教师明天开会，安排在市议会的会议厅。晚上吃完饭，我和马克思在部里座谈。下周日在莫尔桑举行联合会议，我们想带一名有驾照的同志开车过去。

妈妈，我们周二在集市上买了一块精美的长毛山羊皮，颜色非常漂亮，你想象一下，花了五十法郎。我们想着迪娜可以用它做好多东西。

这块皮子是九十乘六十五的。你知道怎么做短斗篷吗？或者，她可以用来做大衣的里子。你觉得呢？

当然，如果要花四十法郎，就不带相机了。我以为出示票据就够了！这就是全部事情。我们被这种动荡的生活搞得晕头转向，因为各种计划之中和意料之外。

我们亲吻你们。

克洛德

M78

星期一［1933 年春］

亲爱的二老：

以最快速度写一封信，我们凌晨两点到的家，一会儿到了中午又要出去。组织了六场会议，周六晚上两场，周日四场。一切顺利，卓有成效。

今天再去参加两场，还不知道住在哪里，谁有两个房间就睡在他那儿吧。周二晚上吃过晚饭再回来。各处发来邀请，盛情款待，肥肝，豪车。

天气像夏天，但今早下雨了。

亲吻。

克洛德

M79

星期六［1933 年春］

亲爱的二老：

昨晚我们去电影院看了《西班牙裔男子》[1]，很差劲，但拍得还

① 让•爱泼斯坦的电影（1933），或者是朱利安•迪维维耶于 1926 年拍摄的电影。

可以。回来以后迪娜病了，整晚都在呕吐、恶心之类。早晨大概烧到三十九度。我们得到的诊断结果是生理期或消化紊乱，我喂她喝了沃尔斯[①]（抑制排便，以防是肝的问题）。她今晚好很多，体温恢复到三十八度三，今天禁食一天，明天很可能就好了。这就是我们的全部情况。

有皮埃尔的信，他还额外寄给我一封要交到保险公司那边的信。信件是乔治口述、皮埃尔写的，要求索赔四千法郎的治疗费和两千法郎的两个月误工费。我会把它转交给保险公司，看看后续情况如何。另外，我还结识了市长。他应该熟知自己的管理，但在我面前为其辩护时表现得忧虑，结果在社会党事务上受到了我的强烈抨击！他是个善良的屠夫，又是个十足的蠢货。

关于博物馆的作品应该会不错。照片完成了吗？我认为，不该以博物馆式的那种实用方式来呈现昆虫，而应该拍成那种会吓到能动的活昆虫的照片，甚至不要用近景，因为聚焦效果不好。对象不在中间也挺好的，那样就不会像摆拍，而是仿佛镜头偶然间捕捉到昆虫的样子。但愿我能拍出那种照片。

我们亲吻你们。

克洛德

M80

星期六［邮戳日期：1933 年 4 月 1 日］

亲爱的二老：

写一封信告诉你们我要为驾照的事提交申请。国家旅游协会联合会今天告知，我会在 15 日至 22 日期间在巴黎接到通知。

我们明天去莫尔桑开会。

---

① 盐酸克仑特罗栓。——译者注

亲吻。

克洛德

M81

星期五［1933 年 4 月 7 日？］

亲爱的二老：

简短写封信，可能它刚到，我们就回去了。如果路上顺利，我们打算周日晚上到巴黎，要是太晚才到，你们不要担心。

我们昨天赶在临行前试了试车，状态很好，我们也好。但愿一直是这样的好天气！汽修工把车精心打扮了一番，清洗擦亮……有司机真不错。

这边没其他事了。老师和学生都不想再做重要的事儿了。

收到了乔治的来信，爸爸，他没像您一样让人惊慌！他说靠近巴黎和开进市区的时候，我得让给专业人士来开。驾照那边的会计科长好像很有权势，他是达克斯一个同志的妻子的兄弟，这位科长为我作了推荐，于是主管官员客气地写信给我，还邀我去巴黎看他。一直没有维吉耶的消息。

后天见。我们亲吻你们。

克洛德

M82

星期日［1933 年 4 月 23 日？］

亲爱的二老：

我快速写信，然后开始备课。刚开始挺冷的，但途中很顺利。我们决定找个隐蔽的地方吃午饭，于是停到距离图尔四十公里的一家小酒馆，位于一个平交道口的拐角处。我们还喝了葡萄酒和咖啡。之后，我们决定把车盖上，把两个立式箱子放到了后备箱，第三个放在前面，抵着副驾驶位的腿放。这样很管用，一直坚持到了最后，所以我们一秒钟都没冻着。吃午饭耽搁了一小时，到图尔时大约三点一刻，到普瓦捷五点一刻，到昂古莱姆七点半。我们差一刻九点停下来吃晚饭，过了巴比本斯有一家小酒馆，和中午的情况差不多。最终睡在蒙特利厄（距离波尔多五十公里），宾馆很舒适，只是厕所在院子的尽头，要走很远（每个房间十三法郎）。十点二十上床睡觉，六点半出发上路，大约差一刻八点路过波尔多。稍事休息，喝点热的，吃点东西，十一点半到了蒙德马桑。阴天但很热，天色很美。途中一切顺利，比从佩里古到利摩日之间的路线要好。同伴的妻子一直在等我们吃午饭，她是专业厨师，为我们准备了美味的蒜蓉鸡肉配橄榄。我们聊了很久的政治，四点才从他家出来。他们二人都上过教会学校，女主人的堂兄弟还会给《大众》写信！她就是埃米尔·巴迪。他们坚持要我们再留下吃晚饭，但我们拒绝了！车子行驶状况良好。

我们亲吻你们。

克洛德

M83

星期二［1933 年 4 月 25 日？］

亲爱的二老：

我们今早收到了你们的来信。周日的信和里面的旅行安排应该能让你们满意吧，没有重要的事要补充了。食物再丰盛不过，我们还有一顿加餐。猪肉太好吃了。到了之后，我们发现轮胎上有个很大的洞，应该已经破了很久，之前的车主在表面做了修补。还好可以再修，我们太走运了，幸亏没在路上裂开。我今天尝试在挡风玻璃上镀铬，费了好大劲，玻璃不亮，活儿干得也不漂亮。我便就此放弃。

我死气沉沉地迎接开学，学生们也一样。这边没有什么新鲜事儿。蒙德马桑遍地开花，昨天的天气像八月，几乎让人难以忍受。今天阴天，时不时地有暴风雨。

妈妈，不用给我寄衬衫（顺便问一句，你没看过一只灰色的袜子吗？）等有空了，能否寄给我《萌芽》①，但不着急。

我们昨天遇到了诊所医生。我跟他要了一位按摩师的地址，结果很不幸，他立刻就想把我抓回去，让人给我治疗，用热气之类的。当然我没接受。

高兴得知莫内再次露面。我这几天会给他写信，并提醒他答应了爸爸的事。这就是全部事情。我们亲吻你们。

克洛德

M84

星期一，晚上［1933 年 5 月 1 日？］

亲爱的二老：

今早接到校长通知，鲁斯唐要来视察我的课。我中午已经做了认真的准备。他刚过两点就到了，我上了一堂有趣的课，非常深奥。他半小时后打断了我，对着学生讲了二十分钟，告诉他们要为能有这么一位好老师而高兴，这位老师懂哲学，而且不会将课程沦为应试工具，等等。他简单提问了洛朗，这位学生表现不错。他听了一个小时就走了，还约我课后见面。四点，他在校长办公室等我，再次表示了祝贺，

① 埃米尔·左拉的小说（1885）。

没有任何批评，说我的事业已起步，接着侃侃而谈了一小时，诸如此类。然后终于谈到了问题。他说一年后把我调离的事情很难。波尔多有空缺，但竞争激烈；蒙彼利埃可能也有空缺，他没说给我，但如果有推荐，我觉得能拿到。最后我提议说，是否有可能在大城市代课，他没想到，但觉得有可能。他最终答应会照顾我。离开时，校长对我说他（鲁斯唐）之前还挺高兴的。说完了这些重要的事，我再接着讲佩雷奥拉德县，我们开车经过了一段风光优美的路，两旁是开花的洋槐，到那里就七点半了，同志们赶来接待。在饭店举行了宴会（蚕豆汤、笋尖煎蛋饼、炸火腿和青豌豆、猪肉冻、新土豆、樱桃酒草莓）。我们后来和帮西蒙、梅纳尔（波尔多人）去了会议大厅，里面有将近三百人，一切顺利。在酒店过夜（费用始终由联盟承担）。第二天一早，虽然是讨厌的阴天，但我们还是出发去了巴约纳。大家早已提前加了满满两升的油！一位教员给了我一份出色的手稿，关于阿杜尔河下游的犹太人，是他自己写的，用了一周时间！还挺有意思的。

巴约纳断断续续下雨。我们在 Cristobal de Monterola 买了点果仁牛轧糖，在拱廊下吃了午餐（十二法郎），还不错。早早出发，走的是莫贝克街。妈妈，我从城堡的对面望过去，有许多漂亮且具有现代气息的小别墅群，那是旧梧桐别墅所在的区域吗？我们到达克斯时两点，大雨滂沱。一直等到三点半，等得心烦，于是就走了，没看成回力球。过了半小时，雨停了，比赛大概还是举行了。我们这边没什么事情。14 号的大会如期举行，我下周五要去艾尔县开会。

我跟你们说过有人因为会考的事来找我了吗？照片很好，但有点过了，不太耐人寻味。这样就不自然了，我可能还是更喜欢科学的严谨。明天我会就沙龙一事写信给莫内。你们能想象吗？保险公司在信中说并不想付钱给皮埃尔，因为材料显示我并无过错！我已通知了当事人。我们亲吻你们。督学把我留得太晚了，我得赶快把信交给邮差。

克洛德

M85

星期三［1933年5月3日？］

亲爱的二老：

周一兴奋过后，到现在没什么新鲜事要和你们说。昨天写了一天的信。我在给莫内的信中讲了好多关于爸爸的事。校长表示想让我在颁奖典礼上发言，我以要日夜陪同迪娜学习为由，果断表示了拒绝。自从督学来访之后，没有任何消息，是我太过为自己着想，才会这么谨慎吗？但愿如此……

今天收到党内一位同志来信，他有好几个侄女，其中一个要毕业了，他想让我以通信的方式鼓励她。看看怎么回事吧，我可能不会对她要求很多，但还是会有一些。周五晚上我们要去阿杜尔河畔艾尔县开会。周日要筹备其他活动。

我们可能今晚去看《范妮》[①]。

我收到图书馆的一封信，建议我挑选任意一本页码尚未裁开的新书，价格在七到七块五法郎之间。我把这个消息告诉全部认识的人，唯一的条件是要通过我下单，而且我拿到之后可以阅读。安德烈•鲁瓦永可能会感兴趣？

我们亲吻你们。

克洛德

附言：收到《我们平等的女性》[②]，太棒了。我明天会感谢大师。

M86

星期五［1933年5月5日？］

① 马克•阿莱格雷的电影（1932）。

② 维克托•玛格丽特的小说（1933）。

亲爱的二老：

快速写一封信，我们要早早吃晚饭，然后立刻去阿杜尔河畔艾尔县开会。

是的，妈妈，我往凡尔赛写信了。如果没记错，是周一。

迪娜可能月末或6月1日出发。而我希望6月23日或24日回巴黎，然后大概7月6日或7日去波尔多参加口试和颁奖典礼，大概能待一周。我会开车回去，这还是第一次，还会有下一次呢。

看过了《范妮》，不喜欢。

希望收到图尔的好消息。

我匆忙停笔。我们亲吻你们。

克洛德

附言：我要参加的是20日星期六在比里亚茨的私人会议。马蒂厄一家还会去吗？我觉得他们会留我们住下的，我们可以跟他们提吗？

M87

星期一［1933年5月22日］

亲爱的二老：

今天不能写信了。迪娜会替我写，跟你们讲述昨天的事。我一天的课，下午的课中午来备，因为昨天全天都在路上。今晚要开优秀生名单大会，可能刚把信寄走，就得去开会。

两天都是大雨滂沱，但去比里亚茨一事已经说定！马蒂厄一家总是那么热情而有趣。

我们没有吵架……

亲吻你们。

克洛德

M88

星期三［1933 年 5 月 24 日］

亲爱的二老：

图尔之行没什么成果，真叫人懊恼。这已经是最终结果了吗？还是有些顾客有意愿，只是尚未决定？还有多特里，他一直没回信吗？

周日以来，我们这里天气就不好，不停地打雷下雨。我们打算周六晚上举行一场社会主义者的大型露天宴会，还请了乐队之类的！希望能如期举行。

收到了莱昂·布卢姆女士的一封非常友好的信，她告诉我百科全书的负责人是卡安[①]，此人对我有印象，还询问我的意愿。我以公民的口吻回复布卢姆女士说自己没有任何想法，只是想问部里能否给我分配一个职位。我还跟她说了我的变化，省督学的来访情况等等。她好像已经有主意了，希望她能有所行动。

迪娜跟你们讲了我们周日那天的事。打回力球的场所在室内，有墙壁。去年新建了一个西班牙式的大型室内回力球场，有三面墙，其中两面相对，第三面是侧墙。球会以任何方式回弹，游戏非常刺激。出来时遇到了泰蕾兹和玛丽，他们看到我们时一脸恐慌，原因是我们之前把玩过的镶着绿宝石和钻石的戒指不见了！我非常确定把戒指放回了原处，我们也很焦虑。今天早晨泰蕾兹写信告诉我们几经波折，终于在马蒂厄的发刷里找到了。马蒂厄放刷子时把戒指搞进去了，结果就一直在里面。我们自然不用负任何责任。

我自己修了车子轮胎上的破洞，这可真是个糟心事儿。不，他们没再提颁奖发言的事，我自然也就不提了。考试是在 21 号或 23 号，我记不清了。

---

① 朱利安·卡安（1887—1974），国家图书馆馆长。

我们亲吻你们。

克洛德

附言：米拉马尔·德·盖塔里没有住下。

M89

星期三［1933年5月31日？］

亲爱的二老：

第一次独自待一天，肯定不是很开心。希望时间快点过去。估计你们收到这封信时已经见到了迪娜，也听她讲了一些事情。昨天从莫尔桑回来时并无波折。我早早就和《玛丽安娜》睡了（斗胆这么说）。我上午工作了一会儿——批改作文，然后花八法郎吃了第一顿午餐，有白菜汤、炸火腿配青豆、烤牛肉、沙拉、橘子，还挺丰盛。

学校里没什么新鲜事。今天上午我的学生参加了中学优等生会考，刚刚他们来看我，还说考得不是太糟，但我也不觉得他们能名列前茅。

这里的天气不想好了。整天闷热，现在又下起了雨。我要下楼寄信，再买点东西，简单地做一顿晚饭。明天要工作一整天。我得改完全部作业。今天上午见到了那位有侄女的同志，他会在我出发之前，每周四把她送到我这儿。如果她愿意这么被盯着，夏天可能也会接着通信，估计会这样。我们并没有谈价格。

迪娜是打算不吃午饭，从而节约一些时间，还省了两段从巴黎到阿涅勒的奔波。试着说服她和你们按时一起吃午饭吧，这样会更近，也更节约路上的时间，她还能休息一下。不吃午饭，从早到晚一直学习，这简直是疯了。

亲吻你们。

克洛德

M90

星期一［1933 年 6 月 5 日？］

亲爱的二老：

结束了一天的工作，给你们写信。一位学生因生病两周没来上课，我上午接待了他的父亲，是印刷厂厂长。他来问我补课的事。我今天就得开始，定在了两点。我们并未谈好价格。学生周四回来上课。然后，我做了一件并不喜欢但确实得做的事情，那就是把全部课程分类，重新排序。我发现自己丢了不少东西，那就是下一年的事儿了！因为过节，蒙德马桑几乎成了空城。在饭店安静地吃了丰盛的午餐，有汤、冷盘、朝鲜蓟汁、羊肩肉配四季豆、樱桃。

昨天我去了萨马代县。你们收到信之前，可能已经从迪娜那里知道了我昨天做的事，因为我上午给她写信了。之前邀请我的同志准备了一顿盛宴，而且是专门请了厨师去做菜，四分之三的客人答应好了但没去。堪称盛宴！冷盘、四肢塔式龙虾，涂抹肥肝和巧克力糖的吐司加牛里脊、芦笋、小母鸡、蛋糕……我们是从不到两点开始吃的，起身时已经四点了。

我们后来去——我也是受邀去的——看了一场朗德的比赛。我特别讨厌看这个。比赛持续了三个小时，来回重复同样的事情。我不是很喜欢看人们在我眼皮底下相互折腾，虽然我更希望那些是人，而不是奶牛。我还有时间在天黑之前赶回家，太孤单了。

我明天要开始装箱了。我最终还是觉得把书留在这里更好。不管怎么说，如果我们明年还是在蒙德马桑，那就确实没必要来回搬运两次了。那利博尔散热器呢？我把它留在这里，一直放到十月份，还是最好现在就寄回巴黎？我现在要开始着手准备了，这会让我觉得立马就能出发！因为有许多东西要收拾，所以得一直收拾到出发了。到今天就只剩两周了！

收拾完东西，有点晚了。我立刻停止，以免错过邮差。亲吻你们。

克洛德

M91

星期五［1933 年 6 月］

亲爱的二老：

感谢去火车站接了迪娜，通过你们得知她的消息，我太高兴了。我在这里度日如年，糟糕的是没什么重要的事可做。学生的叔叔改变了主意，不想让我补课了，只留作业就行。太差劲了，尤其在收入上。但这也不是什么大事。我上午收到了侦探小说，谢谢妈妈，这够我看一晚上的。

昨天去电影院看了《我是逃犯》[①]。是因为配音的缘故吗？我觉得特别一般，与周围人的呼声并不相称。还有一部关于德国的纪录片，反动且带有偏见。食堂的饭一直很好，今天有汤、鳕鱼土豆、羊后腿、西红柿、草莓。我似乎回到了军营的日子！我挖空心思，反复斟酌着我的课程。

希望爸爸的分析是对的。忧心什么事？哪一种？会叫人厌烦吗？

是的，安托瓦妮特很可怜，但我不能因此就说受了触动。已经说好的肖像画怎么样了？正在准备？

我不给你们写一些日常生活的细节了，因为已经给迪娜写过，写两次就太多了！她会讲给你们听。此外没什么事了，我继续读报纸、杂志、书，静候时间分秒过去。

亲吻你们。

克洛德

① 茂文•勒洛依的电影（1932）。

M92

星期三［1933 年 6 月 7 日］

亲爱的二老：

我刚才和校长谈话，最终决定21日出发。所以，就剩不到两周了！迪娜给我写了一封热情洋溢的信，讲了很多有趣的事。我明天会给她回信，你们到时可以看。妈妈，没有晴天，你也不用操心这个问题。一周以来，天气沉闷多雨，一直阴天。我没有借酒浇愁，也没碰阿马尼亚克。如果你执意要知道我晚上吃了什么，就拿昨晚说吧，有三个盐拌生西红柿、面包、两个荷包蛋、半斤黄油蚕豆、奶酪、香蕉。你看，我吃得既卫生又丰富。我今天晚上用剩下的蚕豆做汤，可能还会买点蘑菇或朝鲜蓟，或者猪排和青椒也行。至于绿色蔬菜，你也不用担心。看吧，我没有忽视吃饭，饿的时候就用洋葱配面包吃。

今天上午我在处理运输自行车的事。包装不了，自行车商那里也买不到，已经不出这种东西了。更严重的是，不允许运输未经包装的慢速自行车（埃罗桥火车站搞错了），所以有三种方法：

按慢速车的标准，包装之后邮寄，但几乎找不到人包装，而且非常贵；

作为行李单独寄，费用是五十九法郎；

如果用卷纸包裹，可享受特殊价格三十九法郎。我明天就去做这件事，用我们的旧报纸，耐心一点，我会做好的！

今晚我要读马里沃。明天会去看途经此地的冬季马戏团表演。我还是希望你们一直待在迪娜身边，好让她不要那么拼命地学习。她抱怨头疼了，考试前夕累成这样实在不合理。你们想象一下，佩利亚斯的唱片能正常播放了！问题出在外部有摩擦，我已经处理过了。我每天都会听，这个唱机的播放效果虽然达不到最佳，但足够了。

亲吻你们。

克洛德

M93

周五［1933 年 6 月 9 日］

亲爱的二老：

我回复迪娜[①]是为了感谢她的来信，而不是戏剧，那没什么好说的。是的，我已经开始准备离开前的各项事情：把书装箱，我上午用从自行车商那里花十法郎买的包装安置好了自行车，两辆自行车都可以放进去，实在是又满又沉。我还在想慢速车的费用会不会和无包装的快速车费用相当。现在已经都弄好了，只等寄走了。爸爸，我还没研究那个问题，但乍一看错误出在倒数第二个公式。表达式确实是 $4\times0=2\times0$。在（a–b）× ？ =0 中，如果因为 a=b，就把这两项删去而只留下乘数，那肯定没道理。就相当于从一个等于公共被乘数的数值中去掉两个乘积，和删去两个被乘数，二者不是一回事。可能应该写成 $[(a+b)(a-b)]-(a-b)=[b(a-b)]-(a-b)$。

我试图做一个特里斯坦 • 贝尔纳在《玛丽安娜》里做的那种“填字游戏”，但没字典真的不行，到现在只想到了一处（pleura un nageur）。

我把迪娜[②]的信寄给迪娜了，她会给你们看。昨晚我去了马戏团——途经蒙德马桑的冬天马戏团，演出平平，但很轻松。因为天气很闷，所以我感觉特别疲惫。昨晚下了一场特大暴风雨，现在缓解了一些，依然是阴天，还在下雨。

我最终决定 21 号周三出发。我只有上午有场监考，可能 22 号到

① 此处指迪娜 • 卡昂。——译者注

② 此处指迪娜 • 卡昂。——译者注

巴黎。

这就是全部消息。亲吻你们。

克洛德

M94

星期六［1933 年 6 月］

亲爱的二老：

我马上就给埃莱娜姑妈写信。得知尿检正常，令人欣慰，你们还有别的焦虑吗？我明天去萨马代县，向南三十多公里，去一位同志家吃午饭。由于占用了我一些时间，周一和周二就得用来工作了……我特别希望下学期不要再有这么多学生，他们看上去更喜欢待在家里。

亲吻你们。

克洛德

M95

星期三［1933 年 6 月 14 日］

亲爱的二老：

我从未见过这么糟糕的天气。三天了，雨下个不停，水流湍急。只要下周三前停了就行！我出发前的准备工作有了显著进展，箱子装好了，自行车也包装好了。我明天收拾行李，周五下午会来一个运输工人，取走所有行李。我会把自行车寄给旁斯[1]，然后写信给他，把行李单也一并寄去，好让他在我们到之前好好照顾它们。我是在学校

---

① 我记得旁斯是来往于瓦勒罗盖和埃罗桥火车站之间的公车司机。

给你们写的信，学生们喜欢自习，我也喜欢看他们自习，而且他们很乖。社会主义同志们因为我要离开，周六晚要组织一场潘趣酒会以表敬意，他们真是疯狂，但我很喜欢。

附上刚刚收到的莫内的信。它烫手？可不烫手！或许还是有些进展的。爸爸，我把填字游戏交给考官了，之前应该是中间左侧出了严重错误，因为有些地方没有任何意义。我这周致力于研究特里斯坦·贝尔纳在《玛丽安娜》中做的填字游戏，但进展非常缓慢！今晚我会去影院，有一场巴斯特·基顿的电影。

后天下午就考试了，我很开心。迪娜似乎筋疲力尽了。结束之后就好了。

至于颁奖，我不知道会是何种情形。如果刚好赶上口试我就去，否则我就在波尔多找一位热心的医生——拥护派人士——帮我装病。我并不关心谁会发言，也不想哪壶不开提哪壶！考试周三开始。我七点半到十点半监考（一百五十法郎不止）。离开那天行程满满的！

我的身体很好，只是不能再吃生西红柿了，吃太多对肠胃不好。现在一切恢复正常了。我吃得很好，只是晚餐几乎吃得一样。有一天，我做了很好吃的蒜蓉笋瓜。我趁着一个人，生吃了洋葱和蒜！我想到了床上的东西，洗衣工下周二会全部洗好送回，我会把它们包起来。

亲吻你们。

克洛德

M96

星期一［1933年6月12日］

亲爱的二老：

我不觉得你们建议我对房东做的事在法律上特别站得住脚，因为没有人要求我21号离开，我还有整整一个月，也不知道走后会发生什么。总之这是一起小型敲诈，我还是会试试。谢谢爸爸的填字游戏，我今晚会检查。我找到了几个词，但无法给出一致的解释。我是在下面部分卡住了，之前以为 S o 位置上是 Y a。我觉得你对这个问题的解释并不科学！妈妈，我是这么收拾行李的：所有衣服和日常内衣装了两个箱子，放在车里。我把毛料衣服、运动用的东西、大衣和我要随身带的书放在一个箱子里。我觉得这些足够两周的出行使用了。我周四很想去徒步。自行车捅破了外包装，我得把车把卸下来，但就我一个人，结果把它全都拆散了。明天还得把它们运到机械工那里。是的，我还在上课，打算要价五十法郎，可能要上五节课，所以一共二百五十法郎。前提是能给钱！你们也不要担心车，我会检修所有细节。汽修工那边没有消息，而且之前也没说好临行前几天再联系。我会带一些必需品，因为住宾馆太浪费时间了。我希望能小心一点，不要着急。我也感觉到出发的日子临近了！我不会再买箱子，书已经装了三个箱子。厨房用具和散热器放在一起。剩下双耳盖锅和绿色餐具，我把它们放到后备箱，就不必再装一个箱子了。天气糟糕，就像康卡布拉九月的倾盆大雨，街道上全是水，而且非常冷。我得再穿一件套头衫。不要持续到 21 号就行！

亲吻你们。

克洛德

M97

星期五［1933 年 6 月 16 日］

亲爱的二老：

箱子装满了又拿出来，来回五六次之后，我决定把它留在这里。但还有要拿到康卡布拉的所有衣服和夏天用的东西，车子会塞得像个卡车！这没什么，都装得下，我上午排练了一遍。几箱书放到了同志家里，我得再买点箱子。我今晚会把箱子放上车，然后去火车站邮寄自行车。希望能稍微喘口气。

修改是要改哪里呢？到现场还是去家里？报酬值得吗？我想周三大约四点出发，一下课就走，过了波尔多就立刻休息。爸爸，我寄给你之前写的填字游戏。我比你更进了一步！可我没时间再研究了，而且我被它彻底弄得头昏脑涨。今天依然是烦人的雨天。没时间写再多，我趁学生们补考时在写信。一会儿结束后我就得马上和搬运工去火车站。

我只能周一给你们写信了，因为周日要去萨马代县。

亲吻你们。

克洛德

附言：我已经写信给 L. B. 公司，告知其我的变化，并约到了下周。

马赛和西班牙信件

［1935 年 2 月 3 日从马赛发给列维－斯特劳斯父母的电报，
发至巴黎普桑街 26 号］

邮轮之行一切顺利，想念你们。

亲吻，回见。

迪娜、克洛德

汽船海运总公司

船上，［1935 年 2 月］5 日

亲爱的二老：

现在十点，我在吸烟室给你们写信，窗外是瓦朗斯和阿利坎特之间的海岬。山峦很美，非常原始，飘着点儿雪。天气又回冷了，一直是晴天，只是多云，而且有风。海依旧那么平静，感觉不到一丝动荡。我们现在已经习惯了“海上”的感觉，因为是第一次经历，着实有点震惊，但也只是昨天下午（夜间离开马赛，早上已经到了巴塞罗那停泊场）有这种感觉。昨天八点，我们来到了巴塞罗那码头，乘出租车在城区转了一个小时。这座城市很漂亮，但和宏伟的马赛确实没法比。长达几公里的街道，七八层的房屋（甚至在好一点的街区都能看到窗上悬挂着不稳定的支架），神奇的植物，整座城市的街道两边都种着橘子树，棕榈成林，花开遍地，晴空万里。城市后面的山坡上是一片奢华的郊区，有别墅、花园、宫殿。最令人赞叹不绝的是它的建筑，非常夸张，真是独一无二。一些建筑表面全都是五彩缤纷的镶嵌画，教堂的钟楼尽头是巨大的陶瓷花，湿漉漉的房子上满是铁架固定的花草，就像浮夸的“油炸糖糕”，但是能住人。这甚至看上去没那么丑，首先因为风格统一，整座城都如此，其次因为这一切疯狂得仿佛不再是建筑，有人形容说是好心情大爆炸。一小时后，我们在“兰布拉”下了出租车，穿过海港去找船，想象一下，（早上九点）大街上热闹得百倍不止。真是不容小觑！还有遇到几个宪兵街访（当然用西班牙语），我们溜了出来。我趁机打开了徕卡相机。

此时的海岸变得越来越美。高耸的悬崖呈现赭石色，得有几百米，还有洞穴。

就这样，我们昨天午饭时间离开了巴塞罗那，四点到达塔戈拉纳。这座小城层次分明，有美丽的海港，碧海，一片鲜艳的淡黄色、红色和橙色的油桶，成堆的黑炭，真是风景如画。我们着陆后转悠了两小时，除了鳕鱼片上戳了许多用于装饰的孔眼，没看到其他有特色的东西。后来，享尽了塔戈拉纳的魅力之后，我们再次登船吃晚餐。午夜抛锚出发。

船上的生活非常平静。到最后只剩了我们九个人，相互之间没有打扰，感觉在船上独自过了一天。我昨天把珠宝和钱物交给了事务长。偶尔能见到船长，他态度和蔼，说话声音很像雷米。船上的伙食很棒，变化多样，但源源不断的餐食是个谜。我们仿佛身处一间高级宾馆，应有尽有。晚上得穿着衣服，这个就别指望了。

昨晚我们认识了与我们同行的里贝罗博士，他是里约罪犯档案侦缉处处长。第一次与巴西的相遇令人不悦。他是个粗鄙之人，不聪明，又自负。但愿巴西人并不全是如此。莫格[①]是个非常热心的旅伴，风趣而矜持。至于鲁卡德，他继续……但我对他像他对我一样热情，所

① 让·莫格（1904—1990），哲学教授，是克洛德·列维－斯特劳斯在巴西圣保罗大学的朋友、同事和伙伴。参见 E. 卢瓦耶，《列维－斯特劳斯》，2015 年，第 71、140~141、151~154、158~159、162~163、165 和 784 页。

以他也就没有打搅我。除此之外，别人都很友好。

我们今天下午大约两点到达阿利坎特（在瓦朗斯没停），五点再次出发。每到一个停靠站，轮船都要加载食物，真是不可思议。总之，这次旅行十分惬意，任凭自己沉浸其中。当然了，我一点儿也不想工作。我希望你们已经开始准备出发。确实，没什么比海上航行更值了，打开舱门，从早晨六点开始呼吸这纯净的空气，感觉太好了。你们到了就知道一切都会有人接应。里贝罗昨天告诉我圣保罗“一直很有钱”。他们从事棉花种植，又善于随机应变，经营得很是成功。

我们现在靠岸边行驶，沿着海岸驶向阿利坎特，这片区域多是石灰岩，有点像科斯，颜色更为丰富，但一样那么原始。

下一站再见，亲吻你们。

克洛德

第二部分

美洲信件

克洛德·列维－斯特劳斯前言
（2002）

我的母亲于 1984 年去世，留下了我曾经写给他们的信件，开始于我到达马提尼克（乘坐我在《忧郁的热带》中提到的 Capitaine-Paul-Lemerle 邮轮经历了长途航行），直到珍珠港袭击、与美国开战，战争中断了与法国以及欧洲被占领的更多地区的信件往来。总共三十二封信（其中三封来自我的姨妈卡罗－德尔瓦耶），我每周都会定期写信。

今天重读这些信件，我感受到了时间的摧残。有些记忆仍在，但有一些被遗忘了，还有一些片段我甚至无法理解。

诚然，谈论政治、军事事件或人物，需要诉诸委婉表述。多年之后，它们成了一个个谜团。跨大洋洲运输公司并非直接把信件运输到大洋彼岸，途中设有中转站。在百慕大停靠时，要经过英国的严密审查，正如信封被撕开的纸条上“开封检查”字样所示。还有些信件（有时大致相似）到达法国时要接受审查，其中三封还盖有德国审查的邮戳。

这无法解释全部。有些时候，我感觉自己陷入无法解释的记忆黑洞。所以，从 1941 年起，我开始思考用逻辑数学方法处理亲属系统。当时求助于一位比利时同事，他既是哲学家又是逻辑学家，但记不清是出于他还是我的原因，计划搁浅了。直到三年之后，在著名的数学家安德烈•魏尔的帮助下才获得成功，他当时是芝加哥大学的教授[①]。

同样，我彻底忘记了遇到罗曼•雅各布森[②]之前的几个月，一位美国同事建议过让我学习音位学，法语是 phonologie，但如我在信中所言，并未成功。而我今天明白了究竟原因何在。我期望这个于我而言全新的学科能帮我使语料成形，但没想到我的注音缺陷太多，以至于无法奠定这一研究的基础（也正因为此，我拒绝出版这些材料，或许因此从一个极端走到了另一个极端。当时我认识村里一个印度年轻人，从他那里得知一个简单词语，而这个词语五十多年后遇到了一个语言学家，于是成为一门陌生语言的最初标志[③]）。只有在结识雅各布森之后，我才明白音位学于我而言可能有一种全新的用途，它并非一种提升我的语言能力的方法，而是一种教学，或许我能将其应用于其他领域。

在这些信件中，一些人或几类人占据了重要位置，我需要做一些说明。

首先是我的父母。当时他们屈居在塞文的小房子里，我的父亲根据所在的村子将其命名为康卡布拉，距离瓦勒罗盖上游两公里，临埃罗河，位于埃古阿勒峰山坡上。我的叔叔让（父亲的兄弟，毫不吝啬于为我父母提供物质帮助，直到他 1931 年最终破产）慷慨解囊，1927 年给他们买下了一家养蚕厂，用今天的话说，就是登记在了他们名下。卖养蚕厂的人在区里当公证人，昨天还在用桑叶喂蚕，转眼就把厂子卖了，用换来的钱为自己名下的另一处牧场买了三四十棵苹果树。

我的父亲在几位手工匠的帮助下，成功地将这个没水没电的房子改装得能住人。他很有做手工活儿的天赋，很多时候都能借此弥补资

---

① 安德烈•魏尔，参见克洛德•列维－斯特劳斯的《亲属关系的基本结构》的“第一部分附录”，巴黎，PUF 出版社，1949 年；Paris-La Haye 再版，Mouton&Co.，1967 年［CLS］。

② 克洛德•列维－斯特劳斯于 1942 年在纽约结识了同处于流亡之中的语言学家罗曼•雅各布森（1896—1982），因此诞生了结构主义和一段长久的友谊。参见 E. 卢瓦耶，《列维－斯特劳斯》，2015 年，第 290~292 页。

③ 参见海因•范德沃特，《Kwaza 语法：巴西南部朗多尼亚一门濒危且无从归属的语言描述》，博士论文，莱顿大学，2000 年［CLS］。

金的匮乏。直到德国人为惩罚当地一支游击队而出兵，他们被迫逃离那里。如信中所述，我的父母依靠我从巴西带回的储蓄过活，有时又会寄回给我。他们还种菜，母亲养母鸡和兔子。临村举办婚礼时，父亲会去照相，还会给床上的逝者照相。

我的第一个妻子迪娜拒绝与我同去美国，那或许是个容易的选择。我们虽然分居，但法律上还是夫妻。她和我的父母维持着良好的关系，帮他们办假的身份证，使其能够继续居住，主要是在蒙彼利埃，我的巴西同事、法学院教授勒内·库尔坦也住在那里。我在后文中再说迪娜[①]。父亲在那里得了一场严重的地中海热，在医院住了一段时间，我并不知情。

我的母亲有四个姐妹。老大阿琳的丈夫是亨利·卡罗－德尔瓦耶，此人1914年以前是个小有名气的画家。一战期间响应动员入伍，但很快就退役了，和家人去了美国，在那儿颇有起色，不过后来逐渐衰落，家庭也濒于解散。卡罗－德尔瓦耶几年后重回法国，直到去世。我的姨妈和孩子们留在了美国，靠着参加会议、写文章、出书拮据度日（她是塞弗尔女子高等师范学校出身）。她的子女彻底变成美国人，吉尔贝是工程师，在加利福尼亚结婚并在那里定居，泰蕾兹在纽约，是个布料印染设计师。

接下来谈一谈朋友，先是卡昂一家，在我的信中占据了很大篇幅。我年轻时，父亲和一位叫吕西安·赖斯的人建立了友谊。此人英年早逝，妹妹迪娜[②]嫁给了比利时商人若·卡昂，我估计他是证券经纪人，生活非常宽裕。他们有两个孩子，吕西安（在我的信中，吕吕这个昵称跟了他很久）和我的小弟弟年纪差不多，让－皮埃尔年龄更小一些。与比利时人的友谊为父亲带来了几笔布鲁塞尔的肖像画订单，这也就解释了我的出生地问题。

一战结束之后，卡昂一家提议为父母安置，让他们摆脱物质的匮

① 此处是迪娜·卡昂。——译者注

② 此处是迪娜·卡昂。——译者注

乏。于是父亲每年都会在海边寻找度假场所，然后以卡昂一家的名义在那里租一栋别墅，要足以装下我们所有人和他们的宾客。我的母亲要提前两个月承担起全部家务，整栋房子上上下下全部加起来，不是轻松的活儿，但在我的记忆里，母亲对待他们一家从未缺少过勇敢和忠诚。而我们，则可以免费度假，卡昂一家也无后顾之忧。总之，可以这么说，我们是为主人干活儿以换取食宿的客人。这并不妨碍双方的感情，却让父母和我处于一种依附状态，青少年时的我感受到越来越多的尴尬。

于是，瓦勒罗盖的房子以及我们在那里最初的生活在我看来是一种解脱，但没有持续很久。这一期间卡昂一家前来看望，对那个地方满是喜欢，于是他们买下了与我们相邻的房子，之前是一位老农民独自住在里面。他们收拾了房子，每年夏天都会来住。我们有了自己的房子，除了住所以外，一切一如从前。因此我的信中常常出现听起来像比利时语的名字，也就不足为奇了。或许其中有最初的年月里受到卡昂一家邀请的宾客，或是父母熟识之人，但我只认识其中少数几人，其余一无所知。

信件中涉及的第三类人包括和我一起长大的皮埃尔·德雷富斯、他的妻子以及妻子的两个姐妹和她们不定期出现的丈夫。上述所有人都住在罗阿讷，直到战争结束，并未太过操劳。我在其他地方[①]讲述过自己和皮埃尔·德雷富斯从童年时期就建立了友谊。自 1939 年起，我和他妻子的姊妹发展了一段关系。基于这两种原因，我在信中对罗阿讷这群人表现出一种特殊的感情。

信件也流露出一种不讨喜的自鸣得意。大家应该很能理解，我的父母一直为我忧心，所以我必须让他们放心。否则，他们就会觉得我一人背井离乡，而且处境比他们更加危险。所以我就用了一些吹嘘之词，换取他们的信服，相信一切都会更好。

---

① 参见西尔维·德雷富斯主编的《皮埃尔·德雷富斯，1907—1994》中的《童年和青少年回忆》，巴黎，伽利玛出版社，1995 年［CLS］。

克洛德·列维－斯特劳斯前言（2002）

拿到这些信后，我进行了分段处理（我写的时候并未这样做，为了节省篇幅，我写得很短，或打字没有空行），用现在人们的话说就是透透气。此外还修正了许多拼写和语法上的不妥之处，并删除了一些短小片段，因为时至今日它们依然是隐私。

克洛德·列维－斯特劳斯

2002 年 12 月

马提尼克信件

[法兰西堡，马提尼克]

[1941年]4月25日

亲爱的二老：

这封短信没什么重要事情，只是想在时间上和我在纽约的第一封信作个区隔。这里的通信非常严格，所以得泛泛而谈。我到了可能会给你们发电报，现在还在等，可能还得一段时间才能继续。我肯定会跟阿琳姨妈一起庆祝你们的结婚纪念日①。我在这里收到她的一封信，对我的处境非常乐观。她说起要把我的合同延长至两年，在我看来这表明我在新学校②的情况正趋于正规化，而且可能在耶鲁大学供职，那样就太好了。旅途告一段落，有了途中的快乐和同行的许多有识之士，路途的漫长感和不适也就消失了。到了后来，这里俨然成了一所小大学，有会议、讨论、对话等等。

马提尼克景色优美，使我想起了里约北部（靠近维多利亚）的巴西海岸。我住在一间小旅馆，很干净，还有热情友好的一行人，其中包括在好莱坞从事电影工作的两对年轻夫妇[逃难的德国人]，还有一位突尼斯的绘画收藏家，他认识爱德华③。我们共同度过了在这里

① 1907年5月27日[CLS]。

② 社会研究新学校于1918年在纽约成立，从1933年起接纳了许多流亡之中的大学教授。参见E. 卢瓦耶，《列维－斯特劳斯》，2015年，第286~290页。

③ 爱德华•若纳斯是我做了古董商的堂兄（不久前在旺多姆广场），后来成了美国石油巨头。至于这位“收藏家”，他叫斯马加，我后来从他去世时报纸上刊登的照片认出了他，他就是创办了《战斗报》的亨利•斯马加。他在行李箱里的衬衫中间夹了德加的一本小册子，作为路上的食粮。参见《忧郁的热带》，巴黎，普隆出版社，1982年，第22页[CLS]。

最惬意的时光，在椰子树下沐浴，用热带水果饱腹，这里的水果比巴西还丰富多样。欧洲就差远了！我一想到你们，就因这一惬意感到羞愧。我还和当地的建筑学家取得了联系，想和他们学点儿东西，至少了解在这里可以做些什么。我没给皮埃尔[①]写信，无法跟他详细解释，但你们能否告诉他：第一，我恐怕无法按照他的意愿安排他的工作；第二，我受到了让·瓦拉布雷格[②]的朋友聚斯费尔德先生的热情招待，并为此感谢让·瓦拉布雷格。在这里还见到了阿尔方司令，他在卢瓦雷有房产，你们认识他吗？

关于一个月以来外界发生的事情，我几乎一无所知，越是如此我就越想了解更多……我希望到了纽约能知道你们的情况。如果我的下一封信稍有延误，你们也不要担心，因为我可能得到了之后才会写信，而眼下又不能立刻出发。

边等边看吧。

亲吻你们。

克洛德

和平大饭店

舍勒谢尔街和佩里农街

法兰西堡（马提尼克）

［1941 年］5 月 6 日

亲爱的二老：

写这封信，希望它比空运更快，因为它是用带我们来这里的船寄走的。我附了两张收据，是今天上午给你们寄的两个包裹，其中一个约两公斤，有巧克力和香烟，另一个两公斤半，有绿咖啡和茶。这些

① 皮埃尔·德雷富斯，儿时伙伴，后成为雷诺公司总裁（1955—1975），再后来出任工业部部长（1981—1982）［CLS］。

② 我记不清这里的第一点说的是何事。让·瓦拉布雷格是皮埃尔·德雷富斯妻子的兄弟［CLS］。

东西在这里很常见，希望能顺利寄到。在这儿的日子开始变得无聊，希望快些结束。阿琳姨妈似乎很不耐烦，我不知道为什么，或许是我必须尽快赶到，又或许是她担心我的处境。至于后者，说真的，除大致方向外，我几乎一无所知，所以非常担心。但从个人角度来看，我没发现有任何困难。不管怎样，虽然阿琳姨妈提了一些建议，我还是没坐飞机。因为那样的话，我必须放弃随身携带的所有行李，而我无论如何都不想这样做。目前行李在海关，为了随身携带，我可能要面临在巴西遇到过的全部困难。而且你们无法想象，准确算来这过去的三年零六个月[①]给了我怎样的感受。但愿你们能理解这个时间跨度。再说，一切都让人觉得用不了多久我就会上路了。我们也只能本能地相信，大量“情报”在不间断地传输。

我在这儿尝遍了异域市场的各种欢乐，确实奢侈，尤其是鱼市，有特别便宜的虾、五彩缤纷的鱼，人们像烤牛排［原文如此］一样做巨大的贝壳，等等。水果也比巴西要多。我刚刚去村里待了两天，就在海拔一千米的珀莱山下。这儿天气美妙，与法兰西堡没日没夜的炎热大相径庭。不管怎样，最好留在法兰西堡等消息。如果还没有消息，我就要奔波两地了。乡村特别美，像中国画一样跌宕起伏，悬崖峭壁，呈尖形的山峰等等，但都要小一圈。还有整片的蕨菜乔木林，许多茅屋林立的小沙滩，面包树和椰子树，这一切都小巧可爱，令人愉悦，让人觉得更像是在太平洋上的岛屿（至少是想象中岛屿的样子），而不是在美洲。巴西不如这里宜人，更多的是悲壮宏伟。

前面已经提到，我和从事电影工作的两对年轻夫妇成了旅伴，和他们在一起的时光非常开心。我们一起散步，去周边洗海水浴。而且总能直接或间接地遇到熟人，刚刚还见到了我之前老板的妻子的姊妹，还通过她知道了一些乔治•莫内的消息。他回了内陆，在波尔多附近。几天前收到了你们从内穆尔寄来的信。你们可以告诉迪娜[②]，我还在

① 是“两年零六个月”，参见《忧郁的热带》，巴黎，普隆出版社，1982年，第30页［CLS］。
② 迪娜•卡昂［CLS］。

这里遇到了威比耶将军的朋友戈尔德施密特先生[1]。人际关系和“冰激凌苏打水”占据了生活中的大部分时间，此外我还和一位受人敬仰的神甫研究了当地的考古，他是美国文化研究者协会的成员。时间就这样过去了。我想这已是我能讲给你们的全部。

亲吻你们。

克洛德

附言：不要忘记告诉我物质生活的情况，比如能否定期拿到补贴等等。

① 贝特朗·戈尔德施密特，物理学家，战争期间是原子能军需部成员。我已记不清谁是威比耶将军［CLS］。

波多黎各信件

波多黎各
[1941年]5月16日

亲爱的二老：

如果你们能收到这封信，就说明我的苦难到头了，终于战胜了这场动荡的旅行。直到现在，我也不能讲此前发生的任何事情，只能告诉你们，多亏了运气和严密的保护（尤其是船长的保护），我才得以逃离集中营，同行的旅伴们[①]也被关在里面。精神状态可想而知。直达纽约的船问题重重，我幸运地（是运气吗？看了下面的叙述，你们会怀疑，事发之迅速和发展态势使我确信，无论如何，我不是平白无故登上这艘小船的）上了一艘来这里装载货物的船，是一艘最新式的运输香蕉的货船。航行了一天半，舒适而安逸，但接着不幸就开始了。我们起初在船上被扣留了四天，没有说法。然后，由于船要重新起航，我们就被带到城里的一个旅馆，被软禁起来，由两人严守。而我的全部科研材料被海关扣留，而且被认为高度可疑。最后，我们被带到移民处，同行的人很容易就通过了，但种种不幸降临到了我身上。四小时审讯（英语），宣誓，他们迅速记录下我的陈词，还要我具体讲述过往的种种细节，我在学校哪个部门，蒙德马桑高中的报酬，等等，之后他们认定这一切非常可疑（或许新学校并不存在，如果存在，可能没有学生，如果

① 其中有超现实主义作家安德烈·布雷东（1896—1966），在马提尼克岛法兰西堡的拉扎雷集中营被关押了几周。

有，也许是一个教职雇了两位教授，等等），需要向华盛顿请示。

我就这样被关在旅馆里，两个守卫看着我一个人。我喝一杯“冰激凌苏打水”，都得让他们跟着！两天前发生了一件事。我前天再次被召唤，一位专家［原文如此］审查我的材料，然后就全部还给了我，就是如此。但我一无所知。我当然立刻给阿琳姨妈发了电报。然后是两天的安静，但我内心颇为焦虑。就在昨天，我收到了约翰逊[①]的直接回复，令人宽慰。他告诉我会寄来二百美元和新合同，还说会在华盛顿介入此事，不要太过担心。我必须要说，合同确实有疑点，我手里的合同显示作为“访问教授”一年，但我拿的是移民签证。在这一点上，新学校此前就多次反复，我估计他们和此事有点儿关系。至于钱，会用得上的，因为我到这儿时带着一些纽约的美元支票，可是不能提前兑现（征信无法对法国银行生效），所以一周时间里身无分文。但问题不大，因为只要我还没有被最终接收，就会被视为在船上，费用就由跨洋公司[②]负责。这得感谢阿琳姨妈专门推荐了我，我也因此能坐上这艘船，经历这场冒险！我所在的旅馆每天两美元，包含全部费用。这里有着肮脏的西班牙文化和美国文化的奇妙结合（这里一切均如此）。早晨吃柚子、玉米片，还有其他东西，而中午和晚上吃“大米和豆制品”。同样，卫生条件很好，但早晨八点到下午六点之间会停水。城里很有圣保罗特色，但规模不大。这里的奢华和丰富令人惊讶，但想到法国和你们，心里不禁一紧。

至于生活成本，我感觉兑换四十法郎的美元，就差不多够了。我发现这样写信的话，完全没有可读性。所以不写了。非常确定的是，用不了几天，我的事情就能得到解决，估计下周就会成为英雄和受害者去到纽约。你们注意到了吗？我离开法国的最后一片土地那天，正好是由吕西安•罗米耶[③]领导的首届国家议会委员会在斯特劳斯祖父的

① 阿尔文•约翰逊博士，新学校主任［CLS］。

② 大西洋轮船总公司。——译者注

③ 吕西安•罗米耶，贝当派作家［CLS］。维希政府于1941年1月成立了国家议会委员会，考虑国家新局势。第一届委员会任期为1941年5月6日至6月11日。

住所[1]召开第一次会议。好像某种象征！

亲吻你们。

克洛德

附言：纸上的痕迹不是泪水，是汗水。

天气热极了！

［阿琳・卡罗－德尔瓦耶从纽约寄给她的妹妹，也就是克洛德・列维－斯特劳斯的母亲艾玛的信］

西二十二街 335 号

［1941 年］5 月 21 日

（今早收到你 5 号的来信）

我亲爱的埃玛：

我想给你写信的诸多原因之一，就是一直盼望能随时见到克洛德，然后立刻告诉你们他的消息。他在信中说会给你们发电报，然后从波多黎各给你们写信，所以你们现在对他的处境应该放心了，还知道了他的许多历险。我必须说在得知他从马提尼克出发之时，心里松了口气。其余就是一些无关紧要的意外状况，但比其他事情更让人恼火。然而他的应对方式非常哲学。米玛[2]介入了此事，希望借助她的关系，克洛德能月末之前到达纽约。在那之前，他得继续跟安的列斯群岛相处。一旦到达纽约，他就会有钱、工作，以及人们当下能获得的精神上的安宁。

写信的另外一个原因是工作上的不堪重负。由于近期的事件，我的杂志大规模扩版，从五页扩至十二页。这意味着要工作一周，用掉

① “斯特劳斯别墅”由我的曾祖父建造，至今依然存在。拿破仑三世第一次到维希时就住在那里［CLS］。

② 米玛・波特，父姓德・曼扎利，阿琳・卡罗－德尔瓦耶的女性朋友，非常富有［CLS］。

成千上万张复印纸。除此之外，这六周以来，我每周要写三个节目，播出时间是纽约时间周二和周四的十二点一刻或十二点半（周六的节目被译成阿拉伯语在伊斯兰地区播出），比你们那里晚六个小时。如果你们能听到，肯定听不出我的声音，我还在想你们会不会认可我的风格。工作量巨大。我从晚上十点写到了凌晨一点，想等到最后一刻看有没有消息。

我挂念你们，虽然你们养了兔子、母鸡，种植了农作物，但还是觉得你们生活艰难。听到你们说会挨饿，心都碎了。我担心阿琳[①]在巴黎不能吃饱。这边有一位法国女士，她的女儿在戛纳是非常知名的电影演员，手里有一些钱，刚刚早产了一个婴儿，但因为营养不良没活成。得知我寄给你们的东西没寄到，真叫人懊恼，定期给你们寄点东西本该是件容易的事。如果你需要棉线，我可以随信寄一些，没多少重量，这里成股卖。我主要担心随着局势发展，通信会越来越难。在这种情况下，你们要知道克洛德在获得庇护，他会前途光明，我会把他当作自己的儿子。希望不要急于求成，他会有能力让你们来这边的，这值得憧憬。可我们又不敢期待，甚至不知道想期待什么。河滨市很少传来消息，但情况良好。我看到了照片，婴儿很健康，简直就是他爸爸刚出生时的样子。让－保罗长大了，还是一副小精灵的模样，我很想他。吉尔贝[②]变老了，看起来有些萎靡，这让我很是难受。很高兴就要见到安德烈[③]了，她会给我讲你们的事和她的工作。你们如果重回巴黎，想做什么呢？有时我就想，我们所有人经历的这场噩梦是不是真的，你们受的罪是不是真的。

雷蒙[④]试图找找人让索尼亚过来。她希望在这边找个工作，而

① 阿琳•罗比是阿琳•卡罗－德尔瓦耶和我母亲的妹妹露西•罗比的女儿，也就是我的表姊妹［CLS］。她当时怀孕了，所以姨妈阿琳•卡罗－德尔瓦耶会担心。

② 吉尔贝是阿琳•卡罗－德尔瓦耶的儿子，定居在加利福尼亚的河滨市，娶了一个美国太太［CLS］。

③ 安德烈•鲁瓦永，后文会提到，丈夫是红十字会的一个高级公务员，她是卡昂家的朋友，也与我们交好［CLS］。

④ 雷蒙（拉扎尔）是阿琳•卡罗－德尔瓦耶和我母亲的兄弟。索尼亚是他的妻子［CLS］。

雷蒙自己暂时在一家科学院，但对未来的规划仍很模糊。我在远处看了波拉一眼。工作确实太多，甚至都见不了朋友了。希望她能理解。

你们很快就能收到克洛德在纽约的消息。他已经在波多黎各给我写信了，还被这种快乐惊到了……哎！

亲吻你们二人，加油。向两个迪娜[①]问好。

阿琳

你们想要英语侦探小说吗？这个好像很好办。

波多黎各的圣胡安

星期五，［1941年］5月23日

亲爱的二老：

匆忙地给你们写这封信，移民处今天上午终于接收我了，我明天就要坐船，周三抵达纽约。我整理了最近这段时间和阿琳、新学校、移民处来往的电报、信件等材料。事实上（移民处）接到了向我发出邀请的科学机构的警告，我的新合同（你们在我走后收到的那份，后来又寄给了阿琳姨妈，也就是我现在手上这份）需由华盛顿、移民处和我过目，我接受之后，事情就确定了。目前算是安稳了，我唯一的遗憾是最近这段时间是在半监禁的状态中（因为除了购买必需品，我不能出宾馆）度过的，没能在这边逛逛，这里一定很有趣。

我们的领事[②]是一位魅力十足的男士，受德拉尼女士（阿琳姨妈的朋友）引荐，我认识了他。他今天下午会带我去远足，所以我可能得缩短这封信的内容。此外，无须告诉你们，我赶上了最后一种可能

① 两个迪娜：我的第一任妻子迪娜和迪娜·卡昂。波拉·卡昂是迪娜·卡昂丈夫的姐妹［CLS］。

② 克里斯蒂安·贝勒先生，死于1987年。参见《忧郁的热带》，巴黎，普隆出版社，1982年，第35页［CLS］。

的交通工具（除了飞机，租期是三个月），而且我后面有几百人滞留，会持续多久？在这次遭遇中，最微小的不幸是，我见到了路过此地的墨西哥专家同事①，他已不再从事和人种学相关的事情，而是和他在巴约纳的儿时伙伴②一起共事。妈妈，我还在这里见到了巴约纳的表亲，同在去纽约的路上。他们是周一乘飞机到的，昨天又乘船出发了。和他们一起的还有一个挺有名的年轻物理学家，他姓戈尔德施密特，是威比耶将军的朋友，开心的是以后还能在纽约见到他。我和同事都很担心我们共同的老师③的情况，自从3月13日通信之后就再无他的消息，墨西哥和美国那边都杳无音信。除此之外，我没什么重要事情跟你们讲。我用一天中最清醒的时候躺在床上读杂志，好让自己慢慢熟悉语言。而且我需要这样，这里所有人都讲西班牙语，我得使劲儿把自己的葡萄牙语转化成一种当地人听得懂的方言。

我等待着各种消息，焦虑不堪。说再多次想念你们和所有留下的人，也无济于事。我想你们会把我的消息告诉迪娜④、皮埃尔⑤和库尔坦一家⑥。因为始终不知道何时会出发，也不知道这一处境会有何变化，我也就没给其他任何人写过信。我下周一到纽约，就会整理全部信件，使之合乎规定。但愿你们能定期领到钱⑦。如在这方面有困难，

① 雅克·苏斯戴尔［CLS］（1912—1990），人种学家，1937年担任人类博物馆副主任，他重返了自由法国，战后还有一段更具政治色彩的经历。关于他与克洛德·列维－斯特劳斯的关系，参见E.卢瓦耶，《列维－斯特劳斯》，2015年，第259页。

② 勒内·卡森［CLS］（1887—1976），法学家，战时是自由法国政府的成员，后来是《世界人权宣言》的执笔者之一（1948）。

③ 保罗·里韦［CLS］（1876—1958），人种学家，于1937年建立了人类博物馆（参见E.卢瓦耶，《列维－斯特劳斯》，2015年，第320~324页）。国际工人组织法国分部的重要人士，曾加入有名的“人类博物馆网络”抵抗小组，在巴黎受威胁，被纳粹监管，因此引起了克洛德·列维－斯特劳斯的担心［参见朱利安·勃朗，《抵抗运动伊始，来自人类博物馆（1940—1941）》，巴黎，瑟伊出版社，2010年］。

④ 我的第一任妻子［CLS］。

⑤ 皮埃尔·德雷富斯［CLS］。

⑥ 勒内·库尔坦，我在圣保罗的同事兼朋友，蒙彼利埃大学教授，《世界报》的创立者之一［CLS］。1944年，他让父母隐居在迪耶区的家族房子里。

⑦ 我的父母当时只靠发放给被免职教师的津贴度日，数额根据资历而定。

一定要写信告诉我。别忘了4月15日之后，你们应该会收到保罗·马耶尔的朋友冈先生的消息。我觉得到了纽约，手里的钱会比预想中要多，生活成本似乎与战前的法国持平，基本是一美元兑换四十法郎，有的东西会便宜些，还有一些会更贵，这样算下来，一百五十美元相当于六千法郎，这要比我在法国挣得多。这里到处都很富足，每当想起我离开法国时她的样子和她应有的样子，都会感到心痛。这种不公平太恐怖了！看到这里的人们能轻而易举地做出选择，如果非要有点儿反应，我更倾向于宽容。新学校给我寄了介绍学校各项事宜的完整材料，这似乎是一个非常重要的机构，我会和杰出人士成为同事，尤其还有人种志领域的马林诺夫斯基[①]。耶鲁大学似乎尚未发出明确的邀请，但我对未来毫不担心。今早收到了约翰逊的来信，他告诉我史密森尼学会是一家官方机构，而且该机构认为我的材料在美国看来尤为重要，尤其“面临当下局势”。因此我认为，一旦公开发表科研成果，人们就会开始关注我，然后我会坚定地连续发表一系列文章，加速这一进程的发展。我明天搭乘的船只载重九千五百吨，到纽约的舱位费只要六十美元，并不贵。我已经兑换了支票，还收到了新学校的一笔预付款，所以不缺钱。

深深地亲吻你们。

克洛德

① 事实上，他从1939年起在耶鲁大学任教[CLS]。布罗尼斯拉夫·马林诺夫斯基（1884—1942），波兰人种学家。

纽约信件

纽约

1941 年 5 月 30 日

亲爱的二老：

在纽约写第一封信，肯定显得有点迟钝[1]。我到这里已经两天了，感觉周遭一切都令人瞠目结舌。上周五了结了移民处的事务，然后再重新着手一些事情。我现在意识到整理东西是件挺麻烦的事儿。新学校、阿琳姨妈，还有具有一定影响力的米玛，花起钱来都大手大脚的。我的第一份合同为期一年（手里仅有的这份），并无法律效力，得从华盛顿那边全部重新办理。为期两年的合同在我出发之后就已经寄到了，但我此前又无法出具，由此引发了怀疑和猜测。从波地[2]到纽约的旅途中并没发生什么事，只有一个船舱，里面全是只讲西班牙语的乘客。那是离开之后第一次吃到干净又丰富的食物，但想到你们和其余所有人，我吃饭时觉得羞愧和自责。我们到达纽约时，城市笼罩着一片热腾腾的薄雾，遮挡了一切，直到走在曼哈顿摩天大楼下面时，雾才散去。周围人几经劝说，于是我决定上去看看。太不成比例了，以至于让人觉得眼前是一个精妙的模型，反映不出真实的大小。

---

① 关于克洛德·列维–斯特劳斯的安顿和生活，参见 E. 卢瓦耶，《列维–斯特劳斯》，2015 年，第 263~301 页。

② 波多黎各［CLS］。

阿琳姨妈、泰蕾兹[①]、迪阿尔泰一家[②]还有里莱特[③]（刚刚从阿琳姨妈处确认了伊夫去世的消息）在码头等我，随我一起去了我住的宾馆，宾馆距离阿琳家两分钟。这是一家有十二三层的“小宾馆”。我的房间虽小，但非常舒适，有地毯、扶手椅、浴室、壁橱，能看到纽约南部（位于十一层）。给人留下最深印象的是大型的圣约翰大道，但现在知道了这种景象仅限于这一街区，这里属于半住宅区、半郊区。色调暗沉，大部分房屋是用砖块砌的，低矮的建筑群中时而有高大的建筑拔地而起，所以还是有一些景致的。在泰蕾兹家吃的晚饭，她住在一栋古老的小房子里，是一间漂亮的四居室公寓，面朝安静的街道（纽约特别安静，比巴黎安静得多）。她依然那么美丽，但十五年过去了，她谈吐间没有丝毫改变。她的丈夫是那种淡泊但又真挚的幽灵，总是闲散无事，却又总抱怨疲惫。第二天（也就是昨天）一早，我开始探索这座城市，新学校的约见定在十一点。那是一栋非常现代的建筑，还有很前卫的壁画，我数不清受到了多少人的接见，他们既和气又热情。有人告诉我，现在已经进入假期，我可以一直休息（当然带薪）到九月末。他们已经开始讨论我可能的授课主题，得到临近几天才能确定。副主任是一位上了年纪的杰出女性，我明晚要去她家吃饭。新学校还有剧场。周一我要参加春季学期最后一次正式会议。我的英语没有太糟糕，据说比大多数受邀的外国教授要好。我估计工作三个月之后，应该说得就差不多了。我在一家 confitaria［原文如此］（指顾客站在吧台后吃午饭的酒吧）吃了头几顿饭，二十五美分就能吃一顿大餐：小面包、黄油、碎牛排、土豆、四季豆和沙拉。今天中午我在一家自助式大酒吧吃饭，花了四十五美分，有羊后腿、菠菜、西红柿、大块的草莓馅饼。所以在这里每天花一美元就能吃得很丰盛。而且这里无论白天还是晚上，何时何地都能吃到东西，再一想欧洲，真叫人

① 阿琳·卡罗－德尔瓦耶的女儿，也就是我的表姊妹［CLS］。

② 保罗和若阿尼塔·迪阿尔泰，来自圣保罗的巴西朋友，我和他们在纽约重逢［CLS］。

③ 亨丽埃特·尼藏，保罗－伊夫·尼藏的妻子，父姓阿尔芬，我的小表妹［CLS］。

痛心疾首。昨天晚上我和阿琳姨妈在米玛家吃饭，她家在纽约的另一头，那个地方很高雅，但我无论如何都不会想要住那儿。那是克莱贝尔大道或马勒泽布街，三十层的摩天大楼，能有几千米，奢华、冰冷、没有人情味儿。

有人推荐我住在“格林威治村”，我上午去那片区域逛了逛，那里就相当于巴黎的蒙帕纳斯，非常热闹，有点介于日出露营地[①]和奥尔良门之间的感觉。这是城里最古老的区域，房屋低矮（位于现代住房群之间）而且漂亮，价格会因距离“拉米埃特”“格勒内勒”“蒙帕纳斯”“丹费尔－罗什洛”的远近而有所不同。听别人说，我能轻易找到一间带卧室的公寓，有浴室、小厨房（可以准备早餐），起居设备齐全，每月三十五美元。这样看来，生活开销就包括了吃、住、佣人、洗衣工，大约每天三到三点五美元，还算上地铁。我明天还要去看看另一片可选区域，然后再决定住在哪个城区（到处都是空闲的公寓，只需选择、确定即可）。明天看的是哥伦比亚大学街区，也位于市中心，但距离上班地十公里！然而距离似乎不成问题。人们挺愿意步行横穿巨大而无休止的街市，而且交通特别便捷（半小时就能穿过整个纽约）。我迫不及待地找个地方安顿下来，开始工作，我要做的所有事情多到令人恐惧：博物馆、城市、乡村、图书馆、各种拜访……但慢慢来，总能做完。里莱特是一所福利中学的主任，那里距离纽约一小时路程。迪阿尔泰一家好像很穷困，他们住在乡下，乘火车要四十分钟。阿琳姨妈疲于工作，每天工作十四到十八小时，工资却不如我高。如你们所想，各种事情令我忧心。我的第一印象是，这里的人们和两年前的我们一样，这是个不好的开端。但愿我判断错了。

深深地亲吻你们，非常想念你们。

克洛德

① 原文为 Point-du-Jour。——译者注

1941年6月8日

亲爱的二老：

自从来到这里，每天过得昏头昏脑，不知该从何写起。时间太短，无法完成全部需要做的事情。这种满负荷的状态与此前的生活差别很大，以至于会精神紧张，睡眠不好。首先作个大致介绍，重要的事[①]就是我九月末开始在新学校讲授一门名为“南美土著文化”的课程，我自己想不出什么主题。阿尔文•约翰逊博士非常细心，刚见过两次面，他就看似友好地提议让我研究这一问题，而且他对此颇为重视。此外经由梅特罗[②]介绍，我参与了史密森尼学会（官方机构）的一份出版物，名为《南美印第安人手册》，我负责申古河与马代拉河之间的整个巴西部分。这是一项宏大的工作，报酬很少（一百多美元），但对我的事业有帮助，主要是很有荣誉感，一下就能和这里的五六位重要专家同列。我和梅特罗去了耶鲁大学（一个半小时火车），周五待了一天。我由衷觉得他超级友好，似乎想尽全力帮助我，毫无所图。但我联想到了阿尔布斯－巴斯蒂德[③]，所以一直有所戒备。而这次真是太巧了。他两个月前又娶了一位年轻美丽的美国太太，离开纽黑文（耶鲁大学所在地）去了华盛顿的史密森尼学会。其实多亏了他，我才能来这里。我的事给他添了很多麻烦。

重要的事说完了，我明天要搬进公寓，地址是西十一街51号。记得给我写信时要称呼我为克洛德•L. 斯特劳斯教授，因为列维－斯特劳斯是一个普通伞商的名字［原文如此］，所以新学校为我改了名

① 关于克洛德•列维－斯特劳斯在纽约流亡期间的工作，参见E. 卢瓦耶，《列维－斯特劳斯》，2015年，第十、十一章。

② 阿尔弗雷德•梅特罗［CLS］（1902—1963），人种学家，拉丁美洲人口专家。关于他与克洛德•列维－斯特劳斯的关系，参见E. 卢瓦耶，《列维－斯特劳斯》，2015年，第251、275~276页。

③ 比我年长的社会学家，比我先一个月到达巴西，试图安排我进入大学，放在从属于他的位置。参见《这么近那么远》，巴黎，奥迪勒雅各布出版社，1988年，第32页［CLS］。

字。能找到的大部分公寓非常现代化，但很窄小，特别像“大学城”（铺着瓷砖的小房间，只容得下来回走，诸如此类）。我费了很大劲儿才找到这间公寓，是在昨天拜访唐吉[①]时找到的，唐吉是超现实主义画家（自从与布雷东[②]一起旅行以来，我就和这些人交好）。是那种别致（公寓的！）吸引了我，还受到了泰蕾兹热情称赞，而且正是那种泰蕾兹对我的帮助中从未有过的别致，所以我判断这是一间完美的公寓。它位于格林威治村的高级地段，第五大道和第六大道之间（就是我们说的拉斯帕伊大街通往巴克街、格勒内勒街等地的区域），街上很安静，都是由红砖或涂染过的白砖砌成的两三层的“老房子”。进入公寓时要走地下（台阶下有个小门），然后走过一条地下通道（供电照明），长约二十米，尽头是我的私人楼梯，爬一层楼就到了我的门前。公寓的入口很小，是个大约六乘五米的宽敞工作室（我还没量过），屋顶有窗，厨房有煤气灶和电冰箱，浴室非常现代化，供应自来水，冷热均可，还有浴盆和淋浴，屋内有七八扇窗，到处都很明亮，窗外是树木葱茏的花园。因为窗子和屋顶的缘故，屋里还是挺亮的。“田园式”壁炉由红砖砌成，有壁橱、两把扶手椅、两张桌子、一张大床、书架、椅子、一张地毯。每月五十美元，包括房子雇佣的佣人服务费（纯租金是三十六七美元），女佣是个能干的黑人。情况大致如此。天花板又高又大，冬天除了正常供暖，天花板上也能散热。我觉得在这里住起来会很舒适。入口走廊设有一台自动电话机，租金包括无人接听时接收留言的费用，服务时间从早八点到晚十点。有人打电话到楼里找我时，我会接到内线通知。我会拍些照片寄给你们。纽约的魅力在于给人一种一切都合乎标准、整齐划一的感觉，但它其实比欧洲更能激发人们的想象。我还看到一些滑稽可笑的公寓。屋内部分物品是在巴黎找不到的，或者天价才能买到，竟然会有售卖木马这种东西的古

① 画家伊夫·唐吉（1900—1955），超现实主义流派成员，1939 年流亡至美国。

② 关于克洛德·列维 – 斯特劳斯与这些超现实主义者的关系，参见 E. 卢瓦耶，《列维 – 斯特劳斯》，2015 年，第 278~283 页。

董商，他们还卖其他类似的东西。

除此之外，你们还想了解哪些？我已经把纽约周围转遍了，甚至郊区，真是美不胜收。我见到了迪阿尔泰，他有不少工作要做，没我想得凄惨。还和一些重要人士去米玛家吃了几次晚饭。接到了洛克菲勒基金会下周五的午餐邀请。今天下午要去巴尔赞家，他是比利时人，新学校的同事（你们可能已经获知莱朗斯[①]被英国人俘虏了，13 号有人会在这边接他）。晚上和戈尔德施密特一起吃饭，就是之前在波多黎各见过的法国年轻学者，后来一直有联系。我为了让 – 皮埃尔[②]的事，去了几次卡昂家。你们能否向迪娜转达以下内容：让 – 皮埃尔到这里之前，丝毫没有希望能领奖学金，等他来之后，倒也不是不可能“部分地”领取，但并不确定。迪娜应该考虑让他来了之后立刻开始工作（就像马鲁西亚·C. 一样，带小孩一天能赚三美元），而且“主要是”他在两年甚至一年之内，“必然”要响应动员，加入比利时军队或美国军队。我稍晚一点会直接写信给迪娜，但目前为止我只知道这些。

无法跟你们讲述最近的事多么让人焦虑，利奥之子[③]的坚决多么使我们受鼓舞。这里的人做的似乎远远大于说的，付出的精力更是比所能看到的多得没有尽头。或许会有很多其他事情要说，但所有东西都在脑海里闪耀舞动，非常恐怖。两天的雨打雷鸣之后，天气晴朗，又潮又热，还会有暴风雨。我继续在 confeteria［原文如此］吃饭，食物上已经完全美国化了，早餐很丰盛（果汁、鸡蛋或煎饼——烤蛋糕、牛奶咖啡，我在家也这么吃），中午塞一个厚厚的三明治，或者类似的食物，每天晚上都会吃蔬菜拼盘和甜点，全部加起来都到不了或很少能到一美元，这样还非常节省时间。我见到了 R. 拉扎尔[④]，他在一

① 比利时知识分子，卡昂一家的朋友［CLS］。

② 让 – 皮埃尔·卡昂，若和迪娜·卡昂的小儿子［CLS］。

③ 指比利时利奥波德二世的私生子魏刚将军［CLS］。马克西姆·魏刚（1867—1965）于 1940 年任法军总司令，反对与轴心国开展任何军事合作，还反对 1941 年 5 月 28 日由弗朗索瓦·达朗签署的巴黎协约。

④ 雷蒙·拉扎尔［CLS］。

个实验室工作，非常安于现状，不再受好奇心驱使。他想办法找人让索尼亚过来。不知爱德华在哪里，和他失去了联系，据说已经信誉扫地。他离婚了。昨天很开心，又见到了丽塔[①]，她老了许多，也变坚强了。她的丈夫很睿智，而且充满好奇，目前尚未谋到职位。就这样吧，我告辞了，今天得准备新学校的课程大纲和个人简介，在阿琳姨妈的帮助下，全部用英文写。我开始慢慢地走出窘境，会用英语打电话，还能和相关部门谈公寓的事。

我相信会好的。

亲吻你们。

克洛德

［阿琳·卡罗－德尔瓦耶写给我父母的信（CLS）］

西二十二街 335 号

1941 年 6 月 12 日

亲爱的埃玛：

克洛德到这里已经两周了，我还没顾上给你写信，不知道这些天都忙了什么。首先我想说，经历了这么多波折，我们终于能见到他，非常开心。他脸颊丰满，容光焕发，令我颇为惊喜。人们见了肯定不会说是营养不良。然而，他告诉我，过了波多黎各之后才开始正常吃饭。没用三小时，他就爱上了纽约。他头几天逛了很多地方，看到了许多我们不认识的东西。他在这里认识了很多人，受邀去往各地。未来两年的境况安稳而有保障。他还在纽约找到了力所能及范围内最惬意的工作室。他来到这里，仿佛打开了生活的新篇章，前途光明。我觉得他想的和我一样，我们都想把你们吸引到大洋此岸。根据事情的进展，并非不可能。有你们在身边，对我来说是莫大的安慰。还有妈妈，天

① 若和迪娜·卡昂的侄女，是我约 1925 年至 1926 年间的第一个女性朋友［CLS］。

呐，不该再往下想了。露西会待在阿琳身边，她的处境——至少现在——不像克洛德在法国以及路易丝的女儿们的情况那么糟糕。说到这儿了，有路易丝[1]的消息吗？克洛德告诉我，从来没听人谈起过勒韦尔一家。

克洛德到这里的前一晚——收到了一封阿尔芬家的电报，通过里莱特得知她丈夫去世的消息。她有所预料，但承认还是受了很大的打击。因为这件事儿，她刚好遇到克洛德的船到岸，其实当时在等另一个人。她现在好多了，勇敢坚强了许多，等明年秋天情况稳定了，生活就正常了。等你给她父母写信的时候，就说她看上去对现在的生活很满足，气色也很好。

我三天前收到了电报，好像是说你收到了我寄的包裹，至少我们是这么理解的。克洛德之前给你寄了点儿咖啡、巧克力和糖果，我寄的是肥皂、巧克力和Spray——一种时兴的素油食品，白羊毛是给阿琳的小孩的。哎！也就这么多了，没法再寄什么了。英国人事先告知了各大商店，所有去往法国的包裹今后都滞留在百慕大。希望兔子们不会辜负你的辛劳，早早准备好，能让你们每周都吃上肉菜，还希望兔妈妈已经开始孕育后代了。哎！眼下恐怕只有出生率是人们期盼的。每当想起阿琳、洛雷特·德雷富斯[2]及其他人，我就在想，他们是否曾考虑过责任感这种东西。

他们似乎还在河滨市过着小日子，很少给我写信，几乎不写。我收到过几张照片，从中看出洛林遍地开满鲜花，人们欢欣鼓舞。吉尔贝老了很多，饱经沧桑，孩子们生趣盎然。让－保罗已经长大了，还是那么机灵。小杰里米简直就是他爸爸在他这个年纪的样子，是个漂亮又稳重的孩子。在这里，泰蕾兹和迪克[3]一直很孝顺，也很关心我，这是一种补偿。尽管生活在同一屋檐下，但我们的兴趣差别很大，所

① 路易丝·勒韦尔是阿琳·卡罗－德尔瓦耶、露西·罗比和我母亲的妹妹。阿琳·罗比是露西和一个巴斯克人的女儿，她因姓氏而受到保护［CLS］。

② 洛雷特·德雷富斯是皮埃尔·德雷富斯的妻子，她和阿琳·罗比两人都怀有身孕［CLS］。

③ 泰蕾兹·卡罗－德尔瓦耶是阿琳姨妈的女儿，迪克·埃默里克是她的丈夫。

以我们之间还是非常独立。我的工作终于步入正轨了，初具规模，或许用不了多久就能对接官方部门。在薪酬上，我只是有些零花钱，此外能稍微贴补家用。我过着舒适的生活，但想到自己的富足和你们的节俭，常常感到羞耻。我引用克洛德的一句话，你们俩听了肯定感动。他到的那天，泰蕾兹硬让他吃一块巧克力糖，他拒绝并说道："想到妈妈吃不着，我就没心思吃了。"我觉得他很有人情味，宽恕和包容了许多，更可爱了。他待我有一种同志间的友好，令我无尽地感动。想到你们无法体会，想着你们残酷地忍受着孤单，我无法全身心地感受快乐。

安德烈•鲁瓦永今天乘飞机来看我们（确实如此，她坐的是快速客机，要用外交护照，执行国际任务，诸如此类），克洛德带我们去了一家法国餐馆，还有迪阿尔泰一家。她来是为了组织一个致力于维护交战国或被侵略国（！！）儿童心理的部门。她比以前温柔了，还多了一种紧迫感。我估计会让她跟着伊冯娜•米歇尔（亨利•米歇尔的儿媳），此人也负责儿童问题。我接待了一位韦尔农女士，之前姓诺齐埃，天知道她为什么来找我。我告诉她我们从未在圣皮埃尔昂港见过，因为我就没去过那里。所有不认识的来访者都觉得我是开职业介绍所的，他们还准备好了要接受一些高薪的闲职，但我们也只能提供一些高强度的工作……还是义务的。

索尼亚已经拿到签证，万事俱备，只欠一张船票。雷蒙缠着让我给他找找关系，好像我有多大权力似的。这个小伙子如此坚持，我知道他是穷途末路了。摆脱困境这类事情终归让人焦虑。我很少见过比他还疲惫和烦恼的人。克洛德晚上得请他吃饭，他提前留了话口儿。

克洛德可能已经告诉你们他在米玛家吃晚饭的事，当时在场的还有沃尔特•李普曼[①]，他还邀请克洛德去华盛顿看他。此人无疑是美国政治记者中的佼佼者，而且几乎不与人交往，所以这真的是一种荣幸。

① 沃尔特•李普曼（1889—1974），具有影响力的记者、作家，还是《国际先驱论坛报》的合作伙伴。

总之，我是从自己的角度给你们讲他，后续会说更多关于他的行为表现。

给你们俩深深的拥抱。可能的话，把这封信的内容或至少把重要的信息告诉妈妈。

阿琳

西十一街51号

［1941年］6月15日

亲爱的二老：

看了今天的报纸，新举措[①]令我内心深受震撼。希望你们因为离得远而没有太遭罪。在当前局势下，人们几乎希望能减少联系。我还希望爸爸能继续他的摄影活动。我想着迪娜、阿琳等人的境况如何，尚未听闻任何细节，焦虑地等待着关于他们的详细情况。我特别希望在这里快点稳定下来，好让你们能来。至少还找不到其他方法。即便如此，显然还得需要不少时日的观望和等待。但如果情况变得更令人担忧（我大概无从获知），要立即发电报告诉我，我好立刻着手想办法。我已经收到了你们的电报，心想你们为何突然认为此事紧急。我要去美国快运那边看看要办哪些手续，但我强烈建议一个更简单的寄箱子[②]的办法，那就是把它们交给下一个要来的人，索尼亚或让－皮埃尔，他们可以把书和行李放在一起。运输速度好像变快了，现在看来你们一开始写的这些信不会延误。莱朗斯应该是前天到的，但我当时不在纽约（应邀去了乡下迪阿尔泰家），所以还不确定他是否真的到了。我未来两天也不在，被邀请去位于纽黑文的梅特罗家，为的是与耶鲁大学的同事们加深交流。昨天我在洛克菲勒基金会吃午餐，想

① 五月第一次犹太人大逮捕？［CLS］1941年5月14日，三千七百名外国犹太人在巴黎地区被捕。

② 指的是我需要的书［CLS］。

要认识一下那里的工作人员和几位新来的法国教授，有沃谢、皮卡尔、魏勒、德内里。挺烦人的，但是有用。

我从上周一开始就搬到了这里，公寓受到大家的普遍称赞，我很满足。房间面朝花园，保证了我有个绝对安静的环境，街区也很理想。我住的街道很优美，有点乡村气息。西边是第六大道，杂货店、水果店、面包店应有尽有，还有我喜欢的快餐店。东边是第五大道（我甚至能透过许多窗户中的一扇，再穿过树林隐约看到它），很优美，还有比较高级的餐馆，请人或者回请可以去那里。北边的第十四街上有所有大型商店的分店，还有一口价商店等等。所以，我伸手就能买到任何东西。大约中午会有人来打扫房间，不留一丝痕迹。我每天都会做早餐，果汁、几穗糙玉米（应季）。冰箱里全是食物，晚上回家无论几点都还能买到吃的，只要愿意，凌晨十二点都能去买菜。说了以上全部，是想说这里的生活真的极为方便。还有昨晚，我、阿琳姨妈、米玛吃晚饭，她们事先准备好了普罗旺斯鱼汤和玉米，我带了瓜、奶酪和蛋糕。我有四个盘子、玻璃杯、咖啡杯、刀叉等，都是在一口价商店买的。我之前接受了一项工作，不是关于印第安人的，这周花了不少时间在上面，希望能给自己带来点儿收入。除此之外，我的生活被排得满满当当。眼下最紧急的工作也不知何时才能完成。上周日下午去了比利时同事巴尔赞家，他们一家温和好客。周一搬家，买了各种必需品（主要是金属夹，把之前的换掉），它们的样子很像（除了小推车）。和梅特罗及其妻子在一家餐馆吃饭时，遇到了欣喜若狂的马内–卡茨[①]。周二、周三在做上面提到的工作等事。除了这些，还要请客与回请一些人：泰蕾兹和迪克有一晚来我家了；安德烈·鲁瓦永和阿琳姨妈、迪阿尔泰一家这些人一起。她老了不少，面色发黄，看上去比以前更心不在焉。第二天是雷蒙·拉扎尔等人。这里的人做事缓慢得不可思议，因此会浪费大量时间，我之前都没怀疑过这一点。我继

① 我是 1939 年在电报审查处认识他的，我们之间一直相互影响［CLS］。埃马纽埃尔·马内–卡茨（1894—1962）是专注于传统犹太人世界的画家。

续探访这座城市，对它的兴趣只增未减。我接着用手写，机器不太好用，可能是在旅行途中磨损了，我得找人来看看。我刚才打电话给巴尔赞，得知莱朗斯因美国签证过期需要重新办理，被困在了特立尼达。可能需要几周。这么看来，我不是唯一遭遇不幸的人。

在物质生活方面，和我预料的差不多。生活成本低，比如食物、穿衣等等。但是一些细枝末节很贵，比如火车票、饭店（如果想走出快餐店，改善一下），还有修鞋、洗衣服之类的手工活儿。把这些都算上，新学校给我的报酬用来生活绰绰有余。我希望能有点储蓄，想用第一笔钱买台收音机和书。收音机非常必要，首先能练耳朵听英语（直到现在，我还是只跟法国人或讲法语的人交流，虽然无形中有一些进步，但还是不够）；其次能听音乐，如果不是音乐季，纽约连一场音乐会都没有。而且我不太想出门，这种新生活令我疲惫、眩晕。我几乎没有一个晚上能去街区电影院看场电影。百老汇的建筑漂亮，里面真是价格不菲。但一点儿也不觉得有损失，街道本身就是一幅变化多端的华丽风景画。

摩天大楼可谓真正的宫殿，内部的走廊两边都是奢侈品店，光是在里面闲逛，就能逛上几个小时。特别要提到洛克菲勒中心，也就是阿琳姨妈工作的地方（她虽然在里面上班，但和洛克菲勒基金会没有任何关系），建筑十分高大，宏伟壮观。中心是一片宽阔的内院，四周有雕塑、喷泉、溜冰场、咖啡馆等，大厦林立，非常具有现代气息，层层阶梯连接到中间的一栋八十层的建筑上，呈现出一副罕见的高挑曼妙。到了晚上，一切都在霓虹灯下闪闪发亮。中央火车站也令人惊讶，宽敞的大厅干净而奢华，和我们欧洲的火车站一点儿也不像，在里面看不到火车。只需上几层楼，看到几扇有穿着高雅的卫兵把守的隐秘小门，进去之后穿过狭窄的走廊到达月台（地下），然后就是车厢门。但这里最让人惊讶的，就是这一传说中的民族具有的尊重和谦恭，从来看不出社会差异。马路上的清洁工和其他所有人是一样的，大家都那么礼貌客气。逛商店、打电话时亦是如此。随处可见各种使生活便捷的发明创造，比如自助式商店、公共冰箱、地铁、火车站寄存处、面包售卖机、电动剃须刀售卖机等等。自己可以搞定一切，只需往一个缝隙里塞进五或十美分，门就打开了。天气总是晴朗温暖，时而也下连阴雨。今天是大晴天。

亲吻你们。

克洛德

西十一街 51 号

［1941 年］6 月 22 日

亲爱的二老：

你们 5 月 5 日的信比我还先到这里，但从那之后就没有你们的任何消息了，我开始觉得有点久了。我十分想知道你们过得怎么样，能不能吃饱，是否过多受到了当地新举措的影响，报纸还没有报道更多细节。而我，昨天终于开始学习了。在这之前，要做的事情不计其数，占据了我所有时间。我开始逛博物馆了，但展馆的奢华宏伟几乎令人失望。终于看到了自然历史博物馆里的人种志丛书，其丰富与精美实属罕见，但并没有被很好地呈现。我认识了馆长，可能不久以后会去学习（那里有一间很华丽的图书馆）。除了印第安人的物品，博物馆还把各种动物赶到了透视画里，这些画尤为精细地呈现了各种风景、植物等（我整理后可用于南美研究）。人们甚至还能在青色灯光照明的厅内看到各种深海鱼等等。人们还能在天文馆里体验各种天文现象，比如北极光、闪电、彗星。在都市博物馆，我只看了绘画，比如格雷考的精美画作、伦勃朗、我能认出的普桑最受赞誉的几幅作品，还有壮观的埃及厅。

本周之初，我去耶鲁大学的梅特罗家里待了两天，他把全部精力都用于让我和同事们多交流。我在那边遇到一个相对来说棘手的问题。洛克菲勒提议派我去耶鲁大学，为期两年，提供津贴，但我对此深恶痛绝。那儿的人应该很乐意我过去，但那边的人种志学者已经非常之多，我去了没有任何作用，而合同到期之后又没有任何留下的希望。那是一片沉睡而封闭的领域，与外界隔绝，进了那里有点儿像进了死胡同。在这种凶多吉少的环境里，我可能不会有好发展。我最好能留在纽约，在新学校，这里能开阔眼界，维持境况稳定。但我既得让洛克菲勒接受这一点，又不会构成冒犯，他们还挺坚持的。我得拿新学校当挡箭牌，还得让它感觉我是不可或缺的。这事显然只能等开学之后了，现在封校，所有人都不在。那我就先装作若无其事，这是最好的做法。梅特罗完全同意我的看法。而且他在那里有种被软禁的感觉，所以离开耶鲁大学去了华盛顿史密森尼学会，这个机构只接收美国公民。我已被正式邀请加入《南美印第安人手册》的编撰工作，还和同事们建立了密切的联系，这本书有可能成为未来半世纪南美人种志方面最权威的著作。我负责其中一个重要部分，北至亚马孙州边界，西边及西南至瓜波雷流域，东至申古河，南至库亚巴，基本覆盖整个马托格罗索。这是一项巨大的工作，但与我的研究很吻合，因为不管怎样，我都得搜集这一地区的材料。这份工作报酬很少，但会很有启发。耶鲁大学有许多像牛津那样的新哥特式建筑，绵延几公里，周围都是漂亮的花园和华丽的街道。它所在的城市有二十万居民，相当于这里的一个村落，能让人因为忧郁而轻生一百次。同事们非常热情友善，他们精通各自的领域，但无其他延伸。我被邀请参加大学里一场鸡尾酒会，事先不知道会是何种情形，感到战栗不安！我的英语有些进步，进行专业交流的困难不大。

本周我要和哥伦比亚大学取得联系，我更喜欢这个学校，因为它遍布纽约。但我还没了解到任何进展，所以担心那儿的人会有点排外。洛伊[①]告诉我他大概 7 月 15 日到纽约，他肯定能给我一些好建议。除

① 人类学家罗贝尔·洛伊（1883—1957），研究北美印第安人口问题。

此之外，我办了不少行政手续，花费了很多时间。还得为解救莱曼[①]的事跑腿，他大概是在卡萨布兰卡被软禁了，家人以泪洗面，就指望我了。希望博士[②]在波哥大已经收到电报了，他能比我做得更好！我还在米玛家吃了一次晚餐，还请了梅特罗和阿琳姨妈去饭店吃饭，见了各种人（在船上认识的等等）。日子过得飞快，而且这种生活令我疲惫不堪，如同所有新来这边的人一样。

天气热得可怕，而旁边的巴西正值夏初，毫无热的迹象。我的公寓幸亏通风好，又有树荫，在里面生活很惬意，前提是有时间！我的墙上本来就贴着南北美洲大地图各一幅，书架上放着我刚买的几本书，整个街区到处都是旧书商，有成堆的东西，可惜卖得很贵。我只能买一些最必需的书，其余想要的只能慢慢买。我还没开始逛公共图书馆，据说里面好极了。目前我的工作主要是研究亲属体系，进度缓慢，因为要准备大量论文，完成学术性拼接和无止境的板块划分，然后才能开始按顺序将素材排序。等这项工作结束，我想把它们贴到墙上！想了很久，这周决定花钱买台小收音机，我很满意，就是我在法国用的那种，但是质量好很多。这台机子只能接收长波（那种非常厚的收音机才能接收短波）。我白天能听录播的精彩音乐会，前天是《佩利亚斯》，昨天是《名歌手》，今天是舒伯特、韦伯等等。这是一种乐趣。我现在做的工作非常机械，听听音乐就不会觉得无聊。我整个周日都在工作，还听到了攻击苏联[③]的新闻。这场战争真是一连串荒谬事件！而我对即将发生的事情，尚且无法做出任何预测。由于船只减少，美国又给了一批食物供给，我觉得离开法国几乎变得不可能。这一切真的太恐怖了。

亲吻你们。

克洛德

① 亨利·莱曼（1905—1991），人类博物馆美洲部门负责人［CLS］。

② 保罗·里韦博士。后文的“博士”均指保罗·里韦博士。

③ 1941年6月22日，德国纳粹袭击了苏联。

附言：我这周还想去了解一下航行许可证[①]，到时候告诉你们。

西十一街 51 号
［1941 年］6 月 28 日

亲爱的二老：

这周收到了你们 6 月 3 日的信。一般而言，信件似乎确实得用三周才能寄到。终于有了你们的消息，我很高兴，但涉及健康、生活必需品、精神状态的描述很模糊，所以我担心这些都不是很理想。我还是强烈坚持，你们从现在开始就着手准备，冬天离开康卡布拉。我绝对相信，无论在身体还是精神方面，第二个冬天肯定会是一次考验，而且结果会很糟糕。既然钱已经从银行取出来了，数额也算可观，你们可以依靠这笔钱生活，而且还有津贴。只要还能换来一些东西，你们就应该花掉。如果它落入个人手里，你们以后肯定能赚回来。只需等待有利时机，我一点儿都不担心。我觉得去年冬天阿维尼翁地区似乎优先得到供给，你们可以考虑一下，或者去海滨找阿兰格里[②]一家。让我知道你们的意愿。我完全无法告诉你们里莱特的情况。她来接我下船，第二天我通过阿琳姨妈得知尼藏的死讯，于是饱含情感地给她（她在纽约郊区开了一所中学）写了一封信，但一直没收到回信，自那之后也就没有关于她的消息。但有一次间接从阿琳姨妈那儿得知，她最近几周去了匹兹堡看望孩子们，她把孩子放在保罗－伊夫的一个年迈的亲戚那里。这类家庭变故实属常见，我也不觉惊讶。关于书的事情，谢谢你们所做的。我去了英国领事馆，了解了需要完成的手续，既耗时又复杂，还必须提供书单，但我还没收到。等我一拿到，就向伦敦提出航海许可申请，然后给你们发电报，你们把书寄到里斯本的一个寄货商那里（应该是 Wagons-lits Cook），他会收到英国的许可，

① 航海权术语，交战国发给中立国船只的航行许可［CLS］。
② 玛丽·阿兰格里，姓列维，我父亲的堂姐妹［CLS］。

再转送至纽约。全部算下来，至少三个月！而莱朗斯要给我的那些书，和他一起滞留在特立尼达，他的情况并不好。现在，美国当局拒绝在被占领国家有亲戚的人入境，而他在比利时有一个姐妹、一个兄弟。新学校并不希望提前两三个月解决他的情况，但他似乎并没有考虑到这件事的困难，在给我写来的信中表现得乐观，还说一两周之后就到。另外，我最近几天在处理让－皮埃尔的事，迪娜想让他拿到一所美国学校的邀请，事实上或名义上均可。这是可行的，新学校乐意为之，只需通过五百至一千美元的银行存款，确保相关人员的生计。卡昂想着实在不行也用这种方法。我不知道他进展到哪一步了。据说卡昂一家很有钱，也很吝啬，但我不知道他们是否能守住钱。他们有两个女儿——我还没见过——已经工作了。我建议波拉发电报给吕吕[①]，她照做了。或许他能有五百美元。如果这样可以，我就能以这个价格办成这件事。

这些事没太大意思，但我没什么个人的大事跟你们说。这周过着隐居者的生活。上周末受邀去了乡下，同行的有阿琳姨妈、泰蕾兹夫妇。但我更喜欢待在这里，全身心地工作，在此之前根本无法这样。我这周除了午饭和晚饭，几乎没离开家半步，开始整理我的亲属体系了。我估计明天能动笔，希望七月底能完成第一份材料以待发表，大概命名为《马托格罗索西部印第安人的社交和家庭生活》。我会用法语写，然后自己翻译。如果文章能被复审，我差不多就能做成。翻译的事情，无法依靠阿琳姨妈，她有太多事情要做。在她的紧急催促下，我那篇知名文章是用四天完成的，但还没翻译完呢！到现在已经两周了。她很上心，但就是事情太多了。此外米玛负责校对译稿，并修改措辞。本周在她家吃了一次晚饭，一起的还有博内[②]（和乔治没有关系）夫妇，他们以前在智力合作研究所，作为里韦博士的朋友，还讲了他的好消

① 吕西安·卡昂，让－皮埃尔的大哥，我儿时的假期伙伴，比利时地质学家，战后成为特尔菲伦博物馆主任。

② 亨利·博内，战后任驻华盛顿大使，我于1945—1947年间担任他的文化参赞［CLS］。

息。莱曼发来了求救信号，大概是被关在卡萨布兰卡了，必须要拿到个人航行许可，才能使他抵达里斯本。而我根本无法让洛克菲勒为了他而联系英国当局，从而获得许可，因为它只关心自己邀请的人。帮助别人并不容易，迪娜可能都想不到她为了让－皮埃尔提出的要求有多过分，因为就连成年人和有资格的人都拿不到许可。我给里韦发了电报，好让他通过哥伦比亚政府做些什么，但他和以往一样，没有回复。除此之外，我这周和同事鲁思·本尼迪克特[①]在哥伦比亚大学吃了午餐，她在各个方面都很像埃洛伊扎·托雷斯[②]，非常热情，再无其他。我还认识了博厄斯，他是美国人种学领域很有威望的人。我很担心我的照片。在这边，放大到十八乘二十四要四十美分，官方换算之后是十八法郎。爸爸，你要发财了，而且这儿的行情乱七八糟。想想我的底片数量，无论如何都不能动心思。我得找一下博物馆，因为我被抽中得了一张双人完整套票，另外一个得送人。我打算和梅特罗一起去，他下周会来纽约待一周。我忘记是否告诉过你们，洛伊两周之后要过来，我们得见一面。我定期会和蒙伯通信，进展不顺，总是会发生阿尔布斯－巴斯蒂德那种事。莫格是希特勒分子，已经有几个月领不到工资了[③]。费尔南多·德·阿泽维多是学院新来的主任。蒙伯很发愁，都快想来美国了。得知热尔达[④]的地址很开心，我这几天会写信给她，因为需要不少巴西的书。今天下午我会稍微中断一下本周的连续工作，去比利时同事巴尔赞家坐一会儿，我三周前还去他家喝过茶。我有时会去拜访物理学家贝特朗·戈尔德施密特，还有塞尚、皮萨罗的传记作者里瓦尔德，这两个人都是在马提尼克岛认识的，还会去看丽塔夫

① 人类学家鲁思·本尼迪克特（1887—1948），主要研究美国西南部印第安人，她是弗朗兹·博厄斯（1858—1942）的学生。

② 里约热内卢国家博物馆主任［CLS］。

③ 皮埃尔·蒙伯、让·莫格都是我在圣保罗大学的同事，战争期间他们被分配负责法国大学工作［CLS］。

④ 热尔达，是巴黎的露西姨妈家的养女，半个德国人。我离开法国时，把很多书都寄存在了露西姨妈家［CLS］。

妇、泰蕾兹夫妇。没再见过雷蒙，他可能准备去找他兄弟了[①]，很神秘。一堆知名人士这样做，情况还挺乐观的。至于最近的国际局势，我觉得非常有利，即便作战阶段结束得如此迅速。无论如何，我希望而且认为他们已经找到了自己的中国[②]。我在写信的时候，同时在听帕西法尔电台广播，现在是美国黑人的灵歌。真的太惬意了，我的亲属体系研究工作很机械，好在能听听音乐。

亲吻你们。

克洛德

西十一街 51 号

［1941 年］7 月 7 日

亲爱的二老：

上周四收到了你们 6 月 15 日的来信，但因为当时要和泰蕾兹夫妇去乡下住四天，就想着回来之后再给你们回信。谢谢寄来的书单，但你们没告诉我是否收到了我的所有书，还是只是一部分，可能得确定这个之后才能给你们指出哪些是我必需的。你们给的清单里“缺少大量图书”（我想要社会学、人种学、哲学的），不知是你们没有加进去，还是没收到。不管怎样，虽然书目不全，但还是得感谢你们，挑出的书都很好，等我一有时间就去复印，然后去英国领事馆办手续。我会发电报告诉你们需要做什么。

最近几天，工作暂时中断。先是周二，我全天都和里莱特及其两个孩子在一起，他们不知突然从哪儿冒出来，要在纽约度假。她身无分文，等九月中学的情况稳定了，她就能过上清贫但稳定的日子。她很有精力，勇气可嘉。第二天，梅特罗路过纽约，要去海地度假，于是又用了一天时间在人种志博物馆和当地的工作人员聊天。梅特罗

① 去哪儿？伦敦？［CLS］

② 像密不透风的帝国？［CLS］

的第一任妻子也在纽约，他想让我认识一下，所以明天我们要一起吃午饭。犹豫了很久要不要浪费这么多时间（主要因为和梅特罗在一起的那天，他告诉我各大专业性杂志任务繁重，所以不可能在六个月之内发表文章），最终还是决定和泰蕾兹、迪克一起去了解一下美国乡村，还能一连几天只说英语。而我通常只和法国人见面，所以几乎不会有这种机会。不得不说这一体验着实不错。我开始流利地说英语，不觉疲惫。但我不怎么想再有这种经历了。美国的乡村一点儿也不吸引我。泰蕾兹和迪克都非常友善，随遇而安，对那里充满激情。而我礼貌地假装认同他们的感叹。我们去了几座高约一千米的小山，距离纽约北部约两百公里，位于哈德逊河右岸①。风景美丽，但索然无味，就像汝拉山、卢森堡、上洛林地区和孚日山脉之间的地带，有成片的森林，如山毛榉、栎树、冷杉，还有绿油油的草坪、小溪、哈德逊河山谷里的优美小路，这一切既无魅力，也无实际用处。还要说的是，人口密度与枫丹白露森林的情况相当，木屋别墅随处可见，餐馆和咖啡屋遍布各大旅游景点，哪怕再荒凉的地方都有（实乃人迹罕至）。管理部门富有远见，在湖畔设了几张乡村风格的桌子，是为野营的人准备的，还有用铁链拴在树下的绿色垃圾箱！虽然已经在美国电影里看到过这种奇怪的组合，一边是偏僻和真实的大自然，另一边则是各种郊区设施，但亲眼看到还是觉得出乎所料。而且还有许多可爱的动物，松鼠和飞鸟若无其事地在我们面前游荡。我们住的是那种森林里的客栈，老板是爱尔兰人，非常舒适而且清净，餐食也挺奇妙。我们有时散步，有时开车，在附近的湖里沐浴（就在森林里，还有长凳和跳板），采摘方圆几公里随处可见的越橘，但没什么味道。总之很轻松、惬意，但我估计得有一段时间不会想念这种体验了。那里比纽约凉爽多了——纽约最近几天的温度叫人难受，晚上甚至觉得冷。

除此之外，没什么要和你们说了。整体局势见好。到目前为止，

① 指的是卡茨基尔，纽约普通中产阶级习惯光顾的度假胜地［CLS］。

虽然领土丢失，但并无大碍。我感觉局势能有力地“维持”，而且这么看来，事情不会像之前那样发展得那么迅速。我无论如何都不会相信，当前阶段仍会像以往那样，以一场军事碾压而告终。在这里，看到狂热的积极分子如何像过去一样带着热情漂洋过海，人们就充满信心。这么久了，大家都能辨别什么是好风。但显然迹象并不是很清晰。我上周和安德烈・鲁瓦永一起吃晚饭，度过了一个开心的夜晚，她似乎已经捉襟见肘，可能会接受儿童救济机构的一份非常普通的工作。刚才回来的时候，收到波拉・卡昂的一条新留言，是关于让－皮埃尔的事。她大概是收到了 W［威比耶？］将军的一封令人费解的电报，好像是在谈钱。还有，我们给吕吕发了电报，他好像也在试着寄钱。即使他们解决了这个财务难题，我还是担心迪娜在办理各种签证时会遇到其他困难。我一会儿就给波拉打电话。今晚吃过饭，我和同事巴尔赞在研究一项计划，我们要一起着手用数学逻辑的方法梳理亲属体系，他是这方面的专家。我现在正在等一个不认识的美国人，他给我打过几次电话，夸奖了人类博物馆的那些人。他好像很急切地要见我，我不知为何。

不，爸爸，我还没看夏尔・卓别林的电影[1]，据说是一部失败的作品，毫无反响。影片的内容受到了诅咒，甚至连异域色彩都没有！但能练习英语。我从罗阿讷的信中得知洛雷特[2]的事了，虽然由此释怀，但我挺同情这些可怜人的。他们好像不堪忍受这种伤心，这又多么令人失望。但愿他们能迅速启程，就当作一种补偿。皮埃尔似乎已经抓住了签证这根救命稻草。梅特罗告诉我，耶鲁大学的人对我印象很好，而且对我的英语很满意，只是可惜我无法去到那边。但不管怎样，还是会邀请我明年冬天去做几场讲座。我觉得我还会去哥伦比亚大学做讲座。对于大学而言，现在不是好时候。学生数量减少（由于服兵役），所以人们对大学的信任度大大降低。学校还得在当地讲排场，所以大

① 《独裁者》，1940 年在美国发行。

② 洛雷特・德雷富斯，是皮埃尔・德雷富斯的妻子［CLS］。

部分人过得挺惨的。而且，我也没在任何一所学校看到有头衔的教授。谁知道呢？或许时局变得比我们以为的更快。

亲吻你们。

克洛德

西十一街 51 号

［1941 年］7 月 14 日

亲爱的二老：

我在信中放了一些照片，但愿英法两国的审查人员不会被无辜的照片激怒。有一些是我在热腾腾的薄雾中抵达纽约的情景。还有一张新学校的照片，是我透过公寓厨房两面墙上的窗子（左下和右下），从它的背面望去的模样。那张有床和两张南北美洲地图的照片是从右边照片里最靠左的窗子里拍的，而右边那张照片是从左边照片里最右边的角落里拍的。这两张照片上的壁炉可以把它们连起来。如你们所见，非常奢侈。你们应该能想到，右边照片的上方是大玻璃窗。壁炉上放着一盆常春藤和我的收音机。旁边是我看书的桌子，最里边是金属文件夹。左边有块镜子的那面墙就在厨房门的前面，可以想象，如果照片再向左延伸，就能看到厨房门。再看左边照片的另一侧，浴室门在右边最靠前的扶手椅的后面。可以看到书桌的左侧边缘和后方的壁炉。你们一定看到了之前房客留下的过冬用的三大块劈柴。壁炉上面现在放了一幅大素描，黑白色调，一贯的手眼风格[①]。三层木制书架上可怜地放着几本书。右手边的门是不通的，它外面是肮脏的小块露台，对面是另一间公寓。看不到入口的门，它陷在刚才那扇门的右边，凹进去的地方是会客厅。我沐浴着新学校的一片绿意，当然了是它的背面，正面位于第十二街路南，而我是在第十一街的路北，所以我们

① 后文会再次讲述，是我在远足时发明的手眼并用的素描风格。参见《忧郁的热带》，巴黎，普隆出版社，1982 年，第 417 页［CLS］。

是在同一街区里面。照片就介绍到这里！

我今早收到你们 6 月 24 日的信。我之前的信可能已经回答了你们许多问题。我再接着逐一解答。我每周见阿琳姨妈两三次。我如果恰好在她的街区，就去她的办公室，赶上午餐时间就一起吃饭（上周是在一家墨西哥小酒馆，口味很重）。泰蕾兹在她那儿工作，我估计每天有一部分时间用于接待客户。我有时会看到她和她丈夫。我的衣服绰绰有余，可能还得买一件，因为真是太热了。到处都有卖的，十五到二十五美元不等（肯定是成衣，这儿没有别的样式）。

我每周去一到两次电影院，但还没下定决心经常光顾百老汇的大影院，那儿每个座位要一到两美元！我挺喜欢所住街区的影院。因为街区很热闹，所以有很多家影院，都能与巴黎的相媲美，价钱便宜些（四十美分）。但是没有一部好电影，大家都说美国电影衰落了，目前来看，我觉得这个评价很中肯。由于服兵役的缘故，甚至出现了大量像《军营里的马戈东》之类的惊人之作（为的是缓和气氛，还要提一下，这周已经有人向议会发出质询，报纸上全是愤懑不平，原因是军队路过时，士兵辱骂了身着运动短裙、正在玩高尔夫球的年轻女孩，部队里一名将军——立刻被召集前往华盛顿作出解释——就命令士兵行进二十五公里以示惩罚）。当然了，冲突爆发时，我会被迫履行各项常规的义务。为了合乎规定，我已经办了一千道手续了。但这里不会动员三十六岁以上的人，以后我会属于这类本土保卫军。在一个年轻的国家活到老，不过如此！但目前还不可能，甚至有一条规定是，二十八岁以上的人暂时被排除在动员范围以外。

继续回答问题：我住的地方距离阿琳姨妈家，长十一个街区，宽三个街区，步行大约二十分钟，公交十分钟，地铁五分钟。我只见过里莱特一次，在上一封信中已经说过了。她告诉我，爱德华暂时在威奇托，又在怀俄明州照顾石油生意。据埃默里克家人所说，阿琳姨妈的精神状态看上去挺好，比三个月前好了许多，很少谈起伤心事了。

我知道吉尔贝几乎从来不给她写信，目前看来她不可能再回去，我觉得一时半会儿不会和解了。吉尔贝之前态度好像很恶劣。她有许多工作，一直处于满负荷状态。闲暇时，她就做果酱，还会给我一些，非常美味。关于食物的细节，我只好说说了。我其实吃得不多，因为吃饭时间很短，我都是在酒吧或快餐馆吃饭，只吃一份套餐，包括一大片烤牛肉，或烤猪肉，或羊后腿，或汉堡牛排（碎块的肉），搭配土豆泥和菠菜或一些其他蔬菜，还有黄油，可以自选小面包、黑麦面包、英式面包。我很少再吃一份甜点，如果要吃，一般都是水果“馅饼”，越橘、苹果或菠萝，有时候还在上面涂“冰激凌”。对于法国而言，这明显很丰盛，但在纽约，这只是人们能吃到的最普通的一顿饭。我也因此能把精力放在休息上了！而且我这周几乎三天没出门。席卷纽约的这场流感，再加上倦意袭来的迹象，我有点吃不消了。吃了鸡蛋、牛奶、奶酪、果汁，所以现在完全恢复了。我的工作进度迟缓，正以龟速前进，这让我很烦躁。我被这些印第安人烦透了，与之共处如此之久，拖沓了如此之久，还提起过那么多次！不管怎么说，八月一定会完成的。我还不知道能在哪儿发表。还需要不少照片，我刚让人洗了两卷徕卡底片，作为信里所提内容的直接说明。花了 2.37 美元，官方换算大约一百法郎！我要拒绝在这里拍照！此外，我想到一个赚钱的办法，还能让你们过来之后有工作，那就是和多娜•若阿尼塔（迪阿尔泰）一起，开一家巴西餐馆。这里有近百家餐馆，墨西哥的、瑞典的、西班牙的、意大利的、中国的等等，但就是没有巴西的。我在搜集一些必要的资本信息。

收到了博士情绪激动之下写的一封长信，他似乎非常不幸。还有一封莱朗斯的信，他被困在特立尼达可能有几个月了。没有迪娜的消息，她没有回复我来这儿后写的第一封信。继续回答问题：是的，洗衣服真是天价，每周一到一块五美元，但洗得很好。用专用的纸板叠放衬衫，还会缝补袜子。我会给你们寄去一张复印的纽约地图，我住的地方用大头针的针眼标记（第五、六大道之间）。阿琳姨妈住在第八、九大道之间。这些照片里的摩天大楼是坚尼街南边的曼哈顿最高点。那个街区主要有银行和商店（相当于巴黎的第二、三、九、十街区）。另外一个摩天大楼式的中心是奥斯曼风格的，就像香榭丽舍，它位于第五大道附近，第三十五街和五十五街之间。这么看来，我位于这两大中心之间的一片安静区域。你们设想一下，人们在巴黎香榭丽舍的圆点广场动工，用两千个仙人掌做一个墨西哥式花园，同时在水池里放六只海豹。洛克菲勒购物中心刚刚就这么干了。甚至还有一些身着墨西哥服饰的临时演员，全天在那里走动，还有在架上栖息的鹦鹉。这座城市真的太奇特了！莱曼说八月初会来，但只是路过，他要去哥伦比亚，很高兴能再见到他。此外没什么新鲜事。我的生活极为平静，有些枯燥，令人厌倦，纽约的吸引力不过如此。我希望至少能趁这段时间，结束关于亲属体系的研究[①]。这不仅难得可怕，而且无趣，读不下去，估计没人会看，但它体现了严肃性和技术性，需要反复思考，这就是追求的目标！

亲吻你们。

克洛德

西十一街 51 号

［1941 年］7 月 20 日

亲爱的二老：

回复你们 5 号的来信，信是昨天收到的。首先，我发现上一封信我没回答最重要的问题，就是我完全不建议卖掉康卡布拉。最糟的状况可能是你们不得不卖掉，那就等到那时候再说。另外，通过报纸上

① 这项关于亲属体系的研究尚未进入编撰《亲属关系的基本结构》的开端，此书始于 1943 年。但当时已经涉及这一问题，以及利用逻辑数学方法的可能性。与巴尔赞合作的意图突然中止，未留下任何痕迹［CLS］。

的消息和评论，我感觉此时有人在开倒车，这判断准确吗？妈妈，我立刻把你的信转交给了阿琳，也请你帮我祝贺另一个阿琳。听这边的人说，法国婴儿出生时还不到三斤，这下我明白了。可想而知露西该有多么开心和骄傲。我通过卡昂一家得知，迪娜拒绝了把 J.-P.[①] 送到这里，而是建议他去找吕吕。我不知道通过什么途径，但这似乎是最佳方案，上周给她写信时还提及此事，不知她是否会采纳。在军事方面，他如果来这边，很快就会有和那边等待他的同样的命运，况且那边还有兄弟在身边的优势。皮埃尔写信讲了他的事故，十分悲痛，这次真得向贝尔纳[②]求救了。等我拿到他的材料，估计能做点什么，有一线成功的希望，但请你们告诉他，无论是热斯马尔还是我，都无法抓到那个带他过来的钢琴家。我在上封信里寄给你们一幅纽约地图。

前天，我受邀和阿琳姨妈一起去雷蒙·鲍曼家里，他家富丽堂皇。因为是周五，整个传统仪式都有。他们询问了许多关于你们的情况，而所有避难者都得强忍着（他也是）像往常一样讲述六月逃亡的详细过程和逃难经历。我不能准确地看懂这里上演的何种事情，但似乎成功挺过来了。除此之外，这周的重要事情是我和途经纽约的洛伊碰面。我觉得他和书中一样热情且充满魅力，我的英语也流利了许多。我们应该还能再见面。他六十多岁了，儿时就获得了美国国籍，但却是精神分析之父的同胞。我们共度的那个下午令我很开心，希望他也感觉到惬意。我们聊了许多问题，专业的和其他方面，但尚未谈及我的未来。我想只有等文章发表之后，才能在新学校之外找到一片天地。说到这里，我的进展非常缓慢，就算全天沉浸在如此陌生而遥远的笔记里，写的内容也超不过两三页。好在工作质量有所保证，既然无望在六个月之内出版，慢一点也不要紧。我之前做的工作使我和阿琳姨妈走得更近，但她也没能谋得一个稳定的职位。另外，同事巴尔赞是数学逻辑方面的专家，我提议与他合作研究数学逻辑用于原始亲属体系的可

① J.-P. 是让－皮埃尔。——译者注

② 皮埃尔·德雷富斯的小弟弟，医学博士，因患骨髓灰质炎，一只胳膊残疾［CLS］。

能性，他目前正用我的材料试验他的方法。或许有一天我们能一起发表这方面的有趣成果。我得去图书馆（我没发现任何独特之处[①]）给博士找一些材料，他的全部笔记都被没收了。不知是否跟你们说过，他从波哥大给我写信，信中颇为激动。他似乎状态不好，但把莱曼救出来了。我们在这里等他，他大约八月初会途经这里。我没有迪娜的任何消息，她没有回复我从纽约写去的第一封信。我最近又给她写信了。

回答几个问题：上周身体稍有不适，但现在状态非常好。幸好没有长胖。公寓不提供床上用品，所以搬来之后买了三套床单、四条毛巾和四块抹布。这种东西非常便宜。我没理解你们所说的关于华盛顿的事，我从未被邀请过去，因此也从未去过那里。我估计是与之前跟你们说的史密森尼学会的邀请弄混了，那次属于合作，不是访问。

最近几天，这里刮起了东风。人们觉得新的合作者[②]骁勇善战，即使他们的抵抗行为被制服，依然会用其他方法继续作战。电影院里充斥着各种新老电影，令人想起很久之前我们常去的格勒内勒的一个影厅里的氛围。非常有意思，尤其是各种时事，挺鼓舞人心的。但是，我还是愈发觉得，这里不会比你们那里更易得到客观的看法，而原因刚好相反。当我听广播时，总想获取大洋彼岸的消息以供参考。然而乐观的声音非常强劲，通过许多评论就能猜到，而且肯定是来自上层的那些我们无法获知的消息。

再回到你们的来信。我自然同意卖掉阿尔弗雷德叔叔的手表，但也别忘了露西姨妈手里应该还有一笔钱，或许能在这个时候派上用场。你们说到的食物供应的事让我揪心。只有瓦勒罗盖这样，还是各地都一样？如果只有瓦勒罗盖这样，你们冬天之前应该离开那里。人不能不吃肉，我估计不会再有大量的猪肉供应，幸好你们准备了第二块（猪

① 它陈旧的风格欺骗了我。我是慢慢地才发现它的丰富及其在研究方面为读者提供的便利［CLS］。

② 明显指一个月前遭受攻击的苏联［CLS］。

肉），但这次最好把它全吃掉。我觉得安顿在维冈的想法不妥。你们应该再改变一些，去一座名副其实的城市。我强烈建议去阿兰格里附近的海岸找个角落。

昨天，我第一次去了城市音乐广播大厅，那里很吸引人，有全球最大的大厅（有六千多个座位）。并非所有地方都那么高雅，但整体可谓壮观。也是在那里，我终于真正见识了大型女生团体像钟摆一样精准的舞蹈，以及影院呈现的宏大演出。乔治•罗歇新推出一部好看的电影，风格不再那么唯美。这里最近一周是烦人的雷雨天，潮湿且一直下雨，昨晚是南美洲真正的雨天。但今早天气凉爽，清新明媚，好像到了法国的春天。我在工作，下午要等迪克和泰蕾兹。泰蕾兹要来复制我的卡迪维欧素描，进而推出一种新款式的布料。我很好奇究竟会是什么样儿。说起这个，最漂亮而珍贵的那幅作品在巴黎，在我的书桌从上往下数的第二或第三层抽屉里。如果你们能找到，就找个可靠的人（比如皮埃尔，他正准备启程）拿给我，我会非常开心，因为我打算在这里发表。但此事并不紧急。还有，如果露西姨妈还记得她所做的东西，我也非常乐于再看看那个用黑色石头雕刻成印度烟斗造型的镇纸，它就在我的书桌上。我家里没有一件看上去算精致或值得把玩的作品，真叫人发愁。希望能碰到熟悉当地物品的专业古董商，但一直没遇到。

我这周想请安德烈•鲁瓦永吃晚餐。周二丽塔和她丈夫来看我。新学校的合作主任马耶尔小姐提议周三在布鲁克林吃过晚饭之后，带我参加一个会议，但不知道是社交还是文化性质的。新学校出于民主，从不要求穿着，所以无须顾忌。由于心理作用，我肯定会去的，我的原则是哪里都去。我剩余的时间用于帮博士找必需的材料和我自己的工作。我很想尽快完成法语撰写，以便开始翻译，那会是教学前的一项绝佳的预备练习。我到九月份才会开始准备自己的课程，提前一个月足够了。纽约完全是夏季，在市中心，女人们穿着沙滩裤闲逛，没有人会注意。我知道大洋彼岸的你们肯定有着相反的看法，还会对这些致命的习惯作出强烈反应！人们晚上穿着睡衣在街上散步，更准确地说，是一种特殊的套装，颜色淡雅，质地轻薄，还会在裤子外面穿一件同样颜色和质地的翻领罩衫。我还无法欣赏这种异域的时尚。这应该会使洗衣费用大大升高，因为那种衣服显然就穿一次。今天就写到这里吧。

亲吻你们。

克洛德

［阿琳·卡罗－德尔瓦耶写给母亲的信（CLS）］

纽约

1941 年 7 月 22 日

亲爱的埃玛：

我想立刻回复你的来信，这是忙碌之际保持通信流畅的唯一方法。我好像忘记在上一封信里感谢你让克洛德转交给我的巧克力糖。这令我感激涕零。想到你们自己从来没有太多像样的东西吃，却设法给我寄来了巧克力糖！我绝对不敢独自享用。我把它们放冰箱了，无论谁来都得拿出来展示一下！

得知包裹没能寄到，我非常痛心。这于我而言损失不大，但你们会损失很大。我还是会在信封里放上十美分的缝补用的棉线。不管能否寄到，我们也只能试着做点这个。英国人已发出警告，所有包裹都会在途中被扣留……德国人则称寄给罪犯的包裹是不会寄到收件人手里的。这样一来，可怜的帕斯图罗[①]什么都收不到了。

克洛德给我讲了你们艰难却励志的生活。他来纽约大概两个月了，但直到现在还适应不了这里的富足。他为享受这一切而感到羞耻，还

① 亨利·帕斯图罗，近乎超现实主义作家，我的表姐妹利斯·勒韦尔的第一任丈夫［CLS］。

会为浪费而愤怒。他的生活井井有条，有许多朋友，也没少出门。我们经常见面，他对我很友好，经常请我吃午餐或晚餐。我有时也在这里与他见面。若是在家，总会为他备好碗筷。他还和泰蕾兹相处得很融洽，甚至还有迪克，这令我吃惊。我觉得他有无尽的人情味，也更包容，易于相处。一个周五，我们一起在鲍曼（雷蒙）[①]家吃晚饭。开餐前，主人头戴圆帽，吟诵做礼拜，我们都不敢相互对视。这都是些实在人，在创作上会给他很多帮助，我也会做一些工作。很开心得知你们能收听到我的拙作。时间不好，应该能往后推四个小时。我们希望如此，没准儿哪天你们能再次听出我的声音？这一切都需要我疯狂地工作，很多时候感觉非常疲惫。今早收到吉尔贝的一张卡片，他正和让－保罗在大约三千米之外的山上钓鱼，钓上来像鲑鱼一样的鳟鱼。这令我想起了在加利福尼亚登高的情景。哎！怎么去呢？至少此时，没有人能替代我现在的位置，我也没时间去看小宝贝杰里米。妈妈能抱上外曾孙[②]，肯定很满足。你给他们写信的时候，请向阿琳转达我为这一切的结束感到特别开心，希望这个孩子会让他们忘记大家经历的苦难。虽然出了各种状况，但露西应该幸福得要疯了。我寄的漂亮羊毛没能送到，太可惜了。还要告诉妈妈，我如果能联系到要去那边的人，还是会试着给她捎去一点钱。如果里莱特的父母能顺利动身，并给她送去或转交给你五千法郎，回来之后我会还给他们美元，大约五十美元。

7月14日那天，里莱特带着孩子们来看我，非常客气，我在米玛的单人画室里见了他们三人。当时特别感人，你们听说了我关于此事的讲述了吗？

我不想沉浸在我们的悲痛之中。目前应该避免浪费精力，全身心地憧憬希望。这里的乐观带有一种呼吁耐心的睿智。我们都需要这样。

① 远房亲戚［CLS］。

② 阿琳，姓罗比，刚刚分娩。她是露西姨妈的女儿，所以是阿琳·卡罗－德尔瓦耶和我母亲的外甥女。

你能再给苏珊寄一张卡片吗？地址是 Hossegor la Maïsouette，再让她给我写一封信，先交给你。我已经一年没有她的消息了！邦达[1]可能会动身。如果你们有事情（或许克洛德的书）要委托他，他的地址是卡尔卡松蒙彼利埃街 15 号。

我亲爱的埃玛，加油。克洛德和我在计划，好让我们尽快团聚。这并非不可能。亲吻你们二人。

阿琳

西十一街 51 号

［1941 年］7 月 29 日

亲爱的二老：

昨天收到了你们 13 号的来信，可见从你们到我这里的邮寄非常迅速，而且寄出时从来不会延误，这次甚至在百慕大也没有。你们说的关于补贴的事令我颇为不安，现在定期发放了吗？我对于新的机制一无所知，希望你们说得再清楚些。如果真有必要，也就是说，如果真如你们所说，应根据个人情况予以调整，那么爸爸可以去蒙彼利埃找主管人（库尔坦会给建议）解释一下你们的情况。我获得高等教育司审批并最终决定动身时，需要交一些资金，你们可以留下生活所需，再拿出剩余的部分补贴，替我偿还当初帮我预付了这笔钱的人。要告知我细节，让我知情。无论如何，希望巴黎的事不会让人等太久，就算存在一些困难也不足为奇。但我认为可以抱有信心。如果你们觉得有为难之处，发电报给我，这边应该能想办法帮你们。我还很担心妈妈的腰疼，但愿不会比你们描述的更严重。你们还能坚持素食吗？还没开始宰杀兔子吗？我上一封信里已经告诉过你们我关于房子的想法，不到必要之时，不要卖掉。我也不觉得有必要在家具上做什么准备。

① 朱利安·邦达是阿琳·卡罗－德尔瓦耶的密友，可能不止［CLS］。他是《教士的背叛》（1927）的作者，最终在法国参战，先后隐藏于卡尔卡松和图卢兹。

但我肯定不知道究竟是何种情形，报纸上只会非常浅显地谈一些问题。

是的，我们已经分开四个月了，但我开始憧憬，再有两倍再多一点的时间，我们就能团聚。反正基于事态的发展，这边是这么认为的，人们普遍对目前的状况表示满意。我从安德烈•鲁瓦永处得知，迪娜经历了 J.-P. 的失败之后最终放弃了。不参加考试就能轻而易举拿到大学的邀请函，我并不这么认为，而且保证并非如此。如果真的拿到了，我的处境就会非常艰难。只要事情看着有操作余地，波拉就会向我求助，而且觉得不需要提前告诉我新的进展。这些人真的是毫无顾虑。我寻思着，目前能对这个可怜的家伙做点什么。

我这周时间用于工作，进展不小，估计明天或后天就能完成法文初稿。八月份一部分时间用于译成英文（我感觉我能试着直接用英语写了，我考虑该用哪种文体，但对科学性的文章而言应该不重要）。另一部分时间用于填补素材和引用。这是一项获益良多的工作，有许多新东西，我认为会有一些冲击性。唯一的愿望就是洛伊会继续这一事业，不仅涉及博罗罗，还有我之前写给他的信中的一些发现。他在最近一篇文章里引用了 1938 年的一封信，作了诸如“我向列维－斯特劳斯教授的论断致以崇高敬意”之类的评论，之后向我提出了异议，但我没太留意对他说过什么。我参与《南美印第安人手册》一事不如最初设想的那么重要，梅特罗在我去之前就已接手了几个章节，而他希望现在能有人替他，但史密森尼学会无法再出资让我帮他完成。而我很乐于——倾向于此——无偿修改并完善他的章节，然后我们一起署名。他一直在海地，大概 8 月 10 日回来。我原本剩下两章要写，这下要延后了。

我上周三第一次参加了纯美式的晚宴。新学校的合作主任马耶尔小姐友好地邀请我参加了一个派对，结果是一场十二人的豪华晚宴，在布鲁克林酒店顶层，恰与曼哈顿最高点隔河相望，俯视摩天大楼、纽约港、郊区，令人惊叹。在场的一部分是家属，大家在这里都强烈地觉得用不了多久就得从这里出去，还会被威胁要把我们送回去[①]。此外还有从得克萨斯州和俄克拉何马州来首都参观的年轻夫妇。我觉得不怎么有趣，但正巧能通过入门级的对话锻炼英语（我发现逐渐不需要绞尽脑汁就能找话题聊天），出来时已经完全了解美国东南部各州的各种风土人情。晚餐非常本土，有水果沙拉，里面有很多用樱桃装饰的瓜片，有“马德里清炖肉汤”，即一大块醋栗色的胶体，被视为烹饪材料中的顶尖之作，有橄榄、小红萝卜、芹菜做的“开胃菜”，还有配有蔬菜的整只鸽子，覆着烤蛋白的冰激凌。如果不是出于人种志方面的兴趣，我会耻于跟你们讲这些。大家先是在马耶尔小姐家集合，来回路上都是坐私家车。这都是些有钱人。

本周的第二次外出，是和戈尔德施密特一起去一位法国科学界人士[②]（多少算是）家里。你们没听过他的名字，但他在这里很重要，有“各种头衔”。还有一个爱德华家的女孩（不是我们认识的拉斐特街的那家[③]）。虽然她的名字带有一丝写作和伦勃朗的光环，但我觉得有点做作（不是说苏珊），而且她看上去很随便，像在自己家一样。这是一次惬意的晚会。我带安德烈去了我住的街区里一家小的墨西哥饭店，物美价廉。我们在那儿吃了一份美味的“鱿鱼饭”，撒了酱汁的米饭显出墨黑色，上面覆着鲜红的甜椒。然后去了一家地下小酒吧，是我发现的，我们喝了一杯十美分的啤酒，听着绝美的黑人音乐，来往其中的有水手和下等妓女，一切都仿照马克·奥尔兰的样子，不用说安德烈有多开心。她人特别好，由于跟她稍微谈了一些教会法，而且是困扰我工作的一个问题（关于几种当地家族机制与天主教父母职责之间的对比），结果她第二天给我送来了四页笔记，是按照我的想法在图书馆找到的，非常有用。

回答妈妈的几个问题：不，这里不像法国那样习惯用花束或糖果

① 指犹太居民区［CLS］。
② 他的名字是鲍里斯·普瑞格［CLS］。
③ 爱德华·德·罗特席尔德，他的女儿是贝特萨贝［CLS］。

表示谢意，而且我也支付不起这些费用。但只给米玛送过铃兰，这得另当别论。尽管我没有理由非要这样做，但我知道我在波多黎各时，她花了一笔不小的费用，让她的律师处理我的事情。此外，我昨天第一次去看牙医，我吃玉米时把门牙啃掉了。我去的是阿琳姨妈的牙医那里，用一点粘固粉重新把牙安上，花了六美元。他工作的细致毋庸置疑，而且他们的关系可以追溯到卡罗－德尔瓦耶一家的辉煌时期，现在几乎是免费为他们看病。但我还是会换个牙医。阿琳姨妈做事也会有风险，因为她在一些生活细节上（询问她的建议之前并不知情）还保留着老习惯。我经常在午饭时间去看她，先去第四十九街的办公室接她（坐地铁十分钟），然后去小酒馆，或至少是相当于小酒馆的纽约人去的地方。这样一来白天我就能去走走。迫切希望在规定日期之前完成我的工作，所以最近几乎很少走动。我会待在屋子里，穿一条旧的法兰绒灰裤或卡其色的华达呢裤，吃午饭或晚饭时就披一件白色大衣。通常是去第八街，那边有上百家酒吧或餐馆，还夹杂一些旧珠宝商及卖布匹和印度、墨西哥商品的商贩。纽约人穿衣服的随意叫人不可思议。百分之五十的人不戴领带，百分之七十五的人穿衬衫不穿外套，还有许多人穿泳装。所以我还得花些钱。去市区吃晚餐时，我会挑一身好西服来穿，不穿背心，因为现在这边有九十多华氏度，大约也就是我们的三十五摄氏度。这还不算什么，空气湿度竟有 97%（100% 意味着空气湿度饱和）。而且还像巴西的夏天一样，大暴雨未曾间断。

亲吻你们。

克洛德

附言：回答其他问题，这边几乎没有热带水果，但有许多覆盆子、越橘和桑葚。而且这边的人不吃新鲜水果，来自世界各地的水果都被做成果汁、罐头，卖五或十美分。我这周还见识了菠菜汁、香菜汁、芹菜汁，用这里的话说，“最后但最重要”的是腌酸菜汁！

西十一街51号

［1941年］8月5日

亲爱的二老：

昨天收到了你们7月21日的来信。我不怎么认可你们的过冬计划。虽然食物上有便利，但我觉得你们再次将自己困于瓦勒罗盖，简直是疯了。身体的不适会抵消吃得好这一优势，精神打击也不会比各种限制少让人憔悴。我确定，结果会很糟糕。你们太独居了，所以都不能生病。而且我并不觉得你们交了入市税还不能运送物品到未来居住的地方。因此，我还是坚持认为你们再作考虑，两三个月内搬离此地。这不是奢侈，只是最基本的应对举措之一。关于那些书，我很犹豫是否要通过航行许可让人带过来。那样会产生高额的费用，手续非常复杂，加上里斯本无人照管最重要的一程，我担心无法寄到。而且我并不急需，所以不该冒着寄丢的风险。罗斯–玛丽[①]大概九月会途经美国去找她的母亲。你们问问皮埃尔，看罗斯–玛丽能否把那些书带到纽约。我直接问过他此事，但出于一些无法解释的原因，我的信似乎没到罗阿讷。做两手准备总要好一些。没必要去影院看电影，影片没有价值，还徒增许多烦恼。而且我很开心有了幻灯片，可用于各种会议。这里没有任何经济的方法来开展摄影作业。一旦涉及手工活儿，就价格不菲，至少于我而言如此。爸爸，你说的“小型手工业者”肯定从属于某一“团体”（工会），这一机构为所有行业定价，否则无法实行。纽约有一道风景线，那就是在几乎所有不符合工会规定的房屋前，都会出现组织有序的“纠察队”，门前站岗的士兵日夜闲逛，旁边还有奇丑无比的模特，标语牌上写着“诸如此类即为对雇员的‘不公平’”

① 皮埃尔·德雷富斯妻子的姐妹，娃于尔莫，后来成为我的第二任妻子［CLS］。婚礼于1946年举行。

等等。至于迪克，他更施莱米尔[①]，帮不了他的兄弟或其他任何人。另外，我现在不需要照片，需要时我再严格挑选一些来洗。

我八月份决定严格履行纪律，所以这周没什么事和你们讲。为了达到目标，我已经在药店花了一块四美元买了一个很好用的闹钟。药店里能买到各种杂货，还有香烟、冰激凌，甚至速食午餐。我的小闹钟摔坏了，据我了解，在美国修好它要比买个新的更贵。有了闹钟，我七点起床，吃过早餐后，八点半出发去图书馆。我都是自己准备早饭，已经习惯了喝生牛奶（很美味），从盒里直接倒出来，再加一些松脆玉米片。［成穗的］玉米会让人发胖，我觉得这多少跟掉牙有点关系，牙现在已经补好了。我在图书馆工作到中午，完善文章的引用。那里挺有国家图书馆的氛围，虽然更加舒适，但比人们所说的还要混乱。管理员非常乐于助人，这边所有人都这样，而且善于在遇到困难时将事情简化。今天上午，我要找的引用文章不在——这一点不可原谅——杂志目录里，他们就为我找出了该杂志的全套版本。中午，我去附近或住处附近吃午餐，然后回家翻译我的文章，文章终于写完了。我可以说，这项工作实乃一种殉道，我每一页都要斟酌一个小时。上周日，我把前十页交给阿琳姨妈看，焦虑地等待她的裁决。很可能有一半要重新弄。我如果不计结果，只把这当成一次精细且必要的练习，那会让我非常沮丧。过不了多久，我可能就会快一些。阿琳姨妈告诉我一本名为《罗热的词库》的刊物，（又是！）在药店可以买到便宜的版本，我能从中获得帮助。它涵盖了根据意义分类的全部英语术语，可依据想要表达的内容（“身份”“差异”“礼貌”“语言”等）有个大致的想法，还能查到所有名词、动词、形容词、副词等，可供参考。是很宝贵，但要用很久才能掌握。无论如何，我的进度非常缓慢，已告诫自己整个八月都会是这个状态。我每晚都会像今晚一样，写信或出去遛一圈，再或者去电影院，看特别差劲的电影，但我给自己找的借口是有助于我学英

① 依地语术语，意为“倒霉”“走厄运”。

语。我现在差不多都能听懂了，这与最初的情形截然相反。

有时候，我会趁着图书馆（第四十二街和第五大道）离得近，就到第四十九街，去阿琳姨妈办公室接她，然后一起吃午饭。或者我会在每周日下午去看她，通常是每两周一次。没去的那个周末，我会去巴尔赞家，已经固定为“日程”了，在他家主要见到的是比利时人。总之，我大多时候独自一人，但不觉得难熬。这种日子惯常如此，只有上周六被中断了，我那天和丽塔夫妇外出徒步，从纽约这头走到了那头。丽塔在很多方面已被资产阶级化了，而她丈夫聪明又有教养，总是很风趣（他在印度、中国和马来西亚做钻石生意），但有点挥霍，真是一面叫人无法忍受的“哭墙”[①]。话说回来，我们都在外漂泊，有时是得为彼此考虑。于是我们开始去城市最下端、靠近布鲁克林桥的中国街区吃晚饭。那里有许多五彩缤纷的集市，游客很多。我们发现了一家下等的小咖啡馆，一点儿气氛都没有，但每人只需五十美分就能吃到上等的饭菜，用比舍诺兹的话说，就是非常真实。有汤、鳌虾烩、烤鸭、米饭、水果罐头和黄豆饼干。然后我们在附近闲逛，乘坐轻轨（空中地铁）穿过包厘街，也就是三十年前的老纽约。轻轨的声音简直像地狱里的链条发出的声响。那里的宾馆脏乱，一间房每晚十或二十美分，黑人睡在走廊里，肮脏至极。然后，我们花了将近一个小时乘坐“公共汽车”穿过整个曼哈顿，从我们所在的这端一直上到第一百四十五街，在哈莱姆大舞厅度过了整个晚上。每周六晚是那里的大日子，我敢说那就是萨沃伊(你们记得克洛德•麦凯[②]的小说吗？许多场景都能在里面看到）。有一个疯狂的黑人女性，怪里怪气的，在出色的乐队一角恣意舞蹈，看不出任何巴西狂欢节里的非洲特色。美国人的风格就像着了魔似的。直到约莫凌晨两点，舞蹈比赛开始，现场有趣起来。参赛者是十五到十八岁的孩子，都是哈莱姆的普通百姓。女孩们穿着漂亮的小礼服，一半是练体操的，另一半是芭蕾舞演

① 犹太人崇尚它为最神圣的地方。——译者注

② 克洛德•麦凯（1889—1948），主要作品有《回到哈莱姆》（1928）。

员。他们的舞蹈是即兴的，像杂技一样充满了激情，是我见过这类舞蹈中最精彩的。男孩们抓起他们的舞伴（或反过来），将其抛至空中，完成空中翻，其间从未打乱节奏和韵律，还保持着自然。有两个女舞者，因为没有抓牢摔倒了，结果被带走了，而其他人并未停下！在这期间，观众欢欣鼓舞，激动万分，呐喊着“跳舞、跳舞”，仿佛还没看够。我们出来的时候凌晨三点，四点之前我几乎没睡着，第二天差不多睡了一整天。

这里的人对于整体局势持乐观态度。但我认为亚洲方面的事态恶化或许不是坏事。人们一直非常信任新的合作伙伴，而且从昨天起，对德•H. 女士[①]的丈夫很满意。雷蒙还没出发，这件事比预想的更难，因为他想（只是听说，我未见过他）直接和我 1940 年 5 月结识的朋友们[②]结伴，而不和阿琳姨妈的朋友们[③]一起。不，很遗憾，我还没在大狗［?］认出我的老同事。但听说他高高在上，不结交普通人。赞博[④]的朋友也常常被人谈起，不总是好话，他虽然很热情，但缺乏细腻。这些人都过得锦衣玉食，所以得我去接近他们。纽约是一座非常庞大的城市，各种社会阶层形成了许多独立的小圈子，相互之间重叠但不融合。我要说的是，出于各种原因，我一直坚持远离那些过于躁动的圈子，因为一旦融入，我不知道会发展到何种地步。我也不是一下子就能融入其中，而且不会全是好事。基于以上考虑，还是离远一点。阿琳姨妈就会经常因为气氛而特别沮丧。

亲吻你们。

克洛德

① 德•埃兰女士，度假时认识的？［CLS］

② 英国人，1940 年 5 月我担任其临时联络员［CLS］。关于这一阶段，参见 E. 卢瓦耶，《列维－斯特劳斯》，2015 年，第 241~242 页。

③ 美国军队［CLS］。

④ 亨利•伯恩斯坦，他总在其作品中以此为名设置一个人物，作为吉祥的象征［CLS］。亨利•伯恩斯坦（1876—1953）的作品有《幸福》（1933）、《埃尔维尔》（1939）。他战时在美国写了《一个失败主义者的肖像》，是对贝当的刻画。

我两周前又给迪娜写信了，而且依然会坚持。我也认为她继续这样忘记，是更好的选择。

西十一街 51 号

［1941 年］8 月 13 日

亲爱的二老：

这周没有收到你们任何消息，但愿只是邮寄的原因，而非身体上或其他方面的问题。或许信件在途中寄丢了，或只是延误，会是这样的。希望不是我的信出了问题，但就算发生这种事，你们也不要惊慌。如果确实是我上一封信没能寄到，我还是得先说一下，问问罗斯－玛丽九月出发时，能否带上我的书和幻灯片（你们留着影片吧，用不上）。我也会给她写信说这件事的。说到行程，我昨晚在住处附近的第八街见到了维尼奥[①]一家，他们昨天刚下船，要在纽约待两周，然后与他们教育界的人士汇合。纽约真是一座小城！他们路上很顺利，只是在里斯本等了一个月才等到船。他们住在华盛顿广场的朋友家。我们接下来还会见面，他们和所有新来的人一样，非常兴奋。波拉终于打来电话征求建议，自然是关于迪娜最近一封电报里表示 J.-P. 几乎无法启程一事。可惜，我不知该如何做，除非找到为他寄去第一份申请书的朋友，并让其再次采取符合新规定的新措施，但那既漫长又困难。

白天的事[②]使得舆论纷纷，我自然是在这片嘈杂之中给你们写信。我觉得自己上周的预测，或一直不断重复的这些预测没有道理！于是我安慰自己，这或许意味着许多日常困难会减少，你们和其他人很可能可以从中受益。而我一想到今年冬天就会浑身发抖，在我看来，这一问题不可忽视。这边的人自然愤懑不平，但由于我们定居于此——

① 保罗·维尼奥，高等研究实践学校的研究主任，工会干部，基督徒。迪娜（我的妻子）和他的妻子有交情［CLS］。

② 参见下一封信［CLS］，第 273 页，注释①。

尽管你们这么认为——却带着一丝冷漠，所以不认为要吸取教训。里莱特又来纽约了，我这周和她吃了午饭。她圈子里的人虽然开放，但不太友好，而且她像个小疯子，似乎沉浸于和出租车司机的各种约会，那些人下班之后会陪她逛通宵。我发现她的圈子里还有博物馆建筑师①。顺便说一下，莱曼应该已经出发了，他的船随时会到，至少他妈妈昨天在信中是这样说的。我继续安静而勤奋地度日，文献已经弄好了，所以不再去图书馆了。我现在白天晚上都在翻译。由于中途参考了从图书馆收集的文献，文章变得丰富了，我现在进行到了手稿的前三分之一。因为阿琳姨妈还给了我修改之后的前十页，需要修改的地方确实不多，所以文章也令人放心了许多。这么看来，我所做的并非没有用处。译文的风格肯定存在差异，科技性的段落不难，而遇到略带文学性的细微之处，我就自由发挥。由于当地人的心理占据很重要的部分，所以往往都是后一种情况。我的进度一如既往缓慢，而且困难重重，但词汇量多少有所增长，而且我现在愈加相信能出成果②。

最近一段时间热得令人窒息，真觉得快累垮了。但昨天下午气温下降了十几度，晚上还会凉。这种刮风的好天气似乎会持续，终于可以松口气了。本周的活动是明晚在中国城吃饭，邀请了阿琳姨妈和米玛，周六晚上要在家里招待巴尔赞一家、阿琳姨妈和安德烈•鲁瓦永。我觉得还是大家一起比较好。巴尔赞夫人很有女学究气，是那种从政的女性，而她丈夫有点像比利时人，很专注（指的是学术方面），与他们相处很愉快。我周日整个下午都在他们家，和B③一起研究将逻辑方法运用于我的亲属体系研究，有点令人失望，因为他的方法非常严密，而且运用起来要比我的经验论方法慢得多，还很无聊。若用他的方法，弄清一个体系要花几个月。最终，与野蛮人相关这一点令他非常兴奋，他打算做成填字游戏，或解读一篇侦探小说。而我就任由

① 雅克•卡吕，夏洛宫的建筑师［CLS］。

② 即后来补充之后的文章《南比克瓦拉人的社会和家庭生活》［CLS］（1948）。

③ 巴尔赞。

他继续，全靠自己尽力完成！前天，我和法语联盟（美国机构）的负责人①聊了很久，是阿琳姨妈之前介绍我认识的。我们很聊得来，我今年冬天可能会去做一两次有偿的报告（法语），主题大概是“巴西与法国，四个世纪的心灵交融”，你们懂的，此外还会讲述一些旅行见闻。正因为此，我需要幻灯片。我还是常去电影院，看一些愚蠢的电影。按照现状来看，美国电影算是完全没落了，就像爵士乐一样，只是对十年、二十年前成功旧作的翻新。

有几次和阿琳姨妈吃午饭时，她对女婿流露出一种仇视（也情有可原），这种顽固的反感有时让人觉得她特别像姥姥②。如果有人跟她这么说，她还很惊讶。无论如何，她特别希望泰蕾兹和丈夫分开，我几乎都觉得她公开邀我相助。这可是个苦差事，不管我对家人的情感如何，我一点儿都不想卷入其中③。得知吉尔贝的消息，她很开心。我估计她这周给你们写信了，可能会告诉你们关于她的事。近来天气酷热，我晚上会徒步穿越纽约，非常痛快。那是一个周六，从八点走到了凌晨，晚上经过哈莱姆时吃了一份“炸鸡”，也就是蘸了面粉油炸的鸡翅，颜色很有地方特色。其余的是小资情调，并无趣味，但通常都是盛装出席的疯狂的黑人表演除外。

目前有意思的事，也是我经常做的，那就是坐上第五大道的一辆公交车，欣赏沿途的美丽风景。只需十美分，就能到曼哈顿各处兜风，还能用同样的方法回来，只不过走的是另一条路线。我还看到一些东方的集市，里面满是印度、墨西哥和印度尼西亚的棉制品和针织品，还有各种好玩又便宜的东西，可惜我不知道用来做什么的。而且因为靠近太平洋，物品明显更加上乘，就相当于我们的摩洛哥集市。这里的东西要是到了欧洲，差不多都得进古董店。

电影院与时俱进，开始播放关于新战的最新影片，虽然内容虚

① 皮埃尔·贝达尔［CLS］。

② 阿琳·卡罗–德尔瓦耶及其姐妹的母亲，也就是我的外祖母［CLS］。

③ 战前住在法国时，泰蕾兹和我走得很近，她母亲又不是不知道［CLS］。

构，但很鼓舞人心。我还看了一部冗长而且糟糕的电影，那就是《蝴蝶梦》[①]。我觉得你们看过这部小说，而电影完全忠实于文本。还没等我看，《乱世佳人》[②]就下映了，《幻想曲》也是如此，据说这是沃尔特迪士尼轰动一时的电影（属于"天才"之类，但我不信），价格不菲。沙普兰的电影最终并未进入排片。各地反而几乎都在播放格勒内勒赌场的老片子。没有关注戏剧，虽然其中包含很多内容，但我没有看的欲望。对棒球也无兴趣，但由于这个国家重视，肯定得抽出一天时间了解一下。

新学校任凭我——可能直到开学——没有任何动静。感谢上帝，洛克菲勒也逐渐淡出了。希望等我的文章一发表，就能给他们留下深刻的印象，好任由我做自己想做的事。通过上文提到的法语联盟负责人，我与其他相关的机构取得了联系，主要有南美的官方宣传部门和一个科学探索方面的研究中心，它主要对接哈佛大学，我完全能谋得一个职位（但也不在纽约，可惜！）。梅特罗比预计回来晚了，好像延长了他在海地的假期，总之还没回来。我还遇到了朱利安[③]的一位合作者，他十分担心老板的情况。

阿琳姨妈告诉我，她建议你们今年冬天住到科利乌尔。听到这个好建议，我十分赞成。那是个绝佳的地方，你们只需要以叙瓦治的名义，写信给坎塔纳酒店的坎塔纳夫人，询问其长期居住的价格。那家酒店环境优美，去年十一月在那里时[④]，菜品很讲究。许多画家也住在那边，我确定你们会生活得很惬意。而且那边离佩皮尼杨非常近，距离蒙彼利埃三小时，就是个小乡村。

---

① 《蝴蝶梦》是阿尔弗雷德•希区柯克拍的第一部美国电影，根据达夫妮•杜穆里埃的小说《丽贝卡》（1938）改编，于1940年在美国上映。

② 维克多•弗莱明的《乱世佳人》（1939）。

③ 朱利安•卡安［CLS］（1887—1974），高级官员，分别于1930年至1940年、1946年至1966年间领导国家图书馆。他于1941年2月被捕，1944年被关押于布痕瓦尔德。

④ 我的父母1938年从巴西回到那里，住在植物街26号，认识了叙瓦治，他在那里有工作室。至于坎塔纳酒店，我曾于停战后在那里住过几天，当时在佩皮尼杨初中（从高中过去的）教课，或者已经在蒙彼利埃高中［CLS］。

亲吻你们。

克洛德

西十一街 51 号

［1941 年］8 月 20 日

亲爱的二老：

昨天收到你们 7 月 27 日的来信。大家都发现往来通信的速度变慢了，不知为何。这里可谓雨水富足，而你们却刚刚尝试灌溉，收成不好也不足为奇。路途遥远，途中应该会吸收一些水分。这边最近一周是凉爽的好天气，从昨天开始不停地下雨。莱曼要来了，希望明天不会下雨。由于我很久之前就答应过他的母亲会去接船（我不知道承诺过什么），所以必须得早晨七点半到达布鲁克林的另一端。我在纽约徒步时也没走过那么远，我至少得六点半出发，而且还不确定能否到达目的地。如果天气好，出去走走还算有意思，但如果一直是现在这种天气，我想我会拒绝的。

还收到了迪娜的一封信，她告诉了我关于 J.-P. 的计划。从上周她发给波拉的电报来看，计划应该是搁浅了。上周六，我和阿琳姨妈、巴尔赞一家、安德烈·鲁瓦永及戈尔德施密特度过了一个美好的夜晚。他们是八点半到九点之间来的，凌晨一点才走。我们踊跃地交谈，围绕各种当下问题，主要是众所周知的那次会晤，会晤之后公布的最终结果令所有人大失所望，但也许如人所愿，其间做出了其他不可告人也难以猜测的决策[①]。我准备了果汁（柚子、柑橘、菠萝、樱桃）、黄豆小饼干，还有这边的人很喜欢吃的腰果仁。这些东西都能在杂货铺买到，而且品质上乘。上周四，我约了阿琳姨妈和米玛去中国城吃晚饭。米玛开着她的豪车来我家接我们。她的车能用脚操控广播，搜

① 我猜测事关 8 月 9 日至 14 日的丘吉尔与罗斯福的会面，以及《大西洋宪章》的签订［CLS］。

索频道，而且能通过按钮使车篷在电力驱动下开合，发出神秘的起降机的声音。我们去了我之前去过的那家餐馆，每人五十美分，能吃到螯虾烩和姜汁鱼，味道很棒。晚饭过后，由于我抱怨没有黑烟丝，米玛就带我们穿过整个纽约直到第115号东街，到哈莱姆前面著名的安的列斯人和波多黎各人街区找烟丝。找了几家都没找到，但我发现了一些波多黎各的优质香烟。然后，她又把我们送回第二十二街。再加上前天晚上在阿琳姨妈家，与泰蕾兹和迪克一起吃晚饭并度过了晚上，本周的庆典清单就接近尾声了。估计不会再有别的了。

其余时间，我一直保持工作状态，白天和晚上都在翻译，龟速前进。几乎没什么事情跟你们讲。我的文章进度缓慢，三周时间我打字输入到了第一百页。因为得打一百五六十页，所以还需要一段时间。好在一大块儿内容已被我抛至身后，阿琳姨妈有空时会帮我修改。想到这里，回答你们一个问题，泰蕾兹和迪克是有一辆车，是那种非常破旧的老式雪佛兰，晚上停在停车场（公共场所，停车费用也不少），节省了车库的费用，这边的车库很贵。收到了博士的来信，他一直萎靡不振，并没有跟我讲什么要紧的事。我觉得他一想到莱曼既没工作又没补助，但也过来了，肯定觉得吃惊。我应该负责引起相关人士的疑虑。另外，那些寄希望于撰文谋生的人——我认识几个——来到这里，却遭到报纸杂志的拒绝，因为它们已经和太多重归此地或从欧洲国家驱逐至此的通信记者开展了合作。除了你们能叫得出名字的知名人士，其他人不值一提。在这一点上，我依然保留最初的想法，认为那就是在编辑室里消磨时间，但愿目前所做的科学工作并非如此。而且，我并不以此为生，但其实有些人站在完全批判的立场。

我昨晚终于看了我们这几周说的那部电影，而且是迅速赶去了第九十五街的一家小影院，未来几天都会在那儿上映。我又连着看了两部电影，非常过瘾。（不幸的是要看迪维维耶的破电影《迟暮》，还要再次看到茹韦、米歇尔·西蒙、奥泽雷，真的是天壤之别！太难为我了。）至于另一部电影[1]，可谓那部受1918年启发的电影[2]的再版（也是1918年开始上映），而且片尾主角没被逮捕，而是面向谵妄的群众（实为纪录片的阵势）发表了一番动人的讲话。故事同时发生在两个地方：宫殿和贫民窟。一人分饰两角，第一个角色无须赘述，而另一角色是1918年患了失忆症，二十年后重回理发店的小理发师，但对发生的一切一无所知。在后一角色中，人物说英语，但在前一角色里说的是一门自创语言，而且还有翻译，好像在听一场广播，内容发人深思，细枝末节之处直击人心；每个动作、每处声音的变化也都带有不可思议的真实和细腻。其他重要人物则以高度喜剧性的方式得以呈现。酷似莫里哀，堪称经典。两个角色先后呈现了两场芭蕾：一场是在《罗恩格林》的序曲下与世界共舞，绘制成地球样子的巨球代表着世界；另一场是在理发店，和着勃拉姆斯的匈牙利狂想曲为顾客刮胡子。这是一部漫长的电影，主人公早已年迈，白发苍苍，声音优美，但——为什么？——带着一种爱尔兰口音。

我结交了三个希腊人，他们在我住的地方附近，也就是第十三街和第六大道的拐角处，开了一个供出租司机吃饭的食堂。我有时中午或晚上会去那儿吃饭，只需三四十美分就能吃得饱饱的。他们来纽约已经二十八年了，我们会交流一些对美国文明的普遍看法。你们不要担心我的预算。我生活富足，还想着等生活必需方面最终确定下来，意思是说基本的购置（布匹、做西服等）已完成，就把全部工资存下来。我现在甚至能疯狂地看电影（白天趴在打字机上度过，真不知道晚上要用来做什么）。还可以买一些罕见的烟草，装进烟斗里，便宜点儿的通常是樱桃树叶、茶叶或椰子树叶，而上乘的通常有纯黑的Latakia[3]，我现在抽的就是这个。纽约的另一个诱人之处是，花五美分就能在杂货店、地铁或随处可见的自动售卖机里买一堆一口酥。人

---

① 参见1941年7月7日的信，第251页，注释①。

② 1918年上映的《士兵夏洛》。

③ 音译为拉塔吉亚，很贵的东方烟草，产于叙利亚，深黑色，烟味清香。——译者注

们费尽心思把复杂的东西掺和在一起，有牛轧糖、焦糖、巧克力、薄荷、椰子和蜀葵，很少有人经得住这种诱惑。

除此之外，各种新闻的整体偏好，根本上说不是坏消息。大家依旧保持美好愿景。爸爸，你在日内瓦和里斯本的老朋友[①]在这里，但我还没见过他。柯达今天早晨通过报纸宣布，一种特殊纸品将投放市场，可用于洗照片，还增加了彩印的颜色，着实轰动。这种纸似乎有一张纸牌那么厚，依据乳胶层层重叠的原理制成。现有的纸张开数相对有限，但眼下就有人声称能放大到任何尺寸。你们说得很对，把清单里的书盒拆掉，盒子对我来说没用。事实上，我之所以想要其余的书，不是因为需要，而是因为它们能给我一种舒适和安全的感觉。未来很长一段时间，我只需要做好注释就行了。关于新学校的课程所涉及的主题，我都没有参考文献。无论如何，还是希望罗斯－玛丽能把它们带来。我不想让你们把我的幻灯片交给朱利安·邦达，因为担心他不可靠。莱朗斯一直在特立尼达，没有他的任何消息。

亲吻你们。

克洛德

西十一街 51 号

［1941 年］8 月 27 日

亲爱的二老：

我从早到晚都趴在打字机上，实在太累了，所以用笔给你们写信。我总体上处于疲惫的状态，炎热和雷雨天气终究要缓缓出击了。昨晚遇到一场不可思议的风暴，纽约地铁停运了几个小时，地窖被淹，发生了上千起事故。我本周收到你们 8 月 5 日的来信，如往常一样，我把重要的事情告诉了阿琳姨妈。她完全同意你们不要再对朱利安太过

① 阿梅·勒鲁瓦大使［CLS］。

热情，而且觉得他可能承受不起。她的大伯哥要求卖掉比里亚茨的房子，她为此事忧心。我建议她立刻找人以泰蕾兹和吉尔贝的名义购置另一处房屋，只写吉尔贝的名字，不然他们还能用钱做什么呢？你们说的公寓[①]一事确实烦人，但也不足为奇。我知道是有这种管制。不管怎样，那些家具以及留在巴黎的东西对你们都无用处。要烦恼的就是付家具寄存费，但终归比租金便宜。很想知道你们的食物供应不只是蔬菜，而我又能做什么呢？还很希望你们没受太多罪。据广播里所说，此次动荡刚刚达到顶点，但也有人描述得非常激烈，但愿你们对此没有太多感受。是的，雷蒙一直在这边，但比想象中更难——至少要令人满意——启程。我完全没见过他，估计阿琳姨妈也很少见到。希望我寄给你们的纽约地图虽然会晚，但还是能寄到。如果寄丢了，我就再寄一份。

我的工作——终于！——临近尾声，只剩三十多页要翻译了。近两日，安德烈·鲁瓦永帮了我很多。她人极好，两天晚上都和我从五点一直翻到九点。我通过之前一堂有用的英语课采纳了一些建议。而且，通过这次翻译，可以看出我之前所做的没有太糟（这印证了阿琳姨妈的判断），所以完稿时应该很有信心。然而莱曼的到来彻底耽误了我的工作。我真的清晨时分去了布鲁克林，但并不觉得后悔，因为野外散步很有趣，花园小房外观相似，向远处延伸，面积相当于一个省。到达月台时已经七点半，过了九点还没有船到，我就回来了。莱曼的妈妈给我打电话说，在偏远的港口等了一天，直到晚上七点才见到她儿子，只待了十分钟，还说后面就靠我了！由于提交的材料未通过，他会被送至埃利斯岛，你们知道那个地方吧，不合规的人就会被关押在那里。我第三天去了那儿。需要走到曼哈顿最下端，然后乘坐免费渡船十分钟抵达，但要赶在探访期间，也就是上午十点到十一点，下午三点到四点。这次探访令我想起波多黎各的遭遇，而且感到庆幸。

---

① 指的是克洛德·列维－斯特劳斯的父母战争初期在巴黎第八区拉瓦西埃街22号的公寓。

准确说来，当时尽管没受虐待，但还是要被关在一种类似教养院的地方，非常昏暗，散发着消毒剂的味道。每天早晨六点半会被人赶出宿舍，等到晚上七点半再被关回去。全天都被囚禁在一个巨大又不舒适的大厅接受探访，还要听着其他人被探访。一百多人就这么悲惨地在里面游荡。我不跟你们解释他的材料为什么没通过了。都是些烦琐细节，和我三个月前的情况一样。总之得把他弄出来，我会跑去搜集一些对他有利的学校文件。今天，我在他父母的律师那里待了四个小时（！），因为要翻译里韦的信件并作注释，还要提供我的证词，诸如此类。秘书们来回奔走，各种电话，还要找人在街的一侧在三十秒之内拍下一些材料（底片直接印在纸上，即“影印本”）。很像拍美国电影，挺有意思。

由于我这个月非常节俭，所以我出来后给自己买了点礼物。在商业区一家旧货铺（律师住在华尔街附近）花五美元买了一个单簧管。还花二十三美分买了一个烟斗，一穗玉米那么大，在这里非常流行。这样我就有了两种娱乐，我得说这一点非常重要，因为工作之外挺空虚的。上周日，我和巴尔赞在他家工作了一天，还是关于亲属体系，按部就班地进行。我还出去了几次。一次是和安德烈·鲁瓦永在她选的酒店吃晚餐。那家酒店壮观但过时了，六十或八十米长的巨大大厅，还是令人尤为反感的佛罗伦萨风格，墙上挂着凡戴克的复制品或与提香原作等幅的画作。桑[①]来纽约时习惯住这家酒店。还有一次，阿琳姨妈请我吃晚饭，介绍她的朋友让娜·德·L.[②]给我认识。那是在下城区一家叙利亚餐馆，我们吃了烤肉串、鹰嘴豆泥和凝乳，非常美味。之后，她的朋友开车送我们，去我家坐了坐。她看上去是个勇敢的女孩，略带轻率，有点像露西姨妈。

很高兴得知你们收到了公寓的照片，还有底片，但因担心寄不到就没寄。你们有几点说错了：家具不是那种猩红色，而是更易让人联想起古老度假地的别墅，比如比达尔县、卡尔屈埃拉纳县。我住的不

① 比利时人，与红十字会有关［CLS］。

② 让娜·德·拉尼［CLS］。

是一楼，而是二楼。我也不知道楼下是什么样子，很可能没人住。四周不是洋槐，而是漆树，此树在这边繁殖力很强。爸爸，在你的建议之下，塞尔[①]很感兴趣的那件事，我毫无头绪。如果说的是螺旋式的导电卷缆，那这种事情已经有人在伦敦尝试过了，我们没有任何创新。自从那天跟你们讲过电影之后，我就没怎么去过电影院。只去看了伊丽莎白·伯格纳[②]的一部老电影，愚蠢至极，但她在里面和过去一样美丽。接着说公寓，因为我又重读了你们的信，发现没有回答完。说到壁炉，因为房间里有四个散热器，所以它肯定起不到太大作用，但这里很流行烧木取火这种设计。这是“老”风格，就像米玛家吃隆重的晚宴时会点蜡烛一样。人们非常喜欢这样。关于各种新闻，无须多说。一千零一夜[③]那边的事令我们甚是欣喜。再往北，局势喜人，尽管损失惊人，但依然乐观。横跨大西洋的各种会议在我们看来都黯然失色了。我故意把特里斯坦·贝尔纳的话说给别人听，逗得大家很开心[④]。

亲吻你们。

克洛德

西十一街 51 号

［1941 年］9 月 2 日

亲爱的二老：

我今天收到了你们 8 月 10 日的来信，不知你们为何会因同时收到我的两封信而开心，这样的话你们下周就收不到了。我会更经常地

---

① 塞尔是一位法国政客？我父亲喜欢发明创造［CLS］。

② 伊丽莎白·伯格纳（1897—1986），主要出演了《朗热公爵夫人》（1926）、《你属于我》（1935），两部均出自保罗·锡纳。

③ 盟军当时进驻伊朗，苏联军队 1941 年 8 月 26 日挺进德黑兰。

④ “On bloque les comptes et on compte les Bloch”（有人封锁账目，有人数布洛克）［CLS］。特里斯坦·贝尔纳（1866—1947）是小说家、剧作家，尽管在被占领的低迷时期，但仍以风趣著称。这句法语是一处文字游戏，法语单词 bloque（动词“封锁”）与 Bloch（专有名词“布洛克”）谐音，compte（名词“账户”）与 compter（动词“数”）变位之后谐音。——译者注

写信，只是我的生活循规蹈矩，又不会发生什么事情，所以不知道和你们说什么。但这周有不少事情要讲，只不过和我没有直接关系。我上周应该跟你们说过了，阿琳姨妈的大伯哥之前给她写信，要求她征得儿女同意卖掉法比安的别墅。她就此事询问我的建议，我提议让她立即以孩子为借口（可能在二十万到五十万之间浮动），在吉尔贝名下购置另一处普通点的房子。一笔可能拿不到的钱，还能用来干什么呢？而且在这边兑换之后，也不会有很多钱。他们欣然接受了这一方案，还让爸爸与夏尔・D.①取得联系，告诉他你正在打听关于南部地中海的事情（这样做的前提肯定是，能取出属于泰蕾兹和吉尔贝的这笔钱，而夏尔似乎——依据其信件寄到的方式——有一个联络人，无论如何得想到办法）。阿琳姨妈的建议是在科利乌尔或格拉斯。你可以让卡瓦利耶②写信给这两个地区的公证人。而对你们有利的地方就是，吉尔贝和泰蕾兹会将这所房子交给你们，这样你们就能有一处比康卡布拉更惬意的避难所。他们希望周边有点地（能种点菜和水果）。如果有机会找到离瓦勒罗盖更近的地方，我觉得也可以考虑，但原则上还是希望在海边。也因此找到一个完美的借口，好让你们今年冬天离开康卡布拉，我觉得没有比这更有必要的事了。

我现在也没办法预测最终会是何种情形。每个人都指望别人去完成原本属于自己的工作。我的朋友们信赖波莱特，而波莱特又指望她去世的丈夫③。她的丈夫虽然表现出色，但总有一天会厌烦。在这里，位于一切情感之上的是一种冷漠的自私。纽约地图没寄到，真是太可惜了。等我找到新的，会再试一次。那就得找一幅更轻巧的，可以选择空运，而且费用不高，只是不容易找到。我的工作接近尾声，还差二十多页，但节奏会有所放缓。从今天起，我要接着去图书馆，准备课程，只

① 夏尔・德尔瓦耶，亨利・卡罗－德尔瓦耶的兄弟［CLS］。

② 卡瓦利耶－贝内泽，瓦勒罗盖的公证人［CLS］。

③ 波莱特・德・沙里是迪娜・卡昂的俄罗斯朋友，加入了英国国籍，她代指英国。她去世的丈夫应该是沙皇的顾问，代指苏联［CLS］。

用下午的时间翻译。不过我希望一周之后能完成。我还得写——直接用英语——一份十几页的介绍，可以把没出现在文章里的内容写进去，还要修改其中的英语错误，这倒不是大问题，只是还得全部用打字机输一遍。最后还得洗出来二十几张照片，作为文本的插图，然后就大功告成了。全部算下来将近二百页，所以说是一项非常繁重的工作。

保罗•迪阿尔泰前天旅行归来，开心之余非常鄙视——究竟有几分合理呢？——美国的大学。他再次邀请我去芝加哥做讲座（是好事，还是“巴西式作风”？我还不确定），还说受芝加哥大学委托，试探我是否有强烈的意愿进行为期一年的巴西游学。我间接回复说会考虑这一建议，但对方得给出丰厚的资金或职业收益，从而让我不虚此行，否则我很可能会浪费一年的时间。P. D.[①] 现在定居纽约，同时做几份工作，一份在电台，另一份在现代艺术博物馆，这足以让他生活无忧，但就无法持之以恒地做一件事了。他住在借来的公寓里，能住一个月，直到找到属于自己的房子。我三天前去吃了一次晚饭。多娜•若阿尼塔特别惨，一句英语也不会，从早到晚无聊得要死。她胖了很多。

我完全同意和迪娜中断各种关系。只是她资金上要是遇到了困难，我会差人给她送钱。但我觉得还不至于，她十月末之前都有收入，这样就能存下不少钱了。而我也不想再通过她，去满足她母亲和妹妹的需求。库尔坦一家觉得我不好，我听了痛心。我刚一到这里，就给勒内写了封信，但至今未收到回复，令我颇为震惊。我也无能为力。此外，你们的说法和迪娜[②]在信中跟我说的不一样，她隐约提到迪娜之前就已经和朋友们闹翻了。总之我完全无法理解。至于贝尔纳[③]，我今天上午收到了皮埃尔给的简历，得去为他的事情探探情况，但应该挺难的。雷蒙•L.[④]一直在这边。为了保证交际，我最近每天都去看一只小

① 保罗•迪阿尔泰［CLS］。

② 迪娜•卡昂。——译者注

③ 贝尔纳•德雷富斯，皮埃尔•德雷富斯的弟弟［CLS］。

④ 雷蒙•拉扎尔［CLS］。

黑猫。它会来喝牛奶，让我抚摸它，还会在我的扶手椅里睡上几个小时。还没给阿蒂尔[①]写信，因为工作太多了，每天晚上都是疲惫地走出书房。

昨天，想透透气，于是鼓起勇气（天气又开始热得令人窒息）去了康尼岛。乘坐四十五分钟地铁，到的那站有荣军院站那么大，但更像生拉扎尔（小郊区）。那里只供最底层的纽约人消遣娱乐，类似城区里的集市，建的时候就做好了长久打算。有两三个游乐园，酷似月神公园（真可能是仿建的），只是规模更大。有一些摊位，人们一抓到目标对象就会把垫子掀翻，还有一些是脱掉年轻人身上的三角裤或胸罩（当然里面还穿了其他肉色衣服），这些摊位最受欢迎。沙滩宽阔而美丽，零星布满大纸篮、温水龙头和糖果。人山人海，自然都是无产阶层的人，灯火辉煌，喧闹嘈杂，一派虚幻的景象。人们可以沿着海边，在宏伟的天桥街上游逛，街道两旁是各种商店。海风清凉，我吃了一顿非常美式的晚餐，“热狗”加十几只蛤蜊，蛤蜊在这边很受欢迎，味道很好。然后早早回去了，满大街都是遛大象的壮观景象，有人打靶射击，还有各种设限而又非常高级的彩票。

上周日下午，我在阿琳姨妈家度过。泰蕾兹依据我的卡迪维欧素材设计了几款非常漂亮的图案，但由于布料市场出现危机，三周之内没有任何销路，这种氛围实在揪心。要表示礼貌，而且刚来的时候我经常去吃晚饭，所以我用上个月攒的钱请他们三个人吃了个饭。我们开车去了一个距离纽约二十五英里的地方，那里特别阴森，而且人也如此，但迪克和泰蕾兹非常喜欢（他们喜欢所有严肃、正统和规矩的东西）。我们甚至花了很多钱都没吃好，但重要的是表示一种礼仪。当然了，地方不是我选的。昨天是“劳动节”，过完节大家都回来了。纽约的大街似乎会热闹一些，有戏剧、音乐会等等。

亲吻你们。

克洛德

① 阿蒂尔·沃特斯，后来是比利时驻苏联大使，是我最初的社会主义引路人［CLS］。

纽约信件

西十一街 51 号

［1941 年］9 月 11 日

亲爱的二老：

我同时收到了你们的两封信，分别写于 8 月 19 日和 26 日。高兴获知你们对兔子展开了攻势，但收成如何没说清楚。在同一封信里，妈妈在一处说四季豆收成不好，而爸爸在另一处说多到必须晒干。你们还能用丰富的蔬菜换到必需品，然后做成罐头吗？既然手头儿这么宽裕，妈妈为什么不试着请个人，好把自己从家务中解脱出来？除了日常劳作，还要接待各种人，确实太繁重了。但我觉得有客人的话，也能多少缓解一下你们的心情。如果津贴措施真如爸爸所言，那这种担心没有必要，至少我希望是这样。你所说的机制和最初法令的相关说法并无两样，只不过是照搬新规定。而且临时部门[①]也提到了这一规定，所以肯定会“维持现状”。但愿不会出现其他情况。就算遇到什么困难，也一定要通知我。我就算在这边，也能通过行政渠道有所行动。

我感觉没什么要说的。不管怎样，我的生活肯定比你们平静得多。我的翻译结束了，最后一百页已交给阿琳姨妈修改。我周日整个下午都在和她一起处理几个棘手的段落。我还有一份简介要写，已经有了很大进展，两三个下午就能完成，再用一周时间增加一些内容、注释并核对引文等，全部事情冗长而乏味。总之，月底就要出发去华盛顿了，我希望梅特罗、洛伊和朱利安•斯图尔德（《南美印第安人手册》主编）会前往参加。我上周见了洛伊，他又是路过纽约，想去新学校看看，于是我陪他去转了一圈。原来我的身价很高。新学校的课程表出来了，真可算是巨幅了，这学期安排了 137 门课，由 117 位教师承担！太戏剧性了。听一门包含十五场的课程需要 12.5 美元，似乎会有人来

① 7 月成立的犹太人利益临时部门？［CLS］。

听。只有三位正式的法国教师，分别是罗歇•皮卡尔[①]（阿尔贝•托马的朋友和合作者）、保罗•沃谢（历史学家）和我。另外还有一些讲座，其中一位主讲人是阿琳姨妈的好友安德烈•斯皮尔[②]，他的妻子是泰蕾兹•马尔尼，很巧的是我曾在达尼埃尔家（好像在加拿大）见过她。另一位主讲人是迪娜的朋友鲁吉耶[③]。

我上周去找莱曼的律师，他的女秘书对我印象深刻，托人问我上课的时间，想成为我的学生。因为有两个秘书，一个招人喜欢，另一个并没有，我分不太清，担心不是那个好的。莱曼前天终于获释，我昨天见了他，听他讲了此次历险，他可能只会在这里待两周。我们今晚要一起去哈莱姆。今天下午，我可能要等阿妮塔•卡布拉尔来访，她是我在圣保罗的一个女学生，写信给阿琳姨妈询问我的地址，不知她是通过谁获知了阿琳姨妈的地址。她是从一所内陆大学过来的，在那边有奖学金，这次途经纽约停留八天。梅特罗终于回来了，但直接去了华盛顿。他的妻子来纽约了，我们昨天一起吃了午饭，并听说了他的情况。这次两人单独的午餐（她没说一句法语）使我意识到，我的英语在流畅度和语速上好了很多，虽然以前从未开口讲过。希望接下来在课程中英语会继续提升。他们的海地之行非常愉快，游览了各地风光，还受到共和国总统的接见，诸如此类。

我两天前收到了吕吕写于 7 月 29 日的信。其中附了另一封给他母亲的信，我立刻转寄，只留下写给我的那封，信中提到迪娜时讲的一些话令人无法宽恕。他显然完全不懂目前的事，还跟我讲了他的经济状况，好让我以为能指望他为 J.-P. 提供救助，还坚持让 J.-P. 不要去纽约，而是去找他。但是 J.-P. 的问题解决不了，他说的一切就全部是后话。他最后跟我讲了他用十七个月的时间徒步五千三百公里，而他

---

① 罗歇•皮卡尔，法律教授［CLS］。

② 安德烈•斯皮尔（1868—1966），作家、诗人，战争期间在纽约教授法国文学。

③ 哲学教授路易•鲁吉耶（1889—1982），于 1942 年至 1945 年间在纽约主办名为《为了胜利》的法语报刊，倾向于贝当。

妻子走了四千六百公里。他们现在工作稳定，略微安逸[①]。我经常能见到安德烈，她是被一个日内瓦委员会派到这里的，该委员会在国际救援机构中的地位微乎其微。她生活得很简朴。尼克[②]似乎没有丝毫与她团聚的想法。据他所说，自己在日内瓦生活得非常惬意。顺便说一下，如果爸爸需要纸[③]，或这类东西，我可以从这里寄一些到最初提到的那个地址，寄到那里似乎并不困难。因为他每周去两次法国，应该能转交。所以如有需要，告诉我准确的数目。我这几天先做个实验，通过一家自称做事稳妥的机构寄给你们一个食品包裹。看看是否可行。

我上周收到一封迪娜的信。她在信中十分拘谨，告诉了我一些你们的消息，以及大致的情况，没有关于自己的只言片语。我还收到于尔莫女士[④]的热情来信，她通过我在波多黎各见到的那个朋友知道了我的地址。她跟我说，刚在海拔一千八百米高的地方给皮埃尔和让瓦拉[⑤]买了一块二十公顷的咖啡种植地。她抱怨说他们不太热情，不想前往开垦利用。我不得不说，皮埃尔在他的所有信里都表现出一种令人忧心的——不能说成缺乏意识——淡漠。换做是我，会很乐意放弃新学校，去种植一个热带花园。我会尽力去找一张可以放在信里的纽约地图。城市太大了，所以通常都会出售成比例的地图，而且都是印在有分量的纸上。高兴得知雅克和雷蒙德[⑥]暂时脱身了。爸爸，我知道你非常欣赏他那位与《狂欢节》的作者同名的朋友[⑦]。阿琳姨妈的时间表是周二和周四的十二点十五分，也就是你们那里的六点一刻，

① 吕西安·卡昂，是迪娜·卡昂的大儿子，也就是让－皮埃尔的哥哥。我想起来了，他们夫妻二人当时在比属刚果［CLS］。

② 她的丈夫［CLS］。

③ 指的是相片纸，我的父亲用于即兴拍摄乡村风光［CLS］。

④ 于尔莫女士，是洛雷特·德雷富斯、罗斯－玛丽·卡恩和弗朗斯·瓦拉布雷格的母亲［CLS］。

⑤ 让·瓦拉布雷格，弗朗斯·于尔莫的丈夫［CLS］。

⑥ 同班同学雅克·纳坦，他的妻子是雷蒙德·纳坦［CLS］。

⑦ 莫里斯·舒曼［CLS］，这名记者（1911—1998）是自由法国的发言人，定期做客伦敦电台。

但从28号开始回归冬季时刻表，所以要在此基础上延长或缩短——我不确定——一个小时。你们说的关于衣服卡片的事太可怕了。

幸好你们取得了一些进展。关于手工行业，爸爸，我认为你完全无须担心。看看会有什么消息吧[①]。

亲吻你们。

克洛德

西十一街51号

［1941年］9月17日

亲爱的二老：

这么快就收到了你们9月3日的信，包括给阿琳姨妈的信和外祖母的话。我已经都转达了。你们那周没收到我的信并不奇怪，因为前一周收到了两封。这周我从这边又给你们邮了一张纽约地图，还有写给检查员的求情字条，希望他会放行。那是一张远景拍摄的地图，虽然印制粗糙，但我觉得很能引人联想。我和阿琳姨妈的住所都用红点标出来了。唯一的缺陷是——由于是远景——小岛变成横版的了，但它其实是竖着的，可以通过背面的小地图看出来。在地图上看，阿琳姨妈和我住得非常近，但还是需要步行半小时。其余你们可以自己想象。妈妈，阿琳姨妈和我寻思着你怎么能应付额外增加的全部事情。既然资金允许，还不请个人时而帮衬一下，真的说不过去。而且，我能明白你们对广播节目的担心，但我从未想过会禁止广播[②]。你们不会像担心补贴那样，过早就开始忧心吧？我本周收到库尔坦一封感情充沛的信，他在信中主要告诉我，迪娜经历了一段时间的好转，似乎再次情绪低沉——据其来信所说。他还说“请您放心，我们会继续像手足一样照顾她”，还说她考虑住到马赛，离瓦拉布雷格一家近一点。

① 打击犹太人的新禁令？［CLS］。

② 从8月起禁止犹太人收听广播［CLS］。

我已为文章画上了句号，约二百二十页。我还需加入阿琳姨妈的修改，再加入引文，大约需要工作一周。然后，我会把它交给梅特罗，他已经急不可耐了。我不知道是否跟你们说过他回来了，但直接去了华盛顿就职。他对我特别热情，似乎并未对这两个月的失联感到不适。关于《南美印第安人手册》一事，我一直跟史密森尼学会保持联系，刚又签了一份一百美元的合同，负责撰写一个三十页电子版的章节，而我完全不知道怎么写，因为全部参考文献——幸亏很短——都是德语的！但我不想承认自己的无知。我得找人——还不知道找谁——分享收益，此人须能为我阅读并总结一两本书。我在巴西时就这样做过。说到巴西，阿妮塔·卡布拉尔（我最好的学生）在一所内陆大学有一笔奖学金，她途经纽约，为我带来了圣保罗的最新消息。我们一起吃了两次晚饭，她能为我宽心，还闲聊了近期发生的事。圣保罗都有点叫人认不出了，共和国广场上修了一条宽敞的大街，作为 Barão de Itapetininga 街的延伸，整个中心朝这个方向迁移。已经没有直街和圣本托了！除了城区的这些变化，其余似乎和以前一样。

我正在等安德烈·布雷东，他决心——我还不知道为什么——打破清静，昨天打电话说他要过来。最近那次刚柔并济的正式讲话[①]使这里的情况发生了变化。当真穿越了卢比孔河，敌方没有奋力反抗，而且国家——被动但有效力——表示了接受。最艰难的一步迈了出去，我觉得政府几乎或至少很快就能达到目的了。我上周日见了泰蕾兹和迪克，他们真是个准确的晴雨表，对外界毫不反抗。我是在哈莱姆的一个音乐厅里听的讲话，演出被中断了。当时和我在一起的除了莱曼，还有博物馆的一个男生[②]和他兄弟。那个男生是来避难的，我在巴黎从未见过他（他当时在大洋洲）。音乐厅富丽堂皇。上一封信里，我跟你们讲过萨沃伊，所以就不说了。我们后来去了一个很无聊的酒吧，晚上（直到凌晨六点）在我家度过，开了一瓶威士忌。我迫不及待要说，

① 罗斯福继一架德国潜艇袭击了美国战事部门之后发表的讲话。

② 帕特里克·瓦尔德贝格［CLS］。

莱曼的朋友有一辆车，于是我们能从城市一端穿梭至另一端。因为还有工作，我八点就起床了，不得不说浑身发软。

我没太操心课程，而且觉得离我简直太遥远了（我几乎没有说英语的机会）。我希望最后几天再更具体地设计，而且除了语言问题，其他的准备起来应该不难。有阿琳姨妈做中间人，我受邀于 10 月 25 日去纽约郊区的一个法语联盟做一次讲座。报酬不多（十五美元），但应该去做。上周日，我和阿琳姨妈修改译文，她跟我倾诉了许多和米玛之间的小纠纷。米玛并不操心为阿琳姨妈寻求一个比现在更稳定的境况，但姨妈作为当事人却表现得很迫切。我理解埃莱娜[①]对她孙子辈的忧虑，他们此刻在巴黎的生活该有多糟心。

我就要失去一个能经常光顾而又少有的地方了。巴尔赞要出发去加利福尼亚州，他被邀请去一个专门学校（指一处私人机构，大概包括中学最后三年和大学最初两年），为期一年。若换作我，会觉得是一场灾难，但他似乎很满意。无论如何，我们的合作会因此而终止，我会为失去这些和蔼亲切的人而遗憾。我今晚要去和他们道别，也利用这个机会给比舍诺兹（丽塔的姓氏）他们家带一只兔子，因为之前有一晚被邀请去了他们家。布雷东刚刚给我打电话，因为没找到我家而失望。根本没有 81 号，他竟然在那儿找了半小时。这些超现实主义者啊！他随时会到，等他来了我就不写了。——我接着写，然后结尾。布雷东只是来看看我，别无他事，还表示希望今年冬天仍能保持联系。他没讲什么有趣而重要的东西，似乎对一些事难以释怀。

我想要你们以我的名义给莫斯[②]写信，告诉他我在努力工作，而且这边所有人尤其是博厄斯和洛伊都惦记他，再问问看是否允许我们为他做些事情。我昨天下午和莱曼去逛纽约的古董店，寻找哥伦布发现新大陆以前的古董。我们只在一个珠宝店看到了一套巴拿马和赤道

---

① 埃莱娜·卡昂，我父亲的姐妹［CLS］。

② 马塞尔·莫斯［CLS］（1872—1950），人种学“奠基之父”，克洛德·列维－斯特劳斯的老师之一。参见 E. 卢瓦耶，《列维－斯特劳斯》，2015 年，第七、八章。

地区的黄金制品，数量可观，精美罕见。说这些都没用，它们无论如何都不会落入我们这些收入可怜的人手上。今天下午，阿琳姨妈临时有空，会来我家修改译文。希望我们能差不多弄完。

亲吻你们。

克洛德

西十一街 51 号

星期五，［1941 年 9 月］26 日

亲爱的二老：

这周大西洋上的天气糟糕，邮件也明显推迟。但我刚刚还是收到了你们 5 号的信，里面还有苏珊的地图，我已转交给阿琳姨妈。越来越觉得你们这样超负荷工作很荒谬，妈妈要负责一切事情，爸爸还得操心他的摄影。你们一定得休息。我坚持认为，住在宾馆里，饮食简单一些，但无须自己准备，总要好过付出如此大的代价，却只换来不适和疲惫。土豆的事值得庆贺，虽然少得可怜，但我觉得对于过冬绰绰有余。估计商店里也有卖。为兔子悼念，但你们不是已经有了一家老小了吗？

我这边没什么事情跟你们讲。最近两周很恐怖，因为要和阿琳姨妈一起重看译文（我们一般利用周日，有几天是晚上从五点到十一点），然后把所有需要更正的地方在原文中修改，数量庞大。我已经厌倦了，因为有 215 页需要删减、勾画、涂改。除了英语的问题，还要核对当地的文章，标记重音符号，添加区分符号，等等。我在这件事上花了好几个整天，从早晨九点到晚上七点，只用半小时吃午饭，累得我晕头晕脑。昨晚画上了句号，用信封把手抄本装起来，明天上午寄往华盛顿。我先把它寄给梅特罗，他会转交给洛伊，洛伊现在也在华盛顿。我迫不及待想得到第一批读者的反馈。

最近一周的生活非常复杂。几个有名的同事（同胞）前来找我，要我担任一个法语高级教学机构的最高秘书。这一机构[①]正在筹办之中，由志愿合作者负责，在等预期资金到位。我非常想拒绝，但对方的坚持使我顺从了，我现在已经后悔了，得找个借口体面地脱身。他们构想了此事的发展方向，但并不吸引我，在我看来那太像安德烈•L.[②]了。一周以来，我沉浸于各种阴谋和秘密会谈之中，觉得恶心透顶。我之前可是那么努力地置身其外，还发誓不插手任何公共活动！本可以做其他更有意义的事，现在却得打电话、筹备规定、奉承那些一听到不再发放本科文凭就萎靡不振的可怜老人们，主要是迪娜的朋友古斯塔夫[③]和许多索邦的人。我现在每晚都和这些先生们高谈阔论，甚至持续到大约凌晨两点。一旦我窥到有利时机，就会跟他们礼貌地道别。终于，曾经特别爱慕的议会生活的荣誉令我不再有任何向往。我只希望能安稳而清净地持续这种有规律的工作，已经过去三个月，而我还有材料要整理和出版，也许得用上一年。另外，下周五是第一节课，我还没准备好第一次发言。想了很久，我决定说英语，不大会打草稿。或许那会是一场灾难，但也正是因为语言的困难，我担心如果依赖一篇精美的文章，又不敢脱稿，肯定会瘫在那儿。我见了很多学生，南美的为主。我会给他们讲一些短故事，如果他们提出许多问题的话，我就会进一步满足他们的好奇。通过研究在这片土地上生活过的最谦逊的人类社会，并从中吸取教训，从而得到最伟大的美洲文明。我已隐约看到了这项研究取得的感人成果。总之我不太担心这一主题，一切会顺利的。

阿琳姨妈辞职后接受了另外一份类似的工作，而且它属于政府[④]

---

① 此处的机构指的是纽约高等研究自由学校［CLS］。关于这一机构，参见 E. 卢瓦耶，《列维－斯特劳斯》，2015 年，第 286~301 页。

② 我解不开这个秘密了。安德烈•拉巴尔特？［CLS］（1902—1967），媒体人员，于 1940 年在伦敦创立了《自由法国》杂志，迅速自称为反对戴高乐将军的左派人士。

③ 古斯塔夫•科昂［CLS］（1879—1958），历史学家，中世纪戏剧专家。

④ 战争信息局（office of war information，OWI）［CLS］。

直属。所以她成了公务员，每天都要上班，不再是一周两次。虽然报酬微薄，但比以前要好，也比我的情况要好（我从没跟你们讲过——因为你们也还没问——我已经开始有存款了，还有了正式工资），这是个稳定而持续的职位。等稳定之后，我会给你们详细讲述各项工作。原则上是从下周开始。

莱曼前天出发了。我送他上了一艘游轮，上面有游泳池、爵士乐和节日用的彩带、纸屑。愿他远离战争！为了此前说过的一件事，我频繁见了一个叫格雷瓜尔[①]的人，迪娜应该认识。我前天和一位纽约大学的老教授共进午餐，是洛伊给我安排的［原文如此］，并称其是法国历史专家。人很好，但不是太有趣。我更期待后天和哥伦比亚大学人类学部的主任拉尔夫·林顿的午餐。在梅特罗的介绍之下，他很热情地邀请了我。

总体上没什么可说，局势并无好转迹象。我在这个街区发现了一个旧货商，他在非洲祖鲁待过一段时间，现在要处理他收藏的第二帝国时期的珠宝，看着不靠谱。我们就一些人种志问题聊得很开心。我从他那儿买了一条黑人小孩的漂亮皮带，上面嵌着珍珠，当项链送给了米玛。我想尝试让她当我的私人秘书，从而避免我遇到无法脱身的窘境。她受到了很大的诱惑，要是可以，我会交由她负责一切。为了表示回应，她送了我烟熏牡蛎作为礼物，那是用油封存的发育未完全的牡蛎，散发出一种精美的香味，味道很好。我今早就吃的这个。

除了这些，再跟你们说点什么呢？最近一段时间，上午去图书馆，下午工作，甚至全天工作，晚上去学校开会，整体上呈现一种迟钝的状态。每天早上醒来，我要花几分钟才能知道自己在哪儿，白天都用来完成前一天和当天的计划。现在我要开始休息——课程先放一边——十到十五天，去纽约的博物馆逛一逛，到现在为止我才看过其中一小部分。如果上周寄的纽约地图你们没收到，我又准备了另一张更小的，

① 亨利·格雷瓜尔，比利时的拜占庭历史文化研究者［CLS］。

先预备着。我还得跟安德烈·鲁瓦永打声招呼，因为我之前为了工作而无情地把她丢在一边。

亲吻你们。

克洛德

西十一街 51 号

［1941 年］10 月 4 日

亲爱的二老：

我同时回复你们 9 月 9 日和 16 日这两封信。从昨天开始，本学年就开始了，我上了第一节课，有十名学生，算是成功，因为其他同事有的二到四个学生，还有的一个学生也没有。教授的人数很多，所以听课的人数随机分配！男女生都有，年龄在二十到三十岁之间，友善而热情。他们天真、友好、求知欲强，尤其让我联想起巴西人。一小时的课程，我几乎没有笔记，说起来并没有太费劲。有时确实有点儿结巴，但是讲的都是我一直在说的东西，而且直接用英语思考，课后还受到了学生的称赞。每周一次课，时长是一小时四十分钟，剩下的四十分钟用于讨论。我们进行了交谈，我让他们每个人依次讲讲对南美感兴趣的原因——他们并未叫人眼前一亮，但我们从一开始就建立了真诚的关系。且看下周有何进展。

受一位新学校的有钱的赞助人邀请，全天都在乡下参加一场开学野餐，新老教师可以相互认识。纽约时间一点，我和罗歇·皮卡尔全家一起乘车前往，载我们的是一位典型的美国老妇人，也是新学校的富有的赞助人。全程得跟她用英语交流，而皮卡尔夫人拒绝说一句英语，她丈夫就只好可怜地说着含混不清的英语。纽约乡村的秋季远比夏季美丽。菠菜绿幻化成一片五彩斑斓，有鲜血红、柠檬黄、鲑鱼色等等。下了一段时间的雨，天气复又晴朗，给人一种夏天的感觉。我们来到了一处壮丽的建筑，那是一栋坐落在巨大公园里的华丽小房子，里面挤满了一百五十名宾客。已提前为每个人准备了标签，别在扣眼上，上面写着姓名。见到了熟悉的同事和一些新同事，比如《幼儿园》（电影）的发起人 J. B.-L.[①]，还有安德烈•斯皮尔。有威士忌和杜松子酒，空腹一顿狂饮之后，再次乘车前往森林里的第二处房子，那是一幢巨大的木结构建筑，有点破败。每一角落的大型木制雕像使之带有一种“原始”风格，雕刻的是象征残忍印第安人的木马。这些雕像以前被烟草商当招牌，现在研究它们的人很多。晚餐地点在一片四周树木环绕的草坪，一张张小桌子，穿着海盗服饰的手风琴演奏者为我们演奏，应该是吕西安娜•布瓦耶的一首曲子。晚餐有汤、露天烤肉、炸苹果、小豌豆、沙拉、奶酪、冰激凌。甜点时间有各种发言，主人介绍了新进老师，对每个人都用语亲切，尤其还介绍我是出色的探险者，诸如此类。我的邻座坐了一些新学校的机关工作人员、德国同事、美国赞助人，我给他们讲了野人的故事。我们乘坐同一辆车返回。

关于我的手稿，上周一已经寄给了梅特罗。他周二收到之后，当天就以史密森尼学会主任的身份回复了我，并建议出版。这真是太好了。我接受了这一提议，但一些细节有待讨论，比如在巴西出版、具体介绍等等。我还不知道是否有报酬，以及能有多少。但无论如何，这是来自世界最有影响力的人种学机构的官方认可。梅特罗执意要我去华盛顿待几天，还邀请我去他家。我可能月末或下月初去。

不，我还没买外套。虽然时而能感觉到秋天的凉爽，但其实气候还算夏季。说来也是很怪。从上周起，进入了冬季时令，城市的街道给人一种远方巴黎的萧瑟之感。商店在筹备冬季促销，陈列的商品令人眼花缭乱，给人别出心裁之感。这里的陈列理念比法国“戏剧”得多，比如会用一名手持左轮手枪的女杀手这种社会新闻场景中的人物来展示裙子，还会设计音乐厅的灯光效果，等等。

① 让•伯努瓦－列维［CLS］。

我觉得你们可以清理我的远足设备了，估计很长一段时间不会再用了，得处理掉好一些。至于书，已经跟罗斯－玛丽和皮埃尔说好了，但我也没看他们俩谁要启程。于尔莫女士在写给我的几封信中表现出失望，还说办签证、交通行费等所有事情都已经给他们安排好了。我上周写信给皮埃尔，想试着提醒他不要对此事不上心，但估计无济于事。这周和安德烈•鲁瓦永吃了晚餐，她整晚都很压抑，终于决定戒烟了。还见了布雷东，他安顿在了一间很漂亮的工作室，里面挂着超现实主义绘画。他和我住同一条街，但更靠西，离第八大道不远。单簧管被闲置了，我没时间摆弄它。但愿新的纽约地图能寄到。至于印度素描，萨吕[①]觉得挺糟糕的。但我不着急，希望能发表，反正有的是时间。黑石烟管也是一样。我对里莱特的事一无所知，她应该和单位联系过回去的事了。学校的会议顽强地继续着，场面虚空而荒谬，我就只需要到场，再表现得在场就可以了。我对它已经没有兴趣了，所有轰动的项目不过是老年人的消遣，显然不会实现。马里坦[②]住在离我很近的第五大道（第十街的街角处），我在他家过了一个漫长的夜晚。我觉得这个人很虚伪，但又散发着无穷的诱惑力。在比利时的一次会议上，我见到了安静了几个月的卡昂一家。波拉举止粗鲁，让人非常尴尬。即便如此，迪娜[③]依然欣赏她。她很为难，实际上也确实如此。我的作用就变得微乎其微了。至于机构的回信，那就是个玩笑。

亲吻你们。

克洛德

① 安德烈•萨吕，画家，我父亲的朋友。我已经记不清这是什么事了［CLS］。

② 哲学家雅克•马里坦（1882—1973），研究托马斯•阿奎那思想的专家，战时在哥伦比亚大学和普林斯顿大学教书。亨利•福西永于 1943 年去世之后，由他担任高等研究自由学校的第二任校长。该学校由一些流亡中的法国大学教员于 1942 年在纽约成立，源自高等研究实践学校，充当知识分子反抗的阵地，目的是收留逃离欧洲的知识分子。

③ 迪娜•卡昂。——译者注

纽约信件

西十一街 51 号

星期五，［1941 年］10 月 10 日

亲爱的二老：

估计今天的信不长，真的没什么事情跟你们讲。但我选择今天写的原因是，明天可能出发去乡下的马松家过周末。我其实没被邀请，是博物馆的一位同事要驱车前往，他也没被邀请。这位同事是瓦尔德贝格，我之前跟你们提起过，他和那家人走得近，所以才提议带我过去。马松是颇受好评的超现实主义画家，但我一点儿也不喜欢这类画，只是出于对马松的好奇，于是就接受了。这类画作具有形而上学的意义，但画得并不好。我对于这些画家在柏拉图和亚里士多德身上找寻灵感这一点表示深深的怀疑。马松就属于这种，了解以后觉得他的画极为沉闷，矫揉造作，既无线条美，又无色调美，但他已名声在外。不过用两三天的时间，看看此人，再欣赏一下美国秋天的乡村，也挺有意思的。我不知道他住的准确位置，但挺远的，估计开车往北得五六个小时。瓦尔德贝格是个好相处的人，我们经常一起出去。他靠抚恤金生活，我不知道由谁以什么名义发放，他手里可能还有点财产，能在银行收利息。他因为很“爱头脑发热”，所以得精打细算地生活。他下个月要出发去哥伦比亚大学找莱曼和 R.［里韦］。在那之前，我们在城里出行可以开他的豪车。为了省车库费，他每晚都把车停在路边。再或者就来我家，整整喝掉几瓶威士忌，一直喝到凌晨三点。这个小伙儿挺疯狂，还糊涂，有着各种离谱至极的经历。他睡过小公园的长凳，还推过四轮马车，但人很好①。

我偶然在一家咖啡馆的露台遇到途经纽约的里莱特。她准备去华盛顿办理父母的申请书。她告诉我很久没给他们写信了，因为不想没

① 他后来表现出极强的文学天赋，成了艺术评论家和随笔作家，晚年成为美术院的通讯院士［CLS］。关于帕特里克·瓦尔德贝格和克洛德·列维－斯特劳斯，参见 E. 卢瓦耶，《列维－斯特劳斯》，2015 年，第 279~280 页。

完没了地重复说事情正在进行中，而且仍在积极跟进——我相信是这样的。她很满意现在的工作，带着孩子在新不伦瑞克。我们一起在我住的街区一家墨西哥餐馆吃了晚餐。我经常去那儿吃饭，菜品上乘。

我今晚上了第二次课，这次是关于秘鲁文明。结束后，也就是十点，新学校组织学生喝茶，我得参加。我们可能明天很早就得出发，到耶鲁大学时我要去和同事默多克（他想让我去他那边）打声招呼，不要断了联系。

阿琳姨妈已经开始了新工作，似乎不能直接或间接地与外界联系，至少目前不能。她要做报告，整理文件，再加上很早就要起床，九点开始工作，她失望极了。我昨晚和她吃饭，还有她的朋友让娜•德•L.［拉尼］。我们看了巴黎的照片集，挺无聊的。备课的事先放在一边，我还没再次投入工作，大概每周得有三个半天花在图书馆。我会用其余的时间看书、拖沓，回复成堆的信件，之前在圣保罗的学生有拿到了美国大学奖学金的，但却吃不起米饭和豆类，我得尽力照顾他们。学校的讨论仍在继续，荒谬之余还总让人恼火，我就仅限于充当观众吧。这周没收到你们的来信，但也正常，由于购物季的缘故，往返的快速客机都遭遇了严重的延误。天气一直晴朗，开始转凉，但屋内还不必取暖。纽约的秋天有一种巴黎秋天的朦胧感。哎！

亲吻你们。

克洛德

西十一街 51 号

［1941 年］10 月 16 日

亲爱的二老：

我从马松家回来之后收到了你们 9 月 25 日的信。在马松家度过了一个极其惬意的周末，绝对可以算得上我来美洲之后最轻松的一次消遣。他们住在美丽的乡村一角（在康涅狄格的新普雷斯顿，纽约往北约二百公里，位于哈德逊河左岸），秋天又为其平添了一份美丽。这个开阔的村落有些荒凉，有湖泊、桦树林和布满岩石的荒野。天气晴朗，但是很冷。主人的房子离小村子有些距离，已经开始生火，和康卡布拉很像，但比你们那里还贫困。这是一幢极不稳固的木结构房屋。在这个雪下两米厚也不足为奇的地方，不知道他们是怎么过冬的。我们先去了耶鲁大学，因为我要出于礼貌去拜访一个人，所以是周六下午到的他们家。屋子里住了马松及其妻子和两个孩子，一个六岁，一个七岁。还临时出现了一个散发魅力的苏联年轻女子，她和我们一起回来的，下面我会再说，我之前见过她一次。马松的妻子儿时住在雷米扎街 27 号，和吉尔贝、阿尔布[①]在小公园一起玩过。她对于阿尔布寄予了孩童的情感，依然记得很清楚，好像我跟她仔细地描绘过一番似的（阿琳姨妈对她可是一点儿也没印象）。那里氛围单纯，几乎和在康卡布拉一样。出于迫切的物质需求，罗斯·马松在家里什么都做，他们艰难地生活在这个偏僻的山村。瓦尔德贝格和他的兄弟，还有我，我们睡在外面。我套着睡袋，睡在餐厅的长沙发上，其余人睡哪儿的都有。马松是个十足的奇才，过着一种现代僧侣的生活，浸淫于书画玄学的研究，有时收获惨痛，但有时也大获成功，能令人联想起达·芬奇和葛饰北斋的画作。第一晚讨论了美学话题，持续到凌晨三点，还听马松津津有味地讲了收藏家杜塞的故事和最初的超现实主义运动。我们第二天去了十几公里外的一幢非常内波蒂[②]式的屋子度过了一天。房主是个充满好奇的人，又是个有好奇心的艺术家。这个叫考尔德的美国人外形酷似 W. C. 菲尔德，说法语时操着一种小丑般的夸张搞笑口音。他起初是个工程师，后来回到乡下，靠利息生活，

① 吉尔贝·卡罗－德尔瓦耶是我的表兄弟，阿尔布是吉尔贝 1914 年以前的一位女性朋友［CLS］。

② 吕西安·内波蒂，戏剧作者，我父母的朋友，在南方的卡尔屈埃拉纳县拥有一处房产，我们曾在那儿度过一些时日［CLS］。

并致力于用铁丝和钢丝进行奇妙的声音创作。那是一些非常复杂的组合，时而像垂柳，时而像屋顶垂下的几束紫藤或铃兰，但是能始终保持几何形状。只要有一丝风，就能使其旋转。有时会巧妙地放置一些小铃铛，动起来就会有声响。这令人想起许多日本的小玩意。这种艺术并不深邃，但很吸引人。这些奇怪的幽灵摇摆、旋转、发出声响，能叫人看上几个小时。他还会做精美的铜饰，虽然粗糙，但具有漂亮的原始风格。那天我们一边喝着白葡萄酒，一边在花园里玩球，过得充满了“法式风情”。转天这家人又来拜访，还留下来吃了一顿临时准备的丰盛晚餐。又过了一天，我们就回来了。

我把书单一并寄给你们，并按要求作了圈注。如果依然超重，要是不太费事的话，你们就拿出龙东委员会的所有卷本①，我可以去图书馆问问。我把你们的买房意见转告阿琳姨妈了，但此事完全搁置了，因为吉尔贝没有寄来必要的文件，也没回信。我昨天中午和阿琳姨妈在一家她熟悉的餐馆吃了一顿美餐，有一大盘蒸蛤，蘸着融化的黄油慢慢地吃。她对现在的工作很满意，觉得非常有趣，大多时候还得保密。只是死板的办公时间让她非常辛苦，尤其是必须早起。也因为这样，我们见面的时候少了。米玛本周又张罗了一顿晚餐，我周三会过去，还有刚从法国来的一些科学家。我周二中午和布雷东吃饭，晚上和安德烈·鲁瓦永吃饭。周三中午还约了一位美国女士吃饭，我在巴西时见过她，后来还收到过她的信。

至于法国学校的事，可能会以新学校分支的形式开办。但我辞去了会真正击垮我的重要职位，而是开心得像其他人一样在那边教课，自然是免费的。史密森尼学会那边没有任何消息，我估计他们正在润色语言，再把全部手稿用打字机输一遍。

我一直定期去看迪阿尔泰一家。他们有一天发现了一家餐馆，米饭和木薯粉豆做得很好，所以特别开心。他们叫我一起去品尝，不得

① 原文为 Commissão Rondon。——译者注

不说，确实好吃。我还在住处附近发现了一家物美价廉的西班牙小餐馆，只有当地人才经常光顾。餐馆位于一栋豪华房子的二楼，墙壁上有镶嵌画和斗牛广告，还有一个房间刚刚刷过，挺清静，很像在塞维利亚。我的授课依然令人满意。英语表达并没有比开始时更好（说得越来越少了），但我不再因此而恐惧，因为别人都能理解。

波莱特丈夫[①]的情况令我忧伤，但她在大洋彼岸的朋友[②]以及她自身十分暧昧的态度更令我担忧。她们显然都不想摆脱各自处境相近的丈夫，除非再找一个没有烦心事也看着弱不禁风的人嫁了。而且就算波莱特的丈夫已经病情严重，我也不认为他最终会被抛弃。即使残疾了，他还是会一直与病恶做斗争。而波莱特朋友的命运与其越来越像，幸运的是这位朋友每天都在准备，用不了多久就能派上用场了。没什么比这个更能让我们保持乐观。

我思考了皮埃尔跟你们讲的明年冬天一事，但现在看来没那么积极。我刚来时跟你们说过的那篇还不错的文章，最终通过米玛一位在华盛顿的朋友而发表在了一份重要刊物上，几个月前这位朋友还象征性地邀请了我[③]。这也许能带来些什么，但我还没收到消息，这一切是经由中间人做的，而且匿名。米玛非常擅长这类谋划。

你们没再提过补助金了，一直都在按时领吗？得提醒你们，我在上一封信中写过，你们必须舍弃我上次留给你们的那些远足设备。你们决定——我猜——今年冬天留在康卡布拉的事让我伤心，但由于食物供应的问题，也不太敢再说什么了。只是在维冈——甚至在瓦勒罗盖——找个房子都会更好。这里的冬天要来不来，天气沉闷潮湿，但有几天特别凉爽。一天里会供暖几个小时。自从周末在马松家的一次相遇[④]——可以说缘于一幅雷诺阿的画——以来，最近几天我的生活有

① 波莱特·德·沙里死去的丈夫，代指苏联［CLS］。1941 年 10 月初，德国人对莫斯科发起进攻。

② 波莱特的女性朋友代指美国，而波莱特代指英国［CLS］。

③ 沃尔特·李普曼记者［CLS］。

④ 与埃迪亚·S. 的相遇［CLS］。

了深刻而喜人的改变。

没别的事了。亲吻你们。

克洛德

西十一街 51 号

［1941 年］10 月 26 日

亲爱的二老：

我这周同时收到了你们 10 月 3 日和 8 日的来信，一并回复。很高兴你们得到了应得的偿还。显示的差额确实可观，之前只会差六到八个百分点，具体的我记不清了。但有了这些，总比什么都没有好，以目前的状况来看，不能要求过高。无论皮埃尔想不想要，我希望你们返还给他百分之二十五。至于剩下的，我恳求你们花掉，好过得舒坦一点。现在东西每天都在贬值，完全没必要存储，再过些时日没人用了，就会变得一文不值。关于这一点，以及你们继续不定期地住在康卡布拉一事，我附上皮埃尔拜访之后写给我的信里的一个片段，无须再说，我很同意他的想法。我上周寄给你们一份核对过的我想要的书单。看过皮埃尔的信之后，我比以往任何时候都怀疑他是加入了岳母的产业。他认为“留在［他在的］那个地方”，或许“也是一种生活”。无论如何，这些书能让我快乐，但严格说来也不是必不可少。所以如果你们找不到人把书捎来，也不用为此事烦心。

天气更凉了，但我出门还是没穿大衣，只穿出发去佩皮尼杨之前在尼姆做的厚西服就行。我的房间供暖了，四个散热器烧得滚烫，叫人窒息，必须得开一扇窗子，我就是这么做的。时而刮风，阳光明媚，时而闷热阴沉，就像布列塔尼的春天。我收到了洛伊的一封长信，是他负责修改我的手稿！刚好撞上了，还是会觉得惭愧。看样子他非常满意，对我称赞有加，但也给出一些修改建议，主要涉及简介部分。

他认为一些段落理论性太强，甚至是普通的人种学家都难以理解，所以要我为其添加一些更具体的描述性文字。我自然会按他说的做。他还建议我，要是可以，就在美国做一篇博士论文，我在考虑。他觉得手稿的部分内容对做论文而言已经足够，但我还不太清楚自己要做什么。在美洲的法国人普遍认为，大学教师资格比美国博士学位更有价值，所以不应为了谋求任何头衔而让它贬值。而我觉得相反，如果要在美洲发展，向未来的同事看齐才更符合政治。总之，对于此事我还没做决定，要继续打听一下双方的意见。

我把婴儿的照片转交给阿琳姨妈，她和我一样，觉得特别丑。米玛却对其甚是喜爱，还说已然有了一副老先生的模样。我这周有许多社交事宜：周二和安德烈•鲁瓦永吃晚餐，她因严重怀疑受雇用的机构的信誉问题而非常懊恼。她很少在纽约，最近正忙于巡回开会，为救济机构募资。周三和一位美国人种学家吃午饭，之前在巴西见过，后来又偶然重逢[①]。她已经放弃了科学，转而从事行政工作，还为我描绘了美洲人类学的惨淡前景，并建议我要果断地另谋一份职业。

今晚在米玛家吃晚饭，要迎接刚来的两个科学家，其中一人来自蒙彼利埃，我之前认识他。他给我带来了纳坦和加斯塔拉[②]二人的消息，他们的生活似乎一如往常。科学人士非常无聊，所以晚餐挺枯燥的。周四新学校为哈瓦那大学校长准备了一场鸡尾酒会，有各种照片和发言，典型的圣保罗风格，“恭敬有礼”。周五是我最忙碌的一天。两点半在位于森林山的法语联盟有一场讲座，所在街区有点偏远，像圣克卢县那种地方，距离我住的地方乘坐快速“地铁”要半个小时。等候我的是二十位美国老阿姨，在一个朋友提供的客厅里。我为他们讲了法国和巴西之间的友谊，结束后还有茶和小点心。他们按照约定给了我十五美元的支票，然后开车把我送回纽约。荒谬至极，但十五美元还是挺管用的。八点有课，我的英语稍微进步了一点（但我说得越

① 鲁思•朗德［CLS］。

② 皮埃尔•加斯塔拉是雅克•纳坦的叔叔［CLS］。

来越少了）。下课后我立刻奔赴第九十六街参加巴尔赞夫人家的晚宴，赶上了尾声。我和你们讲过，她的丈夫在加利福尼亚，而她由于巡回讲座要在纽约一直住到春天。宴会上有大学教员，还有一位比利时记者，他之前为我在美术画廊的展览[①]做过报道，满是溢美之词。那是一次令人愉快的回忆。

周六我没事，昨晚与布雷东一家和另外几人一起度过。虽然工作没太受到纷乱之事的影响，但我想以后每周过得规律一些。而今晚还得和迪阿尔泰一家吃饭，另外还有几个零散的邀请。祝贺你们收获了土豆和其他东西，总归有了一种莫大的安全感。见过了阿琳姨妈，她似乎因为新工作而累得够呛。她说索尼亚过来了，但还没见过她，我当然也没见过。波莱特丈夫[②]的情况在我看来很糟糕。我同意你们说的，情绪普遍高涨是很危险的，而且很像 1939 年至 1940 年这段时期。这边的人终于有所行动了，但很迟缓，如同其他方面一样。我习惯会说，美国人把“效率”奉为上帝，因为在人间实现不了！

亲吻你们。

克洛德

西十一街 51 号

［1941 年］11 月 2 日

亲爱的二老：

本周收到了你们 10 月 17 日的来信，你们现在只能不定期地收到我的信，这不足为奇。快速客机的行程完全被打折季打乱了，一些客机甚至中途返回。这似乎是常态，要一直持续到明年春天。我还是要对你们留在康卡布拉的决定感到遗憾，最好是能忍受几周吃不好，但

① 由于人类博物馆正在修复，从卡迪维欧和博罗罗带来的收藏品于 1936 年在位于博埃西街的威登斯坦画廊展出。

② 代指苏联。

能得到充足的休息。希望你们会改变想法，就凭比利牛斯山东部的耕种环境，我估计你们在佩皮尼杨地区应该能养活自己。我不太理解爸爸讲到最近收到的一笔钱时，形容他的困窘“就像［我］去拜访保罗时的［困窘］”。总之我再说一次，不要考虑别的，只管去花，只要能给你们带去最大限度的舒适或最小限度的窘迫。你们为什么不搭一间烧柴取暖的小浴室？重拾小型肖像画的形式是个好主意，但可能无法通过尼克[①]从这边寄摄影素材，如果你们有不同看法，我们可以试试看。

我这边没有新情况要跟你们讲。梅特罗给我写信说：“洛伊认为您的研究很出色。若想得到他恰如其分的赞赏，我得告诉您，这位正直的洛伊被视为美国最难取悦的评论家。大家很怕他，很多人把他的评价奉为金科玉律。”他们二人都认为我必须得做一篇博士论文，而我也准备好了，但前提是得到最平等的交换。我不希望在接受简单的论文答辩、学校和考试的各种要求之余，让大学教师资格贬了值。除了我，正处于类似境遇的同事们可能也这么想。我就是这么回复他们俩的，期待他们的看法。梅特罗再次提出让我去华盛顿，我可能 11 月 15 日（四点钟的火车）过去待两三天，在等他跟我确定最终合适的日期。我会趁此机会去看望阿琳姨妈和米玛的朋友。米玛之前操心过我的文章，还希望我能拿到稿酬，我现在才从别人那儿得知此事。洛伊好像也希望我和芝加哥大学取得联系，但我对那边的兴趣不大，一切可能使我离开纽约的事情都让我有点儿恐惧！我特别希望法国的新学校能帮我在这里稳定下来。正如我在恰当时机跟你们讲的那样，我放弃了他们给我的正式职位，但依然是教师，只负责我的学科，而该学科的教学理论上由我、梅特罗、博士和前墨西哥合作伙伴承担，但可能实际上只有我自己，因为其他人不在纽约，或者不在美国。目前来看，不会有报酬，但正在找赞助人，没准儿能找到。官方层面希望找一家

① 鲁瓦永，瑞士的代码［CLS］。

企业，或许能吸引来一些南美人，而我在这件事情中也能发挥一些作用。前期准备做得不错，可能1月1日就会开始运营——工作语言当然是法语，地点就是我现在做事的地方。现阶段有大量的委员会会议、小组委员会会议、工作任命会议，提不出一些高明的方法、明确的精神、古老名校的高深思想。这就是我不想跟他们走得太近的主要原因。新学校的课程仍在继续，挺无趣的。我的几个学生很友好，变得热络起来，还会讨论和发问。英语也没太糟糕，我课前准备得越少，说起来就越容易。

我这周去医生委员会处理了贝尔纳的事，希望能帮他拿到签证，但不会很快。我无法回答你们关于安德烈的问题。她和丈夫的关系似乎一直很好，而且定期给他写信——他也会回信，她有时还会节选一些给我看。我认为她确实想好好生活，但有不少困难。我不明白你们关于吕吕的信所说的话，这封信“经由J.-P.戈塞之手”，并由我转交给迪娜[①]。吕吕是跟我说过，寄了一封同样的信给J.-P.戈塞。要是如此，我的那封（我用铅笔在下方潦草写了几笔）可能没通过审查，而且不会寄到了。

经过了几天的寒冷，又开始下雨了，现在暖和了一些。屋里的供暖不好——应该说不规律。有那么几个小时，热得受不了，得开窗子，但其他时候暖气又完全冰凉。这说明纽约供暖力度过大，而房子维护得很差——他们来做家务时就能看出这一点（但是不要紧）。如果我的强烈抗议收不到效果，我就得搬家，让我有点烦。我挺喜欢这个公寓的，并怀疑不能找到这么舒适的了。除非找一间空的单身公寓，我简单地买些家具，这也是可能的。按正常的没家具的情况交房租，只租一年，但就我目前的情况看有点冒失。

我这周去逛了布鲁克林博物馆，前哥伦比亚时代的收藏是我迄今为止见过最漂亮的，我学到很多东西。其余则是些平常的东西。我还

① 此处指迪娜·卡昂。——译者注

去了自然历史博物馆，参观了矿物展厅，看到各种史前动物化石，一切都令人不可思议。委员会主任负责为我们寻找新学校之外的最终岗位，他邀请我下周三吃午餐。这是个惯常的形式，每个人都会去，谢天谢地，这并不意味着他们在我身上发现了什么。上周有一晚，我去了布雷东家，还有马松、马克斯•恩斯特，以及让超现实主义——超现实主义者——在美国风靡的大富豪[①]。我这周只见了阿琳姨妈一次。她被工作搞得头昏脑涨，有时加班到很晚，每周日都很疲惫。她周日都是一个人过，为的是摆脱她的［收听］机器。我下周二去她家吃饭。她有时候叫我去办公室，经过领导同意，询问我一些材料问题，我倒也能从自己的角度补充一些将来可能的解决方法。波莱特丈夫[②]的身体状况越来越令人担忧，而且这一担忧波及他身边的所有人，我觉得他们也是时运不济。但是阿琳姨妈[③]的介入越来越成为必然，只是时机的问题，希望在此期间各种事物不要受到牵连。你们已经问过很多次了，既然又问了，我就再说一遍，寄存在阿琳姨妈那儿的东西已经全都拿回来了。

亲吻你们。

克洛德

西十一街 51 号

［1941 年］11 月 9 日

亲爱的二老：

这周收到了你们 10 月 24 日的信，高兴得知卡迪维欧图案已经到了。根据你们的描述，就是那样的。皮埃尔写给我一封信，我感觉他确定要启程了，希望他能把图案和书带给我。顺便说一句，我好像不

① 佩吉•古根海姆［CLS］（1898—1979），美国赞助人，与画家、雕塑家马克斯•恩斯特（1891—1976）于 1942 年结婚。

② 代指苏联。

③ 这里的阿琳姨妈可能代指美国［CLS］。

小心从书单里删了一本《圣保罗博物馆馆刊》，里面有塔斯特万的图皮语语法。你们可以把它加到书单里吗？还有就是，龙东委员会的几本不要了，我已经在图书馆全部精读过了，所以它们现在对我没有任何用途。至于是否要《市政档案刊物》，取决于总体重量，但理论上应该是用不着了。我建议你们摆脱那些徒步装备，根本不是想说把它们从马赛寄出，而是让你们摆脱一些有点儿毒害性的东西，确切说可能在一个箱子里，而且其毒害作用可能与日俱增[①]。我估计——希望——你们看到这个建议之前就已经扔掉了。索尼亚已经到了，但我还没见过她。她也没跟我打招呼。我就借她不情愿给我带书一事而故作生气，这样就不必去她那儿看她了。她的姐夫在她临行前给我打电话，告诉我你们可以通过让内特获取她的消息。他总是那么神秘。我希望你们告诉勒内[②]（这样好过我直接给他写信），如果他能把研究巴西的内容给我，在这里可能很容易就能给他找个编辑，这对他有好处。我听他的。还有，不知你们是否收到那封信，我在信中请你们给茹尔当大街 95 号的马塞尔•莫斯写一张卡片，告诉他我的事情，并问他是否需要我在这边为他做一些必要的事。大家都关心他的状况。我给你们写信时，正要去见马里坦，我得跟他当面商谈我们学校和南美之间可以建立什么样的联系。他住在第五大街，离我家很近。不，我不是通过安德烈•B.[③]认识的他，此二人之间没有任何关系，可能互相看不上。我前天在布雷东家坐了很久，讨论了哲学审美问题，但没得出什么结论。

我收到了史密森尼学会的正式邀请，定于 11 月 22 日去华盛顿，参加一场《南美印第安人手册》合作者的会议，全部费用由美国政府承担。我通过梅特罗的信得知，洛伊会继续考虑我在美国读博士学位的问题，但我还不知道他考虑的结果如何。我下周三可能会见到他，他应该会来纽约开会，我估计也会收到邀请。为了解答一些专业问题，

① 如果有的话，应该及时扔掉两把左轮手枪［CLS］。

② 勒内•库尔坦［CLS］。

③ 安德烈•布雷东［CLS］。

我为《南美印第安人手册》写了将近一小章关于巴拉圭和巴拉那的图皮人的内容。新学校还让我第二学期开设一门南美洲现代社会学的课程，但我并不愿意，因为我对巴西之外的地方完全不了解。

明天，我得和米玛、勒内的一位老同事、莱昂堂兄[①]一起吃午饭。你们可能不会经常听到这位堂兄的好事，而我倒好奇想去见见。这里的天气转凉，但不是很冷。我的暖气确实好了很多，太幸运了，据说是因为用了劣质的煤炭，总之现在一切都好了，至少女房东是这么跟我保证的。我能理解你们渴望留在康卡布拉的原因，但你们如果在瓦勒罗盖找一间公寓，住上三四个月，难道不是更舒适一些？那样至少不必在寒冷的雪天来回奔走，而且周围的人也多一些。你们把绘画和摄影生意讲得那么离奇，所以应该有太多钱了！也得想着花啊。如你们所想，最近两三天，各地突然刮起一阵东风。我完全想不到它是受了何种驱动，但这种神奇的同时性使人想到发生了一些重要的事，只是我们不知道。波莱特可能会跟你们解释。无论如何，她丈夫[②]最近的言辞非常有力，而且得到了各方人士的确认，一切已就位，只等如何行事。我们一起期待吧。

我昨天和阿琳姨妈一起吃午饭，她总是很忙，但又喜欢这份工作。我们明天一起吃晚饭，还有让娜·德·拉尼，我想带她去看看我在街区发现的那家西班牙小餐馆，那儿给人一种在塞维利亚的感觉。纽约的魅力在于能让人不断地有这种发现。昨天下午，我去了新学校的一位同事家里喝茶，有几个外国人、几个美国人，氛围阴暗得叫人生厌。我还是得说说上周三机构负责人请我吃午餐的事，他的任务是最终“安置”我们，其间隐约跟我讲了可能会去新奥尔良，我并不反感。但一切都悬而未决，于是我请他有了消息就告诉我。

---

① 用莱昂·布卢姆（我们和他没有任何亲属关系）指代的这位客人是皮埃尔·科特。参见11月17日和12月23日的信件［CLS］，第309、320页。皮埃尔·科特（1895—1977）在人民阵线里是莱昂·布卢姆的部长。

② 1941年11月7日，斯大林在红场的发言预示了十二个月以后纳粹统治开始衰落。

亲吻你们。

克洛德

西十一街 51 号
［1941 年］11 月 9 日

亲爱的二老：

附上一张从杂志上剪下来的纽约航拍图。难道不美吗？下方朝下的小十字标记的是我住的地方，上方靠左的十字标记的是阿琳姨妈住的街道。为了通过审查，我要补充一下，这张照片是从今年十月份的一期大众杂志《宝冠》[①] 上剪下来的，任何人都能花二十五美分买到。

亲吻。

克洛德

西十一街 51 号
［1941 年］11 月 17 日

亲爱的二老：

我是想等这周收到你们的信之后再回信，但是没等到，可能是邮差耽误了。这里实在没什么事要跟你们说，我也在期待发生某件轰动的事来跟你们讲。但什么都没发生！我错了，不该抱怨供暖。我现在住进了一个正在沸腾而且还有声音的锅炉里。由于这里是用蒸汽供暖，我的四组暖气在不停地向外喷水。于是工作时耳边总有声音，但也不招人烦。外面不冷，虽有凉意，但很舒适，很像春天里的阳光。前天打破了本季度的最高气温纪录，达到了六十五华氏度，也就是我们货币［原文如此］里的十七度。新学校几乎建好了，才刚开始运营就上

① 原文为 Coronet。——译者注

演了一出好戏：党派诉讼、政治斗争、个人阴谋。木偶会议连续开了两周，我只是旁听，不发表任何言论。我庆幸当初拒绝了正式的职位，如果我任职了，肯定落不得一丝清闲。

我这周为《南美印第安人手册》写了一小章内容（打字版十页），这样我就有东西带去华盛顿了。由于这些文字完全没发表过，所以我希望能产生一些反响。我周五早晨八点半出发，到那边是十二点一刻。梅特罗说会去火车站接我，而且提前已经定好当晚要请《南美印第安人手册》的主编吃晚餐。他说第二天等我要参加的会议结束之后，要办一场酒会，到时候能带我认识很多人。梅特罗肯定执意要留我，要是那样，我就一直待到周日晚上，然后坐火车晚上返回纽约。我会利用周日去逛博物馆，里面好像很棒，然后会拜访米玛和阿琳姨妈的那位朋友（他的报纸一直欠我钱），还会去看莱昂的朋友皮埃尔·德马耶[①]。我和他一起吃过午饭，还跟你们说起过他。

阿琳姨妈非要见见我的女朋友，我上周就把她们约到了一起，还有让娜·德·拉尼。姨妈为表回应，上周六又邀请我们去了她家，还有迪阿尔泰一家、米玛。她做了美味的晚餐，有蔬菜炖鸡，完了是烤家禽肉，还有拌着奶油的苹果泥甜点。晚餐期间以及整个晚上都很融洽，只是有点无聊，大家都没什么有趣的事可聊。我这周去看了一场在杜文画廊举办的雷诺阿的大型展览，有许多画作，全部来自私人收藏，其中一些是19世纪七八十年代的，确实令人赞叹，而且这些年似乎没有机会能欣赏到这些画作。我的女朋友差点在挤满画廊的美国老太太之中引起一阵骚乱，她们几乎认定这个女孩就是画家的模特。还得补充一句，是令人愉悦的骚乱。聊着类似的趣事，时间就这样过去了——否则会过得很慢，直到我们坐上了船。这里的人依然信心满满，虽然一如既往地迟缓，但一些坚实的机制还是发生了松动。这些机制一定能完全运作起来，可能还需要一年，我怀疑它们在完工之前不会

① 皮埃尔·科特（德马耶）［CLS］。

收手。波莱特的丈夫[①]解释道，无论他的病情有多严重，即便身体每况愈下，但只要能获得照顾（无须多么高昂的代价），他就能撑下去。他想要的就是活下去，而且我认为别人也不再对他有什么要求。我没能做成想为贝尔纳做的事，现在很难为直系亲属以外的人做一些事。不幸的是，这个可怜的小伙子在这边也没有亲人，要不就得证明有一笔巨额财产。

纽约呈现出一派冬天的景象。树上的叶子都掉光了，洛克菲勒中心有室外滑冰场（用的是人造冰）。说到这儿，我上周随信一起寄给你们一个信封，里面有一张从杂志上剪下来的纽约航拍图。这是最后的办法，如果还是不行，我就只能放弃了。我今晚要去——收到了米玛的很多次邀请——现代艺术博物馆参加达利和米罗超现实主义回顾展的开幕式。我还没见识过美国开幕式的观众，有点儿好奇。美洲正在紧锣密鼓地准备感恩节，这个节日似乎和法国的圣诞节一样重要。也多亏了它，我下周五不用上课。课程进行得不错，我讲起来更容易，内容也更丰富（但不是因为我平时参加各种活动！在华盛顿的三天给了我这方面的一些启发）。冬季学期结课是在 1 月 30 日。春季学期很快就会开始，他们要我开一门南美现代社会学的课程。我对此一无所知，所以开始去图书馆搜集这些国家的相关材料，有智利、秘鲁、阿根廷。我真觉得这周能给你们讲的都讲完了，无法谈论法国信件中的内容。

亲吻你们。

克洛德

西十一街 51 号

［1941 年］11 月 27 日

亲爱的二老：

我从华盛顿回来后收到了你们 11 月 1 日和 8 日的两封信。谢谢

① 代指苏联，它从 1941 年起享受租借法案，即美国向其提供的战争物资援助计划。

你们的祝福，这周的糟心事太让人沮丧了（希望你们收到这封信时，事情有所改观），所以应该不太会过生日了。阿琳姨妈想周六晚上为我庆祝（因为我明天有课）。我请求她什么都别准备，只怕周六的晚餐仍会继续，只是没有什么纪念意义。我不知道还有谁。在华盛顿时，美国政府为我准备了一辆普尔曼，但下车后走在回住处的路上，就感觉身上满是虱子，用翠雀花酊洗了好几遍才洗干净。这本该是场完美的旅行。这件事展示了美国文化的另一面，但我不怎么惊讶。上面提到的专用药在药店里摆放的位置很显眼，我由此判断这种冒险并不少见。于是，我周五八点出发，经过一段舒适的旅途（这一点我毫不怀疑），穿过一个地形像巴黎盆地一样平淡无奇的乡村，十二点一刻到了首都。梅特罗在火车站接我，我们一起吃了午饭，然后去了他在国会图书馆的办公室，如你们所想，那里是全世界最大的［图书馆］。那是两幢巨大的建筑，使用各面均匀的大理石建成，里面有八百万藏书，像华盛顿所有公共办公楼一样是现代希腊风格的，但最近有了一些“未来主义”的趋势。建筑极尽奢华，使用大理石和青铜，档案夹是灰绿与银色相间的，与此同时流露出一种冷酷之感，法国人会称之为民主和社会意义上的世俗。大楼里面使人联想到横跨大西洋的邮轮的走廊，朝向走廊的不是船舱，而是许多长得相似的“玻璃”门，门里面是长得也很相似的舱室，室内是几百名工作人员或研究人员在无声而冰冷的氛围中工作。这确实是一种知识分子聚集的幻象。几层楼都是这种结构，我也不知道能有几百米。我们用了两个小时浏览关于南美的书架，我记下不少在罕见或不知名的图书上看到的内容。稍后朱利安·斯图尔德来找我们，他是《南美印第安人手册》的主编，散发着魅力，与我见过的其他美国大学教师和学者特别相像：四十五岁，身材高大，留着板刷胡，开玩笑时像初中生，叫我想起了友人阿蒂尔和老板乔治[①]，但与此二人还是有所不同。

① 阿蒂尔·沃特斯和乔治·莫内［CLS］。

梅特罗及其夫人，我和斯图尔德，我们一起出发去斯图尔德家吃晚餐。中途来了一位年轻的美国人类学家，我们坐上了他的车。他住在波多马克的另一头，也就是弗吉尼亚州。那是一栋乡下的房子，大约半小时车程，可惜晚上什么也看不到。晚餐是传统的感恩节晚宴，本该是前一晚吃，但由于这个著名的节日刚好跟斯图尔德夫人的生日是同一天，她又不想一起过，所以改了时间。晚餐有塞满了面包和洋葱的火鸡、南瓜泥、水煮菜和红梅沙司，肉很美味，但配菜真的是难以下咽。饭后闲聊了一些工作上的事，然后斯图尔德把我们送到了梅特罗家，他家住的地方在华盛顿相当于巴黎的帕西，那是一间三居室的小公寓，床已为我搭好，这个床平时是在餐厅用的。

第二天一早，我们就步行去了史密森尼学会，走了四十五分钟。天气寒冷，但很晴朗，我也能趁机逛逛华盛顿。这座城市很大，其版图可追溯到18世纪，是由一个颇具凡尔赛传统的法国人划定的。这个城市能同时让人想起凡尔赛、马里尼大街附近的香榭丽舍、维希，还有巴黎的展览园。市中心——名为Mail［Mall］——是一个巨大的广场，至少有一英里，全是稀疏的草坪，国会大厦的白色宫殿矗立在四周，各个部门大楼和重要机关随意地分布其中，并无明显的秩序。有些许介于战神广场和维克托大街之间的感觉，还能让人模糊地想起皇宫博物馆[①]，但华盛顿中心的规模明显大得多。说到住宅区，这座城市真是水源丰富，但有些过时，路两旁栽种着树，草坪上布满秋天的落叶，别墅用栗色的砖砌成，外观色调暗沉，样子也很复杂。空旷的地方满是临时建起的（将纸板固定于轻型架构之上，再浇铸水泥）战争所需的办公场所。史密森尼学会的存在就像是广场的宫殿中间患了溃疡。它是这里的第一栋建筑（约建于1845年），当时还是一片乡村。它有点像原来的特罗卡迪罗广场，又像国立工艺学院。里面乱作一团，设施陈旧。梅特罗的办公室在一间阁楼里，图书成堆，一直顶到了天

① 皇宫博物馆位于巴西圣保罗市中心，是圣保罗历史最悠久的博物馆。——译者注

花板，书堆面前垂挂着几张床单。那一切都属于古老的美洲，这里已经满是现代化的事物，但南美并非如此，比如我们去的主任办公室就会令人想起圣保罗的教育秘书处或庄园。

会议在十点左右开始，参会的有洛伊、人类学之父库珀（非常著名的美国人类学家，很有魅力）、斯图尔德、梅特罗，还有其他两位年轻的人类学家和我。会上讨论了很多内容，卓有成效，认真严谨，不急不躁。最后，我又接到了许多补充章节的任务。我与《南美印第安人手册》的合作增至打字版六十多页，包括（如果你们有地图）东至申古河，西至马代拉河，南至瓜波雷河，北至第十条纬线之间的整个区域。我也可以放心地把它写进书里，传给后世，它可能在未来一个世纪成为权威。这比二百美元的报酬重要多了，而且比起庞大的工作量，这点钱算不上什么。一切都该为 1942 年 6 月做准备。此外，最终已确定要以小卷本的形式发表我的文章。洛伊看到了更详尽的手稿，表示了满意，但梅特罗比洛伊更难满足，他要着手对手稿进行全部重写，改成更地道的英语表达！他对我的友情和奉献既难以形容，又令人感动。而通过这场会议，我也着实感觉到自己被认可为圈内之人，进入了美国正统科学的庙堂，而这一切也都是得其襄助。我回程途中还给他写了信。大家最终商定从我的手稿中抽出二十多页用于一次理论讨论，进而写成一篇文章，而且有别于我要发给《美国人类学家》的那篇。我等梅特罗完善过之后，再做一些必要的添加，然后重新交给编辑。这并没有报酬，但必须得在这份非常著名的杂志上发表一些东西，才能算“融入”。午餐时间会议暂停，然后接着一直开到了五点。结束后我们所有人被送往梅特罗家，他准备了鸡尾酒会，使我能结识各界人士，还有几个对南美感兴趣的官员。此前我还建议邀请阿妮塔·卡布拉尔，她在华盛顿过感恩节。这些理论家们真的很喜欢这个有趣的巴西动物群落标本！我见到了一些非常有用的人，他们现在知道了我的存在，他日若需要我这样的人，他们应该会召唤我。周日上午，梅特罗一家睡了懒觉，时间就这么过去了。像所有美国家庭一样，大约十一点半吃了一顿丰盛的早餐，而不是午餐。我们下午去了动物园，隔着玻璃见识了各种珍奇罕见的动物，它们被关在温室里，周围生长着当地的植物。在一个巨大的橱窗里，湖边种满棕榈树和橡胶树的沙滩上有十几只鳄鱼。有个小猴兄弟和我说着同样的语言，令我激动不已。五点时，我和梅特罗一家被邀请到一位美国富人（一个芝加哥菲尔德博物馆的人）家里，他是业内的史前史学家，对法国颇有研究，而且很了解博物馆。我从他家出来，就直接去坐八点的火车了，半夜才到纽约，这几天行程太慢了，而且要不停地说英语，真的彻底累坏了，但积累了各种财富！此次出行就讲到这里。

你们取出了一些给你们的钱，做得很好，那些钱得想办法花呀，公寓结算肯定需要资金。可是卖画这一做法实在荒谬，它们现在应该一点儿都不值钱。学校那边正在辛苦地维持，满是没完没了的会议和讨论。它还是带来了很明显的好处，一二月份可能就能开课。我也受到了召唤，在新学校成立的南美法学与社会学研究所担任一些荣誉职位，那肯定得耽误不少时间。一切都刚刚开始，没有资源，也不知道事情会如何发展，也许哪个职位就会成为未来的安定之所。因此，我接受了社会学部的领导职位。至于我的雷诺阿，正如爸爸所说，还没呢，我不觉得它能说尽我的回忆。那只是一种惬意的消遣，其中一个善良的女孩嫁给了一位美洲的获取了教师资格的文学老师，后来因厌倦而离开了他。他们比我年轻，我们时常见面。听了你们讲述的生活状况，我感到揪心。我收到了迪娜一封诚挚的来信，这几天没有心情，晚一点会回复她。只要她想来这里，我会准备好帮助她。上周的信很短，这封长信就当作补偿吧。

亲吻你们。

克洛德

纽约信件

西十一街 51 号

［1941 年］12 月 9 日

亲爱的二老：

本周没有收到你们的来信，可能是因为我上周收到了两封（11 月 2 日和 7 日）。迪娜写信为我送来生日祝福，也告诉了我你们的不幸。她谈到一次埃罗河涨水，死了十三只兔子，电路也中断了。这些损失意味着糊口没了指望，我十分痛心。洪水怎么会如此迅速，让人猝不及防？去年冬天我们一起经历了那些自然灾害，而今年又再次降临于你们，这对我而言真是一种折磨。你们果真还不觉得少吃一点东西来换取在酒店里好好休息会是更好的选择？我完全不同意迪娜建议你们去住她在蒙彼利埃的房子，那不过是一种不适替代另一种不适。我特别希望得知你们会去科利乌尔的坎塔纳酒店，或是类似的地方，住上两三个月。如果没有兔子要喂了，那不正好又是个理由？求求你们考虑一下吧。

我今天[①]可能有许多事情想跟你们讲，但又不能说。刊物、广播等言论都将我拉回至二十六个月以前。普遍的安静令人震惊。前天晚上我在时代广场（歌剧院广场），没有任何迹象显示那不是寻常的一天，只不过盯着看发光公告牌的人比平时多一点。进入全新态势是意料之中的变化，而且由来已久（当然了，理所应当如此的除外）。舆论之中，除了反对之声的消散，既无骚动也无挑衅，一切都如往常。吉尔贝那边的人很可能更紧张了，他们一家住的地方特别活跃，所以阿琳姨妈很担心。至于我，我觉得没有什么能改变我的处境。理论上，我处于可被召唤的年龄，但这一年龄至少在这里已经算超龄，再加上我的外籍身份，他们很可能会放过我，至少未来几年如此，那就先过了这几年吧！在家庭方面，这些事情发生的时间点不是太糟糕。医生向波莱

① 1941 年 12 月 7 日珍珠港事件［CLS］，标志着美国宣战。

特的丈夫做了保证，说他的情况能维持到明年春天，现在甚至还有一些好转迹象。据我所知，波莱特起初对她的新工作有些忧心。这些人实在太大意了，一点儿远见也没有，他们得花上几个星期才能适应环境，但其实应该提前这么做。事实上，需要她应对的那些人这几年也有不少烦心事，所以不可能几周以后依然秉持高要求。所以我认为，她们姐妹二人用不了多久就能看到事情向有利于她们的方向发展[①]。

而我自己的事，没什么要说的。我的手稿还在华盛顿，他们似乎并不着急处理。我收到了蒙伯的一封长信，他要和一个十八岁的法国女孩在莫格订婚了，这个女孩有钱、聪明，还是天主教徒。应该招来不少羡慕！此外我做了一堆没用的事，浪费了很多时间。由于我负责召集所有南美朋友搞一次联谊，所以有很多来往信件。还有好多午餐、晚餐：上周三在新学校和南美界人士吃午餐（糟糕又烦人）；周四和阿琳姨妈吃午餐，我给她做了一些义务劳动（以后可能有用）；周五和之前约好的鲁思•本尼迪克特（哥伦比亚大学的人种学教授）吃午餐，晚上有课；周六有行政会议；周日休息。我坐地铁去海边散步了，只是简单走了走，因为有点冷（第一个冷天），岸上待不住。那也算不上真正的海，只不过是“松得海峡”，即长岛海岸分隔出来的支流。乘坐四十五分钟地铁，到达一个公园，里面有乡村用的桌子和水泥炉灶，可供成千上万的人夏天来这里野餐，幸好这个季节人迹罕至。我忘了说，这周还去米玛家吃了一次晚餐，是私人的，只有她母亲（为了认识一下）在场，我很客气。还有就是今天，哥伦比亚大学的另一位同事，也是原始音乐和舞蹈方面的专家[②]，邀请我吃了午饭。明天我还被邀请去安德烈•鲁瓦永和波拉那里吃晚饭，她们现在合住在一间公寓里，自己买的家具。后天要去阿琳姨妈家吃晚饭。昨晚受到了一位十年前的老同志在一家大饭店的盛情款待，他现在波莱特身边谋

① 这些经过编码的国际局势评论于我而言依然神秘。

② 乔治•埃尔佐格［CLS］。

得高职[①]。我们聊了过去和未来，我很想和他重建联系，因为随着事态发展，这样做会非常有用，甚至有一天必须如此。

我得知洛雷特又怀孕了，所以她和皮埃尔就不动身了。罗斯–玛丽会把我的书带到哈瓦那。依照最初的迹象来看，跨洋旅行好像没什么问题。你们那边，我还是希望迪娜租不成。我 1 月 7 日被邀请去耶鲁大学做一场讲座，可惜没有报酬。当然了，我还是会去的。今天就写到这里吧，我得告辞了，积压了一堆行政文件要弄。我估计通信不会受到什么影响。如果真有事发生，我会联系你们的西班牙朋友，我已经收到他们的地址了。不给你们送新年祝福了，没什么要说，或者有太多要说。

亲吻你们。

克洛德

西十一街 51 号

［1941 年］12 月 16 日

亲爱的二老：

这周没有你们的任何消息。快速客机正常抵达，听说运载的信件比平时少，而乘客增多了。我料想你们应该在思前想后，而且听到了外界的一些夸大之词。事实上，这里的生活一如既往，好像什么都没发生过。也没有进入新事态的迹象。像以往一样，最开始一些异想天开之人发出了警告，但没收到任何回音。我们在巴黎有过这种经历。此外，真的没什么可说的，除非哪天局势有前所未有的好转。家庭方面，波莱特的丈夫意外好转，我们颇受鼓舞[②]。他每天都在进步，我们开心地目睹了他一次次战胜痛苦。如果这一好转还会持续几周，我们不是不可能重新看到他像三四个月之前那样健壮。波莱特[③]在东方小集

① 如果是说此人当时刚好在纽约暂作停留，那可能是雅克·苏斯戴尔［CLS］。

② 从 1941 年 12 月初开始，苏联军队再次向东进击。

③ 在利比亚，英国军队对战罗梅尔将军的德意志非洲军时重新占领有利之地。

市的事情办得不错，她自然很高兴。还无法过多谈论她最近的事情，但话说回来，不可能遍地开花，至少现在来看，木版画的销售[①]情况并不乐观。如你们所想，这不过是一种投机性很强的物品，我怀疑无法维持现在竭力达到的水平。至于我，对自己的境况毫不担心，至少未来六个月不必担心。过了这段时间，这些问题很可能会再次出现，因为它们已经在其他类似的情况下出现了。但在那之前，我可以尽情发挥我的专业优势，目前来看非常有用。还可以如愿找份工作，无论是从头开始，还是兼顾目前的任务，都需要我下一番功夫。我凭借自己的 caipire[②]能力在办公室结交了不少人，所以从现在就开始着手。但是他们现阶段明显考虑的是其他事情，而非我的普通效劳。然而，无论是通过阿琳姨妈还是直接答应的那几份简短报告，我还是会准备好的。这边很重视对专业人士的任用。

除此之外，一切和过去相差无几。我们的大学（曲折中前进，可能大概一月能正常运行）让我负责与所有相关人士联络。这对我而言是一项繁重的行政工作，而且没有报酬，但能让我提供更多服务，这一机会对于前面提过的前景而言非常有用。此外，晚餐和外出接连不断：上周三是在波拉和安德烈•鲁瓦永家，她们住在一间非常漂亮的公寓，但安德烈丢了工作，又苦恼于只有芝加哥那边提供了工作机会，她并不想去那里。我不知道她最终怎么决定。周四本来是在阿琳姨妈家的小团体晚餐，但由于我一天都在外面，别人联系不到我，所以我晚上到了才发现所有人都病了，泰蕾兹感冒了，姨妈因为本周之初重要的那几天操劳过度而累趴下了。见此状，我就走了，走之前还得知我的印度布料（确切地说是泰蕾兹依据我的素材设计的布料）在梅西店[③]非常抢手。我得去看看。

① “木版画的销售”是日本的代码［CLS］。

② 指巴西内陆没有文化的农民［CLS］。

③ 纽约一家大商店［CLS］。

周五像往常一样上课。周六阿尔芒多[①]出现在迪阿尔泰家，我去问候了他。我们非常友好地交谈了一个小时。事实上，我现在成了他们和办公室之间的联络员，把他们的信息传递给办公室——我们对于办公室的事不是很满意。照理说，我们三个人下周六要应邀去阿索利[②]家吃晚饭，他管理的是高级事务，而我负责把其余两人介绍给他（阿索利现在是新学校的教授，刚来的时候他很关心我的申请，你们还记得吗？）。昨天晚上，我和哥伦比亚大学的同事埃尔佐格待到了凌晨两点一刻。他是匈牙利人，又是杰出的语言学家[③]，非常热心地来看我的语言学材料，还给我上了一节"音位"课（phonèmie）［原文如此］，这是美国语言学的前沿，难懂却又极为有趣。经过六小时的学习，我有点儿开窍，但脑子完全不行了。这种训练介于填字游戏和积分学之间，对于我手上这种全新素材的研究而言是一种绝佳的方法。

我自告奋勇请巴尔赞夫人下周五吃午饭。这就是我的全部社交。听了你们在康卡布拉的不幸消息我很痛心，这里每次降温（开始变冷了），我都会本能地想起你们，还有门前挂着的帘子和穿堂风。在这个艰难时期，我多希望得知你们生活在别处。洛雷特怀孕了，所以她和皮埃尔又不能启程了。虽然船只航行仍在继续，但罗斯－玛丽能否到达，我很怀疑。我估计这封信能寄到，就是会推迟。之后的通信若不正常，你们不要担心。

亲吻你们。

克洛德

---

① 我在巴西时，阿尔芒多·德·萨勒·奥利韦拉是圣保罗州的"审查员"，他妻子的兄弟是朱利奥·德·梅斯基塔·菲罗，此人是《圣保罗州报》主编，又是在大学真正掌权的人。

② 参见下一封信，第 321 页，注释①。

③ 我前面提过他，他也做民间音乐方面的研究。在罗曼·雅各布森、我和其他几人的参与下，他于 1945 年成为纽约语言学派的建立者之一。

西十一街 51 号

［1941 年］12 月 23 日

亲爱的二老：

你们的来信更少了，但我还是收到了开战以来的一封信（11 月 29 日）。这意味着快速客机仍在行驶，由于在这边一无所知，我也就松了口气。邮局接收信件时也承诺不了什么，我仍会像过去一样每周给你们写信，希望你们能收到一些，但我也不知道会发生什么。这周没有你们的消息。立刻回答你们问我的问题：如果你们被迪娜的建议打动了，完全没有理由不接受，则与我无关，她说了什么或者别人说了什么，我都完全释然了。如果要我对这一方案做出评价，那就全然是另一种看法：住进几乎算是郊区的房子，而且没有暖气，还要经常出入蒙彼利埃肮脏的小酒馆，这不会使你们得到真正的休息，我还是坚持希望你们去住酒店，那里也许没有那么舒适，但起码你们不用操心所有事情。所以，我比以往每次都更建议你们以叙瓦治为理由去看望坎塔纳女士，她会伸出双手表示欢迎的。祝贺你们买了浴盆，希望你们赶紧洗上热水澡，不要担心费用。你们提到的各种必需品的价格确实吓人，但恐怕会因销量少得可怜而不会发生整体涨价的情况。如果你们的储备不足，总会有方法弄到必需品的。我好奇你们怎么没看到堂兄之前的合伙人，他也是勒内的同事，名字和洛雷特丈夫的一样，喊叫起来像一只母鸡[①]。我有一次见到他了，还有其他人，比如我的朋友马塞尔的前任，她在这里又开始从事有预见性的活动[②]。是的，雷蒙去了他兄弟家，我还没见过索尼亚，谢天谢地。高兴得知你们收到了纽约的照片，但你们从哪儿看出来我住在市政厅旁边？市政厅在城市的最下面，距离我的住处大约步行一小时。标记出来的大道就是第五大道，它的另一边（也就

① 说的还是皮埃尔·科特，（之前是皮埃尔·德马耶）又是一处针对“敏感”名字的技巧处理，为的是逃避审查［CLS］。

② 姊妹塔布伊？热纳维耶芙·塔布伊（1892—1985）是学国际关系的记者，1940 年流亡至美国，支持美国参战。

是我公寓位置的上面）好像是正方形的华盛顿广场，尽头是凯旋门。

纽约人筹备圣诞节真是奢侈得罕见。各大广场上耸立着巨大的圣诞树，上面覆盖有五颜六色的彩灯，甚至一些大型的私人大楼也纷纷效仿。橱窗能引发人们的丰富联想。一些商店呈现出18世纪90年代的生活场景，还有一些在巧妙的灯光下摆放着虚幻的幽灵。街上人如潮涌，人们购置礼物，然后去邮局排着看不到头的长队，等待把礼物寄走。如果我可以寄的话，我会给爸爸寄一个打折促销的神奇玩意，那是一个小套装工具，可用来雕、锉、切等等，要安装在一个像电动剃须刀一样的电动手柄上。据说这是牙医用的工具。

而我自身，还不觉得有很多必须去做的事，所以就往我常去的几家送一些花就行了，比如给米玛、梅特罗夫人、马耶尔小姐（新学校的主任）。我会送阿琳姨妈和泰蕾兹一些小玩意，25号要去泰蕾兹家吃晚饭。我本周全是各种行政事务。处理南美关系的各种官方机构突然而且同时发现了我的存在，所以我被要求就各种非常荒唐的问题写报告。我还是会认真地回复——用英语——因为我需要被认识，并与之建立联系，但这样浪费时间实在太可怕了。我周日和圣保罗的阿尔芒多一起在阿索利[①]家吃晚饭，棒极了。准确地说，我们是阿索利的客人，他隆重地在附近一家（私人）酒店款待我们，这一点很像在圣保罗，每周日全家上下都要出去吃饭。

周日上午，照例在筹备中的大学举行每周一次的咨询会，像往常一样从十点到下午两点，老同事们对我越来越重视，对待我的方式十足可笑。我正在整个南美组建关系网，因此有很多信要写，肯定不会给配秘书。但这一切虽然现在看着都是徒劳，非常没用，但有一天会成气候，它会帮助我建立各种关系，实现自我价值。

昨晚我去看了一场超现实主义的电影，好好休息了一番。电影糟

① 这个意大利大学教员在美国避难，起初是新学校的教授，在纽约有过一段非常富有的婚姻。阿琳姨妈努力让我过来时他帮了不少忙，原因之前提过，可能单纯是好心吧，因为他根本不认识我。

糕透顶，观众都习惯了，淡定地看完了。我今天请了法国同事的女儿吃午饭，她那种神秘的热情感染了我，而我也竭力保持神秘。她很有魅力，但不漂亮。年末之前，我还得往南美写几封信。有一本新刊物跟我约稿，我要为它写一篇文章（有稿酬）。我还被邀请去马松家过圣西尔维斯特节，到时候去那儿肯定冷死了。上面提过的一家官方机构问了我一处注释，我今晚要去迪阿尔泰家查找相关资料。我跟你们讲了吗？他已经在现代艺术博物馆找到一份很棒的笔译工作。我们经常见面。总之，度过了夏天孤独而勤奋的时光，我现在完全进入一种新闻工作者的动荡生活。这会令我烦躁，但在当前局势下必须这么做，而且需要不断地说服自己，并为自己找理由。大体上感觉有一堆事情需要准备，但又说不好具体是什么。我们的朋友又下功夫学习了一堆我们自己已经尝试过的事情。波莱特丈夫[①]的身体状况好转，全家人都松了口气，我们在想会不会有一天他重新成为身边人的有力支柱。这一景象美得让人不敢相信。有几日非常冷，有点儿飘雪。有那么几天，天气严寒，但碧空如洗，清澈晶莹，阳光照耀下的摩天大楼直插云霄，真是散发着罕见的魅力，都能令纽约为之骄傲。依然感受不到战争的气息。我在街上遇到过一个打过仗的同志，就是曾和我一起执行任务[②]的斯塔伦德，他五月份突然消失了。难道不奇怪吗？

亲吻你们。

克洛德

西十一街 51 号

［1942 年］1 月 4 日

亲爱的二老：

我不知道这封信能否寄到，何时寄到。写它为求心安，你们在电

① 代指苏联。

② 负责联络英国人的任务［CLS］。

报里说从 11 月 18 日起就收不到消息了。我收到你们的最后一封信是 11 月 29 日的那封，就在宣战后没几天寄到的。其他的信可能在路上。还有，我知道欧洲的信件用的是空运，但海运仍在进行，主要在葡萄牙那边。据说快速客机仍在运行，但运送的乘客多、信件少。用不了多久，这一切就能恢复正常，我们就能一次性收到十几封信。只要我知道通信仍未恢复，我就会每个月给你们发一次电报，不是很贵。与此同时我会缩减信的长度，因为没有什么比写一封不知能否寄到或至少不知何时寄到的信更令人沮丧了。我收到了一封吕吕的信，有一个半月之久了，是回复我写给他的信，我的信也用了同样之久才寄到。还是得说 J.-P. 动身一事。他让我通过你们告诉迪娜，他需要一个比利时领事的证明来把一笔非洲款项转入美国[①]，这已经没用了。他还说不会通过我来给她母亲写信，因为从里斯本寄更快。他说已经考虑好了，打算十二月去另外一个村子，去赤道北的苏丹边界研究一下金子："事情都一样，只需几个月就能打下稳定的基础，然后呈辐射式发展。而且他们为我提供的物质条件似乎更好。"他还说："我们经常想起康卡布拉和你的父母，他们成了真正的塞文人。你在下一封信里代我问候他们吧。"

至于我自己，没有任何新消息。我年末是在马松家过的，沉浸在一种乡下冬天的氛围里，这令我想起瓦勒罗盖，壁炉里的木柴烧得很旺，房间里却冰冷，早晨都有零下十一度。尽管他们的屋子烧的是木柴和纸板，但由于装了烧丁烷气体的大型取暖器，所以比你们的屋子暖和。我带去一只鹅，作为我们的午餐。我们被邀请去卡尔代（之前跟你们讲过的用铁丝和铁皮做东西的人）家里吃年夜饭。七点，其他客人——方圆二三十公里之内的美国超现实主义者组成的小团体——赶来和我们一起乘车。我们二十五个人中有穿着晚礼服的女士，还有人穿着滑雪裤，有的男士一身城里的打扮，还有人是乡下打扮。而我

① 这两句话说的是迪娜·卡昂及其两个儿子：老大吕吕（吕西安）和老二 J.-P.（让-皮埃尔）。

自己穿着高尔夫球服和厚毛衫。房屋主人为了这个场合还用母牛皮给自己裁剪了一条裤子，连同他的红色法兰绒衬衫，一并向来宾们炫耀。那是在一间有着大型梁柱的厂房，有红酒和各式各样的食物，得用手拿着坐在地上吃。大家都很友好，像所有其他美国人一样，有一种内波蒂[①]的感觉，但总体来说有些烦人。大约凌晨两点，我们被送回，然后我第二天先坐公车（像瓦勒罗盖一样，车会开到村子里接人，两公里的路程），行驶十五公里去坐火车（类似埃罗桥），这里的一切肯定比塞文开发得要好。乘坐火车两小时一刻钟就到了纽约。马松很能干，还会于2月17日筹备一场展览。我们之间相处得还不错。

我的课程因为假期中断了两周，下周五重新开课。通过和梅特罗夫人通信，我完成了要发给《美国人类学家》的那篇文章的英文版。史密森尼学会的打字员正在输入最终版文章。我正在写答应为《南美印第安人手册》写的几章内容中的一章，这项工作精细又烦人，但我还是得做些事情。下周三我要去耶鲁大学做讲座，可惜没报酬，马林诺夫斯基[②]也会出席。因此这件事对我很重要。我在刚刚于纽约落幕的社会学大会上与他结识，他年纪大了，但很和蔼，说着一口流利的法语，在美国待得并不开心。

阿琳姨妈工作繁重，似乎很疲惫。我多数时候是去找她吃午饭。因为我上午习惯去图书馆工作，那儿又离她办公室很近，所以我经常去找她。我们会谈论一些家庭的事情，聊到波莱特丈夫情况好转[③]就很开心，还会说到波莱特的出行[④]。虽然他们现在仍需为彼此担心，但事情似乎进展得很顺利。他们二人都预测未来一年会很艰难，但一切都会尘埃落定。上周我去接了安德烈·鲁瓦永，然后和阿琳姨妈一

① 内波蒂（吕西安），戏剧作者，我父母的朋友，在南方有一处房产，我们在那儿住过一些时日［CLS］。

② 关于布罗尼斯拉夫·马林诺夫斯基，参见1941年5月23日的信件，第230页，注释①。

③ 苏联继续在东部战线占据有利之地。

④ 1942年1月1日，英国、美国、苏联及其余二十三个国家在华盛顿签署了《联合国家宣言》。

起吃午饭。鲁瓦永的办公室在一个塔形摩天大楼的三十四层，能俯视整个纽约。眼前若是有这么一幅壮丽景象，我可能连一秒钟都无法工作！她减少了行政工作，腾出了半周的时间去调查一些针对发育异常或迟缓的儿童开设的诊所。我怀疑她无法长时间从事一份如此繁重的工作。

气候十分反常，时而像春天，时而又突然变冷。昨晚纽约下了第一场雪，清扫工作做得很差，汽车轮胎碾过之后，一片雪化后的泥泞叫人看了不舒服。

再过几周就是你们的生日了，我会很想你们的。就如我在之前所有信中建议的那样，我希望你们最终能搬离康卡布拉，住到海边的一处酒店里。

亲吻你们。

克洛德

西十一街 51 号

［1942 年］1 月 13 日

亲爱的二老：

我用打字机给你们写信，为的是符合美国的审查要求。既然存在这一审查制度，它又在发挥作用，但愿与法国之间的通信能恢复正常。直到现在为止，我只在昨天收到了你们的一封来信，12 月 5、6 号那封，依然还是战前的信。你们在信中告诉了我罗斯 – 玛丽[①]带着我的书出发了，但我还没收到任何关于此事的消息，估计她因为新的国际局势而受阻了，甚至刚启程时就被拦下了。然而尽管通行人数受限，但总能找到正常通行的方法。

希望你们和客人们一起吃了一顿丰盛的年夜饭。我在上一封信中

① 罗斯 – 玛丽 • 于尔莫后于 1946 年成了克洛德 • 列维 – 斯特劳斯的第二任妻子。

给你们讲了我的年夜饭。这里没有一点儿新消息。生活一如既往，有工作、各种邀请、上课。一周以来冷得可怕，就是我去耶鲁大学做讲座（上周三）的那周，在车站接我的同事是人类学系主任，我最初去拜访梅特罗时就认识他了。他先是带我去了城里一家酒吧，灌了我几杯鸡尾酒，然后去了学生俱乐部，那里已经准备了晚餐。那是一所18世纪的木结构老房子，而且是建在私人住宅上面。吃饭时，师生加起来共十几人，很开心，但吃得挺差的。稍后做讲座时，观众在这群人的基础上又多了一点。几杯鸡尾酒，再加上三个小时活跃的英语聊天，我完全被榨干了，几乎要晕过去。但无大碍，人们一般都把这归为语言困难的问题。然后我又被带到一间假的老式村舍喝啤酒，最后被放到了火车上。我凌晨两点回到纽约，当时简直就是极地的温度，好在在那之后就回温了。

这些天我花了太多精力在一个海地的杰出人士[①]身上，是梅特罗让我跟他联系的，这个人准备在太子港建立一所大学。他自己是医生，非常热情又有学识，说着精致的法语。我介绍他跟同事们认识，还跟他讨论了很长时间。为了向他表示敬意，周日和阿琳姨妈、米玛、迪阿尔泰一家、安德烈·布雷东还有其他几人一起招待了他。结束后我特别疲惫，庆幸自己的招待工作少之又少！他的计划本身起步不错，不是不可能在未来几个月内落实一些事情。我自己挺期待这件事的，因为很怀念热带地区，那是一片让人极为好奇的领域，肯定会有研究主题。这些事情占据了我一周的时间，我还写完了答应为《南美印第安人手册》写的几章内容中的一章，并与梅特罗夫人就给《美国人类学家》的文章的英文版通信，她对此关心备至，出力不少。

家庭方面，也没什么重要的事。波莱特给我提了一些有趣的建议，想让我搬去她那里住[②]。这令我感到错愕，就在不久的将来，我完全

① 普里斯－马尔斯博士［CLS］（1876—1969），是医生，战前担任大使和参议员，成立了太子港人类学研究院。

② 可能说的是克洛德·列维－斯特劳斯接到了英国方面（波莱特）的工作邀请，他也趁机表达了对苏联军队（波莱特的丈夫）取得进展的满意。

可能达到自己最好的状态。你们明白，我对她没有很大的兴趣，反而非常喜欢她的丈夫，我都不敢相信他的身体状况如此迅速地好转。无论如何，我无须心急。你们知道的，家人的情感于我而言并没有很重要，我对实际问题更为敏感，比如工作中的舒适、稳定、便利。如果我要搬家，会发电报通知你们的，好让你们知道我的新地址，但估计未来几个月是不会的。

你们过生日的这一周，我比以往更加想念你们。希望生日过得不是太悲情。现在可以确信的是，我们会在不久的将来团聚，只是时间的问题。所以只需要点耐心。

我昨天中午和阿琳姨妈在一间小的希腊餐馆吃饭。这家餐馆是我发现的，由于离她工作的地方不远，所以我们常去那里，在那儿能吃到美味的鱿鱼和外观如石膏一样的块状酸奶。米玛要去奥海镇过冬，姨妈很伤心。她们平时每天都会见面，这下她应该觉得挺孤单的。我还发现了一家印度餐馆，在那儿能吃到蒸米饭，散发着浓浓的当地气息，还有搭配各种浓郁酱汁的咖喱。你们没再说过食物供给情况？坐最后一条船从马赛过来的一个人告诉我，那边的饮食状况堪忧。你们还有半头猪吗？这场灾害把养的兔子全都消灭了吗？祝贺你们装上了浴盆，烧洗澡水的木柴够用吗？

没有莱朗斯的任何消息，他一直被困在岛上，可能还得很长时间。我一直想跟他打听我的箱子和书，但总想着不定哪天他就能启程，所以一直没问。你们想象一下，我今天上午走在纽约一栋大厦里，之前没进去过。我要去的办公室在二十八层，刚一进去，我就有一种回到了凡尔赛宫般的感觉，有升降梯、仿造的布勒电梯门、上面带百合花标志的金色阳光线条。全部一模一样，奢华又滑稽，这边的东西往往都是这样。但愿你们能收到这封信。我写得直白易懂，缩短了篇幅，而且符合官方规定。看看结果如何。

亲吻你们。

克洛德

西十一街 51 号
［1942 年］1 月 22 日

亲爱的二老：

我昨天收到了你们 12 月 16 日的来信，同时还收到了勒内[①]13 日的一封信，他很感激你们寄去了栗子，信中提起这事还很动情。不知这是否意味着要恢复通信了。他像以往一样非常乐观，还说了些迪娜的好消息，他们之间的关系好像挺美好的。他还跟我提起他的书。你们能否顺便告诉他，等他的书在法国出版之后，我肯定能在这边找人翻译并编辑他的书，但他得在寄给我样书的同时，再给我寄一份授权声明。

关于我，几乎没什么事跟你们说。相信你们也有同样的体会，再没有哪个历史时期像今天这样，令身处其中的人感到无比空虚。在这里，没有任何迹象显示出——至少表面上看来如此——时局的变化，生活在继续，就像前几个月一样。目前唯一需要我思考的一件事就是搬家。正如你们建议的那样，很可能过不了多久，我就要搬去和富库[②]一起住，但我不怎么想去。因此，我会密切关注波莱特给出的类似建议，毕竟在她那里要舒适得多，而且身边还有阿蒂尔、科莱特[③]等一群朋友。但我做决定之前必须再等等，因为还有望得到一个新职位。那个职位也是在大学里，更偏向机关，要处理方方面面的事情。如果那里可以（我不敢太寄希望），我就不用考虑各种搬家事宜了。目前纽约的大小机构确实在加紧和拉丁美洲之间的联系。梅特罗也在这么做，这一做法自然符合当前的局势。我做好了承担这项任务的准备，但是席位太少，而我又是外国人。但我的优势是我是少有的能承担这方面教学的人之一，而且我在新学校承担的教学与这一任务的要

① 勒内・库尔坦。
② 富库，战争初期部队里的一名同志［CLS］。他的名字可能代指军旗下的召集。
③ 阿蒂尔・沃特斯及其朋友科莱特・德・布鲁凯尔可能在英国避难。

求非常吻合。很可能在两周之后就有定夺，不用说，我要是成功了，肯定又是梅特罗的功劳。他自己感知到了这一点，而且同时在建议和推动我这么做。他待我一直胜过手足。今天上午刚刚从他夫人那里收到了我的文章，是根据《美国人类学家》的那篇改写的。在他夫人的关照下，新的文章已经全部输入完毕。我会寄给梅特罗，而且完全相信他会认可。我刚刚还在一本新周刊上发表了一篇关于泛美主义的文章。等我拿到二十五美元的报酬，就去买一身西服，好换下来现在每天都在穿的这一身，它都开始稍显疲惫了。我会买一身特别美式的西服，红棕色的鹿皮上衣（虽是鹿皮，但也有剪裁）配法兰绒长裤，里面得搭配彩色格子的法兰绒衬衫。

蒙伯写来一封长信，跟我讲了圣保罗那边的各种阴谋，还说要出发去波苏斯－迪卡尔达斯度假。本周做了些小事情：和阿琳姨妈吃了几次午饭，她被工作搞得很累，但很开心顺利把迪克[①]安排到了审查处，他失业有几年了。泰蕾兹的重心似乎有所转移。现在的纺织业更关注必需品的制造，而非时尚。再加上她什么都卖不出去了，所以更得转变。然而我们合作完成的印度图案的布料给她带来了一些收入，还在梅西店出售——销量很好但和我们俩都没什么关系，——这家店可算作撒玛利亚风格的。我去看过那里卖的织品，真的非常漂亮，而店内的广告就直接写成是产自南美！南美是因为里约会议[②]才火起来的。各大商店都会做一些热带特色的陈列。梅西店展示的是那种殖民地的集市，而旁边的金贝尔店更高级一些，可以买到哥伦布发现新大陆以前的秘鲁陶器，价格在三十到五十美元不等，这不算贵，印加珠宝更贵一些，但还有黄金顶着呢。还是这家店，将凡戴克的一幅画作置于橱窗里的裙子和帽子之间，而且以 155 000 美元的价格卖了。我相信三个小时画一幅肖像的想法肯定也能实现。上周日，经由阿琳姨妈转告，我被

① 迪克•埃默里克，阿琳姨妈的女婿。

② 1942 年 1 月 15 日至 28 日召开了里约热内卢泛美会议，旨在为应对轴心国确立一个共同的立场。

邀请去了她朋友玛格丽特·芒代尔家品茶。在那里见到了我绝对没机会见的法国社会名流，比如《诺曼底》的总指挥路易·韦纳伊[①]等。爸爸，我见到了你在日内瓦和里斯本的模特，这还是我来这儿以后的头一回。我们自然要拥抱一下。他好像比以前更退化了，而她还是那么丰满。两个人激动地打听你们的情况，友好地问候了好多次，还要转告你们肖像画刚刚被搬到了这里，连同他们的家具一起。你们知道吗？他刚晋升没几天，厄运就降临了。说好了我会给他们打电话，还会去看望之类的，虽然不是很想去，但还是会找一天去看看的。这次招待无聊透顶，除了上面讲的这件事（或许也包括此事），跟其他这类活动一样。

你们想象一下，我的女佣有一只黑色的可爱母猫，它来我这儿寄宿。早晨到的，过了一天，晚上回一楼去。我觉得必须得给它准备一顿日常的午餐，于是就去杂货店买了"猫粮"罐头，其实就是一块鱼饼。我想象着，我们的猫要是能吃到这些该有多开心，我想给它也寄点儿。审查人员不会放过人的食物，对于猫食也是如此吗？

今晚是我本学期最后几次上课了，然后直接进入第二学期，所以2月6日就又要开始上新课。我现在的工作不多，最后几次课都用来让学生——普遍很好——发言，他们讲得特别冗长，一般都能讲够整节课。而且我现在也没做什么重要的事，为各种事和我未来可能的新境遇而分心太多。我就这样游走在无数的会议和无谓的争论里，它们几乎和其他事情一样毫无价值，但牵动我的是一种在任何流亡时期都有的共同感觉，即同样的一类人谈论着同样的事情。而这构成了我的流亡回忆！

亲吻你们。

克洛德

① 路易·韦纳伊（1893—1952），法国戏剧作家和电影编剧。

纽约信件

法文信

克洛德 • L. 斯特劳斯

西十一街 51 号

［1942 年］1 月 31 日

亲爱的二老：

我收到了你们一连串的来信。思考之后发现，这是同时收到了两批信件，分别是 11 月 21 日和 12 月 22 日的信。经过了长时间的中断，似乎有很多信寄到。希望你们那边也是如此，通信恢复正常了。你们也可能什么都没收到，所以为防万一，我下周初还是会给你们发一次电报，而我也只能通过二月末的收信情况才能得知是否果真如此。你们讲的关于 B[①] 的事太可怕了，哎，不是只此一件，我们在这边听了太多这类事情。希望她的状况只是临时的，奥黛特很快就能收到消息。无论如何，你们不要为此事过度伤神。本周收到你们的信时，一并收到了皮埃尔[②]的信，他在信中说道："我觉得他们夸大了那些像他们（指你们）一样隐居在简陋的房子里过着清贫生活的人在未来会遇到的困难。"他一如既往地保持积极，但可能太过乐观了。最客观的预测其实就在普通人的智慧里。这里的人们认为你们所处的境况会越来越稳定，而且表现出一种极为美好的意愿（如果非要说，就是可能有点过了），希望能尽可能长久地维持"现状"。而且双方都能从这一稳定状态中获利，你们就能在未来几个月里相对清净一点。如果你们的情况变糟，而我的情况得到改善，当然首先指的是我的经济状况，你们过来的事就可以纳入考虑了。总归会有办法的。这也是我通过罗斯－玛丽的信得知她的船并没有启程，她最终没能离开法国这件事之后，

① 巴博扎的家庭。奥黛特 • 巴博扎是克洛德父亲的一个姊妹，其丈夫和儿子刚刚被德国人抓走，死在了集中营。

② 皮埃尔 • 德雷富斯。

立刻往萨尔瓦多[①]写信时说的内容。但她的孩子在她眼中不过是一颗苹果，她回复我说已经厌倦了自找麻烦，不想再管他们了。而且她没有流露出丝毫对于新生活的满足！因此我觉得，即便是在另一边，不同的人及群体的生活境况也各不相同。而从你们给我的那张老前辈[②]的卡片上，看出的是一种超脱与安宁。

关于我未来的计划，没有新进展。我在上一封信中给你们讲了庞大的学校事业，这件事暂时陷入了组织者之间的内部纠纷，估计提不上日程了，只能等消息。而且开始出现一些机会，我可能不必搬家而继续住在这里，继续过同样的生活。有很多机会都非常合适，但事情还很渺茫，仍需很多朋友的帮助。所以我很难跟你们详细讲述。不管怎么说，可能再过几个月我就要告辞了，所以不必再过多地打扰各种相关之人。这些日子，我帮了阿琳姨妈不少忙。机缘巧合，你们可能听到了一些声音，或许令你们想起了那些匆忙吃午饭和去大皇宫的日子（大约30年代，我每天都要去电台做BIT[③]的节目）。不幸的是现在的技术进步了，一切都和过去不同，我完全不知道我的合作伙伴何时离开，而又去了哪里。我又复出了，尽量定期推出，争取让你们听得到。

我写给《美国人类学家》的文章被欣然接受了，只不过要等到七月份才能发表（每年只有四期）。我会寄给你们一份样刊。另外，史密森尼学会要我以“南美的人与自然”为题，给《南美印第安人手册》写一个重要章节。这个问题令人颇为振奋，我很开心是由我来负责。现在总的来说，只要涉及南美相关的各方面问题，大家都会想到我。

① 写信给于尔莫夫人，也就是住在萨尔瓦多的罗斯－玛丽的母亲。

② 是指马塞尔·莫斯？

③ 日内瓦的国际劳工组织？［CLS］，参见斯特拉斯堡第二封信（S2），第4页，注释①。克洛德·列维－斯特劳斯在纽约时曾是《美国之声》节目的主持人。该节目创始于1942年2月，通过广播和电视为美国政府提供国际传播服务，同年6月归战争信息局（OWI）主管。他和安德烈·布雷东、乔治·迪蒂和帕特里克·瓦尔德贝格组成了主持四人组。参见埃马纽埃尔·卢瓦耶，《巴黎到纽约流亡中的法国知识分子和艺术家（1940—1947）》，巴黎，格拉塞出版社，2005年。

这会耽误我很多时间，又不会带来任何收益。但不是没有用，这样就会有更多的人知道我，并且知道我能做什么。这也能为我了却很多后顾之忧，比如可以继续工作，无须再忧心搬家之类的事。最近一段时间，我每天都在回信、做笔记。如果要像这里所有人一样有个秘书——美国人总觉得在这方面我们和他们一样方便，所以会毫无顾忌地要求做这类小事情——就会快不少。总是自己来做，要花费很多时间。

除此之外，我总是见着相同的人，每周和阿琳姨妈吃两到三次午饭。还去泰蕾兹夫妇家吃了一次晚餐，她丈夫显摆又找到了工作。还有一次是和阿尔芒多[①]一起在保罗家吃饭，若阿尼塔[②]准备了符合欧洲人口味的饭菜。我还牺牲了一些时间陪阿琳姨妈去索尼亚[③]家吃晚饭，她住在一间超级小的公寓里，是那种隔间，几个租户共用厨房和浴室。整栋大楼都是这种情况，纽约的好多街区都是如此，最初想盖一座宏伟建筑，结果没建成。索尼亚虽然不太热情，而且烦躁得吓人，但还跟以前一样热心善良。她的丈夫和她丈夫的兄弟都挺好的。之前跟你们讲过的各种会议，依然不知疲倦地持续着。

第一学期的课程于昨晚结束了，第二学期的课下周五开始。像之前说的那样，我要上南美现代社会学，还不知道会有多少学生。你们养的动物虽然牺牲了，但希望能因此为你们换来几顿丰盛的餐食，得快点儿分几顿吃掉。这里的人告诉我，你们和勒内所在的省份刚刚发放了补贴，你们享受到了吗？不，我没有给科莱特写信，而是让他们的一个朋友帮我向他们夫妇[④]问个好。这位有名的朋友我也认识，他应该很快就能见到他们俩。新命令实施以来，我已经很久没见过安德烈了，而且觉得委托尼克[⑤]给你们带去我的消息一点儿也不靠谱。其实不是法国不允许有通信，而是快速客机延误太严重了。因此信件的

---

① 阿尔芒多·德·萨勒·奥利韦拉［CLS］。

② 保罗·迪阿尔泰的妻子。

③ 索尼亚嫁给了雷蒙·拉扎尔，也就是克洛德·列维–斯特劳斯母亲的兄弟。

④ 科莱特·德·布鲁凯尔和阿蒂尔·沃特斯。

⑤ 尼克，安德烈·鲁瓦永的丈夫，是日内瓦红十字会的高级官员。

终点不会有什么变化。这一情况似乎正在好转。知道你们到现在为止没有受冻，我很开心。这里的天气很不规律，短时寒潮与天气回暖交替出现，而现在正在下雨。波莱特的情况不好，令我们所有人都揪心。我们寄希望于她的丈夫[①]。

亲吻你们。

克洛德

法文信

克洛德·L. 斯特劳斯

西十一街 51 号

［1942 年］2 月 16 日

亲爱的二老：

你们回复电报的速度真是惊人，根据电报里所说，你们还是收不到我的信。我为此感到懊恼，就算再晚，再不规律，也不能完全没有你们的消息。最近两周，我先是收到了你们 1 月 8 日的信，然后是 1 日的信，这封信又回顾了米歇尔[②]到访的事，而前一封信只是侧面提到。无论他的到访令你们多么愤怒，但令我开心的是他帮你们做了繁重的活儿。你们在这方面就随便使唤他吧，而且新闻报道法国要再次降温了。回想去年冬天，那些记忆应该仍在延续，再加上这是第二次了，所以肯定更难挨。而且我觉得方方面面看来，都比我曾经历的更艰难。想到这些，我就为在这里取暖而感到惭愧。我多么希望未来能确定一点，而且深思熟虑之后想出必要的办法，进而改变你们的生活。大概可以确定，“富库”[③]的情况没那么令人焦虑，我可以继续工作而不

① 在利比亚，罗梅尔于 1942 年 1 月中旬向英国军队（波莱特）发起了反击。而苏联（波莱特的丈夫）方面持续进击。

② 米歇尔·巴博扎是奥黛特的另一个儿子，奥黛特是雷蒙·列维－斯特劳斯的姊妹。

③ 即旗帜下的召唤［CLS］。

会被无谓地带走了。尽管如此，合同到期（我积极地期待你们到时能来，这一日期也很近了，就在 1943 年 6 月）之后的事情太不确定了，所以不能冒这种险。否则你们来了可能还不如在康卡布拉的生活。如果我能回到南美某个地方，事情就好办了，我现在的全部活动都在朝这个方向发展。我甚至开始给圣保罗的官员写信问候了，但事情还没有眉目。然而在这里，我在该地区人种志领域树立了威信，迟早有一天能有所回报。我急切地盼望这一天的到来，因为我只想得到距离和安宁。我们有上千种烦恼，波莱特看着丈夫一点点变好，自己却病得愈加严重。无论如何，未来是他将承担起全家的责任[①]。如果他做到了，我由衷地为他高兴。家庭里终于重新有了点秩序和威严，家人都很需要他，而你们无法想象这个家里一直以来笼罩的混乱和松散。且看这个家庭的故事吧。

我在思考，什么事让你们决定了去蒙彼利埃住四天，希望不是什么烦心事。而且我觉得这趟出行时间太短了，去的地方又那么不适合休息，我担心别出现什么身体上的问题。上周日见到了里莱特，她突然要来纽约待一天。她似乎重新找回了平衡，把自己最初的荒谬想法归于受了打击，现在已经在中学勤勤恳恳地安静度日。她的孩子们寄住在当地一个美国家庭里（她也得过寄宿的生活），对方对他们称赞有加。她想办法把父母接过去，但是遇到了各种经济和出行问题，目前确实无法解决。

从这周开始，我在大学里的工作变多了，因为新学校组织了法语授课，我们大家都要义务承担起这些课程。但这份工作并不繁重，一个晚上足矣。有两个晚上，我和保罗一起在翻译他的一本书，非常无聊，但出于友情无法拒绝。但愿他会追随他们国家的时尚，很快就对这项工作失望，而我以此换来了若阿尼塔准备的几顿精致而简单的晚餐，幸运地逃掉了吃腻了的快餐厅套餐。周六晚上，主任邀请我参加

① 面对轴心集团军，英国（波莱特）在利比亚丢失了 1941 年以来攻占的所有领地。而东边战场上，苏联军队（波莱特的丈夫）已经打到了白俄罗斯。

了一场盛大而隆重的美式晚宴，但是非常无聊，至少有三十人，甚至将近四十。那是我1939年5月以来第一次穿那身崭新的蓝色无尾礼服，经过了漫长的休眠，它竟然奇迹般没被虫咬。但我没有衬衫，所以得买一件。转了一大圈，发现它跟一身礼服一样贵，但几乎没有相像之处！

阿琳姨妈总是有大量的工作，非常疲惫。再加上米玛一直在加利福尼亚，没有人陪，她就更难熬了。我们大多时候是午餐时见面，有时我会去她家吃晚饭。迪克现在有了工作，而泰蕾兹失业了，因为设计图卖不出去，终究还是不够贴补家用。我估计阿琳姨妈有时会接济他们，因为她挣得不少花费又少。姨妈也开始考虑养老了，想给自己存一笔小钱，还会因为不能住在加利福尼亚的花园里而叹息。昨天，梅特罗突然从华盛顿来看我。他想出去走走，我就带他去朋友们那儿走访，去看了保罗、布雷东和我的画家朋友[①]。这位画家朋友也要离开乡下外出几天，因为明天会有一场画展的开幕式。我为他担心，因为时下人们不大会对他那深奥难懂的艺术感兴趣。

除此之外，没什么好讲的了。还是惯常的生活，上午去图书馆备课，下午用来做科研——进展很慢，需要做成千上万的辅助工作，比如上周抄写了之前从别处拿到的必要材料，用彩色铅笔写了三张卡片。还有各种会议和无谓的争论。大部分晚上是我跟你们讲的那样度过，其余时候会和那位女朋友去看电影，在她期待的事情上得克制一些。这一切都是那么普通，那么小资，那么欧式。对于这个国家不再有任何期待，所有迹象——仅限于我自己的所见——都在表明纽约之外的人们过着最可怕的超级外省的生活。里莱特对于这方面的讲述令人惊心动魄。而且一个外国人毫无机会在大学里成就一番事业（尤其对于我的专业），比如会扎堆、生活负担逐渐加重（黄金时代已成为过去）。还会有一种深刻的心理，我不会将其称为排外，那样会不公平，但还

① 安德烈·马松［CLS］。

是会愈加担心对于那些有实权的岗位，只会任用当地人。客人自然会受到礼待，但他若想呈现另一幅面貌，恐怕困难就会接踵而至。梅特罗——几乎——用了七年的时间做到了，他能有现在的地位完全算是特例，但这一情况仍然不稳定，而且与他的成绩不符。尽管这里的人对我盛情款待，但我不会因此而幻想，而是坚定地（或者至少长远来看）只做一个过客——前方是哪儿，我不知道，只希望是归去的方向。我在这边有一个愈加明显的发现，那就是在精神和心理上美洲是一体的，而我只需要把巴西的经历照搬过来。这一发现是我在登上波多黎各时引以为豪的事，而现在我害怕成为这种地理相似之下的受害者。没有任何差别，唯一不同就是 amanhã 在英语里是 right now，也就是法语的“立刻”。我等哪天有空要写一篇文章，意在表明摩天大楼和卡博克洛的茅屋源自同样的工序。也许可以为你们解释一些你们现在很难理解的事情。

你们之前转给我一张老朋友[①]的卡片，我想请你们回复他，就说他的许多老同事得知他的消息很开心，而且还想知道得更多，为的是确认他是否经受住了十二月中旬的考验[②]。再一次表达我们希望在这里见到他，而且他比其他人更容易过来。还要告诉他我工作了。

我不再往下写了，因为可能会像其他信那样，仍无法及时寄到或者根本寄不到。我三月初会再给你们发电报，在那之前会定期给你们写信，但我很想知道你们那边的情况。这边天气很差，但不是太冷。等天色好看些时，我会拍些照片寄给你们。

亲吻你们。

克洛德

① 马塞尔·莫斯？［CLS 将其档案送至法国国家图书馆时的亲笔注释］

② 1941 年 12 月中旬，巴黎爆发了一场大逮捕，抓走了上千名犹太人。

法文信

克洛德 • L. 斯特劳斯

西十一街 51 号

［1942 年］3 月 15 日

亲爱的二老：

自从收到你们 1 月 25 日的信以来，已经三周没有你们的消息了。我三月初给你们发了电报，但没有回音。我想象着你们只是认为没必要——也是个理由——回电报说已经收到了我的电报，而且你们的沉默和健康之类的状况无关。邮寄似乎再次受阻，至少我这边接收是如此，至于你们那边，通过你们最初几封电报和别人寄来的信可以看出，自从开战以来，几乎一封信都没寄到。面对每一封信，无话可回并不会使写信变得简单。如果我们能畅快地交谈，我其实有很多话要跟你们说。要是讲述事情平庸的一面，那就会变得无话可说。我的生活依然枯燥地继续，没有任何值得一提的事情。新学校的课程也在继续，面对一群小听众也取得了一些成果。我跟你们说过的法语教学也取得了优异的成绩，三十几人的公共课，四个学生在准备人种志资格考试（法语）。这边显然不是圣保罗的那般疯狂景象，因为大学、高等研究院和讲座的数量如此之多，也正是这一点非常深入人心。我得买一些春装，这是我来美国之后第一次买衣服。天气已经变暖了，阳光明媚，时而伴有凉丝丝的雨天。我会买两条法兰绒长裤，一条浅灰色的，一条深栗色的，搭配一件蓝色和栗色交替出现的人字形粗斜纹上衣，特别漂亮。一条裤子九美元，上衣十六美元，这样你们就能感觉出东西很便宜。我是在这边类似老佛爷百货的一家商店买的，不同之处在于单买这么几件衣服就用了两个小时。美国的商店都是如此，没有工作人员，顾客可以任意闲逛，一并寻找不知在何处的售货员。而修裤脚这种事自己做不了，单单为了把裤长缩短两厘米，我就跑了三趟。这些都是美洲令人吃惊的地方。还有一个惊喜，虽然和买裤子不是一回事，但我会把它们扯上关系。我在图书馆学习了两个小时，旁边是一个身穿野牛皮、头戴鹰毛和貂皮的印第安人，此人绝对非常扎眼。他在看人种志的图书，可能和他的部落有关，并在一个叫帕克的人的帮助下，一丝不苟地做着笔记。所有人都觉得这非常正常，而这位土著人——和我认识的那些野蛮的南美人多么不同——还操着一口纯粹的英语和图书馆的工作人员讨论参考文献。再想到买裤子时遇到的困难，就会发现其实印第安人在上述类似老佛爷的地方安营扎寨的时代并未走远。

这几周我去吃了几次正式或半正式的午餐。先是上周日在普林斯顿大学（纽约南部距离一小时车程的一所面积很大的大学），那是受了同事希纳尔[①]的邀请，他是最近三十年以来美洲的杰出人士。他的太太是蒙彼利埃人，是西翁女士的妹妹或表妹堂妹，也是勒内的朋友，我以前见过她。午餐很丰盛，还是法式的。下午有学生来拜访。接着是前天在新学校的一顿南美风格的午餐。昨天是在大学里吃的法式午餐。各个场合见到的自然是同一批人，吃饭之余自然是无尽的交谈，总是那些人对着同样一批听众讲述大家都知道的事情。即便身处其他十几个场合，大家听到的依然是同样的话，而且话题涉及的内容也都是人们耳熟能详的。我的一位著名同事[②]就会在这些场合脱颖而出。迪娜[③]在图卢兹见过他，又和他妻子是同胞，所以也认识我这个同事。此人怪诞的演说能力无疑总能令他大放异彩，还能道出隐藏于他这类演说大家和为之鼓掌的同事们背后的真实价值。然而我生活在现在这种狭窄的圈子里不可能不接受一些邀请，虽然这是别人为了向你表示尊重而发出的邀请。因此，我有一半时间耗在这些纪念、庆祝、恭贺、大学圈子之类的事情上。而另一些时间则浪费在报告和清单上，美国

---

① 吉尔贝·希纳尔（1881—1972），普林斯顿大学教授，法美关系历史学家。

② 古斯塔夫·科昂？［CLS］参见 1941 年 9 月 26 日的纽约信件，第 290 页，注释③。

③ 迪娜·卡昂。——译者注

人会就各种问题让你写报告做清单，即使——总是如此——这些材料最后会被人完全遗忘。如果我现在接手的研究项目——当然是义务性的——能够实现，我未来几个月可能会周游南美，还有可能去一个小地方，并担任当地一所大学的领导。当你最初热情饱满时，别人会告诉你这些计划可能没有实现的希望。等热情期一过，重重困难和反对之声开始出现，于是这些计划就石沉大海了。我对这一过程已经非常熟悉，而且也试过几次了，其中一些是自己的想法，还有一些是别人的建议，但每次都是以将近十份报告开始，最后草草收尾。然而还是会钦佩一些人，他们面对任何问题总能提出想法，总有奇妙的项目蓄势待发，也就是人们所说的“待售计划”，而且这并不意味着要以金钱为收益。因此，我还是会有意识地响应这里的各种需求，做一些他们要求我做的项目，即使事先已经确定不会有什么结果。这样至少会让人觉得我在做一些有用的事情。研究本身是煎熬的，而面对当前的状况，如果还不想要为了纯粹的科学而研究，那似乎真的不现实。除了这些事情，还和阿琳姨妈吃了几次午餐，她还是做着同样的事情。米玛应该今天就回来了。我昨天见了凡尔赛的魏尔女士，起初都没认出来（是水库的吗？①）。她带着一个女儿刚来这边，好像在找工作，还问了我你们的事情。在家庭方面，没什么可说。大家都不太好，但波莱特的丈夫②除外，他会独自带全家人走出困境。他可以的！我继续在写《南美印第安人手册》中的几个章节。关于南比克瓦拉的巨作无望在今年出版了，大家都在忙别的事情，甚至纯粹的科研机构里也是这样。我想着你们在康卡布拉怎么样了，寒冷天气结束了吗？开始播种了吗？你们能设法吃上饭吗？有人去家里寄宿吗？刚刚有一个机构找我，它总有事情要问，我得去看看，所以就写到这儿吧。不管怎样，这也是它证明自己存在的方式。

① 魏尔一家住在凡尔赛的水库街，为了区分他们，我们在家里会把他们称作“水库魏尔”［CLS］。

② 理解成苏联。

亲吻你们。

克洛德

法文信

克洛德·L. 斯特劳斯

西十一街 51 号

［1942 年］4 月 27 日

亲爱的二老：

这边的收信情况开始大有好转。两周之内收到了你们的两封来信（3 月 1 日和 24 日），一封迪娜的信，一封皮埃尔的信。所以我责怪时局不好可能真是搞错了。得知康卡布拉进入了春天，真叫人开心。这边已经几乎是夏天了，下午还炎热难耐，不知道是暂时的还是就这样了。而我自身，结束了冬天的沉睡，又开始工作和活动了。我对于降温颇为敏感，生活节奏也会因冬天而变得缓慢，就像一些动物那样。我觉得对于热带地区的了解唤醒了我身上非常古老的旧习，那里有适合我的地理气候，以至于我只有在相似的环境里才能正常生活。梅特罗则称是因为我有高血压，他自己则完全相反，因为他血压低，大冬天能穿着西服在外面散步，而到了夏天就会生病。不知道哪种解释是对的！

迪娜[1]可能已经直接获知，并告诉了你们波拉的丈夫去世这一悲伤的消息。好像是因为血栓，我写信问她能否去看望她，还没收到回复，也就是这两天的事。哎，目睹了这么多人在流亡中死去，他们似乎无法接受突如其来的迁徙。我们上周安葬了老佩兰[2]，可怜兮兮地想显得有点排场。古怪的人群挤在过于狭窄的空间，现场的气氛糟糕而凄惨。我也因此了解了美国葬礼的仪式。大家聚集在市中心一幢大楼里，

① 迪娜·卡昂。——译者注

② 让·佩兰（1870—1942），法国物理学家，获得 1926 年诺贝尔物理学奖。

外观和其他写字楼一样，里面全是地下室、小教堂和各种半宗教、半“未来主义”的墓穴，大多数尸体被安放在用玫瑰和绸缎作饰的床上，逝者盛装打扮，尸体用香料保存。我们聚集在那儿听台上的发言，但不去公墓，因为纽约的墓地离城区很远。由于“殡仪馆”的入口是开放的，只要愿意，可以走进去瞻仰逝者。这有点远东地区的特点，毕竟到了美洲，就已经踏上了去往中国的路途。

我上周给你们办完了签证的最后几道手续。现在一切都合规了，已经送往相关部门。只需等待漫长的几个月，就会有结果。迪娜在信中讲述了她在蒙彼利埃的日常生活，还有她去艾克斯的旅行，她似乎恢复了平衡，并向我确认了不愿离开法国的想法。我不知道最近发生的事情是否会令她改变主意，即便我觉得这些事情为现状带来的变化要比这里或别处的人们最初预测的那样少得多。如果我没想错，自然更好。波莱特和阿琳[①]起初很激动，但我觉得按理说大家不想最终和他们搞在一起，尤其不想掺和后者，而是会设法将波莱特和她的丈夫在利益问题上对立起来，抓住任何可能将他们分开。除非她疯了，否则不会允许自己这么做，因为全家人都靠他生活。目前来看，我得说她没有表现出丝毫这方面的意思。然而，许多协商性阴谋逐步形成，影响了不少人，尤其是新参与进来的人。这些人谨慎行事，好走旁门左道，且看他们会有何作为。

再说最后一件关于家庭的事，你们可能从罗贝尔·A.[②]那里收到一笔钱，那是阿琳姨妈要求留给姥姥的，你们应该拿着。里莱特给他们发电报说了此事。我确实觉得米歇尔的离开让你们着实松了口气，他给做了一些体力活儿吧？你们能找人开垦出一块儿地吗？剩下的一半家畜能供你们吃上足够的肉吗？我十分希望刚过去的冬天是你们在这种条件下度过的最后一个冬天，如果不幸还要遭遇一次，那至少得确

① 可能影射1942年4月26日英国（波莱特）和美国（阿琳）面对德国人希望皮埃尔·赖伐尔重回维希政府而产生的激烈对抗。

② 罗贝尔·阿尔芬一家，指里莱特的父母。

定那是最后一次。这一和解方案在我看来是最可允许的。如果是这样，那最好是来这边过冬。我们快到秋天的时候再讨论这个问题，到时候我也就差不多知道签证办到什么程度了。

刚刚过去的这周，我达到了体力的上限。梅特罗过来度假，从他周一下午到这里，一直到周日四点半，他都没给我留喘气的时间。这是个绝佳的朋友，他用尽各种方式为我服务，提供帮助，确保我在这里的未来，为我争取类似撰写《南美印第安人手册》一样的工作，校对我的英文手稿。但他自己却永远生活在动荡和混乱之中，不停地说话。而我由于想尽可能让他在这里过得愉快，所以就得耐心忍受这些小缺点。我把床让给了他，把充气床垫放在三把扶手椅上，给自己做了一张非常舒适的床。我带他逛纽约，还带他跟罗斯福夫人吃晚宴。那是新学校为接待罗斯福夫人而安排的私人宴会，还挺隐秘的，所有同胞中只有我被邀请了（不是因为他们对我有特殊的优待，而是因为只有我单身，就能有利于许多事情，而美国的聚会大多是女士多于男士，因此难免招来同事的不少妒忌）。由于我本身受邀全程参与，我也就要求我的客人也能如此。我也因此给了梅特罗一次盛情款待，到场的二十五个人热情饱满，这赋予了我一种殊荣，一种在法国侨民之中收获的荣誉（为什么，我不知道）。总之现场非常融洽，萦绕着半学术、半超现实主义的氛围，有些人被激发，有些人受迎合，而这一次也让我有了一种大家都乐在其中的感觉。我还囤积了各式各样的食物，可能方式有些粗糙，那就是在厨房里放了各种饮料、三明治、奶酪和红肠。然后大晚上招呼来几个年轻的女孩子，而阿琳姨妈和若阿尼塔•迪阿尔泰在烹饪界里算得上妈妈辈了，在她们俩的带领下，食物被一扫而光。梅特罗夫人是前一晚从华盛顿过来的，来这边开会。这是她第一个“欧式”的夜晚（我胆敢这么说），而且对于这一画家、诗人、海地人、巴西人、东欧人的杂糅颇有感触，我们说了不少种语言！自然不用说，结束之后我要累趴下了。

隔了几个小时，我接着写这封信，中间去阿琳姨妈办公室找她吃午饭，去了我们常去的那家希腊餐馆。她没说什么重要的事，感叹假期要结束了，上班的日子太累人了。她刚刚接到法语联盟的一个电话，询问我是否能救个场，明天有一场讲座，但是之前确定的嘉宾生病了。事情是有些随意，但考虑到这是美国的一家关于法国文化的机构，报酬也很丰厚，我还是收起了自尊，答应了去讲讲“穿越巴西中部的沙漠和森林”。好在这类主题对我而言不是很难，很容易就能讲得出彩。

很开心你们能通过其他学术活动[①]听到我的声音。这件事做得很漂亮，但我们从中拿不到一分钱。那你们也不用操劳了，我绝不可能缩短你们的午餐时间，除非遇到之前跟你们讲的预料之外的突发状况，而且没有理由会再发生那种事。我今晚会按照惯例去迪阿尔泰家吃晚饭，上周因为梅特罗的到访而中断了。费尔南多现在是“学院”的领导，我收到了他的一封热情的来信，信中说到大家每次提起我时都会流露出希望我回去的意愿。保罗很喜欢谋划，他料定这是在试探。我肯定不会放在心上，而且觉得这就像梅斯基塔夫人的“椰香饼干”[②]。无论如何，我正面作出了回应，说现在的形势不适合回去，但非常确信的是，只要时机允许，我会毫不犹豫地放弃任何正在从事的工作，回去为如此需要我的机构效劳，等等。我估计此事就到此为止了，如果这就是他们想要我表明的态度，那他们已经得到了。看看后事如何吧。圣保罗的同事似乎很羡慕我，那我估计我在纽约的事又能在那边掀起一阵风浪。他们不会明白未来的不确定性，也不会懂我现在的生存状况虽然舒适，但不会像在南美那样铺张。也许我会利用假期写一本关于巴西的非常大众化的书，几乎可以作为各个大学的教科书。有人向我保证此书一定会有影响力。我和加拿大那边有了约定，我会按照这个思路用法语打个草稿，再看看要不要变成英语。

① 我的父母听到了我的广播［CLS］。

② 在巴西生活时的一件事，答应给糕点却没给［CLS］。

亲吻你们，并送上无尽的祝愿，不一定非要等到5月27日[①]，但也许你们能在那天收到这封信。

克洛德

法文信

克洛德·L.斯特劳斯

西十一街51号

［1942年］5月10日

亲爱的二老：

又有很长时间没有你们的消息了。前几天来了一个法国邮差，但没有我的信。希望你们那边的气候让人更好受了些。这边整体回暖，但很不稳定，进入了夏天，时而酷暑，但是会突然有几天降温。我月末就结课了，暑假没有别的计划，就是待在家写一两篇新东西。这近乎一项免费的差事，我去年夏天写的东西都还没发表，又因为不涉及时事，所以可能很久之后才会见刊。但是做了就做了，只需等待有人来裁决它的命运。所以就想找点其他事来做，也许并没有用，但好过只是等待和浪费时间。我这周惊喜地接到莱朗斯的一通电话，过了将近一年，他终于乘飞机抵达。他在这段艰难时期做了一个专业摄影师，接一些当地人的订单，好像过得没有太糟。他也不知道为何突然收到了他的签证，与此同时接到通知说他终于获释了。他的气色很好，但明显老了。

最近几天的事情还是挺多的。我刚被一家大公司任命为南美问题专家，它的总部在华盛顿[②]。这份工作没有报酬，他们要求我提供的服务是时下人们乐于做的事，而要求我服务的那些人都是公司的客人，所以我很难拒绝。但是我去华盛顿的差旅可以获得丰厚的补偿。明天

① 克洛德·列维-斯特劳斯父母的结婚纪念日，二老于1907年完婚。

② FBI，或由于一些社会因素我忘记了它的缩写［CLS］。

上午要第一次出差，这周大部分时间会在那边。梅特罗估计会热情回馈我两周前对他的款待。这方面太必不可少了，因为华盛顿非常拥挤，就像一年前在法国自由区的各大城市一样，想在宾馆订房间简直是幻想。因为还没和新雇主取得联系（明天），我完全不知道会以何种频率往返于两城之间。我估计是一个月一到两次，希望不会再多。要是可以在这边准备他们要求我写的报告，可能就会少跑一些。我越来越不喜欢出行，坐着拥挤的火车（虽然是普尔门式客车）往返于两座城市，每周的时间要被切成两半，这些不会让我感到丝毫快乐。但这都是一些能带来荣誉的事情，要想长期留在这里，这些事情会有助于为我找到一份稳定的工作。从今往后，我的道德地位会得到很大提升，物质上也会有所补偿，这么算来，这份工作还是能让预算宽松不少。把这些说给你们听，是想减少你们一个月之前在物质上的疑虑，然后接受我为你们申请的签证。没有理由不这样做。我甚至觉得这方面完善之后，事情都会向好的方向发展。我生活中的另外一个重大变化就是，我们这几个朋友每周日、周一、周二都会固定在波莱特家聚会，表演四声部合唱①！我很久没唱歌了，但跑调不是很严重，甚至还能唱男高音，就像过去因为排练都没时间吃午饭的时候一样，只是现在换成了晚饭。你们要是能听到我的声音，一定很开心。时间并不完全固定，而且每晚还会有一些小场次。但如果我全都参加，那就太浪费时间了。而且我们有不少业余爱好者，所以组织了轮流。我以前还有兴致作曲，但因为没时间就放弃了，我还挺喜欢演唱别人的曲目的，虽然并非全部都好听，但也应该考虑集体的选择。总之，这种艺术性的消遣能使人在日常工作之外得到放松，也能为生活添加一丝幻想，还有就是和我一起做这件事的朋友们境况都还不错。还要说的就是，有一位赞助人对我们的小创作感兴趣，所以我们不仅有身体和艺术上的收获，还能拿到报酬。我完全不知道这能维持多久，这显然取决于赞助人的意

① 我参与了战争信息局的广播节目［CLS］。

愿，毕竟还需要场地、乐队等等。或许你们收到这封信时，这项娱乐事业仍然存在，那我就把它当成一部关于我的纽约生活的略带娱乐性的连续剧讲给你们听。

我用所有计划之外的收入买了几件物品，从旧货商那儿买了一个便宜的小矮桌，摆放在房间正中。还买了一个古怪的印第安彩色小雕像，非常野蛮和原始，而且算得上古老，刻的是一位女性，她的下腹部好像正在被一只蟾蜍吞食。此外还有一个实用的行李箱，去华盛顿出差时用。说起行李，我打算拿回莱朗斯带给我的箱子和书，他是坐飞机来的，而行李应该是用船运送的。如果运送它们的船只没有遭遇不幸，我应该很快就能拿到了。除了我刚才跟你们讲的这些工作，上周从天而降了一场法语讲座，报酬极其丰厚，而且内容也很好讲，是关于南美旅行的。事情进行得很顺利，现场一百来人。这件事着实成全了我这个月花钱的快乐！

我最近很少见阿琳姨妈，她的办公室在搬家，她正忙着把东西从旧地方运到新地方。新的办公地对她而言是更方便了，虽然距离上更远了，但是搬到了城区的同一侧。在纽约出行，最怕的是必须从东向西或者反过来，这是个累人的事儿。但有了地铁在各大道之间相连，人们就能快速地在南北方向上穿梭。不知是不是自己想错了，我觉得阿琳姨妈可能是因为工作太劳累了，智力出现了严重老化，有时候甚至觉得她很吃力。我还在想，米玛是不是也有所察觉，但我觉得她没有，因为她们俩太亲密了。我也有很久没见过米玛了，她也很忙。事实上我们都忙。泰蕾兹完全失业已经几个月了，战争把她的职业消灭了。幸好他们之中还有迪克在工作，而且我估计姨妈也会多少贴补一些。

我的所有同事和一般意义上的知识分子都渐渐搬离了城市上方，他们起初都住在那边，但现在都住到了我附近的街道。这里真的变成了一个小村子，人们会串门，有时甚至都不敲门，而是直接敲窗子。这使得这个蒙帕纳斯式的街区多了一些虚幻色彩，而它本身已然如此

（我是想说很虚幻）。我明天出发之前，有不少东西要收拾，就不再往下写了。

亲吻你们。

克洛德

附言：我估计阿琳姨妈上周给妈妈写了一封很长的信，写那么长是有道理的，她告诉我了，还说在信中坚持让你们拿到签证以后就用。我今天就不再说这件事了，之前在信中已经就这个问题说过很多了，希望你们收到了那些信。当然了，我的观点没有改变，希望你们已经开始考虑所有必要的准备工作了。

法文信

克洛德•L. 斯特劳斯

西十一街 51 号

［1942 年］5 月 23 日

亲爱的二老：

我几乎是同时收到那封提及爸爸身体状况的电报和四月份的信，在这之前担心极了。我都准备好去拍电报询问消息了，甚至内容都想好了，结果接到电报得知你们回了瓦勒罗盖。可我还想知道更多信息。我琢磨着，爸爸的情况该有多么严重，才会要求把他送到蒙彼利埃（究竟是何种生活状况啊，我想着都发抖）。我还在想，这一病情是不是持续了信件和电报之间这漫长的一个月。这对爸爸而言该是一种怎样的打击，而又何尝不会让妈妈操劳忧心。我又开始后悔没让你们听我的建议，冬天搬离康卡布拉，而且毫不犹豫地认为这一抵抗力的下降与长期的煎熬脱不了干系。正因为此，我对你们回瓦勒罗盖休养的决定表示担心。就像生病时医生建议的那样，改变得再彻底一些不好吗？

去一个食物供给更充足、气候更宜居的地方？你们可能也有苦衷，但那样做会比导致这一惨痛警告的选择更好吗？我表示怀疑。我更加庆幸已经为你们申请了签证，只需要耐心地等几个月就能拿到。我知道至少现在还一直有人在登船，我知道有些人（迪娜之前在艾克斯见过的西蒙娜及其家人）上周好像已经从马赛出发，大概六月中旬能到。所以，你们就不要犹豫了，现在就开始去打听一下，做最初的准备工作。等这场灾难过去，你们"绝对不能"再在这种情况下度过下个冬天。如果此事再次上演，可能就不是一个月能了结的了。在物质方面，正如我在上封信里说的那样，事情进展得非常顺利，不会有困难的。而且其他地方也正在运作，圣保罗的大学已经率先向政府提出为我设立一个特殊席位。长远来看，我就会得到一份明年起算的为其三年的合同。如你们所知，我这里的合同会到期，然后那边的待遇也就更完善了。这种带有纯粹的本土特色的做法令我很受触动，我的同事们——需要开口——并不掺和此事，只是单纯想让我回去。这是因为我在那里的策略一直是毫无要求，在这里却相反，自从我来之后，就是要让人们知道我能力出众，能胜任重要的工作，这也因此逐渐变成了现实。说到这儿，我想请你们一定要非常隐秘地跟勒内[①]打听一下，看他是否认识某位数学家、物理学家、统计学家或古希腊研究者，问问他们是否想走我这六年来走过的路。如果有，就让他给我发电报——或许能问问乔治叔叔[②]的意见，这一切得通过我去做。因为一些人的离开，空出了两个位置，勒内自然无须费力就能填补，他们还就填补空缺之事询问了我的建议。依我目前在这里的资源，可能无法完全做到。

正如我上一封信中所说，我去华盛顿度过了炎热的一周。从城市的一端奔向另一端，我要去的地方可恶地分散在各个角落。我又有了刚来这边时的感觉，而且必须要说这里已然有了非常南美的一面。当

① 勒内·库尔坦［CLS］。

② 乔治·迪马［CLS］（1866—1956），心理学家，他在南美地区的法国文化事业中发挥了重大作用。克洛德·列维–斯特劳斯得益于他，才于1935年被任命到圣保罗大学。

人们越深入这座城市，就越会感受到这里除办公的街区之外，其他地方依然像外省，条件艰苦，而且黑人很多。或许这里的炎热更为其增加了一种热带的感觉。总之，这里给人的感觉就像热锅上的蚂蚁。还有一种奇怪的景象，这边的办公场所是一些匆忙建起但非常完善的阿德里安式的木屋。到了中午，成千上万的员工会从里面出来，坐在豪华的公园草坪上，像在乡下那样吃午餐。我在里面见到了不少人，展开了多样而有趣的工作，而且能继续下去。这样一来，每月很可能会用掉十几天时间，而且我能得到精确的回报。此外，我还能根据自己的时间和意愿去安排工作。或许我应该每年回去小住一段时间，两三个月，看情况吧。我不会一直这样的，出差太累了，而且又不能设法找一间宾馆。因此我只能去梅特罗家，他们一直是热情欢迎我的，但我确实打扰他们了。一方面由于他们的公寓很小，另一方面梅特罗夫人还得工作，七点下了班还要赶回来做晚饭。我虽然有工作在身，但还是能去逛逛博物馆，消遣一下。有一家绘画博物馆，建筑奢华，着实令人窒息，里面有令人称赞的意大利早期作品，看上去真的很像大理石、木结构和穹顶上的装饰。在华盛顿时，我终于迈出了美国化的决定性一步，那就是爱上了可口可乐这种有香味的汽水，而不再喝柠檬、草莓或其他本身有自然香味而且卫生又健康的饮品。

我上周日回来的，因为新学校昨天要结课。下周还有一节法语课，然后就放假了，假期一直持续到秋天，哎，还是有工作要做的。我肯定不会离开纽约，先是因为工作的原因，还有就是讨厌周围的乡村，我挺想去南部或西部转一转，但需要牺牲好几周的时间，否则不值一去。而且我一点也不需要乡下的环境，这里回暖的天气让我觉得很舒服，不幸的是最近时而出现雷雨天，特别像热带地区。我在一间家具仓库里发现了一套哥伦布发现新大陆以前的精美秘鲁陶瓷，一件比一件漂亮，而且可以零售，于是我深陷其中。我特别害怕把华盛顿出差挣的钱都花在了这上面，但在看到两尊蹲着的陶瓷神像时终于没有忍住。我的好奇心得到了满足，蠢蠢欲动的我这下可以安静很久了。

阿琳姨妈的办公室搬到了另一个街区，对她来说更方便，但对我则相反。但我有时还是会去找她，然后一起去希腊或印度餐馆。我下周去米玛家吃晚饭，莱朗斯昨天打电话说我的书和箱子与他的行李一起寄到了，我得去取回来。除此之外，没有值得一提的事情了。由于上课的缘故，我晚上几乎没时间出门。上一封信里跟你们讲的合唱，每周会有几次，你们可能已经听到了波莱特的声音[①]，我们恐怕打搅了大家的晚餐。等放了假，事情就会少一些，我就能在合唱上多花点时间，也就会更频繁地提及此事。真的只能写这么多了。5 月 27 日那天我会想你们的，亲吻你们。

克洛德

法文信

克洛德 • L. 斯特劳斯

西十一街 51 号

［1942 年］5 月 31 日

亲爱的二老：

我收到的信多了起来，但不按顺序，也没有规律，因此我只能慢慢地还原爸爸生病的各种细节。我先是收到了妈妈 5 月 6 日的那封信，邮寄速度确实快，然后是你们俩更久之前写的四月中旬的那封（信中讲到了种蔬菜和花），接着是妈妈在这期间大概 5 月 1 日或 2 日写的那封信，我估计是到了蒙彼利埃写的第一封信。这一切都着实吓人，我自责在你们最需要我时却没在你们身边。希望恢复得挺好的，否则我会继续忧心你们住在康卡布拉，而非一个对你们俩而言都更舒适的地方。我想象着爸爸在这场可怕的考验中，该是经受了怎样的动荡、

① 英国广播播放战争信息局的节目［CLS］。

打击和折磨。我能想象出马耳他热是什么情形，如果没弄错的话，它的症状即便跟急性疟疾不一样，也很像。我看过很多得疟疾的人，也就知道他们恢复以后会有多脆弱和虚空。而且得了疟疾不会有那么长时间的高烧。不用再多说了，这场严重警告令我比以往更坚定了让你们尽快过来的信念。等签证一办好，你们就马上过来，可能要再等上几个月。这段时间对爸爸而言或许很必要，因为现阶段出行对他而言不是一场小考验。

我知道救助会[①]的那些事，而且是唯一能做的，持续了二十五天，这不算恐怖。如果一切如我所愿，签证应该大约在九月或十月发下来。老天保佑，毕竟这里的事变复杂了，无法指望，而且也不是没有来由。总之，正常来算是那个时间。你们应该计划于秋天或冬天启程。妈妈说的关于康卡布拉的那些事令我非常震惊。或许应该准许不动产交易，可这些交易不是被禁止的吗？

关于拉瓦西埃街的事，我没听懂。意思是所有东西最后都丢了吗？[②]这是凭借什么名义和规定呢？如果真是如此，我就明白了，你们因为失去了所有东西而受到打击，毕竟那都是些回忆。话说回来，你们离开巴黎时，那些东西都已经破旧了，后来又被搬移至家具仓库存放，就算你们最终找到了它们，肯定也已经破烂不堪，用不了了。所以就把这当成一次有益的大清洗吧，也是对一个地方和一种文明的放弃。无论战争的结果如何，我觉得我们曾经生活的地方都不会再属于呼吁资产阶级那般舒适的人群。你们想想，我在这边见到过一些已经迁徙了二十五年的人，已经流亡过四五个国家，到处都有他们的东西！这群人中有年轻人老人、男人女人，他们从未体验过别样的生活。

我现在说回津贴发放的问题，没有可疑之处，我出发之前都写在一张纸上了。你们可能因为爸爸得病而惊慌失措，忘了这件事。我的工龄是从 1941 年 1 月 1 日算起，共二十个月，你们总共应该得到一

① 希伯来移民救助会。

② 德国人非法剥夺父母的物品。

笔六万七千法郎的款项。如果有不明白的地方，可以直接去问学校的总务，他是当着我的面算过的，所以八月包括在内。如果我忽略了什么，或者出于某种原因你们有需求，请让我知道，我会想办法解决的。

我昨天接待了里莱特，她失业了在找工作。其实给她在我的合唱班[①]里找份工作不是件难事。她没有父母的任何消息，也不知道他们是否已于近日启程。我受尽了工作的折磨，要用英语写报告，单单用法语写就已经很难了，而且要得挺急的。因此我顶着大热天，对着打字机大伤脑筋。巴黎还传来了令人悲伤的消息，博物馆的几个员工悲剧般消失了。我这周见了几次阿琳姨妈[②]。她重回我们的视野了（回归速度甚至叫人吃惊），估计用不了多久，就又能和朋友们热络起来。但愿爸爸的恢复情况没有太糟（这个愿望恐怕无法实现），还有你，妈妈，要让别人帮着点儿你，你也要照顾好自己。

深深地亲吻你们二老。

克洛德

法文信

克洛德 • L. 斯特劳斯

西十一街 51 号

［1942 年］6 月 7 日

亲爱的二老：

本周只写一封短信吧，写往美洲各个国家的信件已经让我不堪重负了。我收到了妈妈 5 月 12 日的信，那时你们最糟糕的时期已经过去，并已决定回康卡布拉。我读懂了，或者以为读懂了，你们回去之后爸爸仍在生病，这令我担心。但我估计你们这么做也有苦衷。多么惨痛的经历啊！妈妈，听你说了饮食状况，我都看不到希望了。瓦

① 广播站［CLS］。

② 阿琳姨妈 = 美国的军事状况［CLS］。

勒罗盖真的更好吗？它能弥补因条件艰苦和地处偏远而引发的全部问题吗？我焦急地等待着你们回去之后的消息，这趟艰难的出行情况如何，这场噩梦之后病情又如何。我还是非常坚定地认为你们应该过来。显然不是现在开始这场艰难的出行，毕竟办理签证也不会那么快。但如果像我预期的那样，三到四个月以内能拿到，到时候爸爸恢复得差不多了，就能试着开始这趟出行了。中舱并不舒服，这我知道，但也只有从马赛到奥兰之间的两三天行程。之前在我乘坐的船上，包括老人在内的二百五十人在中舱住了一个月。据我所知，现在的航行总共二十五天。可能这二十五天会很艰苦，但至少能确定是最后的苦日子……我这几天见到了莱朗斯（给了我箱子和书）。他的状态并不好，精神紧张，而且贫血，得好好休养一阵。提到他是想要说，他有个医生，而且已经和这位医生说了爸爸的病情。据这位专家称，这种重病是小事，只要过了危险时期，应该不会留下任何痕迹。但迪娜[①]和妈妈说的刚好相反，你们说这似乎是那种不饶人的病，时间再久也是如此。太伤心了。

我随信给你们寄去一张我的小照片，拍得不是很好。我看看能不能放大，再截取一下，要是可以，我就寄去一张大的。你们可以看出我的身体挺好的，但我觉得自己没有照片上那么胖。那是在我住的街区里一个小广场上拍的，远处虽然看不清，但样子有点儿像奥尔良门。我完全不知道诺德曼[②]的事。可怜的男孩，他真的完全没有理由要遭遇这些。天呐，我还认识其他的人，都是博物馆的人。根据在这里看到的人名可知，受害者几乎都是外国人。我们确实松了一口气，甚至在承认并庆幸之余感到一种恐惧。

到现在为止，我完成了几件紧急的工作。虽然结课了，但仍然疲

① 迪娜·卡昂。——译者注

② 莱昂－莫里斯·诺德曼是我同班同学［CLS］，犹太人，律师，抵抗分子，而且属于人类博物馆网络（参见1941年5月23日的信，第229页，注释③），该网络后来被解散。1942年2月23日，他在瓦勒里昂山被纳粹枪决，一起被判决的还有该网络其他成员。

惫不堪。我想让你们告诉勒内，我在圣保罗的学校可能想邀请几位研究数学、物理、统计、意大利文学、希腊文学方面的法国人。德尔萨可以算一个，拉泰（可能在尼斯考到了资格证）可以研究意大利，还有其他人，问问他们是否会去。但是不要让他们期望过高，不过是有这种可能。但如果能发给我一些名字，我或许能帮他们谋到职位。得非常隐秘地去做这件事，而且绝对不能再经过除我之外的其他渠道。

如果上一封信没寄到，我要再说一遍，你们应该能领到八月之前的全部津贴，包括八月在内。这一点毫无疑问，只要给总务写信就能得到证实，但我知道这几周妈妈肯定在操心其他的事。我之前把所有详细条目都给你们写清楚了。假期到了（进入酷暑），我可以每天都去唱歌了①。我们的合唱班开始有序进行，如我跟你们所说，一直是在波莱特家，她对我们非常热情。这样一来，就更能满足那些渴望听到我们的短小创作的人了（希望你们也位列其中）！

深深地亲吻你们。

克洛德

法文信

克洛德·L. 斯特劳斯

西十一街 51 号

［1942 年］6 月 21 日

亲爱的二老：

本周收到了你们 5 月 21 日的信，看过之后松了口气。爸爸，看到你写的字重新坚实有力，不再是一个月前发烧时那般颤抖而潦草的笔迹，真令人高兴。但字迹还是不如从前，我很想知道可怕的发热是不是完全好了。烧到三十八九度，度过了整整几个月，身体肯定还是

① 英国广播公司（BBC）播出的战争信息局的节目［CLS］。

不正常。希望你们在康卡布拉真的比在城里要好，虽然我对此表示怀疑。妈妈应该找个帮手，再找个好医生定期来给爸爸瞧病。你们在这封信里第一次谈到了我的动身计划，你们的理由一点儿用都没有。在物质方面，如我所讲，我的情况已经非常好了。不管是维持现状，还是换个地方，又或者回到巴西，虽然还没收到正式邀请，但很可能明年就能过去，无论上述哪一种，这种良好的情况都应该会持续下去的。至于爸爸的身体状况，我非常清楚他现在无法启程，但不构成问题，因为我还没拿到你们的签证，很可能得用上几个月的时间。唯一要确定的问题就是，适宜动身的时间是十月、十一月还是十二月，我不知道，我们可以到时候再看。在此期间，你们可以慢慢地先准备着，考虑一下这个问题，同时爸爸可以恢复一下身体。

你们无法定期收到我的信，这叫我吃惊，但说这些都没用。我还很奇怪，5 月 21 日你们还没听到我的合唱[①]。我现在每天都去唱歌，这已经成为一项重要的娱乐，而且还是晚饭后在波莱特家。无论如何，我再强调几件事情，以防之前的信没有寄到。

你们应该收到截至八月而且包含八月的津贴。我把关于这一问题的所有明细都写在了一张纸上，你们应该有保存。如果有什么困难，应该联系总务。

我在圣保罗的学校有意招收研究数学、物理、统计、希腊文学、意大利文学的教师，我以个人名义担保。要立即告诉勒内，并发电报告诉我有意应聘者的名字和职称（高等教育或同等水平）。我能想到的有雅克·N.，考虑到前人的情况，得找杰出人士。

这边没什么新鲜事了。我依然被无数的小活儿（报告、笔记、文章等）弄得团团转，彼此关系不大，每件工作单独来看又完全没用，就像战时人们做的所有事情那样，但会用去大量时间，足够填满一整天了。全部课程都结束了。然而我寸步不能离开纽约，因为

① 英国广播公司（BBC）播出的战争信息局的节目［CLS］。

被太多事情牵绊着（尤其还要合唱）。再说了，我没有一点度假的意愿。现在外面正是酷暑天气，甚至对于在热带待过很久的人而言也是如此！潮湿得叫人喘不过气，整天都憋着雨，但从来不下，也不会放晴。

我这周还见了里莱特，她说父母这两天就会过来。我寻思着他们是靠什么生活的，毕竟她还没工作。我还给她推荐了一份工作，但得慢慢等。还见到了波拉，她非常担心迪娜[①]的身体，迫切想得到她的消息。安德烈夏天去了外省教书，回来之后工作就稳定了，到时再带孩子们去看看医生。阿蒂尔的一个朋友来看我，告诉了我阿蒂尔的情况，给我留了他的确切地址，还打听了箱子的事。我这几天会直接写信过去，告诉他不大可能重新拿到他的东西，但只是我的个人想法。朱利安是怎么继续工作的？挺神秘的。听你们说了皮埃尔•N.的事情，真令人伤心。我一直想给他们写一封信，但不知道地址。阿琳姨妈很好，一直在努力工作。泰蕾兹依然没工作，可能会持续很久。我条件好了一些，所以找人安了一台私人电话，门口电话的自动留言服务总会不正常。我觉得这是本月的一件大事！

亲吻你们。

克洛德

法文信
克洛德•L. 斯特劳斯
西十一街 51 号
［1942 年］7 月 5 日

亲爱的二老：

我上午收到了你们 6 月 4 日的信，还是不能理解为什么你们收不

① 迪娜•卡昂。——译者注

到我的信。不用我说你们也会知道，我写信的时间非常规律。或许是积压在了某个地方，但愿如此。爸爸是在电报中说了 6 月 15 日前后通信会恢复正常吗？还说再晚一点你们就能收到这中间的所有信件，但我并未收到那封电报。这场不想退却的高烧对于你们而言该是一种怎样的痛苦啊！希望情况会好起来，但你们不觉得离医生和药店近一点会更好？当然了，如果当前的情况仍然持续，你们就无法快速动身，我也就不能也不想加急办理你们的签证了。那就看事情如何发展吧，不能着急，只能等爸爸的身体恢复，而且能立刻启程时，我再去催促签证一事。

罗贝尔·A. 一家经过了漫长的旅途（十七天），终于到了卡萨布兰卡。据他们描述，那边收容所的卫生条件和混杂程度很是糟糕。但是，从马赛到卡萨，再从卡萨到这里，这两段海上航行的条件似乎非常好，跟战前的情况一样。他们老了，也瘦了，在海上受了磋磨，又总是在操劳，还给我讲了你们很多的好事情。按照他们所说，你们会成为全法国最富有的人等等。他们每个人都很幸运，在阿琳姨妈和我的推荐下，亨丽埃特得到了一个职位。这真的太必要了。我还收到了妮科尔·埃尔曼的一封信，她在信中说大概 5 月 10 日见到了妈妈。但听她说之前，我已经有了你们更近的消息（5 月 21 日的信）。我见到了埃尔曼的爸爸，他瘦了好多，这令我想起你们俩该变成什么样子了，在蒙彼利埃住得肯定也很差。

说到蒙彼利埃，你们应该联系一下雅克的叔叔让·G.[①]，看看那个和他同名的兄弟，也就是那个古希腊研究者是否对圣保罗有兴趣。或许我能帮他争取。我和巴西那边的关系一直很融洽，但我还没收到期待中的邀请。而且我也不知道是否应该高兴，因为蒙伯在写给我的信中表现出了失望，他只憧憬着一件事情，那就是离开那里随便去个地方。那里弥漫着友好的氛围，工作似乎重回了 1935 年至 1936 年间

① 让·古斯塔夫，是雅克·纳坦的叔叔。

的美好时代。收到你们的信的同时，我还收到了从里奥尔热[①]寄来的一封信，他说通过波莱特再次联系到了普桑街的朋友。要知道，每天（将持续整个夏天）都有这种可能性。最要紧的是我被困在了纽约。虽然夏日里阳光明媚，可我并不想去度假。我整天都在忙各种小事情，但都不是很重要。比如这些天在筹备一场即将开幕的展览，你们可能从波莱特那儿有所听闻；与南美之间的各种联络；写几篇文章；等等。我最近的一项工作是给让•加潘写一个剧本[②]，不知道他是否会采纳。如果被采用（不是没有可能，在这个国度，说不好会碰上哪些人和事），应该会有一笔可观的收入。你们看吧，各种事情都八竿子打不着。但也没有别的事可做。科学的世界已经彻底昏昏欲睡，至少我的专业如此，显然当下已经无法激起人们的兴趣了。

高兴得知你们又收到了一笔津贴。正如我在之前所有信中跟你们反复说的那样，你们本应该很久之前就按照我走之前留给你们的字条去核实这件事，这些津贴应该发到八月，这一点毋庸置疑。接下来，你们还应该去打听一下退休金的事，不要拖到15号或20号以后。爸爸，可不能给你寄去一些读物了。我这几天花七块五美元买了一部三十卷本的狄更斯全集，外观精美，几乎是最老的版本了。这点钱在这边根本不算什么（一双鞋的价格）。我开始重读英文版的《丹比和儿子》。我三周前给迪娜写信了，那封信应该寄到了，你们也就能收到一些消息。完全退烧之后记得给我发电报。

亲吻你们。

克洛德

① 皮埃尔•德雷富斯在里奥尔热避难，通过英国广播听到了我的声音［CLS］。

② 完全不记得这件事［CLS］。

法文信

克洛德·L. 斯特劳斯

西十一街 51 号

［1942 年］7 月 19 日

亲爱的二老：

这周的信写得晚了，而我这边自从 6 月 5 日的信之后没有收到任何消息。我并不担心，因为最近这边根本见不到法国的邮差。我迫切想知道爸爸发烧情况如何，是否如预想的那样正在往好的方向恢复。我想等他退烧之后，试着催促一下签证的事，但越想越焦虑。签证的事每天都在推进，但如果爸爸不能恢复到正常状态，就算拿到了签证也起不到任何作用。我给你们写信时，外面正在下雨，非常闷热，下了三天都没停，而且已经毒害到了南美。只要动弹一下，就会汗流浃背，一整天都得摊在扶手椅上，再敷一块海绵毛巾。我现在得采取特殊措施，才能保证不把信纸弄湿。我的笔迹要是有晕染的地方，那是因为我的右臂缠了一圈毛巾！雷雨会在白天酝酿，到了晚上暴发，但气温不会有任何改变。亚马孙的情况也好不到哪儿。

我现在唯一而且最不可避免的活动就是日常拜访[①]。皮埃尔还发现了一次，根据他在信中所言，这一活动似乎挺特别的，它现在已经成为我的定期活动了。你们或许已经有所发现？我每天都会在这件事上花些时间，而且报酬丰厚，还能让我利用无所事事的假期存点钱，时而还能买点做研究的书或原始的玩意。因此，黑石烟斗[②]被另一支同样漂亮的小烟斗取代了。

除此之外，几乎没什么事跟你们说了。生活特别空虚，现在甚至都不用忙于工作。我下午都是在家，读狄更斯的书或其他科学方面的书，这就能看出英国人和美国人之间的差异。当我读罢前者的作

① 战争信息局的节目［CLS］。

② 页岩材质的 Haida 牌烟斗［CLS］。

品，就理解不了后者了。狄更斯的作品风格本身确实有些过时。晚上总会有没用的晚宴，都是在同事或其他人家里。上周，我盛情招待了二十几人，他们都是些游走于各个国家的年轻人，男女都有，还挺像Crillon[①]里的宾客。大约到了凌晨两三点，一切在饮酒中结束，这么长时间地招待宾客，我自己也累坏了。按理说这应该是一次美式的聚会，因为有泰蕾兹和迪克在场，而迪克一句法语也不会说。但是除了极少的几个美国人，法语显然霸占了整个场子，而那几个美国人也自己想办法融入其中。每当人们办完这种招待会，都会思考为何要这么做。在这个阴谋不断的侨民圈子里，这总归是一种积累声望的方法。

我总能收到巴西那边的来信，信件内容鼓舞人心，还说关于我明年的邀请一事差不多确定了。“指日可待了！”话说回来，如果事情成了，我不知道要不要接受，一方面这边的经济状况有了好转，另一方面那边的工作好像又成了一篮子螃蟹，就像1936年那样。莫格（实行集权了）的订婚取消了，我不知道准确的原因，但陷入了一桩恶劣的丑闻。我继续寻找着研究数学、物理、统计、希腊文学和意大利文学的教师，但没找到，直到现在也没收到任何写有名字的电报，委托你们转告勒内的事也没有回音。人们无从知晓关于法国的重要信息，也因此不再谋划未来，因为完全不知道自身在当前或仍在酝酿的时局中占据什么位置。虽然有所怀疑，但这种无知状态是那么真实而重要。似乎已经有人开始怀疑，战争能否撑过今年冬天，而这一切在很大程度上取决于未来八到十周的局势。罗贝尔一家到这里的第二天，我去看望了他们，但从那以后我还没再见过他们。他们在一个非常高雅的街区安顿了下来，好像还准备去乡下。我估计他们过来之前已经做了准备。阿琳姨妈依然在工作，还想着去度假。我们周六晚上一起吃了饭。除此之外，美国人对于7月14日给予了高度重视，筹备了各种庆典。我已经竭尽所能跟你们讲了这么多，而且也只能说这么多，生活中的

① 蒙彼利埃咖啡馆，避难的知识分子会聚集于此［CLS］。

事件真的太少了。我一直忘了说，布雷东的杂志[①]出版了，我也在里面写了文章（自然为了表示敬意）。这本杂志选取的是最传统的超现实主义风格，非常精美，呈现方式也很好。遗憾的是，包括这本在内的所有杂志都很难邮寄。希望能快点收到你们的消息，而且是关于健康的好消息，亲吻你们二老。

克洛德

法文信

克洛德•L. 斯特劳斯

西十一街 51 号

［1942 年］8 月 9 日

亲爱的二老：

给你们的信又写晚了，但除了上周的电报，我没有你们的任何消息。我立即回了那封电报，但审查就内容发出警告，我不明白原因，还多次给我打电话要求我解释——尽管最后对方回复说我的解释令人满意，但我特别怀疑你们能否收到这封电报。爸爸的身体恐怕不如我想象的那么好，但因为都是好消息，我也就很欣慰了。这场高烧一直不想走，真是太恐怖了。我要你们等彻底退烧（或者暂时退烧，因为谁都说不好）之后再给我发一封电报，到时我就开始着手签证加急一事了。只能等到那时候才行，否则现在拿到，再眼睁睁看它过期（时效只有四个月），一点用都没有，而且续期会很麻烦。

另外，感谢你们提供科昂－索拉尔这个名字。四天前，勒内在发给我的电报中也提及此人。糟糕的是我完全不知道此人是谁，我那些搞研究的同事似乎就更不知道了。我不能尚未核实候选人的身份，就把他推荐给巴西那边，所以目前有点动弹不得。我觉得当事人应该自

① 《VVV》杂志［CLS］。这本超现实主义杂志于 1942 年 6 月在纽约发刊，到 1944 年为止共推出四期。

已给我发电报，并提供他的主要事迹。这一点是必要的。我还得说，由于要被接替的人德高望重，所以一定得是“高等教育”领域里的优秀人才。我估计希腊研究者的席位已经被授予给了一位拿到教师资格的人，此人撰写的《兰波》在四五年前引发了不少反响，他和蓝色橘子结婚了[①]。我一直在寻找从事科学研究的人，但是找不到。

除此之外，我真的不知道要跟你们说什么。这里的生活如此无聊，又被各种枯燥乏味的小事完全填满。下周五，我会应邀去往费城大学，做一场关于巴西黑人问题的讲座。周三晚上我要去乡下（距离纽约一小时车程），受邀去阿索利家吃晚饭。过去的两个周末，我又像主人一般接待了梅特罗。上周六他来纽约了，那次只是短暂停留，因为要去缅因度假。他还是那么亲切友好，热心助人，但他总是焦躁不安，一直说个不停，确实叫人疲惫。每次他走之后，我都迫切地需要一个假期！但是想都不要想，我现在每天都有各种紧急事务，之前已经跟你们讲过。里奥尔热也能听到我的声音了，现在可能更方便了。由于时间没安排好，每天都会浪费两个小时，令人懊恼。但因此我的收入几乎涨了一倍，可以有各种以前不能尝试的娱乐，所以是值得的。我现在已经能买得起各种图书和不同民族的漂亮玩意等。

新学校允诺会让我晋升，作为“访问教授”进入“研究生院”，这是包括这一机构在内的整个大学机构等级中的最高层。我不会因此得到任何物质奖励，但是道德地位提高了，因为得在美国招收学生（我本能上很想避开，就像回避任何额外工作一样！）。由于是假期，我有时会去洛克菲勒中心的顶层（第七十六层）坐上一两个小时，那是一个陈列着绿植的露天平台，还有花园藤椅。天气晴朗的日子里，纽约就这样在你脚下铺陈开来，宛如仙境一般。尽管所有巨型建筑都是一个色系，从砖红到浅棕或者白色，但它们颜色各异，仿佛一连串峭

① 此人是埃蒂安布勒［CLS］。他的妻子是亚叙·高克莱尔，她的一部小说题为《蓝色橘子》，于1940年由伽利玛出版社出版。勒内·埃蒂安布勒（1909—2002），小说家、批评家，1936年与妻子一起出版了一本关于兰波的随笔。

壁峡谷，在层层薄雾中闪烁发光。

我很少工作，只写了几篇文章和总结，时而用英语，时而用法语。最重要的研究成果一直没能发表。我还见到了各种刚从法国过来的人，比如西蒙娜·W.[①]，她告诉了我关于迪娜的一些事，还有让·W.[②]，他最近刚从德朗西过来，还跟我讲了那边一些着实令人震惊的事情。我随信给你们寄去一张证件照，是一些行政文件上要用的，让你们看看我天使般的脸庞。我没有关于亲戚们的一些消息。他们可能自己会给你们写信。阿琳姨妈恢复了工作，无精打采，但还是得投入其中。波莱特的丈夫现在处境不利，但我觉得无须为其过于担心[③]。他的妻子确实疏忽了，很多事情上远远没有指望上她。总之，事情的进展不是很顺利，但也不是太糟糕。最大的困难在于不知从哪里突破。这周我和阿琳姨妈、米玛一起，经过一番耐心寻找，发现一家所谓的巴西餐馆，便在那里吃了一顿晚餐，但那里的饭菜远远不及维尔日妮亚[④]的手艺。通信的中断有了说法，那就是四月份的大量书信被退回给发信人，批注是“退至发信人”。目前这一事项应该中断几周了。

还要说一下，沙丁鱼不是我寄的，也不是阿琳姨妈，我不知道会是谁。由于禁止资金转移，所以必须得在里斯本拥有信贷才能寄出这类东西。阿琳姨妈和我就这个问题仔细研究了一番，发现从这里往法国寄东西是不可能的（但从比利时可以）。无论如何，我为你们的餐桌上有了一点小变化而感到高兴。

亲吻你们二老。

克洛德

① 西蒙娜·魏尔［CLS］（1909—1943），哲学家，她于 1942 年将父母带至美国，却选择去往英国为自由法国效力。

② 让·瓦尔［CLS］（1888—1974），哲学家，从德朗西集中营逃脱，参与了纽约高等研究自由学校的创立。

③ 影射美国（阿琳姨妈）承诺应战，苏联军队（波莱特的丈夫）取得进展。

④ 我们在圣保罗时的女厨师［CLS］。

纽约信件

法文信

克洛德 • L. 斯特劳斯

西十一街 51 号

［1942 年］8 月 23 日

亲爱的二老：

我昨天收到好多封信，而且是这么久以来的第一次。你们的两封，分别是 7 月 7 日和 22 日的，还有皮埃尔的一封、迪娜[①]的一封，最后这封纯粹是抒情，没什么明确动机。听到你们比身体情况更糟糕的心理状况，我都要绝望了。这两封信之前的那封还说有明显的退烧迹象呢。但我能想到这场看不到头的疾病对爸爸而言是多么重的打击，他不仅变得虚弱，还要忍受成千上万种并发症。尤其是身边没人照顾，身体这般虚弱，再加上四处传来的各种噩耗，你们一定受尽了折磨。不管发生过什么，我都希望最坏的时候已经过去了。如果你们在精神上已经跌入了谷底，那么身体上的问题就会开始慢慢消失。事情都是这样的，我也希望如此。我现在肯定不能也不想为你们的签证做任何事。首先要确认爸爸是可以被移动的，而且他能承受办理签证前的体检。我有几个身居要职的朋友，只要得知进入了恢复期或者有缓和的迹象，我就会加紧办理这件事，希望我能迅速办妥。很高兴得知亨利 • B.[②]在这边处理他父母的事情，这样的话只要你们那边有了需求，我就能用他来当中间人。你们不要有任何犹豫，我现在的情况好多了。而且我还知道阿琳姨妈也为姥姥的事找过他。我一会儿就得去找他，问问他这件事。正如我在上一封信中所说，我不知道你们是否收到了我的电报，不知为何它好像触发了审查机制。我这边收到了安德烈 • L.[③]的一份电报，他问是否可以联系你们，但没说是何事。我的

① 迪娜 • 卡昂。——译者注

② 可能是亨利 • 布洛克，罗贝尔 • 阿尔芬丈夫的兄弟。

③ 可能是安德烈 • 拉巴尔特。

回复是建议他通过我这样做，但还没得到任何回信。很遗憾勒内没办成我跟你们说的事。我再试试别的方法。迪娜的反应很令我费解。委托一件事情并不意味着某种优待。如果我把一件事情交给了你们，而没有交给她，是因为反正我都要给你们写信的。但如果要跟她说这件事，就得额外写一封信了，这就是我考虑的，而且我在写信上丢掉的时间真的太多了。我和南美那边的事现在已经进展到了政府层面。当我强调要私下沟通时，显然介意的不是她，而是之前委托给让·M.的那些事。我会第一时间给他写信，不管怎样，这一切都太荒谬了。我知道你们现在犹豫要不要熬到很晚，为什么不在下午茶的时间去波莱特家[①]小憩一会儿呢？这样生活节奏会缓慢一些，你们也能休息一下。你们今年冬天怎么办呀？我觉得你们不能再住得这么偏远了，还这么艰苦。佩皮尼杨附近应该更暖和，那里的食物供应也比别处方便，而且还不缺医生。你们到那边，我就会更放心一点。皮埃尔写信告诉我，贝尔纳[②]还在帮你们，而且随叫随到。他还说康巴塞代斯是个好医生。这种病吃磺胺酰胺能治好吗？据这边的人说，这种药物根除了传染类疾病的许多严重病症。如果可以，我就尝试通过红十字会给你们送去一些。安德烈去外省的一所大学开会了，而且快回来了，等她回来我就问她。但我估计法国应该也有，因为这种药在战争期间已经投入市场了。

这封信里到处是打印错误，你们不要太介意。我从昨天开始就用打字机了。我们马上要创办一本新的科学杂志，我刚刚为其写完一篇人种志的文章，幸好这次是用法语写。但愿它比投给美国刊物的那些文章更快见刊！之前的文章还没有任何动静，这很正常。

刚刚过去的这个夏天非常可怕，比以往更叫人难熬。湿度很大，雨水湍急，而且每天如此。暴风雨接连而至，从来都不会消散。但你们了解，比起冬天，我还是更能忍受这种天气。我本来还想去度几天

① 指在英国广播里听我的声音［CLS］。

② 皮埃尔和贝尔纳·德雷富斯。

假的，现在来看不可能了。时间都用在和朋友们在一起了。上周我去了乡下的阿索利家吃晚饭。他（竟然）有一间豪华农场，距离纽约一个小时的车程，位于一片宽阔的人工湖旁边，是那种典型的养殖方式，养了我们能想象到的各种动物。他还在城里有一处住宅，做成了私人豪华宾馆。很多宾客是像我一样受到了邀请，他们行为古怪。还有一些人在那里长居。完全弥漫着一种乡村气息，到那儿的第一晚就上演了经典侦探小说里的一起案件（应该是附近的湖里有人溺水了，住宅的墙就浸泡在湖里）。有个奶妈样子的人在照顾婴儿，但我看着她就像那种典型的谋杀犯。我没等待事情进一步发展，当晚就去附近的火车站坐车回来了，经过那里的火车很多。事先已有人接我去火车站，而且是先后两个不同的司机驾驶两辆不同的车送我去的。我羡慕富有。他确实很有魅力，而且利用他享有财富的好运为身边的人做了很多好事。

上一周，我中断了一天的日常工作，受邀去费城大学做两场关于巴西的讲座，中午和学校的人一起吃饭。费城博物馆享有盛名，我肯定想去目睹一番。早晨八点从纽约出发，然后到了博物馆等它十点开门，用了两个小时欣赏精美的收藏品，尤其是迦勒底乌尔的著名出土文物。这些东西有长达五千年之久的历史，却新鲜如初，没有任何考古痕迹。其中首饰居多，它们的风格和最现代的花哨珠宝并无两样，太令人吃惊了。我的讲座也是在博物馆里，两个小时的讲座，再加上集体午餐，整个经历真的让人累到极致。我是用英语讲的，但听众主要是法语教师。他们眼看美国学生对这门语言越来越没兴趣，估计认为以后还是转向西班牙语或葡萄牙语比较好。因此，他们有点两难，既想跟我说法语，又想在我这位南美事务的专家面前卖弄新识。于是在各种语言的胡乱交织中度过了三个小时，我都不知道在这期间自己说了什么，也不记得是用哪种语言说的！出于这个缘故，最后一场讲座结束之后，也就是三点，各位馆长留住了我，带我再次仔细观看了所有东西，还叫人拿出了商店里的巴西产品系列。此外还放映了两场关于人种志的电影，都是在巴西拍的，其中一部还是在我 1935 年至 1936 年间去过的博罗罗村拍摄的！我激动地认出了所有当地人和景物。最后，他们把我送上了火车，已经是晚上六点了，彻底累垮了。我很少回来之后整个人都呆滞了！关于费城这座城市，我几乎什么都没看到，只有几条郊区里的街道，大学跟一般大学一样位于城区的边界，而且那座学校很大。这就是最近两周比较有代表性的事件，其余的时间在写信、模糊地构思文章，要不就是和同样的人去同样的地方。

我今晚请了阿琳姨妈和迪阿尔泰全家去一个假的巴西餐馆吃饭，也就是我和阿琳姨妈两周前去的那家。我估计我们会激动地探讨昨天的南美事件，我还拿不准他们是否会催促我的朋友们回巴西，又或者相反，通过让对手变强大而让这件事无限推迟。不管怎样，可以确定的是，如果他们的对手经过再三犹豫而勉强做出了决定，并最终采取行动，那就说明这一结果对他们是有利的。那么，经历过接连不断的失望之后，这总归是件鼓舞人心的事。如果冬天之前没有任何决定性的事情发生，那也一定是有道理的。到那时，人们面对的就是可能性走到了极端。这不过是一场绝望的游戏，一定会成功，但在那期间，要严格计算好每一周。几乎所有同事都很喜欢去乡下，他们会在那儿组织一系列见面会，类似埃莱娜姑妈过去常去的那种[①]。纽约的各项工作使得我无法参加，我很庆幸。你们说的关于奥黛特父母的事太可怕了，我欣赏她能鼓起这么大的勇气反抗。你们好像预料到米歇尔要回去，这一点我不明白。青年营的事结束了吗？如果是，他不是应该找份工作，或者找个地方去给人家种地，做些类似的活儿？你们现在的负担真的太重了，得毫不犹豫地卸下一些。妈妈，重读你的信时，我看出你在担心我是不是在省吃俭用。不知道别人跟你们说了什么，但这边的生活方方面面一直都很富足，是在欧洲无法想象的，即便是

① 蓬蒂尼［CLS］。荣纳省的蓬蒂尼修道院于 1910 年至 1914 年、1922 年至 1939 年间，每年都会组织一些文学、哲学或宗教性质的见面会。

在战前。而且未来也没有理由会发生很大的变化。你们没再说起津贴发放的事了。我再一次提醒，你们应该领到截至八月而且包含八月的津贴，这一点没有争议。如果不是这样，就要去申诉。我希望能快点听到好消息。面对当前的不利境况，一定要保重。

我特别想念你们，亲吻你们。

克洛德

法文信

克洛德·L. 斯特劳斯

西十一街 51 号

［1942 年］9 月 13 日

亲爱的二老：

再次没有了你们的消息。亨利·B.[1]给罗贝尔一家写信时说，好像爸爸的发烧状况有了明显好转，只是恢复速度有一些慢。我也不知道那是哪天的信。这个情况我在收到你们的电报时已经知道了，但那也是起码一个月前的情况了。昨天好像到了一架快速客机。但因为今天是周日，我只能等明天才能知道它是否带来了你们的消息。关于我自己，完全不知道要给你们写些什么，姑且不说没什么重大事件，连一个事件都没有。我最近一段时间的状态不是很好，倒不是生病了，而是觉得累，一方面由于纽约的气候，再有就是这边的食物有点吃腻了。我利用剩余的两周假期去做了睡眠治疗，情况显著好转。所以最近几天我都能睡到上午九十点钟，然后大概中午去和普桑街的朋友共同完成日常工作[2]。里奥尔热的人怀疑这不过是一台钝化的乐器，还认为朋友的演奏平淡、稚气、愚钝，与其他人并无两样。这种说法令我的

① 可能是亨利·布洛克（后来被德国人杀害），罗贝尔·阿尔芬丈夫的兄弟，也就是里莱特的父亲［CLS］。

② 暗示克洛德·列维－斯特劳斯参与《美国之声》。

朋友特别反感。不管怎样，别人对他的全部要求只是成为一名合格的演奏者，只要跟上乐谱就行。

不管哪天，我都很少能在两点半或三点之前回过家。下午剩下的时间还要应付日常的工作，有一天是写了几封信，还有一天是写了一份总结，还有时候是写一篇文章。总是有写不完的文章，写完一篇，又有新的来接替它。等到开课了，每天就会更忙。早晨得接着去图书馆，所以要告别晚睡了！我得充分利用十月份之前的白天时间，今年的课程负担会很重，既有英语又有法语（课程时间是一方面，再有就是我胡乱选择了一些课程主题。课程表和以前一样，每周一次英语、两次法语，但是还要腾出两个晚上的时间去听一门很棒的语言学课，是一位同事[①]上的，他教了我很多这个领域的知识，对我的研究非常有用）。

除此之外，我开始——慢慢地——写书，内容是我早些时候和阿蒂尔谈论的东西，并非关于印第安人[②]。我愈加感受到大家都浮在最表层，而我觉得自己应该尝试说清楚一些问题，这也是最迫切需要的。我不知道何时能够完成，等写完的那天，或许能在这里出版。我被邀请去巴西的事情愈加确定了，明年过去，为期一年，只需等待校长最后批准了。原则上我已经接受了，即便最后还得费力推脱，估计明年二三月份启程。毕竟目前要做好几手准备。最终取决于我在这边会有什么前途。如果未来和目前的情况一样，我可能就会拒绝邀请而留在这里，而且我对自己在这边的方方面面还挺满意的。但是这个国家更倾向于随机应变而非传承，人们永远无法提前几个月确信能保住已有的东西。我一直试着在找其他教师，但没太大收获。而且我一直没收到关于科昂－索拉尔的任何补充信息，这边没有人认识他，甚至他的同事都没听说过这个人。

阿琳姨妈明天或后天要出发去度假，要走一个月。她太需要这次假期了，自己还庆祝了一番，毕竟马上就能见到吉尔贝和两个孩子，

① 很可能是罗曼·雅各布森。

② 涉及政治？完全不记得［CLS］。

还有她心心念念的加利福尼亚。我这周去她家吃了一次晚饭。泰蕾兹一直在找工作，迪克的工资太微薄了，我估计姨妈给他俩填补了不少家用。我和姨妈几天前还去了米玛家吃晚饭，米玛还是那么风风火火，总那样就挺烦人的。另外我总能见到同样的艺术家和诗人[①]，他们苦苦想在格林威治村的咖啡馆营造一丝蒙帕纳斯的感觉，这种行为令人尊敬。我一直忘记说，站在普桑街的朋友对面的可是发明了连通器的人。此为这一群人出现的又一原因。梅特罗通知我又有一场华盛顿的官方邀请，是一次讲座，但我还没得到直接确认。目前来看只有这么一次出差。我想得到爸爸烧退了的消息，那样的话就能推动你们的签证事宜了。你们有何过冬计划？你们想到哪个合适的地方了吗？好让爸爸的康复环境不会太糟糕。这里的夏天结束了，这会令我不断地想起这些问题，我想得知它们已被解决了。

亲吻你们。

克洛德

① 与安德烈·布雷东合作开展战争信息局的节目［CLS］。参见1942年1月31日的纽约信件，第332页，注释③。

声明

文前插图1~9、11a~17，20~22和26为作者档案，其版权归Astrid di Crollalanza。插图10、31、32为作者档案。插图18、19、23~25、27~30，其版权归法国国家图书馆。

克洛德去世之后，我需要整理他的材料。阅读这些成堆的信件，我又惊又喜。我仿佛听着他的声音，又见他的模样，各种描述让我想起这个共同生活了近六十年的男人：持重，令人敬畏，鲜为人知。无论在斯特拉斯堡服兵役，或是在蒙德马桑第一次担任教师，又或在纽约流亡，他几乎每天写信。这些书信其实就是日记，而日记恰如一种自画像。

通过公开这些信件，希望人们能了解他隐藏于学者身份之后的另一面。

莫妮克·列维－斯特劳斯

Claude Lévi-Strauss
«CHERS TOUS DEUX»
LETTRES À SES PARENTS
1931-1942

Edité et préfacé par Monique Lévi-Strauss
Avant-propos de Claude Lévi-Strauss (2002)

Collection *La Librairie du XXIe siècle*, sous la direction de Maurice Olender.

图书在版编目（CIP）数据

致亲爱的二老：列维－斯特劳斯家书 /（法）克洛德·列维－斯特劳斯著；刘亚楠译 . -- 北京：中国人民大学出版社，2020.9

ISBN 978－7－300－28461－3

Ⅰ．①致… Ⅱ．①克… ②刘… Ⅲ．①书信集－法国－现代 Ⅳ．① I565.65

中国版本图书馆 CIP 数据核字（2020）第 139098 号

致亲爱的二老：列维－斯特劳斯家书

［法］克洛德·列维－斯特劳斯　著

刘亚楠　译

Zhi Qin'ai de Erlao：Liewei–Sitelaosi Jiashu

出版发行	中国人民大学出版社		
社　　址	北京中关村大街 31 号	**邮政编码**	100080
电　　话	010–62511242（总编室）		010–62511770（质管部）
	010–82501766（邮购部）		010–62514148（门市部）
	010–62515195（发行公司）		010–62515275（盗版举报）
网　　址	http://www.crup.com.cn		
经　　销	新华书店		
印　　刷	北京联兴盛业印刷股份有限公司		
规　　格	145 mm×210 mm　32 开本	**版　　次**	2020 年 9 月第 1 版
印　　张	12 插页 13	**印　　次**	2020 年 9 月第 1 次印刷
字　　数	316 000	**定　　价**	69.00 元